Ulli Olvedi
Über den Rand der Welt

PIPER

Zu diesem Buch

Der Mythos des Lebens vermag hartnäckiger zu sein als die Wirklichkeit des Sterbens. Das muss auch Nora erkennen, als sie mit sechzig erneut an Krebs erkrankt. Doch wie soll sie friedlich aus dem Leben scheiden, wenn sie nicht mit sich im Reinen ist? Zumal plötzlich Erinnerungen an ihre Familiengeschichte wiederkehren, die sich wie ein roter Faden der Schuld durch ihr Leben zieht. In einem Brief versucht Nora nun, sich ihrer Schwester Lisa, mit der sie seit Jahren zerstritten ist, in ungewohnter Ehrlichkeit wieder zu nähern. Doch erst als sich Nora gemeinsam mit ihrer Freundin Wangmo auf den Weg nach Nepal macht und dort einem tibetischen Rinpoche begegnet, lernt sie, den Dämonen ihres Lebens offen und ohne Furcht zu begegnen und sich dem Alltag des Sterbens in Deutschland zu stellen.

Ulli Olvedi, geboren 1942, ist profunde Kennerin des tibetischen Buddhismus. Die Dokumentarfilmautorin, Lehrerin des Stillen Qi Gong und Begründerin der »Meditativen Energiearbeit« ist Autorin zahlreicher erfolgreicher Bücher, außerdem Gründerin und Vorsitzende des Vereins »Tashi Delek. Gesellschaft zur Förderung der tibetisch-buddhistischen Kultur im Exil« und Mitbegründerin der »Akademie PANTA RHEI für einen neuen Umgang mit Sterben, Tod und Trauer«.

Ulli Olvedi

Über den Rand der Welt

Roman

Piper München Zürich

Mehr über unsere Autoren und Bücher:
www.piper.de

Mix
Produktgruppe aus vorbildlich bewirtschafteten
Wäldern und anderen kontrollierten Herkünften
www.fsc.org Zert.-Nr. GFA-COC-001223
© 1996 Forest Stewardship Council

Ungekürzte Taschenbuchausgabe
September 2009

erschienen im Verlagsprogramm Pendo
Umschlaggestaltung: Birgit Kohlhaas
Umschlagfoto: Michael Reinold
Autorenfoto: Kristina Jentzsch
Satz: Fotosatz Reinhard Amann, Aichstetten
Papier: Munken Print von Arctic Paper Munkedals AB, Schweden
Druck und Bindung: CPI – Clausen & Bosse, Leck
Printed in Germany ISBN 978-3-492-25485-4

Heiße alles willkommen, weise nichts zurück.

Frank Ostaseski

1.

Aus. Ende. Das Todesurteil. Die Bäume taumeln vorbei. Rasen, rasen an den Rand der Welt. Dann hinunterstürzen – wohin? Aus dem Außen ins Innen, dort geht es weiter. Keine Lösung.

Nora nimmt den Fuß vom Gaspedal.

Wie sehr die nette Ärztin mit den Übermüdungsschatten auf den Augenlidern sich doch Mühe gab, nicht beteiligt zu sein. Metastasen. Wollen Sie wirklich nicht? Sie sollten. Ich verstehe. Es tut mir leid. Wie lange? Kann man nicht wissen. Monate. Vielleicht. Kommen Sie, wenn etwas ist. Auf Wiedersehen.

Nein, nein, diesmal kein Wiedersehen.

Die Ärztin nickt. Verständnis im mitleidigen Blick. Sie kann den Tod zulassen. Es ist nicht ihre Niederlage. Sie sind sich einig. Wie Verschwörer.

Wird man mich in Ruhe sterben lassen? Manchmal gibt es das. Dass Menschen in Ruhe sterben.

Immer noch die schnurgerade Allee, Baum um Baum um Baum. Zeit und Raum, dicht gepackt. Die Straße eine Flucht nach vorn, wie das Leben – verengt sich schließlich zu einem Punkt. Aus.

Nichts ist so sicher wie der Tod. Das einzig wirklich Sichere. Todsicher.

Sie hört sich wimmern. Ein seltsamer, tierartiger Laut. Es gibt nichts zu artikulieren. Keine Argumente gegen den Tod.

Sie stellt das Auto ganz am Ende des Parkplatzes ab, nah am See. Keine Fußgänger auf dem Uferweg, die Wolken haben dicke Regenbäuche, da geht niemand spazieren. Die weite, milchiggraue Fläche des Sees breitet sich vor ihr aus: *Dui*, das Heitere. Der lächelnde See. Die Wolken von Westen her neigen sich zu ihm hinab, berühren ihn fast. Eine Mischung aus Intimität und Drohung.

Die Bewegung lockert den Druck auf der Brust. Jetzt möchte sie nur gehen, nicht denken. Einen Fuß vor den anderen setzen, rechts, links, atmen, ein, aus. Sich lebendig fühlen. Noch. Bis die Schmerzen kommen. Werden sie kommen? Nicht daran denken.

Sie wusste es, bevor das Urteil verkündet wurde. Tage- und nächtelang hat das Bild des zerstörerischen Wachstums in ihrem Körper sie gepeinigt. Kleine böse Wesen, die Jahrzehnte im Geheimen gelauert und ihre Kräfte gesammelt haben, um plötzlich auszubrechen, unaufhaltsam. Schon einmal hatten sie ihr den Krieg erklärt, doch sie hatte gesiegt, oder wer auch immer. Sie war wieder gesund geworden, hatte den Feind vergessen können. Als wäre nichts gewesen. Sie sollte dankbar sein für die geschenkte Zeit.

Kein Gefühl der Dankbarkeit. Nur Angst.

Es beginnt zu regnen und sie geht den Uferweg zurück. Dicke, satte Tropfen. Nasse Schleier verbergen das andere Ufer. Ein schönes, trauriges Bild ohne Farben.

Sie fährt wieder durch die Allee, zurück zur Stadt, zur leeren Wohnung. Zum letzten Stück ihres Lebens. Die Einsamkeit hüllt sie in ihre kalte Umarmung.

Sie hat tatsächlich geschlafen. Es ist schwierig mit dem Schlaf, er sitzt wie ein dunkler Engel auf der Vorhangstange über der Balkontür und schaut auf sie herunter, nicht bereit, sich ihr zu nähern. Wenn sie nach ihm greift, schlägt er abwehrend mit den Flügeln. Wendet sie sich von ihm ab, sitzt er still und böse da oben, missachtet sie, leugnet sie.

Irgendwann hat er sich doch auf sie herabgesenkt und sie hineingezogen in seine Dunkelheit.

Die Morgenstimmen der Vögel reichen in ihren Schlaf und locken sie heraus in das frühe, kühle Licht, das durch den Vorhang vor der Balkontür ins Zimmer sickert. Ihr erster Gedanke: Sie singen aus Freude am Leben.

Einer dieser neuen Gedanken. Seit sie um die Krankheit weiß, gibt es neue Gedanken. So als schliche sich, wenn sie sich vergisst, eine frische Nora ein und ließe die frühere Nora verblassen, bemächtige sich ihrer Farben, um ein neues Leben daraus zu gestalten.

Singen die Vögel wirklich aus Freude am Leben? Wie mag man sich fühlen, so leicht, so voller Federn und winziger Knochen, mit verlässlichen Flügeln, mit denen man sich in die Luft werfen kann?

Sie gleitet sanft zurück in den Schlaf, träumt ein wenig vom Fliegen und denkt im Traum: Ich muss mir unbedingt merken, wie es geht.

Stimmen unten in der kleinen Straße. Der Wind bläht die Vorhänge wie Segel. Diesmal ist das Aufwachen schwerfällig, sie hätte nicht wieder einschlafen sollen. Alle Gewohnheiten stehen stramm und warten. Jetzt weiß sie schon nicht mehr, wie man das macht, das Fliegen.

Heute wird sie einen Brief an Lisa schreiben, oder besser, sie wird damit beginnen. Es wird ein langer Brief werden. Zweiundzwanzig Jahre des Schweigens muss er überbrücken. Schon seit Tagen geht dieser Wunsch in ihr um. Vielleicht wird es jetzt leicht sein zu schreiben, keine Antwort ist zu erhoffen oder zu befürchten. Es wird zu spät sein für eine Antwort. Keine Versprechungen für eine Zukunft. Selbst der Verzicht auf eine mögliche Absolution ist erträglich. Über die Zeit hinaus geschrieben wird dies der beste aller Briefe sein.

Nora entdeckt ein halbes Lächeln in ihrem Spiegelbild im Badezimmer. Sie wird alles niederschreiben, die Wolken der Vergangenheit herauslassen, ihnen Worte geben und sie so entgiften. Es muss möglich sein.

Süßer kleiner Engel Lisa, so nannten sie alle. Niemand sagte das jemals über Nora. An Nora war nichts süß. *Nora*, das war groß, knochig, dunkel. Zu groß, zu knochig, zu dunkel. *Lisa*, das war klein und zierlich und blond gelockt. Die Große und die Kleine. Die Große, das war kein gutes Wort. Es war geladen mit Erwartung, Forderung, Vorwurf. Nora, pass auf deine kleine Schwester auf, du bist doch die Große.

Aber Lisa war auch Nähe. Warme Nähe, unbekümmerte Vertrautheit. Manchmal. Oder auch zerrende Nähe, schuldig sprechende Nähe, zäh und unausweichlich.

Die ewige kleine Schwester.

Lisa, wenn Du diesen Brief bekommst, lebe ich nicht mehr. Eine Freundin wird dafür sorgen, dass Dich dieser Brief erreicht, wo immer Du jetzt sein magst.

Seitdem ich beschlossen habe, diesen Brief zu schreiben, erlebe ich ein Gefühl der Verbindung, das mir guttut. Als würde etwas zusammengefügt, das zusammengehört. Denke nicht, dass ich Dich jemals vergessen hätte. Ich glaube auch nicht, dass Du mich vergessen konntest. Und wenn es auch nur der Hass war, der Dich an mich erinnert hat.

Ich möchte Dir mein Leben zeigen, damit Du mich nicht mehr hassen musst. Oder mich vielleicht sogar verstehen kannst. Ich hatte mal vor langer Zeit einen Nachbarn, der mich nicht leiden konnte, weil ich kurze Röcke trug. Ich konnte ihn auch nicht leiden. Eines Tages sagte ich zu ihm, dass ich an Porträts für ein Buch arbeite, und weil er so ein ausdrucksvolles Gesicht habe, wolle ich ihn fotografieren. Er fühlte sich zu geschmeichelt, um Nein sagen zu können. Ich machte viele Fotos von ihm und lernte dieses Gesicht kennen, jeden Schatten seiner Ängste, jede Furche seiner Sorgen. Und am Schluss mochte ich ihn. Ziemlich.

Wenn ich jetzt an Dich denke, sehe ich als Erstes den Speicher in Opa Wallners Haus, angefüllt mit den alten Möbeln und mottenlöchrigen Vorhängen, und ich sehe uns dort spielen in unserer eigenen, staubigen Welt. Ich glaube, das war die schönste Zeit meiner Kindheit. Mama war mit ihrem neuen Mann beschäftigt, und unsere neuen Großeltern hatten ihre Zuneigung zu den neuen Enkeln noch nicht abgenutzt. Und genug Zeit war vergangen seit den Bomben und dem Rennen in den Luftschutzkeller – und meiner Schuld.

Schuld. Mein Leben ist bald vorbei, und es gibt in meiner Erinnerung nur einige wenige kleine Inseln ohne Schuld. Ist das nicht grässlich? Ich fürchte, ich werde Dir viel von Schuld erzählen.

Es begann in den Bombennächten, als ich etwa sieben Jahre alt war. Wenn ich mit den Kindern aus der Nachbarwohnung losrannte zum Luftschutzkeller am Ende der Straße und hoffte, Mama würde Dich vergessen oder verlieren in der Hektik, und wir würden heimkommen in eine Wohnung ohne die Rivalin, die mir die Liebe aller stahl. Ich wusste ja nicht, dass es da nicht viel zu stehlen gab. Dann saßen wir in diesem scheußlichen Keller, in dem es immer nach Schweiß roch, eng nebeneinander auf der Bank, und ich war wütend, dass Mama Dich nicht vergessen oder verloren hatte. So beschäftigt war ich mit meiner Wut, dass ich die Angst vor den Bomben vergaß. Nur einmal, als eine ganz nah einschlug, machte ich mich nass.

Und als wir dann wieder heimgingen, war ich froh, dass wir alle noch lebten.

Eigentlich begann das mit der Schuld erst später, als es mit dem Beichten losging. Ich wurde in die Schuld hineingezwungen und fand nicht mehr heraus. Karma aus früheren Leben, sagte Wangmo, meine tibetische Freundin. Sie wollte mich trösten und fügte hinzu: Aber es ist doch nichts Schlimmes geschehen, du hast ja niemanden umgebracht. Ich konnte nicht sagen: Doch, das habe ich getan.

Aber unsere Mutter hat mir verziehen, bevor sie starb.

Sie lehnt sich zurück und lässt die Hände sinken, ein wenig erschöpft, ein wenig befreit. Es ist gut, an Lisa zu schreiben, die alten Gefühle und Gedanken aus ihrem Verlies zu holen, anstatt sie mitzunehmen. Wohin?

Und nun sterbe auch ich an Krebs, tippt sie ein, *wie Mama*.

Sie will besser verstehen, warum sie an Lisa schreibt. Vielleicht ist es sinnlos. Vielleicht ist Lisa noch immer böse auf sie, nach mehr als zwanzig Jahren. Denn Lisa ist unter ihrem zarten, hellen Äußeren eine unnachgiebige Person, wie Mama. Fels unter weichem Moos.

Nora ist eigensinnig, sagten alle. Nora sagte Nein. Lisa lächelte und sagte Ja. Nora tat unwillig, was von ihr verlangt wurde. Lisa tat nichts, schönte ihr Nichtstun mit freundlichen Entschuldigungen. Die süße Lisa war voller Unschuld. Eine Prinzessin ist nicht jemand, der etwas muss. Prinzessinnen sind dazu da, geliebt zu werden.

Nora beichtete, wenn sie Lisa gehasst hatte, und sagte zur Buße drei Ave Maria auf. Wütend.

Es gab so viel Wut in dieser Familie. Mama mit den zusammengepressten Lippen. Tante Hedi, die jedes Jahr zum Geburtstag ihres Bruders kam, um ihn mit harten Blicken an seine Schuld zu erinnern. Und Gerhard selbst, den sie nicht – wie Lisa – Vati nennen wollte, von dem sie als »er« sprach oder »mein Stiefvater«. Er mochte sie nicht. Und sie gab ihm nie Gelegenheit, sie zu mögen. Seit dem ersten Tag, als »der Witwer« zu Besuch kam und Lisa auf den Arm nahm und sagte: Was für ein süßer kleiner Engel. Mama hatte rote Lippen und rote Fingernägel, und Nora musste dem Fremden die Hand reichen, und er sagte: Ah, ja, deine Große.

Sie hat nie aufhören können, sich daran zu erinnern, obwohl sie so viel anderes vergessen, zumindest fast vergessen hat, das Heulen des Bombenalarms, den Hunger, Mamas Ohrfeigen, den gleichgültigen Sadismus des alten Lehrers in der Grundschule.

Tante Hedi, die Schwester des Witwers, die immer zu seinem Geburtstag und an Weihnachten zu Besuch kam, war auf ihre Weise freundlich. Sie erkannte eine Gleichgesinnte in Nora, bereit zum Hinterhalt. Auch Große möchten mal klein sein, sagte Tante Hedi mit belehrender, überlegener Miene zu Mama. Der vierzehnjährigen Nora schenkte sie einen Lippenstift mit dem gemurmelten Rat: Brauchst ihn ja nicht gerade daheim zu tragen.

Tante Hedi mit den buschigen blonden Dauerwellen, weißen Hemdblusen und engen Röcken. Noras Vorbild. Tante Hedi war älter als Mama und sah jünger aus. Blondiert, sagte Mama abfällig, wenn Tante Hedi wieder abgereist war. Aufgetakelt.

An jenem schicksalhaften Geburtstagsbesuch brachte Tante Hedi Jeans für Nora mit, richtige amerikanische Jeans mit Knöpfen vorn anstatt dem züchtigen Reißverschluss an der Seite. Und sie sagte zu Mama: Lass sie doch um Himmels willen Stöckelschuhe haben, sie ist doch fast sechzehn. Und so bekam Nora herrliche weiße Stöckelschuhe zum Sommerkleid mit dem weiten, wadenlangen Rock, und sie fühlte sich so gut wie erwachsen und entlassen aus der Machtlosigkeit.

Wo beginnen die Tragödien? Sind es nicht immer lange Ketten von Ereignissen? Meine Wut, die von Tante Hedis Wut genährt wurde, aber zurückreichte bis zu meiner Geburt, zu Mamas Wut auf unseren Vater, zu Großmutters Wut auf Mama. Bevor sie starb, hat Mama mir von ihrer Mutter erzählt, von dem erbarmungslosen Druck, mit dem sie in die ungewünschte Ehe getrieben wurde. Da verstand ich, warum aus ihr die Frau mit den zusammengepressten Lippen geworden war. Wenn wir doch immer alles wüssten von den anderen, es wäre so viel leichter zu verzeihen. Ja, deshalb schreibe ich diesen Brief, damit Du so viel wie möglich über mich weißt, die einzige Form der Wiedergutmachung, die mir einfällt.

Neulich überlegte ich, was ich hätte anders machen sollen in meinem Leben. Wahrscheinlich alles. Aber wie viel Wahl hat man denn, vor allem wenn man jung ist? Je älter ich wurde, desto weniger wollte ich urteilen, nur bei mir selbst konnte ich nicht aufhören. Ich schleppte die angehäufte Schuld mit in jede Gegenwart. Wie die legendären Eisenkugeln der Verurteilten.

Die Stimmen aus dem Arbeitszimmer – »er« hatte natürlich ein Arbeitszimmer, das die Kinder nicht betreten durften – waren wie das Surren gespannter Saiten. Der Er und Tante Hedi. Ihre Schärfe schnitt durch den warmen Morgen. Nora kauerte in ihrem Beet und legte Holzwolle unter die fast reifen Erdbeeren. Erdbeeren brauchten viel Pflege. Noras Stolz. Warum sagte nie jemand, Lisa sei faul? Lisa hatte nie Erdbeeren. Sie entfernte aus ihrem persönlichen Beet mit dem fröhlich drauflos wachsenden Kopfsalat höchstens hin und wieder ein paar Schnecken. Eine Lisa hatte den Triumph nicht nötig, zum Sonntagsfrühstück die Schale mit frischen Erdbeeren auf den Tisch zu stellen und Schlagsahne dazu, die man endlos mit dem Schneebesen schlagen musste. Man liebte Lisa ganz ohne Erdbeeren mit Schlagsahne.

Die Stimmen wurden lauter, das halb offene Fenster war unwiderstehlich. Nora lauschte angestrengt, doch nur einzelne Worte waren erkennbar. Sie zögerte. Wenn man sie ertappte!

Sie kniff die Lippen zusammen und erhob sich. Und wenn schon. Vorsichtig kroch sie unter dem Fliederstrauch hindurch zur Hauswand. Das Fenster lag hoch, sie konnte nicht hineinschauen, nur hören.

»... und es geht dich überhaupt nichts an, was ich mit meinem Leben anfange«, sagte Tante Hedi wütend. Sie stand in der Nähe des Fensters und war leicht zu verstehen. »Ich heirate, wenn ich will, und ich lasse es bleiben, wenn ich will. Du hast dich da nicht einzumischen.«

»Es ist eine Schande«, sagte Gerhard. »Alle wissen es.«

Nora brauchte sein Gesicht nicht zu sehen, um sich vor Widerwillen zu krümmen. Die vorgewölbte Unterlippe, die ihm stets einen leicht beleidigten Ausdruck gab. Die farblosen Augen. Das mattblonde, strähnige Haar, streng gescheitelt.

»Du redest von Schande?« Tante Hedis Stimme zitterte vor Empörung. »Du hast es nötig. Dass du vor Scham noch nicht gestorben bist! Ich schade niemandem. Das kann man von gewissen anderen Leuten nicht sagen.«

»Halt den Mund!«

Nora hörte Wut. Und sie hörte noch etwas anderes. Angst?

»Ich denke nicht daran«, sagte Tante Hedi, doch nicht mehr so laut wie zuvor. »Glaubst du, zehn Jahre genügen, um zu vergessen? Ich werde es nie vergessen.«

»Hör auf!« Seine Stimme zitterte, als hielte er sie mühsam fest, damit sie nicht ausbrach und wegrannte und alle auf sich aufmerksam machte. Noras Herz klopfte wild.

»Wer hat denn den armen Kerl angezeigt, nur weil er ein Jude war?« Tante Hedi sprach plötzlich so leise, dass Nora den Atem anhielt. »Elsa hätte viel lieber ihn geheiratet als dich. Oh, mein Gott, ich werd es mir nie verzeihen. Ich dumme Kuh hab das ausgerechnet dir erzählt. Damals hätten sie es noch über die Grenze geschafft. Arme Elsa.«

»Du hast nicht das Recht ...«, fuhr er dazwischen.

»Ich sage, was ich will.« Tante Hedis Stimme war schrill von alter Wut. »Sie hat dich nur genommen, weil du den Mann beseitigt hast, den sie haben wollte. Vor Kummer gestorben ist sie deshalb. Du glaubst doch nicht, dass ich dir das jemals verzeihen werde.«

»Das ist nicht wahr«, erwiderte er schwach. »Die Tuberkulose hatte sie schon vorher, wir wussten es nur nicht. Niemand wusste es.«

Mit einem empörten Aufschrei unterbrach ihn Tante Hedi: »Und wenn du es gewusst hättest? Dann hättest du sie nicht haben wollen? Mein Gott, was bist du für ein unglaublich jämmerlicher Tropf!«

Eine Tür schlug zu. Nora kroch unter dem Busch hervor und ging zu ihrem Beet zurück. Sie durfte nicht nachdenken über das, was sie gehört hatte. Sie durfte es nicht gehört haben. Nicht nur das Lauschen machte sie schuldig, auch das Wissen.

Von Elsa hatten sie gesprochen, Gerhards früherer Frau, die im Krieg gestorben war. Irgendjemand hatte einmal gesagt, sie habe es auf der Lunge gehabt. Man sprach nicht über Sterben und nicht über Tote. Man sprach überhaupt nicht über Persönliches, schon gar nicht vor den Kindern. Mama machte manchmal Bemerkungen, aber oft war nicht klar, was sie bedeuteten. Spitze Bemerkungen, die irgendjemanden wegen irgendetwas aufspießten. Die Erwachsenen lachten dann unfreundlich oder machten höflich verkniffene Gesichter. Fragen war undenkbar.

Wer war der arme Kerl, der ein Jude war?

Am Abend erzählte sie es Lisa. »Tante Hedi kannte diese Elsa«, flüsterte sie. »Ich glaube, sie war ihre Freundin, darum wusste sie, dass sie mit dem Mann fliehen wollte. Aber er wollte sie haben. Darum hat er den anderen verraten, den Juden. Der kam natürlich ins Konzentrationslager. Stell dir das vor. Wir haben einen Mörder im Haus. Judenmörder werden vor Gericht gestellt. Wir müssen zur Polizei gehen.«

»Oh nein, das kannst du nicht tun. Vati ist kein Mörder.« Lisa weigerte sich, Verbündete zu sein. Vati war lieb zu ihr, Vati konnte kein Mörder sein.

Nora blieb dabei: »Ich hab es gehört. Frag Tante Hedi.«

Natürlich konnte man Tante Hedi nicht fragen.

Und man konnte mit niemandem darüber reden. Außer mit Lisa. Und Nora saß jeden Abend auf Lisas Bett und fing von Neuem an: »Ich kann nicht aufhören, daran zu denken. Es ist so schrecklich. Stell dir doch nur vor, was er getan hat. Wir leben mit einem mörderischen Nazi unter einem Dach. Mit einem Verräter. Seinetwegen wurde ein Mensch umgebracht.« Und sie fügte leise hinzu: »Vergast.«

Das war ein Wort, das man nicht benützen durfte. Um das schlimme Wort zu übertönen, sagte sie: »Vielleicht ganz in der Nähe, in Dachau.« Gegen das Wort Dachau konnte niemand etwas einwenden. »Du hast doch die Bilder gesehen.«

Lisa wand sich. »Es ist schon so lang her.«

»Dem Opfer ist es egal, wie lang es her ist«, sagte Nora. Es war ein großartiges Gefühl, für die gerechte Sache zu kämpfen. Wie Jeanne d'Arc. Je öfter sie davon sprach, desto wahrer und gewichtiger wurden ihre Argumente: »Das Opfer ist tot, zu Tode gequält, und der Mörder läuft ungestraft frei herum und kauft sich ein neues Auto. So ist das.«

Schließlich gab Lisa nach. Sie sah ein, dass böse Taten nicht ungesühnt bleiben durften. Aber keine Polizei, darin blieb sie fest.

Es war eine gute Zeit mit Lisa. Sie stimmten nicht in allem überein, aber dennoch waren sie fast Verbündete. Nach ein paar Wochen sprachen sie nicht mehr über »die Geschichte«, aber sie war ständig gegenwärtig. Sie teilten das Geheimnis. Mit Befriedigung sah Nora, wie Lisa sich vom Stiefvater zurückzog, und die heimliche Macht verlieh ihr den Mut, frech zu sein.

»Hilf deiner Mutter in der Küche«, sagte er.

Nora zuckte mit den Schultern. »Hab zu tun.«

»Was erlaubst du dir!«, fuhr er sie an. »Benimm dich anständig.«

Nora senkte den Kopf. »Es gibt Leute, die erlauben sich ganz andere Sachen. Von wegen anständig.« Dann ging sie schnell hinaus und schloss sorgfältig die Tür. Auf dem Weg in ihr Zimmer wiederholte sie mit heftigem Herzklopfen die Litanei ihrer Argumente. Sie war im Recht.

»Du wirst dich Vati gegenüber benehmen«, sagte Mama in der Tür zum Mädchenzimmer.

»Er ist nicht mein Vati«, erwiderte Nora störrisch. »Und er konnte mich noch nie leiden. Ich ihn auch nicht.«

»So lang du in diesem Haus lebst, benimmst du dich gefälligst so, wie es sich gehört. Ich lasse mir von dir nicht das Leben verderben.«

»Wieso soll ich mir alles gefallen lassen? Ich tu doch gar nichts. Er ist der schlechte Mensch, nicht ich.«

»Wie kommst du dazu, so etwas zu sagen?« Die Ohrfeige kam schnell und hart.

»Frag doch ihn«, schrie sie Mamas Rücken nach. »Oder Tante Hedi.«

So machte Mama es immer. Schimpfen, ohrfeigen, nicht reden. Über nichts reden.

Ein paar Tage später die Explosion. Viele nächtliche Stunden lang hatte Nora an ihrer gerechten Empörung gearbeitet. Mörder! Manchmal gelang es ihr sogar, sich ein wenig vor ihm zu fürchten.

Sie erinnerte sich nicht, womit der Streit beim Abendessen begonnen hatte. Es gab oft Ärger beim Abendessen. Dann wurde sie vom Tisch geschickt und musste ihren Teller mit in die Küche nehmen. Diesmal ging sie nicht.

Es war ein erbitterter Streit. Vielleicht darüber, dass Nora abends mit einer Freundin weggegangen war. Immer unterstützte Gerhard Mamas Geschimpfe. Nie war er auf Noras Seite. Oma und Opa Wallner schwiegen missbilligend. Manchmal schüttelte Oma den Kopf und erklärte, dass Kinder sich früher nie so schlecht benommen hätten. Jedenfalls nicht ihr Kind. Gerhard. Und der legte theatralisch seine Hand auf die Brust und starrte vor sich hin, weil er doch einen Herzfehler hatte und deswegen ihm auch niemand vorwerfen konnte, dass er das Vaterland nicht verteidigt hatte. Diese Geste machte Nora jedes Mal so wütend, dass sie wegschauen musste und heimlich in den Klöppelspitzensaum der Tischdecke ein Loch riss. Dann hatte Oma eine Beschäftigung nach der nächsten Wäsche.

»Ich tu niemand was an!«, schrie Nora. »Aber er – er kann jeden tyrannisieren. Wahrscheinlich würde er mich auch ins KZ schicken, wenn man das heute noch könnte.«

Sie sprang auf, erschreckt von ihren eigenen Worten, und rannte hinauf ins Mädchenzimmer. Da man es nicht abschließen konnte, klemmte sie einen Stuhl mit der Lehne unter die Klinke. Doch es war nur Lisa, die einige Zeit später versuchte, die Tür zu öffnen.

Lisas Gesicht war rot, die Lider dick vom Weinen. Sie setzte sich auf ihr Bett und lehnte sich vor, die Arme um sich gelegt, als hätte sie Schmerzen.

»Ich habe ihnen gesagt, dass du es von Tante Hedi gehört hast«, flüsterte sie nach einer Weile. »Am Fenster.«

Nora schwieg. Sie konnte nicht denken. Es war geschehen. Sie war sich nicht sicher, ob sie es gewollt hatte. Vielleicht hatte sie es nicht gewollt, vielleicht hätte das Gefühl der heimlichen Macht genügt. Es war einfach geschehen, wie ein randvoller Topf überschwappt, wenn er bewegt wird.

»Was haben sie gesagt?«

Lisa schüttelte den Kopf. »Nicht viel. Mama wollte wissen, was du gemeint hast. Ich hab gesagt, sie kann ja mit Tante Hedi reden. Vati hat nichts gesagt. Er sitzt da wie tot.«

»Sie hassen mich«, sagte Nora. »Aber das ist ja nichts Neues.«

Es wurde nicht darüber gesprochen. Nora schrieb in großen Buchstaben auf ein Blatt:

Probleme werden totgeschwiegen,
Doch sie sind nicht totzukriegen.

Sie malte eine Girlande aus Stacheldraht darum herum und hängte es über ihr Bett. Und sie füllte das im Schweigen erstickende Haus jeden Tag wenigstens einmal mit den verbotenen zügellosen Klängen des AFN, bis Mama mit zusammengepressten Lippen ins Zimmer stürmte und das Radio abschaltete.

Aus dem Arbeitszimmer kam kein Laut. Niemand war darin. Er kam oft erst spät abends heim, um nicht mit der Familie essen zu müssen.

Opa Wallner hatte einen Schlaganfall und Mamas Lippen pressten sich noch ein bisschen mehr zusammen, denn sie musste Oma helfen, ihn zu versorgen. Es lag in der Luft, dass es Noras Schuld war, obwohl niemand ein Wort darüber verlor. Es gab keine Worte zu verlieren, sie wurden alle verschluckt.

Nora erzählte es schließlich ihrer Schulfreundin Karoline im Gymnasium.

»Es ist unser Geheimnis«, sagte sie zu Karoline. Natürlich erzählte Karoline das Geheimnis weiter, die Klasse berauschte sich am Gerücht. Es kroch nach und nach in alle Ohren, auch in die der Lehrer. Nora wurde zur Klassenlehrerin gerufen.

»Was erzählst du da herum?«, fragte die Lehrerin.

Nora hatte viel Zeit mit dem Ausfeilen von Selbstrechtfertigungen verbracht, sie war gewappnet.

»Ich habe nichts herumerzählt«, erwiderte sie. »Ich hab nur meiner Freundin Karoline etwas erzählt. Zu Hause darf man ja nicht darüber reden. Wenn ich über ein Verbrechen rede, bin ich die Verbrecherin. Tolle Gerechtigkeit. Wo saßen dann bitte die Verbrecher bei den Nürnberger Prozessen?«

Nora war stolz auf sich. Auf diesen Augenblick hatte sie gewartet, dieses Argument hatte sie sich gut zurechtgelegt. Dahinter war sie sicher.

Die Lehrerin wollte die ganze Geschichte von Nora hören.

»Sie hassen mich daheim auch so schon, und sie werden mich noch mehr hassen, wenn ich es Ihnen erzähle«, sagte Nora.

Die Lehrerin legte den Arm um Noras Schulter. »Niemand hasst dich wegen der Wahrheit.«

»Ich – ich fürchte mich vor meinem Stiefvater«, erklärte Nora mit kleinem Mund. »Er ist skrupellos.«

In einer Zeitschrift war sie auf dieses Wort gestoßen und hatte es in ihr geheimes Fremdwörterheft geschrieben. Sie sammelte Fremdwörter, man konnte sich eine Position damit schaffen. Mache ein unbewegtes Gesicht und lasse hin und wieder ein Fremdwort hören, das macht Eindruck.

Kurz und sachlich erzählte sie, was sie gehört hatte, flocht immer wieder ein, wie sie zu Hause geächtet wurde, wie niemand mehr mit ihr sprach, wie sie zur Schuldigen gemacht wurde, weil sie wusste, was niemand wissen sollte. Sie sah sich zu. Niemals zuvor hatte sie so deutlich erlebt, wie sie sich spielte. Sie war ihre eigene Marionette. Ihr Geist zog an Fäden und ließ sie auftreten auf ihrer Nora-Bühne. Die aufrichtige Nora. Die arglose Nora. Die ungerecht behandelte Nora. Die leidende Nora.

Auch bei der Lehrerin konnte man an Fäden ziehen. Dann trat die Lehrerin auf, wie man es wollte.

»Jetzt fürchte ich mich, nach Hause zu gehen«, sagte Nora mit gesenktem Kopf. »Wenn ich das alles nur nie gehört hätte. Es ist ja nicht meine Schuld. Er ist doch der … Schuldige.«

Sie freute sich über ihre Intelligenz, die sie zögern ließ, das falsche Wort zu sagen. Sie sagte nicht »Mörder«. Das sagte sie nur zu Lisa oder zu Karoline.

»Wenn es Probleme gibt, kommst du zu mir«, sagte die Lehrerin und drückte Noras Schulter.

In der Nacht hatte sie wieder den Alptraum von der schwarzen Wolke, die sie verfolgte. Lisa verlangte von Mama ein eigenes Zimmer, weil Nora nachts wimmerte und manchmal aufschrie.

Das brachte das ganze Haus in Bewegung. Oma Wallner zog mit dem Opa in ein Altersheim, und die Schwestern bekamen die beiden Zimmer im obersten Stock. Mama zog in das frühere Kinderzimmer neben dem Elternschlafzimmer.

»Sie schläft nicht mehr bei Vati«, sagte Lisa anklagend.

Der Stiefvater kam abends immer später nach Hause, und an Wochenenden war er häufig verreist. Tante Hedi schob eine Ausrede vor, um nicht zum Geburtstag ihres Bruders kommen zu müssen. Sie schickte auch kein Geschenk zu Noras Geburtstag.

Nach einem Wochenende kam Gerhard nicht nach Hause. Mamas Gesicht sah aus wie ein zugezogener Reißverschluss, sie brachte kaum die Lippen auseinander für ein paar Worte. Am Tag darauf ging sie zur Polizei und gab eine Vermisstenanzeige auf. Erst Tage später fand man seine Leiche im Gebirge. Er war an einem steilen Pfad abgestürzt.

»Das war kein Unfall«, presste Mama zwischen ihren engen Lippen hervor. Sie sah Nora nicht an, aber die Stimme fand ihr Ziel.

»Woher willst du das wissen?«, fragte Nora den gebeugten Rücken an der Spüle.

Mama hielt in ihren hektischen Bewegungen inne und erwiderte: »Wir wissen es doch alle.« Mit einer Stimme wie ein Peitschenknall.

Einen Tag lang mussten sie Mama helfen, das Haus zu putzen wegen der Gäste, die nach der Beerdigung kommen würden. Lisa war die Einzige, die weinte. Mama schrubbte besessen, und Oma saß in der Küche und wiederholte, dass ihr Gerhard immer schon die Berge geliebt habe und dass es ein schöner Tod in den Bergen sei und dass der liebe Gott doch lieber sie hätte holen sollen als »den Jungen«.

Nora überstand die Beerdigung, indem sie darüber nachdachte, wie sie Tante Hedi dazu bringen könnte, sie bei sich aufzunehmen. Tante Hedi kochte nicht gern. Nora würde ihr anbieten zu kochen. Vielleicht würde Tante Hedi sogar froh darüber sein, jemanden zur Gesellschaft zu haben. An einsamen Abenden und an Sonntagen, wenn es regnete.

Tante Hedi besprach sich mit Mama, und es wurde beschlossen, dass Nora zum nächsten Schuljahr zu Tante Hedi nach Heidelberg ziehen sollte. Lisa sagte nichts dazu. Sie verkroch sich in der Trauer um ihren Vati.

Irgendwann hörte auch das Gerede in der Schule auf.

Ach, Lisa, es tut mir heute noch leid, dass ich Dich damals in diese Nazi-Geschichte mit hineingezogen habe. Du warst ja noch so jung, erst dreizehn. Aber hätte ich es vermeiden können? Wurden wir nicht mitgeschwemmt von den Ausläufern einer kollektiven Flutwelle, die in vielen das Schlechteste nach oben gebracht hat? Vor ihrem Tod fing Mama endlich an zu reden, und ich bin ihr sehr dankbar, dass sie versucht hat, mir einen Teil meiner Schuld abzunehmen. Sie sagte: Gerhard war ein schwacher Charakter.

Jugendliche Selbstumklammerung des eigenen Ichs. Wie sollte ich mir Gedanken und Gefühle unserer Mutter vorstellen können? Vielleicht ist das immer so in der Jugend. Ich weiß es nicht. Mama war für mich immer die Frau mit den zusammengepressten Lippen. Und da war das Gefühl, dass es an mir lag, weil ich ein schlechtes Kind war und meine Mama deshalb nicht glücklich sein konnte. Dass sie das andere, gute Kind hatte, reichte nicht aus. Die schlechte Nora verdunkelte alles.

Meine Freundin Wangmo sagte, unsere Eltern seien die Manifestation unseres Karma. Das war damals in Zürich, nachdem wir uns kennen gelernt hatten und einander unsere Lebensgeschichten erzählten. Dass sie mit ihrer Familie aus Tibet fliehen und als Kind ihre Mutter verlassen musste, sei ihr Karma, sagte sie. Das komme von schlechten Taten in ihren früheren Leben. Ich fand diese Idee nicht akzeptabler als die Idee von Gottes Prüfungen und Strafen. Vielleicht ein bisschen logischer. Allerdings fiel mir keine bessere Erklärung ein. Ich sagte zu Wangmo: Glaubst du wirklich, dass du dieses harte Schicksal verdient hast? Und sie antwortete: Was heißt verdient? Es ist einfach Ursache und Wirkung, und ich kann von der Wirkung auf die Ursache schließen. Was wir tun, hat Konsequenzen, gleich oder später. Woher willst du wissen, dass das, was jetzt geschieht, nicht die Folge von etwas ist, das du früher getan hast, in einem früheren Leben? Und ich sagte: Woher willst du wissen, dass es eine Folge ist? Aber Wangmo konnte man nicht so leicht zurückweisen. Sie lachte und erklärte, ihre Version sei ihr lieber, sie rege sie dazu an, aus ihren Erfahrungen zu lernen. Was soll man dazu sagen?

Nora speichert den Text und schaltet den Laptop aus. Unversehens ist es Mittag geworden. Marie in der Parterrewohnung hat sie zum Essen eingeladen. Marie weiß noch nichts vom Todesurteil. Ahnt sie etwas? Niemand weiß davon. Nicht darüber zu reden hat Vorteile. Man kann tun, als wäre alles in Ordnung. Ist der Tod nicht in Ordnung? Wangmo würde sagen, er ist völlig in Ordnung. Die Ordnung der Dinge. Werden, Vergehen. In letzter Zeit denkt Nora oft an Wangmo. Möchte die Verbindung wieder aufnehmen und schämt sich ihres langen Schweigens.

Sie muss Marie ihren Tod zumuten. Vielleicht wird es gar nicht so schlimm sein. Marie ist eine tüchtige, vernünftige Frau. Belastbar, sagt sie selbst. Aber man weiß ja nicht.

Wie gut kennt sie Marie? Wegen Marie zog sie vor sechs Jahren in diese Wohnung. Es ist nicht gut für dich, sagte Marie, so allein zu leben. Die Wohnung im Stockwerk über Marie wurde frei. Ein Mann hatte darin gewohnt, Maries »Beziehung«. Sehr komfortabel sei es gewesen, jeder in seiner Wohnung, aber er wollte richtig zusammenziehen, mit einem gemeinsamen Schlafzimmer. Er gab keine Ruhe. Warum wollen sie nur immer Söhne sein statt Partner, pflegte Marie zu sagen.

Sie ist eine gute Freundin. Manchmal wird es deutlich, dass sie viel jünger ist, kaum über fünfzig. Noch hat sie den erwartungsvollen Blick aufs Leben. Da wartet man so lange auf das Glück, das richtige Glück, das alle Leiden des Lebens wettmacht, also muss es doch kommen. Aber schließlich muss man erkennen, dass es nicht kommt. Ist man dann alt?

Marie denkt, es liege an ihrer rundlichen Figur. Sie sieht hübsch aus, weich und entgegenkommend. Marie glaubt Noras Beteuerung nicht. Sie wäre gern wie Nora, groß und knochig, mit langen Beinen und schmalen Hüften. Ach, Marie, du ahnst ja nicht. Die dummen Kerle damals in der Tanzstunde, Knochengestell haben sie mich genannt. Es tat so weh. Nach dem Krieg fand man dünn nicht schön. Reichlich Busen und geschwungene Hüften und winzige Taille, so musste es sein. Wie Lisa. Diese Wunde schloss sich nie. Bei Tante Hedi musste sie nicht mehr in die Tanzstunde gehen. Und nicht in die Kirche. In mancher Hinsicht war es bei Tante Hedi ganz gut.

»Ich bin noch nicht fertig«, sagt Marie, »mach du die Salatsauce.«

Nora rührt die Salatsauce an, deckt den Tisch, faltet Servietten.

Nora lässt Marie reden, lässt sie wiederholen, was sie schon so oft gesagt hat über Frauen und Männer und das Zusammenleben und die Rollenmuster und die Utopie der Liebe. Sie probt im Geist, wie sie es sagen wird: »Marie, ich sterbe bald.« Ja, so ist es am besten. Ohne Umwege. Ohne Zittern in der Stimme. Nach der Zitronencreme.

»Ich komme zu der Ansicht, dass das Klimakterium ein Geschenk ist«, sagt Marie. »Nicht mehr dieser Druck der Hormone. Ich dachte, das würde ein Verlust sein. Ist es aber nicht. Meinst du, Weisheit ist einfach ein neurochemisches Phänomen?«

Nora schüttelt den Kopf. »Wohl nicht. Meine Großeltern waren nicht weise. Die plagten sich nur mit dem Alter.«

Sie sieht Oma Wallners Kopf oben am Fenster: Seid sofort still da unten, der Opa braucht Ruhe. Das war nach der Anfangszeit im Haus der neuen Großeltern. Die Kinder wurden lästig.

Wie viel Weisheit hat sie gewonnen in ihrem Leben? Eine Frage, die Nora seit Tagen bedrängt. Sie schämt sich ihres Lebens. Schuld und Schande.

»Marie, ich muss dir etwas sagen. Ich habe Krebs.«

Es war zu unvermittelt. Sie hat Marie kaum zu Ende sprechen lassen. Als habe es sie nicht interessiert, was Marie sagte. Es hat sie nicht interessiert. Nicht jetzt.

»Oh Gott, Nora!«, sagt Marie und schlägt die Hand vor den Mund.

»Ich habe noch ein bisschen Zeit. Aber nicht sehr lang.«

Marie streckt die Hand aus und legt sie auf Noras um die Serviette geballte Faust. Nora leistet schweigend Abbitte für alle Augenblicke, in denen sie Marie nicht ertragen konnte. Marie ist eine liebevolle Person. Ein bisschen hysterisch, ein bisschen redselig, ein bisschen undiszipliniert. Aber lieb. Eine Freundin.

»Wie sicher ist das?«, fragt Marie.

In allen Details beschreibt Nora den Ablauf der Untersuchungen. »Glaub mir, Marie, es ist todsicher.«

»Manchmal geschehen Wunder«, sagt Marie zögernd. »Man weiß doch nicht … Hast du gelesen …? Im Fernsehen hab ich gesehen …«

Nora hört weg. Warum macht es sie wütend, dass Marie den Tod nicht akzeptieren will? Marie will helfen, aufrichten, sie ist stets voller guter Ratschläge. Aber wird sie je begreifen, dass gute Ratschläge oft nichts anderes als Schläge sind?

»Lass es gut sein, Marie. Es lässt sich nicht ändern. Und mach dir keine Sorgen, ich werde alles gut vorbereiten, die Einäscherung und so.« Von ihrer Angst vor dem Abgeschobenwerden ins Krankenhaus, vor den Apparaten und Schläuchen, vor dem Krieg gegen den Tod in der Intensivstation spricht sie nicht.

Marie schweigt erschreckt.

»Tut mir leid«, murmelt Nora. Fast fügt sie hinzu: Ich kann ja nichts dafür.

Ein sanfter Druck um Noras Faust. »Nein, mir tut es leid, Nora. Dass ich so ungeschickt bin. Ich möchte das Richtige sagen, aber ich weiß wirklich nicht, was das Richtige ist.«

Maries Hand ist heiß auf Noras Faust, schwitzt Feuchtigkeit aus. Haut an Haut. In romantischen Filmen sieht es zart und entzückend aus. Da spürt man nicht die feuchte Klebrigkeit.

Du lieber Himmel, was für blödes Zeug schwimmt in diesem Tümpel herum, der mein Geist ist, denkt Nora.

»Ich weiß es auch nicht«, erwidert sie. »Ich habe nicht viel Erfahrung damit. Als meine Mutter Krebs bekam, rief mich ihre Putzfrau an, weil meine Mutter es niemandem sagen wollte. Du hättest meine Mutter kennen sollen, sie bestand nur aus zusammengekniffenen Lippen. Doch dann, als sie fast schon im Sterben lag, wurde sie jemand ganz anderes. Fast so, wie wenn eine Knospe aufgeht. Unglaublich.«

»Das ist schön«, sagt Marie.

Nora lächelt ein wenig. »Vielleicht werde auch ich noch aufgehen.«

Es ist nicht leicht dahingesagt. In den vergangenen Tagen, umklammert von einer alles dämpfenden Lähmung, bewegten sich unterirdische Gedanken. Was hast du aus deinem Leben gemacht?

»Im Augenblick fühle ich mich nicht blumenhaft, eher wie eine Schmeißfliege, weißt du, die dicken Dinger, die blind gegen Fenster knallen.«

In Maries Augen sammeln sich Tränen. »Oh Nora!«

Mit einem lauten Ruck schiebt Nora den Küchenstuhl zurück und steht auf. Sie umarmt Marie. Wer braucht hier Trost?

»Ist ja gut, Marie. Ich sterbe ja nicht morgen. Wir haben noch Zeit.«

Einen Augenblick lang ist Marie ein Kind. Und Nora eine Mutter. Nicht traurig sein, mein Kind, das Leben ist Schmerz und Freude, ich möchte dir nur die Freude geben, aber so ist das nun mal, und es bricht mir das Herz. Einer dieser seltsamen neuen Gedanken. Was soll man nur damit anfangen?

»Bitte, Marie, sag Chantal und Claire Bescheid. Dann muss ich es nicht tun.«

Es wird wohl ein längerer Brief werden, Lisa. Ein paar Tage sind vergangen, in denen ich nicht schreiben konnte. Ich wohne hier über der Wohnung einer Freundin, Marie. Ich musste ihr sagen, dass ich bald sterben werde, es war ja nicht zu umgehen. Sie hat zwei Töchter, eine der beiden ledige Mutter eines Vierjährigen. Maries Reaktion war liebevoll. Aber die Töchter – sie gehen mir aus dem Weg. Ich möchte sagen: Mädels, ich bin nicht ansteckend. Den Tod tragt auch ihr in euch, das ist einfach so. Sogar eure Kinder werden mitsamt ihrem Tod geboren. Aber das kann man ja nicht sagen. Sie würden es mir übel nehmen.

Jetzt kann ich besser verstehen, warum Mama es niemandem sagen wollte. Aber das Erstaunliche war Mamas Verwandlung. Ich habe dir damals nur die Fakten ihrer Biografie geschrieben, die sie mir erzählt hat. Doch diese Verwandlung – es war, als hätten die Schmerzen eine Kruste von ihrer Seele gesprengt.

Eines Morgens fielen plötzlich die zusammengepressten Lippen auseinander, blühten auf in dem hageren Gesicht, zart wie die Blütenblätter des Klatschmohns auf nutzlosem Brachland.

An diesem Morgen tastete sie nach Noras Hand und sagte: »Ich hab nicht mehr lang, Nora. Ich möchte dir von deinem Vater erzählen, von eurem Vater, und ich möchte, dass auch Lisa es erfährt. Es war nicht richtig, dass ich so viel verschwiegen habe. Aber ich musste, weißt du, ich konnte es nicht aushalten, daran zu denken. Ich war so froh, dass seine Eltern nichts mehr von mir und euch wissen wollten, als ich wieder heiratete.«

Nora hielt den Atem an. Selbst die Stimme hatte sich verändert. Sie schnitt und stach nicht mehr. Es war die Stimme einer sehr traurigen Frau. Schwach. Einsam. So unverstellt, dass Nora aufstehen und weggehen wollte, sich verbergen wollte mit ihrer eigenen Härte, die sie nicht einfach abstreifen konnte.

»Möchtest du noch ein Kissen?«, fragte sie, um etwas zu sagen, etwas zu tun.

»Nein, bleib sitzen, hör zu«, sagten die sanften, zitternden Lippen. »Hör zu! Bitte!«

Und Nora hörte zu mit ineinander gekrampften Händen, vorgebeugt auf dem hart gepolsterten Stuhl, den Oma Wallner einst mit fünf anderen hart gepolsterten Stühlen zu ihrer Hochzeit bekommen hatte. Vor dem Ersten Weltkrieg.

»Ich war so jung«, sagte die Mutter, »und Alfred war hinter mir her, und ich wollte endlich geliebt werden.«

»Hinter mir her« nannte man das damals, wie passend. Jäger und Opfer. Obskures Objekt. Der große, blonde, gut aussehende junge Mann, dessen einziges übrig gebliebenes Foto Nora aufbewahrt hat, auf der Jagd nach dem Mädchen im geblümten Kleid. Es gab ein Foto von der achtzehnjährigen Gerlinde, ein schmales, spitzes Gesicht, von honigblonden, welligen Haaren umrahmt, eine Strähne vom Wind gelöst, das Kleid locker tailliert, der leichte Stoff um die hübschen Beine flatternd.

»Er sagte, er würde mich lieben, aber es ging ihm natürlich darum, mich rumzukriegen.«

Arme Mama. Sie wollte ihre Töchter vor den Männern und dem Rumkriegen beschützen, wollte sie festhalten zu ihrem Besten und hat sie doch nur verloren.

»Er hat es natürlich geschafft. Ich wollte nicht, es war ja eine schreckliche Sünde, aber heute frage ich mich, warum eigentlich. Es hat mir ja nicht mal Vergnügen gemacht.«

»Ist Vergnügen eine Sünde, Mama? Warum soll man sich nicht freuen dürfen? Das ist doch absurd.«

Die Mutter seufzte. »Ich wollte ihn behalten, darum gab ich nach. Die anderen Mädchen beneideten mich. Meine Mutter lobte ihn himmelhoch. Mein Vater nicht, er war nicht einverstanden mit Alfreds Nazi-Begeisterung. Aber das hat er natürlich nur hinterrücks gesagt.«

Warum wurde in dieser Familie alles hinterrücks gesagt, dachte Nora. Wenn man überhaupt etwas sagte. Warum konntet ihr nicht miteinander reden?

»Und dann wurde ich schwanger – mit dir, Nora. Es war entsetzlich. Ich versuchte alles, um die Schwangerschaft abzubrechen. Einmal ließ ich mich sogar die Treppe hinunterfallen. Es nützte nichts. Mein Bauch wurde immer dicker. Ich musste Alfred heiraten. Wir wollten einander nicht mehr. Wir waren schon Feinde, als sie uns zum Traualtar schleppten. Ein schönes Paar, sagten alle. Meine Freundinnen beneideten mich.«

»Du wolltest mich nicht«, sagte Nora. »Ich verstehe.«

Plötzlich verstand sie sehr viel. Damals also hatte Mama angefangen, die Lippen zusammenzupressen. Dieses Kind war nie wirklich ihr Kind. Ein Wechselbalg. Aber Lisa kam drei Jahre später. War Lisa kein Wechselbalg?

»Wolltest du Lisa?«

Die Mutter lag mit geschlossenen Augen und antwortete lange nicht. Schlief sie?

»Ein Kind der Liebe war sie nicht«, sagte sie plötzlich. »Ich musste ja hin und wieder meine eheliche Pflicht erfüllen. Alfred war viel unterwegs. Ich wollte nie wissen, was er tat. Er war einer der unteren Parteibonzen. Ein richtiger Herrenmensch. Sie haben ihn damals in Frankreich eingesetzt. Seit die Résistance ihn umgebracht hat, mag ich die Franzosen, Gott verzeih mir.«

»Warum hast du über all das nie geredet, Mama?«

»Man gewöhnt sich daran, nicht zu reden, wenn man es von klein auf gelernt hat.«

»Und wie war das dann mit Lisa?«

Die Lippen der Mutter zitterten. »Sie war so hübsch, schon als Baby. Alle waren bezaubert von ihr. Man mochte Lisa, und deshalb mochte man auch Lisas Mutter. Ich glaube fast, Gerhard hat mich wegen Lisa geheiratet. Er sagte jedenfalls Hals über Kopf, er wolle Lisa adoptieren, gleich nachdem er sie zum ersten Mal gesehen hatte.«

»Und mich nicht?«, entfuhr es Nora.

»Da blieb ihm nichts anderes übrig.«

Eine dünne Hand tastete nach Nora. Doch Nora war damit beschäftigt, Tränen zurückzudrängen. Es gelang ihr nicht, und sie verbarg ihr Gesicht in den Händen. Du lieber Himmel, nun machte sie der sterbenden Frau eine Szene. Das war nicht richtig. Sterben war doch schwer genug.

Die Mutter streckte bittend die Hand aus, bis Nora sie ergriff.

»Tut mir leid, Mama. Tut mir leid.«

Die Stimme ihrer Mutter war so sanft und unglücklich wie niemals zuvor: »Ich habe alles falsch gemacht. Glaube nicht, dass ich das nicht wüsste. Ich habe mein ganzes Leben verpasst. Alles, was das Leben lebenswert macht.«

Das Herz tat ihr weh. Sie musste etwas tun. Also erhob sie sich, schob das Kopfkissen zurecht, zog die Bettdecke hoch. Dann rückte sie den Stuhl nah ans Bett heran und setzte sich wieder.

»Was macht das Leben lebenswert, Mama?«

Die dünnen, trockenen Hände scharrten auf der Bettdecke. Das faltige Gesicht verzog sich. Tränen sammelten sich in dem abgewandten Blick, liefen aus den Augenwinkeln ins Kissen.

»Ist ja gut, Mama«, sagte Nora und wühlte in der Nachttischschublade nach einem Taschentuch. »Ist ja gut.«

Ich weiß nicht mehr, was ich Dir damals schrieb. Ich glaube, nicht viel. In unserer Familie wurde nie über Liebe gesprochen. Als wäre das etwas Peinliches. Wie hätte ich Dir damals schreiben können, dass sich das Herz unserer Mutter unter Schmerzen öffnete? Es fällt mir sogar noch heute ein bisschen schwer. Aber genau das geschah. Wir umarmten uns, als sie da auf dem Sterbebett lag. Das erste Mal in meinem Leben, soweit ich mich erinnern kann.

2.

Es ist vollkommen dunkel. Ein ungeheuer schweres Etwas, dunkler als alle Dunkelheit, drückt auf ihre Brust. Panik. Sie möchte es wegschieben, aber sie kann den Arm nicht heben. Nicht den kleinsten Muskel kann sie bewegen. Keinen Ton kann sie von sich geben. Sie ist sich nicht sicher, ob sie wach ist oder träumt. Es könnte ein Traum sein, denn wäre sie wach, würde sie das Licht sehen, das durch die Vorhänge am Fenster und an der Balkontür von der Straße hereinscheint. Sie kämpft darum aufzuwachen. Böser Geist, sagen ihre taumelnden Gedanken. Was ist er? Was will er?

Sie ist sich sicher, dass ihre Augen offen sind. Aber nirgendwo Licht. Was ist geschehen? Ist sie schon gestorben? Nein, sagen die Zellen ihres Körpers, wir leben. Spürst du nicht, wie wir atmen?

Plötzlich sieht sie die Umrisse der Balkontüre. Doch die Dunkelheit lastet noch immer auf ihrer Brust. Ist sie wach? Oder doch nicht? Nach wie vor kann sie sich nicht bewegen. Sie hört ein Stöhnen. Ist das ihre Stimme? Sie möchte schreien, konzentriert sich auf den Schrei, aber es sind nur kraftlose Laute.

Dann lockert sich der Druck. Doch das Etwas bleibt ganz nah bei ihr, seine mächtige Dunkelheit verdeckt das Fenster.

»Nein«, flüstert sie, »aufhören! Bitte, das soll aufhören!«

Als sie endlich aufstehen kann, stößt sie sich an dem Tischchen neben ihrem Bett und tritt wütend danach. Es fällt um, und die leere Teetasse, die darauf stand, zerbricht. Nora schreit auf und ist fassungslos über die Wut, die in ihr tobt. Sie möchte etwas zerschlagen. Etwas zerreißen. Gegen die Wand rennen. Eine Stimme in ihr kreischt: Ich will nicht sterben!

»Dumme Kuh«, murmelt Nora und schlurft ins Badezimmer.

»Ich habe von einem Heiler gehört«, sagt Chantal. »Der hat tolle Erfolge. Du solltest mal hingehen.«

Sie rückt den Sonnenschirm auf dem Fleckchen Gras vor dem Haus zurecht, es ist zu warm, die Luft steht schwer zwischen den Büschen. Sie lächelt angestrengt, Maries schöne Tochter, dünn, blond. Zu dünn und zu blond, um zu schwitzen. Kann man Schweißdrüsen weghungern?

Der Bodensatz an Gereiztheit – wer hat den nicht, denkt Nora – sitzt in diesen Tagen locker, wird allzu leicht aufgewühlt. Dabei mag sie Chantal. Diese seifenfrische Kühle. Wie sie ihren kleinen Sohn dirigiert im sanften Dressurton, Marius, geh zu Oma in die Küche, hol ein Glas Wasser für Mama, das tust du doch gern.

Vielleicht wird er sie später hassen. Oder sich selbst, weil er nicht aufhören kann, es gern tun zu müssen.

Nora schüttelt den Kopf. »Lass es, Chantal. Ich habe keine Lust auf falsche Hoffnungen.«

»Aber man muss alles versuchen.«

»Muss man? Das bisschen Weisheit, das ich in meinem Leben zusammengebracht habe, sagt mir, dass Hoffnung nicht viel besser ist als Furcht.«

»Aber Hoffnung ist gut, man gibt nicht auf.«

»Wie die Karotte vor der Nase des Esels? Damit er immer schön rennt?«

Chantal trinkt schweigend ihren Kaffee.

Nora wartet auf Marie. Es wird leichter, wenn Marie alles Ungesagte, Halbgedachte mit Alltagssätzen zudeckt. Sie kann das so gut, dass kaum ein Stückchen Wirklichkeit mehr sichtbar bleibt.

»Es ist schwierig«, sagt Chantal plötzlich. »Ich weiß nicht mehr, was ich sagen soll. Claire findet das auch.«

Das war schon immer Chantals zweiter Satz: Claire findet das auch. Stichworte auf der Schwesternbühne.

»Und?« Der böse Bodensatz in Nora wallt ein wenig höher auf.

Chantal dreht ihre Tasse mit schmalen, eleganten Fingern. »Es ist nicht mehr so wie früher. Ich meine, du bist jetzt so krank. Man möchte nichts Falsches sagen.«

»Und was wäre falsch, Chantal?«

»Ich meine, taktlos.«

»Oh mein Gott«, sagt Nora, »weil der Tod mit am Tisch sitzt? Denkst du, der hat was gegen Taktlosigkeit?«

»Du machst es einem wirklich schwer, Tante Nora.«

Glücklicherweise kommt Marie mit dem kleinen Marius an der Hand aus dem Haus.

Meine Familie, denkt Nora, das einzige bisschen Familie, das ich habe. Was wäre ich ohne sie.

»Ich benehme mich, Chantal, ich versprech es«, sagt sie und kreuzt die Finger hinter dem Rücken, so auffällig, dass Marius es sehen muss.

»Tut sie nicht!«, schreit das Kind entzückt. »Du benimmst dich nicht wirklich. Tante Nora benimmt sich nicht.«

Heute fiel mir Deine Erstkommunion ein, erinnerst Du Dich? Bei meiner war nicht viel los, so kurz nach dem Krieg und nichts Ordentliches zu essen. Aber Deine war in pontificalibus, mit dem weißen

Kleid und der Familienversammlung und dem Täubchen-Festessen. Und der Uhr. Ich erinnerte mich heute daran, weil Marie mir einen Fliederstrauß gebracht hat. Es war der Geruch von Oma Wallners großen Fliederbüschen an der Hauswand. Unter dem Arbeitszimmer. Und da kam der Schmerz wieder. Schuld, immer Schuld.

Unser Stiefvater hat Dir damals die Armbanduhr geschenkt. Diese unglaubliche Armbanduhr. Weiß der Himmel, wo er sie herhatte, vermutlich vom Schwarzmarkt. Ich kann sie tatsächlich noch vor mir sehen, auf dem Glas war ein Kratzer, aber das Lederarmband war wie neu. Es war so schrecklich, diese Uhr zu sehen. Mir war schlecht vor Neid. So schlecht, dass ich die kleinen, dünnen Taubenschenkel beim Festmahl nicht essen konnte. Oder vielleicht konnte ich sie nicht essen, weil es die Tauben unserer einquartierten Pommern-Frau waren, von der es hieß, sie habe alle ihre vier Söhne im Krieg verloren. Du hast mal gesagt: Die Söhne sind der Pommern-Frau aus der Schürzentasche gefallen, weil sie so eilig vor dem Krieg davongelaufen ist. Erinnerst Du Dich? Wir haben uns fast bepinkelt vor Lachen, jedes Mal, wenn wir sangen: Mutter ist in Pommerland, Pommerland ist abgebrannt. Es war herrlich, böse zu sein.

Tauben mit Kartoffelknödeln. Und die eingemachten Kirschen. In Oma Wallners gutem Geschirr auf Oma Wallners großem Mahagonitisch mit Oma Wallners weißem Leinen. Und schlechte Kerzen im Kandelaber, die immer spritzten. Tante Hedi war da, Tante Hiltrud auch, die nicht mehr kam, als es wieder mehr Lebensmittel gab. Unser Stiefvater zog Dich und Mama zu sich heran für das Foto, das Opa Wallner machte, und erst im letzten Augenblick dachte Mama daran, auch mich zu sich zu winken. Darum stehe ich auf diesem Foto ganz am Rand, als gehöre ich nicht dazu. Ich gehörte ja auch nicht dazu.

Aber Du warst trotz aller Eitelkeit, zu der sie Dich verführt haben, nicht herzlos. Du hast mir angeboten, dass wir die Uhr abwechselnd tragen könnten. Eine Woche Du, eine Woche ich. Aber ich schrie und heulte, dass Du Deine verdammte Uhr behalten solltest. Du nanntest mich einen Neidhammel. Alle dachten das. Es wusste ja niemand von meinem verzweifelten Handel mit Gott.

Ich hatte zu Gott gesagt: Mach, dass ich auch etwas geschenkt bekomme! Und ich versprach Gott, bis zu Deinem Halleluja-Tag ein guter Mensch zu sein. Ich glaubte, dass ich nach dem Geschenk auch weiterhin ein guter Mensch sein könnte – mit der erfüllten Hoffnung in der Tasche. Und so war ich ungeheuer brav, zwei oder drei Wochen lang. Ein Lämmchen. Niemand bemerkte es. Man bemerkte mich immer nur, wenn ich eklig war. Dir ist es möglicherweise aufgefallen, sonst hättest Du mir wohl nicht die Uhr angeboten. Vielleicht hast Du gedacht, ich hätte mich tatsächlich geändert.

Es war ganz offensichtlich nicht die Zeit für mich, ein guter Mensch zu werden. Gott hatte sich dagegen entschieden. Damals fing ich an, nicht mehr an Gott zu glauben.

Tagelang nur Regen. Graue Kälte kriecht aus den Wänden, das Heizen nützt nur äußerlich, die Kälte liegt in allem.

»Der Regen macht das Grün so schön«, sagt Marie und setzt ihr unerträglich aufmunterndes Lächeln auf. »Findest du nicht auch?«

Nora sagt ja, das finde sie auch, und flieht. Sie entzieht sich den Spaziergangen und gemütlichen Abendessen mit Marie. Es war immer nett, mit Marie zu laufen oder zu essen, eingewoben in sanftes, beruhigendes Geplauder. Doch der Tod hat alle Oberflächen aufgerissen und Verletzlichkeiten freigelegt. Wenn du mich brauchst, sagt Marie, aber sie sagt es immer seltener. Nora krümmt sich unter der Schuld ihres Ärgers. Sie will Marie nicht brauchen.

Chantal hat Claire an die Front geschickt. Claire ist *Chantal light*, ihr so ähnlich und doch gemildert in allem.

»Du sollst nicht sterben«, sagt Claire, »wir wollen dich behalten, du bist doch unsere Tante Nora, auch für Chantals Marius. Chantal hat recht. Bitte, du musst alles tun, was möglich ist.«

»Es ist nichts mehr möglich, wenn man voller Metastasen steckt.«

Nora erschrickt vor ihrer eigenen Stimme. Härte. Zurückweisung. Gleich wird sie die arme Claire mit dem Klischee überfallen: Ich will kein Mitleid!

»Tut mir leid, Claire, ich drücke mich falsch aus. Ich meine, man stirbt ja nicht so oft. Ich habe mich noch nicht daran gewöhnt. Gebt mir ein bisschen Zeit. Man gewöhnt sich schließlich an alles.«

»Oh, ja, ja, natürlich!«

Mit einer Mischung aus Rührung und Abwehr beobachtet Nora, wie Claire sich aus ihrer Irritation in kuscheliges Mitleid flüchtet.

»Wenn ich irgendwas für dich tun kann ...«

»Du kannst etwas für mich tun, Claire. Sag allen, dass sie auch sterben werden. Wir gehen alle auf dieses Loch zu. Man sollte sich rechtzeitig an den Tod gewöhnen. Ich bin viel zu spät dran damit. Mir fällt ein, dass ich einmal bei einem großen Geburtstagsfest war, wo ich kaum jemanden kannte. Du weißt, wie das ist, man versucht angestrengt, mit irgendwelchen Leuten über irgendetwas zu reden, damit man sich nicht so ausgeschlossen vorkommt. Nun ja, vielleicht weißt du es nicht. Mir ging es jedenfalls immer so. Für Männer war ich nicht attraktiv, und Frauen hielten nach den Männern Ausschau. Und plötzlich setzte sich eine mitteljunge Frau neben mich und fragte, was ich für eine Einstellung zum Tod habe. Sie sagte, sie habe schon einige Leute gefragt, aber die meisten hätten keine Lust gezeigt, über dieses Thema zu reden. Aber sie finde, gerade dann, wenn man das Leben feiere, solle man den Tod auch gleich mitfeiern, er gehöre doch dazu.

Wir hatten ein sehr angeregtes Gespräch, aber das Thema berührte mich nicht wirklich. Alle in meiner Familie, die starben, taten das unsichtbar, sagte ich. Sie waren einfach weg. Die Eltern meiner Mutter wurden im Krieg von einer einstürzenden Wand erschlagen. Mein Stiefvater stürzte in den Bergen ab. Seine Eltern starben, als sie schon im Altersheim waren. Ich musste etwas Schwarzes anziehen und sah einen geschlossenen Sarg, über dessen Inhalt ich nicht viel nachdachte, und warf ein paar Blumen in ein Grab. Das war alles. Dann war eine Weile eine Lücke, wo ein Jemand gewesen war, und dann schloss sie sich. Nur das Sterben meiner Mutter habe ich direkt erlebt. Dafür bin ich dankbar. Ich durfte wenigstens einmal sehen, wie eine Seele sich von ihrem Körper trennt.

»Ich habe nie jemanden sterben gesehen«, sagt Claire. Es klingt, als wolle sie dies auch in Zukunft vermeiden.

»Nun, dann wird es Zeit«, erwidert Nora. Sie hofft, dass Claire das Beben in ihrer Stimme nicht gehört hat.

Ich möchte Dir so viel erzählen, Lisa. Aber obwohl ich weiß, dass ich tot sein werde, wenn Du dies liest, fürchte ich mich vor Deiner Verurteilung. Ich ertappe mich manchmal bei Spekulationen: Lisa sitzt am Küchentisch, eine kleine, korpulente Frau mit dem vom Alter verwüsteten Puttengesicht, und streicht sich eine Träne von der Wange, weil sie die Schwester nicht mehr umarmen und trösten kann. Ich stelle mir vor, dass Lisa denkt: Ach, hätte ich doch dies alles von meiner Schwester gewusst, ihr trauriges Leben, die Abgründe ihres Leidens an sich selbst – ich würde ihr schon längst verziehen haben.

Oder Lisa liegt auf dem Sofa und knabbert Pralinen, während sie dies liest, in einem weich fließenden Kleid, die dezent blondierten Haare locker aufgesteckt, noch immer die zarte Elfe, trotz der hängenden Wangen und des faltigen Halses. Sie liest und denkt dabei: Arme Nora, du warst schon immer gut darin, dir Steine in den Weg zu legen, dir selbst und allen anderen ein Ärgernis. Willst du meine Absolution? Nimm sie dir.

Natürlich will ich Deine Absolution, Lisa. Obwohl es letztlich darum geht, dass ich mir selbst verzeihe. Warum ist das nur so schwer?

In der vergangenen Nacht hatte ich einen grauenhaften Alptraum. Er war so schlimm, weil gar nichts Greifbares geschah, nichts, das man erzählen könnte. Nur ein Gefühl. Wie soll man ein Gefühl erzählen? Die Hölle ist ein Gefühl. Dante hätte nicht so viele Worte machen müssen. »Ich starb nicht, und doch blieb ich nicht lebendig« – an diesen Satz erinnere ich mich, den einzigen in diesem ganzen dicken Buch. Ich las es, als ich noch sehr jung war, und viel verstand ich nicht davon. Doch dieser Satz überlebte in einem Winkel in mir, weiß der Himmel, warum.

Was wird sie Lisa alles erzählen? Hat sie das Recht, Lisa zur unfreiwilligen Klagemauer und Beichtmutter zu machen? Sie beruhigt sich damit, dass sie den Brief nicht abschicken muss, wenn er fertig ist. Sie schreibt ihn, weil ihr das hilft, ihr Leben aufzuräumen.

Ist es wirklich so? Oder will sie Lisa ein Stück der Schuld abgeben, die sie ständig mit sich herumgetragen hat?

Eine Geschichte wird sie Lisa nicht erzählen. Eine böse Geschichte, die im Tresor ihrer Selbstverachtung Staub angesetzt hat. Sie möchte sich nicht daran erinnern, doch seitdem sie angefangen hat, in ihren Erinnerungen zu wühlen, hockt diese Geschichte in der Ecke und wartet auf ihren Auftritt. Sie sollte es hinter sich bringen.

Tatsächlich erinnert sie sich nicht mehr genau daran. Nur an das abscheuliche Gefühl erinnert sie sich gut. Missachtung. Demütigung. Vernichtung. Die Angststarre des Opfertiers.

Das Bild eines Straßencafés im späten Frühling. Sie trug die weißen Jeans, die sie am Vortag gekauft hatte. Sie gefiel sich, soweit sie sich gefallen konnte. Und so stolz war sie auf diese Verabredung. Junge Studentinnen mussten Verabredungen haben. Sie wollte so dringend dazugehören. Nun gehörte sie dazu.

Wie hieß er? Sie hat den Namen vergessen. Studierte er Jura? Oder Betriebswirtschaft? Groß, ein schmales, arrogantes Gesicht, nicht gerade schön. Die Haut straff über den Knochen, wie festgezurrt.

»Wie wär's mit ihr?«, hatte er bei der Party zu einem anderen jungen Mann gesagt, laut genug, dass sie es hören konnte.

Sein Blick war nicht angenehm. Doch die Beachtung gefiel ihr. Und es gefiel ihr, im Café auf ihn zuzugehen und zu sagen: »Bist du schon lang da?«

Hinter einer Hausecke hatte sie gewartet, bis er kam. Die Sonne strahlte grell und aufregend. Viele Tische waren schon besetzt. Tauben liefen dazwischen herum und pickten. Eine Taube hinkte, und wenn sie einem Schuh ausweichen musste, flatterte sie mit einem Flügel. Nicht fliegen und nicht einmal richtig laufen können, was für ein Taubenschicksal.

Sie vergaß die Taube augenblicklich, als sie auf ihn zuging. Ihre Verabredung. Alle konnten es sehen. Obwohl sie niemanden im Café kannte, erschien es ihr über alle Maßen befriedigend, so gesehen zu werden. Wie sie sich zu dem Mann setzte, die Beine übereinander schlug, die Haare zurückstrich, die sich aus dem dicken Knoten gelöst hatten.

Das nächste Bild: Große, braune Kaffeeflecken auf ihrer Hose, auf der Bluse.

»Tut mir leid«, sagte er.

Er hatte seine Tasse gehoben, um mit ihr anzustoßen, scheinbar übermütig. Heftiger als beabsichtigt, sagte er. Sie glaubte es angestrengt. Selbstverständlich war es ein Versehen, vielleicht sogar ihr eigenes Ungeschick. Es konnte nicht anders sein.

Aber nein, sie dürfe jetzt nicht heimfahren und den schönen Nachmittag verderben, er wohne in der Nähe, dort könne sie die Sachen auswaschen. »In der Nähe« erwies sich als Euphemismus. Es war ein langer Spießrutenlauf durch eine kleine Hölle verstohlener Blicke der Passanten auf die Kaffeeflecken. Das halbe Lächeln auf seinem hochmütigen Gesicht tat weh.

Ein großes Haus mit vielen Wohnungen. Es gehöre der Familie, sagte er beiläufig. Vom Wohnzimmer aus sah man Dächer und viel Himmel. An der Wand stand ein blank poliertes Klavier. Ein großväterlicher Schreibtisch machte sich vor dem Fenster breit.

So gut es ging, wusch sie die Flecken aus Hose und Bluse und zog die nassen Sachen wieder an.

»Zieh das aus«, sagte er, »auf dem Balkon trocknet es schnell.«

Ihr Nein kam spröde. Es klang kindisch in ihren Ohren. Er zuckte mit den Schultern. »Das ist doch albern.«

Sie wollte nicht albern erscheinen, zog Hose und Bluse aus und legte sie auf dem Balkon in die Sonne.

»Auf deinem BH sind auch Flecken«, sagte er. »Wasch ihn, sonst gehen sie nicht mehr raus. Wäre schade darum.«

Sie fragte sich nicht, warum sie gehorchte. Es schien zu spät für jegliche Wahl.

Er drückte ihr einen fremden BH in die Hand. »Zieh das an.«

Der BH war zu klein. Ihre großen, festen Brüste quollen darüber hinaus, wurden seitlich unter die Arme gedrückt.

»Passt nicht«, sagte sie.

Er hob die Hand. »Doch. Gut so. Lass die Arme hängen.«

Sie stand in der Mitte des Zimmers, die Arme baumelten neben ihr wie Fremdkörper. Die Gedanken waren eingefroren. Es gab keinen Ausweg. Sie hatte eine Verabredung.

Er saß auf der Kante seines Schreibtischs und schaute sie an. Augen wie ein Reptil.

Mit einer kleinen, scheuchenden Handbewegung sagte er: »Setz dich. Oder geh auf den Balkon in die Sonne.«

Er legte eine Schallplatte auf, wandte sich seinem Schreibtisch zu, schlug ein Buch auf, begann zu arbeiten.

»Ich geh heim«, sagte sie.

Er antwortete nicht.

Ihre Kleider waren feucht, aber warm. Sie zog sich an und legte den fremden BH auf einen Sessel. »Ich geh jetzt.«

Er riss ein Stück von einem Notizpapier ab und streckte es ihr hin, ohne aufzustehen. »Ruf mich an.«

Und sie rief ihn an. Warum? Sie konnte nicht darüber nachdenken. Ein enger Tunnel, in dem es kein Zurück und keine Seitenausgänge gab. Alles konnte geschehen. Es kam nicht darauf an.

Sie ging zu ihm. Er hieß sie in einen Sessel sitzen, während er weiterarbeitete. Sie verlor sich in den Sonnenmustern auf dem Parkettboden. Geigentöne bohrten sich in ihr Herz. Er hatte viele Platten mit klassischer Musik.

Irgendwann legte er sich auf das schmale Sofa und schloss die Augen.

»Was soll ich hier?«, fragte sie.

»Was du willst«, antwortete er. Seine Hand machte eine lässig einladende Geste zum Boden neben dem Sofa. Sie zögerte, schob dann den Couchtisch ein wenig beiseite und legte sich auf den Teppich. Ein vager Gedanke stieg in ihr auf: Wie ein Hund. Doch sie ging dem nicht nach. Sie dachte daran, wie sie diese Wohnung einrichten würde, wenn sie ihr gehörte. Sie wollte nicht zurück in ihr Zimmer mit dem Fenster zum engen Innenhof. An der gegenüberliegenden Wand hing oft Wäsche. Mit Wäsche war es besser als ohne. Die Wand war bedrückend grau. Sie musste ein anderes Zimmer suchen. Es war nur eine Notlösung nach dem Krach mit Tante Hedi gewesen. Alles würde anders werden. Irgendwann.

Sie ging noch ein paar Mal zu ihm. Sie bot sich ihm an, und er befriedigte sich an ihr. In der ersten Nacht hatte er ihr den Rücken zugedreht und gesagt: »Gehst du nicht heim?« Es klang weniger nach einer Frage als nach einem Vorwurf.

Kleinlaute Rechtfertigung. »Es fährt keine Straßenbahn mehr.«

Er hatte auf eine Decke am Fußende des Bettes gedeutet. »Nimm das und schlaf auf dem Sofa. Ich brauche meine Ruhe.«

Sie hatte diese Nacht schlaflos auf dem Sofa verbracht, bis die erste Straßenbahn fuhr.

Beim Sex sprach er nicht mit ihr. Sie war unerfahren, es strengte sie an, alles richtig zu machen, und sie schämte sich. An einem Regentag warf sie den Zettel mit seiner Telefonnummer rituell in einen Gully. Irgendwann würde sie seine Nummer vergessen haben. Hoffte sie.

Ein paar Wochen später sah sie ihn wieder, als sie mit einer Studienkollegin in einem Straßencafé saß. Er setzte sich ungebeten dazu in seiner lässigen, überheblichen Art und begann ein Gespräch mit der Studienkollegin. Zu Nora sagte er lediglich: »Hallo, wie geht's?«, ohne eine Antwort abzuwarten.

»Ich bin oft hier«, sagte er im Aufstehen zu dem Mädchen. »Um diese Zeit. Man sieht sich.«

Die Studienkollegin sah ihm nach. »Ein interessanter Typ.«

Nora hielt sich an ihrer Kaffeetasse fest und murmelte: »So kann man es auch nennen.«

Das Mädchen hob die Augenbrauen. »Woher kennst du ihn?«

»Wer sagt, dass ich ihn kenne?«, antwortete Nora.

3.

In den letzten Tagen war ich nicht in der Lage weiterzuschreiben. Ich habe sogar daran gedacht, die Idee mit diesem Brief wieder fallen zu lassen. Ich quäle mich durch die langen Nächte mit dem Gedanken, was ich Dir am nächsten Tag schreiben will. Und dann kommen die Erinnerungen. Manche sind so schmerzhaft, dass ich schreien möchte. Und dann denke ich: Was habe ich nur mit meinem Leben gemacht!

Der Regen hat aufgehört. Die ganze Landschaft ist aufgeweicht, die Leute sind es auch. So hat es ja seit Menschengedenken nicht mehr geregnet, hieß der Refrain im Laden um die Ecke. Und der armen Marie sind im Vorgärtchen ihre Pfingstrosen davongeflossen. Mir gefiel der Regen, er passte zu mir.

Ich habe die Regentage gebraucht, um mich dazu durchzuringen, Wangmo anzurufen. Noch habe ich es nicht getan. Nur der Entschluss steht fest. Dahin zu kommen war schwer genug.

Ich muss Dir jetzt von Wangmo erzählen, der besten Freundin, die ich je hatte. Auch da hat sich Schuld angehäuft, wie könnte es anders sein. Ich habe diese Freundschaft verraten. Nicht spektakulär, nicht so, dass man den Finger darauf legen könnte. Ich habe mich nur lautlos davongemacht, tauchte einfach unter im Nebel lebloser Igno-

ranz. Warum? Ein Mann! Welche Hürde von Scham muss ich überwinden, um dies zu schreiben.

Unsere Freundschaft begann Anfang der Neunziger nach meinem unerwarteten Erfolg mit einem Fotobuch. Es ist immer noch auf dem Markt und bringt ein bisschen Geld. Zusammen mit der Miete von Mamas Haus komme ich ganz gut zurecht. Die Hälfte des Hauses gehört ja nach wie vor Dir, auch wenn Du sie nie haben wolltest.

Manchmal finde ich es sehr entlastend, dass ich nun nicht mehr über dieses Jahr hinausdenken muss, dass es keine Zukunft mehr gibt, über die ich mir Sorgen machen muss. Das ist ein Geschenk. Ich habe immer viel zu sehr an die Zukunft gedacht. Ob ich Erfolg haben würde. Ob ich genug Geld haben würde. Und natürlich, ob ich den richtigen Mann finden würde. Das ist alles so unwichtig geworden. Nur wegen der letzten Phase meiner Lebenszeit mache ich mir Sorgen, wenn ich Pflege brauchen werde. Ich hasse Krankenhäuser. Irgendwann muss ich mit Marie darüber sprechen.

Doch jetzt will ich von Wangmo erzählen. Damals begann mein neues Leben, nach dem Krebs, nach den Operationen, der Chemo, dem Torkeln zwischen Furcht und Hoffnung.

Alle die schrecklichen Geschichten der Vergangenheit wurden in den Keller gepackt. Ich ließ mich auf eine Affäre mit einem indischen Tabla-Spieler ein und verbrachte einen Sommer in Zürich mit ihm. Es störte ihn nicht, dass ich älter war als er. Ich gehöre zu jenen Frauen, die in der Jugend nicht jung und in älteren Jahren nicht alt aussehen. Er war sehr langweilig. Ich glaube, er nahm mich kaum wahr. Wahrscheinlich war ich deshalb mit ihm zusammen. Ich konnte so gut wie nichts falsch machen, es gab keinen Ärger, und ich wollte nicht viel von ihm. Er war zu dick, nicht größer als ich, und er bewunderte meine Figur. Sexuell hatte er geringfügige Forderungen, gutes Essen war ihm wichtiger. Er liebte die italienische Küche, und ich war eine akzeptable Köchin. Wenigstens war ich nicht allein. Vor nichts hatte ich so große Angst wie vor dem Alleinsein. Ravi war nur abends weg, wenn er irgendwo trommelte. Nach ein paar Mal ging ich nicht mehr mit. Mein Bett und ein Buch waren mir lieber.

Wir hatten die Wohnung eines seiner Freunde gemietet, der irgendwo in der Welt unterwegs war. Gegenüber wohnte eine Tibeterin, die sich um ihren pflegebedürftigen Adoptivvater kümmerte. Eine schmale, hübsche Frau, immer freundlich. Hohe Wangenknochen, sanftbraune Haut mit einem leichten Olivton, unglaublich weiße Zähne. Nur einmal sah ich sie in einem tibetischen Kleid. Meistens trug sie Jeans, wie ich.

Sie war Lehrerin, ging morgens zur Schule, während eine Pflegerin nach dem Vater sah. Ich hatte den Eindruck, dass sie oft allein war mit dem kranken Mann. Besuch kam selten. Eines Abends lud sie mich ein, und von da an saßen wir immer häufiger halbe Nächte beisammen. Sie erzählte mir die Geschichte ihrer Flucht aus Tibet. Eine schmerzhafte Geschichte: Flüchtlinge, von chinesischen Patrouillen angeschossen, die man zurücklassen musste, eisige Pässe, Kinder mit abgefrorenen Zehen. Hunger, Erschöpfung. Ihr kleiner Bruder überlebte es nicht.

Es war schön, eine Freundin zu haben. Ich war damals über fünfzig, und enge Freundinnen gehörten nicht zu meiner Biografie. Ich glaube, ich bin kein Freundschaftsmensch. Die einen sind es und die anderen nicht. Viele Frauen haben eine »beste Freundin« oder zumindest gute Freundinnen. Ich hatte Studienkameradinnen, Kolleginnen, Bekannte. Es fiel mir schwer, mich auf freundschaftliche Nähe einzulassen. Vielleicht, weil ich in meiner Kindheit nie gelernt habe zu vertrauen. Das sei schwer nachzuholen, heißt es.

Einmal sah ich einen Fernsehfilm zu der Frage, ob Tiere zu Freundschaften fähig sind. Zwei Schimpansenweibchen, die man viele Jahre lang allein ohne jeden Schimpansenkontakt in Forschungslabors gehalten hatte, begegneten einander zum ersten Mal. Nur ein geringes Zögern, dann gingen sie aufeinander zu, die eine zielstrebiger, die andere verhaltener, und nahmen einander in die Arme. Ganz lang. Sie wollten gar nicht mehr loslassen. Und sie lächelten! Sie drückten die Wangen aneinander und lächelten. Ich musste weinen, als ich das sah.

Wo nur hatten diese gottverlassenen Labortiere Vertrauen zu ihrer Spezies gelernt? Oder hatte sie ein gesunder Instinkt für Nähe geführt, der uns fehlt?

Ich habe früher nie darüber nachgedacht, aber es war einfach immer so, dass ich mich nur schwer anfreunden konnte, und ich brauchte lang dazu. Jan sagte, ich sei wie ein Pferd. Mit Pferden müsse man auch vorsichtig umgehen. Sie scheuen zu leicht. Das war eine sehr liebenswürdige Umschreibung. Er sprach nicht davon, dass sie ausschlagen. Aber ich wusste sehr wohl, dass ich das tat. Später werde ich Dir von Jan erzählen.

Wangmo war religiös. Aber anders, als ich es kannte. Sie war auf eine seltsame, zärtliche Weise religiös. Sie liebte ihren Buddha und seine Lehre, wie ein glückliches Kind seine Mami liebt und das, was sie sagt. Jedoch ein Kind, das stark und weise genug ist, um die Verantwortung für die eigene Befindlichkeit übernehmen zu können. Jeden Morgen und Abend betete sie zu ihrer Meditationsgottheit. Ich fragte sie einmal, um was sie bete. Man betet doch nicht um etwas, sagte sie.

Von der Wohnung der Tibeterin sah Nora nur den Flur und die Küche. Hinter einer der Zimmertüren am anderen Ende des Flurs schlief der kranke Mann. »Hier bin ich aufgewachsen«, sagte Wangmo. Die Adoptivmutter sei vor einiger Zeit gestorben, jetzt sterbe der Vater ihr hinterher.

»Sie waren«, erzählte sie, »ganz und gar ineinander verwachsen. In ihrem nächsten Leben werden sie wohl das Alleinsein lernen müssen.«

»Ich lerne es schon in diesem«, sagte Nora leise, mehr zu sich selbst als zu Wangmo.

Die Küche war geräumig und gemütlich. An den lange nicht gestrichenen Wänden hingen schwer die abgelebten Jahre einer Familie.

»Schau dich nicht um. Ich bin nicht sehr ordentlich. Das Leben mit dem Kranken macht mich langsam. Manchmal schaffe ich es einfach nicht aufzuräumen.«

»Das kenne ich«, erwiderte Nora. »Da brauche ich keinen Kranken dazu. Ich allein genüge schon.«

Ein erheiterter Blick. Wangmo füllte Rotwein in Kristallgläser. Omagläser. Es war schön, so zusammenzusitzen am Küchentisch, begleitet vom Trommeln des Sommerregens draußen auf dem Fensterbrett. Eine große Katze besetzte den dritten Stuhl.

»Frau Berta ist siebzehn Jahre alt«, sagte Wangmo. »Im nächsten Leben wird sie ein Mensch.«

Nora lachte. »Woher weißt du das?«

»Die Lamas sagen, dass ein Haustier, das liebevoll behandelt wurde und das Menschenleben gut kennt, vom Menschenbereich angezogen und deshalb als Mensch wiedergeboren wird. Es zieht einen immer das an, was vertraut ist. Frau Berta kennt die Art der Menschen – im Bettchen schlafen, aus Tellerchen essen, du weißt schon. Mäusefangen war nie Teil ihres Lebens als Wohnungskatze. Ihre Aufgabe war, sich lieben zu lassen. Also wird sie sich für ihre menschliche Wiedergeburt einen guten Haushalt suchen, wo es viel Liebe gibt.«

Nach dem Krieg, als sie nach Mamas Hochzeit bei Oma und Opa Wallner einzogen, lebte ein gesetzter Kater im Haus. Er wurde überfahren, bevor sich die Mädchen mit ihm anfreunden konnten. Sie fanden den kleinen Körper auf der Straße, ohne sichtbare Verletzungen, nur am Kinn sah man ein wenig Blut. Begrabt ihn im Garten, sagte Oma Wallner, hinten bei den Holunderbüschen. Grabt tief genug, sonst buddelt der Fuchs ihn wieder aus.

In der Nacht träumte die kleine Nora, ein Fuchs komme in den Garten geschlichen und öffne das Grab. Der Fuchs holte den Kater heraus und sagte, sie müsse sich in das Grab legen. Es sei ihr Grab.

»Weißt du, Wangmo, wenn mir das miese Leben, in das ich diesmal hineingeboren wurde, schon vorher vertraut war, möchte ich lieber nichts von meinem früheren Leben wissen«, sagte Nora. »Das würde mich nur depressiv machen.«

Wangmo sprach von Karma und davon, wie man sich sein

Schicksal selbst schaffe und wie alles miteinander zusammenhänge. Wie man schlechtes Karma überwinden könne. Nora hörte nur halb zu. Ihr Blick hing an den hohen Wangenknochen, den schmalen Händen, und sie fühlte sich zu groß und zu grob. Wie eh und je.

»Aha«, sagte sie schließlich. »Und wie macht man das?«

»Vertrauen«, antwortete Wangmo strahlend. »Am wichtigsten ist Vertrauen.«

Der Dämon der Gereiztheit flüsterte Nora Hässliches zu. Doch sie wies ihn ab, sagte nicht: Lass doch den Kitsch! Oder: Und wo kann ich mir das kaufen? Zu Ravi konnte sie sagen: Hallo, Gutmensch, good morning, hier Schlechtmensch. Ihn störte das nicht. Er atmete mit jedem Wort ignorante Überlegenheit aus, wenn er die Welt mit seinen Sprüchen füllte, »Alles ist Illusion« oder »Armut ist heilsam«.

Doch Wangmo war anders.

Der sonnige Tag ist schmerzhaft hell. Die grünen Regenwände, hinter denen man sich, tief in Sofakissen vergraben, verstecken konnte, waren vielleicht doch besser. Zeit ohne Schärfe. Die Sonne ist rücksichtslos. Wandernde Schatten schreiben erbarmungslose Stunden an die Wand.

Nora weiß nicht, wohin mit sich. Nicht mehr denken müssen. Wozu schreibt sie das alles an eine Schwester, die sie sich nicht mehr vorzustellen vermag. Sie könnte alles, was sie geschrieben hat, löschen. Niemand zwingt sie, diesen Brief an Lisa zu schreiben. Vielleicht lebt Lisa gar nicht mehr. Wie viel mag sie ihren Kindern von ihrer Vergangenheit erzählt haben? Lisa war wenig mitteilsam. Wie Mama. Wie Nora. Es war in dieser Familie nicht üblich, sich mitzuteilen.

Sie kann Lisa nicht ausweichen. Die Erinnerungen sind Betonblöcke auf dem Grund ihres Herzens. In Oma Wallners Garten Ostereier suchen, mit Mama und ihrem neuen Mann. Die Eier und die Bonbons zählen, es müssen gleich viel sein. Vati,

Nora hat mehr als ich. Aber nein, Mäuschen, du hast noch nicht alles gefunden.

Die Wut. Die Schuld. Ein rotes Ei zertreten, Erde und Blätter darüber, unsichtbar, verschwunden. Kleine, saure Rache für Mäuschen hier und Mäuschen da. Nicht geplant, nicht gewollt, es geschah so plötzlich, ein Tritt, ein kleiner, böser Rausch, der durch den Körper fährt und das Herz wild werden lässt.

Lisas Tränen, die wie immer mit Geschenken beschwichtigt werden. Nora ist stets die Verliererin.

Doch es gibt Inseln. Als Lisa krank war und Nora ihr Nachmittage lang vorlas. Aus Noras Lieblingsbüchern. Schneeflocken vor den Fenstern und ein warmes, ruhiges Glück mit Bratäpfeln auf dem Kanonenofen.

Unten im Haus ist Bewegung, die Mädchen sind da, mit Chantals Kind. Die Stimme des kleinen Jungen hallt im Treppenhaus. Nora kann Maries Freude durch die Wände spüren. Marie und ihre Kinder, wie sehr sie aneinander hängen! Manchmal streiten sie, aber selbst das Streiten versichert sie gegenseitig ihrer Nähe.

Hastig schlüpft sie in leichte Schuhe und nimmt die Handtasche, ein Blick in den Spiegel – ein schmales, langes Gesicht im Rahmen dichter, fester, eisengrauer Haare, halblang, leicht gewellt. Meine englische Aristokratin, hat Jan an ihrem Hals geflüstert. Wie kommt ein Streuner wie ich zu solch einer Frau?

Ach, Jan.

Sie versucht, leise zu sein, doch das ist nicht möglich auf der knarrenden Holztreppe. Sie hört es jedes Mal, wenn das Paar vom zweiten Stock herunterkommt. Unten stehen alle Türen offen, Marie und die Mädchen tragen Kaffeetassen und Kuchen zum Plastiktisch im Vorgarten.

»Komm, Tante Nora, setz dich zu uns, es gibt Apfelkuchen.«

Mit einem großartigen Lächeln, dem größten, das sie zustande bringt, wehrt Nora ab, behauptet, bereits zu spät zu einer Verabredung zu kommen. Das nächste Mal, bald, das Wetter läuft uns ja nicht weg. Und der kleine Junge will auf den Arm genommen werden und gibt ein Küsschen, das muss sein. Das Kind weiß nichts von dem Schmerz einer zugenagelten Erinnerung. Ach, Jan. Ach, Benni. Wäre der Tod doch einfach nur Vergessen. Nicht nur die Schuld vergessen, auch das Schöne, das hätte sein können, das vorenthaltene Glück. Wie tiefer Schlaf.

Aber nein. Was meinscht, hörte sie Wangmo mit ihrem entzückenden Schweizerisch sagen, dann geht es erscht richtig los.

Sie ist an den See gefahren, so umwickelt von Gedanken, dass keine konkrete Absicht den Weg wies. Hoch über dem Ufer kann sie in die Kühle des Waldwegs eintauchen, geborgen im barmherzigen grünen Licht. Selbst die gelegentlichen Radfahrer, in voller, bunter Rüstung gegen welchen Feind auch immer, stehlen ihr nicht das gute Alleinsein.

Warum ist sie weggelaufen? Marie und die Mädchen sind ihre Nächsten. Ihre Zuflucht vor der gefürchteten Einsamkeit. Ihre Bestätigung, dass sie noch lebt.

Sie geht schnell, sie möchte die Anstrengung spüren. Was ist es, das sie wegtreibt?

Wütend. Etwas macht sie wütend. Was ist es?

Sie läuft noch schneller. Ja, sie ist wütend. Wütend, weil Marie und die Mädchen nicht mehr so sind wie früher. Weil sie irritiert sind. Aber sie meinen es gut.

Meinen sie es gut? Oder verschanzen sie sich nur vor diesem unerquicklichen Tod mit netten Gesten? Und wenn? Kann sie es ihnen übelnehmen?

Unsicherheit in allen Richtungen. Es soll doch nur einfach wieder so sein wie früher. Aber denken die drei das nicht auch? Die müßig verplauderten Nachmittage am Plastiktisch im Vorgarten. Oder im Winter in Maries Küche mit dem Feuer im alten

Herd. Monopoly. Tarot. Deklamieren aus Astrologiebüchern. Familienrat, als Chantal, achtzehn Jahre alt, schwanger wurde. Von einem »grünen Jungen«, hatte Chantal gelassen verkündet. Der »süß« war, ungeschickt und zärtlich. Nicht »cool«. So ein Süßer, dass Kondome als Sakrileg erschienen, sagte Chantal ungeniert.

Nora hatte den Atem angehalten. Ein Anflug von Neid. Verzauberung.

»Was für ein schöner Start ins Leben für dein Kind«, hatte sie gesagt.

»Siehst du, Mam, Tante Nora versteht das.«

Marie schloss ihre hilflosen Argumente schließlich in sich ein. Heroische Mutter, denkt Nora und ertappt sich bei einem Lächeln. Ein Radfahrer lächelt zurück, ein Hallo weht vorbei, zu spät für eine Antwort.

Das sanfte Knirschen der Räder auf dem Schotterweg entfernt sich. Ein Vogelruf, ein Knacken, undeutbare Geräusche des Waldlebens. Schmale Bündel von Sonnenstrahlen.

Ich bin nicht mehr wütend, denkt Nora. Erstaunlich.

Sie wird zurückgehen und sich zu ihrer Familie setzen und Kuchen essen. Sie wird sagen: »Maries Kuchen sind die besten.« Sie wird Marius auf den Schoß nehmen und hinter sein Ohr pusten, und er wird begeistert kichern. Und sie wird mit den Mädchen lachen. Wie früher. Und alle werden wissen, dass es Theater ist. Als würde sie ewig leben. So wie sie alle immer ewig leben, in jeder Minute und Tag und Nacht.

Doch sie läuft weiter, bis die Füße schmerzen, und es ist fast Abend, als sie heimkommt. Sie klingelt bei Marie, die Mädchen sind noch da, das Kind bekommt seinen Puster hinters Ohr, der Rest des Kuchens wird aufgetischt, und Nora kann ihren Satz sagen: »Maries Kuchen sind die besten.«

Sie wünscht sich, ihre Rolle in diesem Stück wäre einfacher.

Noch immer habe ich Wangmo nicht angerufen. Ich bin noch nicht so weit. Womit? Ihr zu verzeihen, dass ich sie schlecht behandelt habe? Aber so ist es doch oft, nicht wahr, dass wir einen Groll haben auf die Person, der wir selbst etwas angetan haben – die uns in unserer Minderwertigkeit und Schwäche gesehen hat.

Sie gab mir ihre Freundschaft, aber das Geschenk war zu groß für mich. Ich musste hier und dort etwas abschneiden, damit es zu mir passte. Zum Beispiel die Geschichte mit Gerhard. Das Vertrauen reichte nicht für die ganze Geschichte. Ich erklärte Wangmo, Karoline habe unser Geheimnis verraten. Doch so stimmt das natürlich nicht. Dieses Geheimnis war zu saftig, um bewahrt zu werden. Natürlich wusste ich, dass Karoline es mit genussvoller Gänsehaut ausplaudern würde. Vielleicht sogar ausschmücken. Ich verließ mich ja darauf.

Niemals hätte ich meiner aufrichtigen Wangmo offenbaren können, wie niederträchtig ich tatsächlich war. Niemand sollte es wissen. Doch nun spielt auch das keine Rolle mehr. Es ist seltsam erleichternd, die qualvolle Erinnerung in Worte zu gießen. Als würde dabei etwas von dem Gift aus mir herausfließen und sich in der Abstraktion der Worte auflösen. Ob dies der Trick der Beichte ist?

Der Beichtstuhl hatte violette Vorhänge. Dunkle Ränder vom Staub. Flüstern, Murmeln. Der fade Geruch von dürftigen Gebeten.

Noras Brüste schmerzten ein wenig. Sie waren bereits zu groß für ihre dreizehn Jahre, und sie hasste diese aufdringlichen Auswüchse ihres Körpers. Der Priester würde wieder peinliche Fragen stellen über das sechste Gebot. Unkeusche Gedanken. Unkeusche Handlungen. Der wollte es genau wissen. Da ging man mit mehr Schuldgefühlen weg, als man gekommen war.

Aber sie musste die Sache mit dem Hündchen irgendwie loswerden. Priester durften nichts verraten. Irgendwie, dachte Nora, glaube ich ja nicht mehr an den Gott da oben. An den lieben schon gar nicht. An den bösen manchmal.

Warum hatte sie das gemacht mit dem Hündchen? Es war so dumm und tat so weh danach. Es tat immer noch weh, Tag und Nacht.

Gerhard hatte das Hündchen gebracht. »Hier, Kinder, kümmert euch gut um sie.«

Zu Mama sagte er: »Ein Tier ist gut für Kinder.«

Und Mama nickte und lächelte mit dünnen Lippen.

Lisa stürzte sich auf das kleine Tier, riss es an sich, jubelte, tanzte. »Ein Hündchen, wie süß, wie süß, ein Hündchen, wir nennen es Wolfi, ja? Oh Wolfi, bist du süß.«

»Wolfi klingt doof«, wandte Nora ein. »Sie ist doch eine Hündin. Saba wäre viel schöner. Wie die Königin von Saba.«

Lisa setzte sich durch. Saba war kein Name. Alle sagten das, sogar Opa Wallner, der fast nie etwas sagte.

Es wurde Lisas Hund.

Nora kämpfte. »Es ist auch mein Hund. Ich bürste sie, genau wie du. Ich füttere sie, genau wie du. Du gibst ihr kein frisches Wasser, ich schon.«

»Vati sagt, ein Hund braucht ein festes Herrchen«, trumpfte Lisa auf, »den Rudelführer. Wolfi mag mich am liebsten. Darum bin ich Rudelführer.«

Lisa gab dem Hündchen heimlich Kekse.

»Keksführer«, sagte Nora hämisch. Es nützte nichts. Wolfi wurde Lisas Hund, und niemand hatte etwas dagegen.

Die Idee entstand in Tagträumen. Wenn Wolfi nie zu ihnen gekommen wäre. Wenn Wolfi weg wäre. Wenn Wolfi verschwinden würde. Für eine Weile. Alle würden sich aufregen. Lisa würde heulen und schreien. Ihr Geschrei würde allen auf die Nerven gehen. Früher oder später. Vati hatte schlechte Nerven. Und natürlich ein ganz, ganz empfindliches Krankheitsherz. Da durfte niemand heulen und schreien, das würde Lisas Vati angreifen, und der würde sich dann ereifern: Hör endlich mit dem Gezeter auf. Bei ihm war alles »Gezeter«.

Es war so einfach. An diesem Nachmittag war niemand zu Hause außer Oma und Opa beim Mittagsschlaf. Lisa hatte nachmittags Schule. Wolfi freute sich auf den Spaziergang. Der Schuppen im Wald lag sehr abgelegen. Vielleicht hatte der Förster ihn einmal gebraucht, doch seit Jahren stand er leer. Das Hündchen wollte nicht im Schuppen bleiben, es musste mit dem Fuß zurückgestoßen werden, damit die Tür zuging.

»Ist doch nicht für lang, du dummer Hund. Halt die Klappe.«

Das Winseln und Kratzen folgte ihr lange Zeit auf dem engen Trampelpfad.

Es war nicht dunkel im Schuppen. Durch Ritzen zwischen den Bretterwänden drang genügend Licht herein. Wolfi würde sich nicht fürchten. Er hatte ein Häufchen Hundekuchen und einen Blumentopf mit Wasser, das genügte. Und die frühherbstlichen Nächte waren noch nicht richtig kalt.

Sie hängte die Hundeleine an den Haken neben der Haustür und fuhr zu Karoline. Woher sollte sie wissen, dass der Riemen ihres Rollschuhs reißen würde? Niemand konnte so etwas wissen. Man konnte nicht damit rechnen, dass etwas passieren würde. Aber es passierte. Karolines Vater brachte sie in die Notaufnahme des Krankenhauses und danach, viel später, nach Hause.

Aufregung und Vorwürfe. Wer hatte den Hund hinausgelassen? Nora hielt allen Versuchen, sie schuldig zu sprechen, ihren dick verbundenen Fuß und die Krücken entgegen. Wolfi war zu Hause und schlief, als sie zu Karoline ging. Niemand wagte Oma und Opa der Nachlässigkeit zu zeihen. Sein Verschwinden blieb ein Rätsel.

Nicht nur der schmerzende Fuß hielt Nora wach in dieser Nacht. Wie sollte sie in den Wald kommen? Ohne Krücken konnte sie nicht laufen. Mit Krücken auch nur mühevoll. Sie konnte niemanden schicken. Niemand durfte wissen, was sie getan hatte.

Zwei qualvolle Tage.

Karoline kam. »Ich hab gehört, euer Hund ist weg.«

»Lisas Hund«, sagte Nora, »eigentlich.«

»Wie ist das passiert?«

»Weiß ich doch nicht. Ich war doch bei dir, Rollschuh laufen.«

Sie konnte nicht länger warten. In der dunkelsten Stunde der Nacht rutschte sie vorsichtig am Treppengeländer entlang nach unten, stützte sich an allem Greifbaren ab, fand Opas Spazierstock, arbeitete sich voran zur Hintertür. Schmerzen wie Feuer. Die kleine Meerjungfrau. Doch die hielt die Schmerzen für einen Prinzen aus. Nicht für einen Hund.

Ein halber Mond, wenigstens das. Sie hüpfte auf einem Fuß den Waldweg entlang. Kroch an manchen Stellen auf Händen und Füßen. Das Gesicht wurde nass von Tränen und Schweiß. Weiter. Ich muss den Hund holen. Ich muss, muss, muss!

Kein Laut. Warum hörte der Hund sie nicht? Sie öffnete kniend die Tür zum Schuppen.

»Wolfi?«

Im matten Lichtkegel der Taschenlampe lag der Blumentopf. Kein Hündchen. Vielleicht hatte er sich ein Loch gegraben. Sie wollte es nicht wissen. Sie wollte heim.

Es dauerte ewig, bis sie wieder im Haus war, im Badezimmer die durchgeschwitzte Strickjacke und die Trainingshose ausgezogen hatte und im Schlafanzug zurück ins Kinderzimmer geschlichen war. Erst im Bett spürte sie die Verletzungen durch kantige Steine an Händen und Knien. Im Fuß tobte Feuer. Den Rest der Nacht weinte sie vor Schmerzen und um das Hündchen und aus Angst, entlarvt zu werden.

Der Hund blieb verschwunden. Niemand hatte ihn gesehen. Niemand antwortete auf die Zettel an Bäumen und Gartenzäunen.

Jeden Abend jammerte Lisa im Bett: »Ob es Wolfi gut geht? Bestimmt hat sie jemand gefunden und mitgenommen. Oder vielleicht ist sie tot. Überfahren. Meine arme Wolfi.«

»Es geht ihr bestimmt gut.« Am Anfang weinte Lisa oft. Nora weinte mit, und Lisa war zufrieden. Die Schwestern teilten die Trauer und hatten eine gute Zeit miteinander.

»Du sollst Vater und Mutter ehren«, sagte der Priester. »Du darfst ihnen nicht so viel Kummer machen. Was für Sünden hast du sonst noch zu beichten?«

»Nichts«, antwortete Nora. Und mit einem unterdrückten Schluchzen stieß sie hervor: »Aber das Hündchen. Ich weiß nicht, was mit ihm passiert ist. Vielleicht ist es tot.«

»Ach, es war doch nur ein Hund«, sagte der Priester ungeduldig. »Ego te absolvo. Drei Vaterunser und drei Avemaria.«

In der vergangenen Nacht musste ich darüber nachdenken, ob es mir wirklich gleichgültig ist, was man von mir weiß. Was Du von mir weißt. Mir kam der Gedanke, dass ich mein Leben in einem inneren Zimmer verbracht habe, in dem die Schränke vollgestopft waren mit Schuldgefühlen. Ich konnte sie nicht öffnen, ich konnte nichts von dem herausholen, was ich brauchte, weil mir sonst all die Schuld entgegengefallen wäre. Berge von Schuld. Und ein weiterer Gedanke kam: Vielleicht hat der Schuldwahn meine »bösen Taten« aufgebläht, weit über das hinaus, was sie wirklich waren.

Als unsere Mutter starb, sagte sie einmal: »Ich war keine gute Mutter.« Da waren ihre Lippen kein Strich mehr. Sie verflossen in der Landschaft von Schmerz, zu der ihr Gesicht geworden war. Nein, sie war keine gute Mutter. Sie erwartete auch nicht, dass ich ihr widersprach. Es stand nur dieses herzzerreißende Bedauern im Raum, dass sie diese lieblose, tüchtige, wütende, in sich festgezurrte und permanent unglückliche Frau gewesen war, der ein liebloser, machtsüchtiger Herrenmensch Kinder aufgezwungen hatte, die sie nicht wollte.

Sie hatte keine Angst vor einer jenseitigen Strafe. »Ich wollte, ich hätte es besser machen können«, sagte sie. Das war das Äußerste, was sie aussprechen konnte, um mir ihr Mitleid zu zeigen. Verringert das Mitleid mit dem Opfer die Schuldlast des Täters? Die Wunden unserer

Kindheit konnte es nicht rückgängig machen. Aber wurde Mama, als sie sich dem Tod näherte und zum ersten Mal ihr Leben als das sah, was es wirklich war, dadurch nicht eine andere? Als wer starb Gerlinde, die unsere Mutter war?

Als wer wird Nora sterben?

Ich habe einmal eine Geschichte gelesen von einem Mann in Texas, der im Streit einen anderen erschlagen hatte und zur Todesstrafe verurteilt wurde. In diesem Gefängnis gab ein amerikanischer Zen-Mönch Unterricht in buddhistischer Philosophie und Meditation. In den langen Jahren in der Todeszelle wurde der Mann ein eifriger Meditierender und schließlich ein ordinierter Zen-Mönch. Sein Gnadengesuch wurde von vielen Leuten unterstützt, aber der damalige texanische Senator, ein Baptist, wollte ihn tot sehen. Kurz vor der Vollstreckung wurde ein Tonbandgerät ins Gefängnis geschmuggelt und ein Interview mit ihm aufgenommen, das dann einige Rundfunkstationen sendeten. In diesem Interview sagte der Mann: »Ich habe meine Tat vielfach bereut, und ich habe meinen Geist verwandelt. Ich bin nicht mehr der, der ich war. Sie bringen einen Unschuldigen um.«

Vielleicht hatte unsere Mutter Glück, dass sie so langsam starb. Sie konnte noch viel aufarbeiten und ich mit ihr. Am Schluss hatten wir einander ziemlich viel verziehen.

Über den Tod selbst sprachen wir nicht, damit kannten wir uns beide nicht aus. Sie überraschte mich damit, dass sie keine letzte Ölung wollte. Sie habe schon lang keine Verbindung mit der Kirche mehr, sagte sie, und die Beziehung, die sie zu ihrem Gott habe oder nicht habe, gehe die Kirche einen feuchten Staub an. Ich werde nie vergessen, wie sie »feuchten Staub« sagte. Der Tod selbst, das »Danach«, war kein Thema. Wozu spekulieren? Wir wussten ja nichts.

Wangmo zitierte einmal einen tibetischen Lama, der sagte: Ich habe eine beunruhigende Nachricht: Die schlechten Gewohnheiten bleiben erhalten, die nehmt ihr mit in den Zwischenzustand und in das nächste Leben. Ich wandte ein, dass dann doch wohl auch die guten Gewohnheiten überleben würden. Wangmo lachte und sagte: Die sind ja nicht das Problem.

Aber über das Leben redeten wir immer mehr, je näher ihr Tod rückte. Einmal, es war an ihrem sechzigsten Geburtstag, fragte sie mich, ob ich nicht irgendwann heiraten wolle. Ich war immerhin schon neununddreißig. Für die Ehe sei ich wohl nicht geeignet, sagte ich. Sie streckte ihre Hand nach der meinen aus und drückte sie. »Wie solltest du auch«, flüsterte sie, »bei einem Vorbild wie mir.« Da saßen wir eine lange Zeit zusammen, Hand in Hand, und Tränen liefen über ihr und mein Gesicht, lautlose Tränen, ohne Schluchzen.

Die Erinnerung schmerzt. Deine Töchter sind vor dir geflohen, traurige Mutter. Das ließ sich nicht rückgängig machen.

Lisas Hochzeit in Hamburg. Die Erinnerung stürzt ihr erbarmungslos entgegen. Das weiße Spitzenkleid. Der überlange Schleier. Der satte Bräutigam mit den grauen Schläfen. Glorios aufgezäumte Verwandtschaft. Kleider, die nach Geld rochen. Designermöbel, mit ausgesuchten antiken Stücken kombiniert.

»Hannes hat Geschmack, und er ist unglaublich gebildet«, sagte Lisa, ihre Stimme fast um eine Oktave zu hoch. Das war am Abend vor der Hochzeit in der großzügigen alten Villa, die Hannes gekauft hatte. Der einzig richtige Rahmen für seine Lisa, wie er sagte. Schwere, weinrote Vorhänge in Lisas »Boudoir«. Auf dem Torso einer Kleiderpuppe das Hochzeitskleid. Nora lehnte am tiefschwarz glänzenden Klavier. Ganz neu. Alles war neu. »Schwerindustrie«, hatte Mama andächtig gesagt.

»Ist er nicht ein bisschen zu alt für dich?«, fragte Nora mit sanftem, falschem Ton. Als ob Lisa sie nicht gut genug kenne. »Ich meine – ich bin bestimmt nicht neidisch oder so, ich meine nur, er ist doch doppelt …«

»Er ist ein richtiger Mann«, fauchte Lisa, »und er weiß, was eine Frau braucht.«

Doch plötzlich schwammen Lisas himmelblaue Augen in Tränen. »Ständig muss ich mir das anhören. Ist er nicht zu alt? Er könnte dein Vater sein. Na und? Er ist doch nicht alt. Zweiundvierzig ist doch verdammt nicht alt.« Sie schlug mit den Fäusten auf den Klavierdeckel. Das Klavier antwortete mit einem erschreckten Aufstöhnen. »Es war das Erste, was Mama zu mir sagte, kaum dass Hannes ein paar Schritte weg war. Vielleicht hat er es sogar gehört. Und Tante Hedi. Und Annegret, meine liebe, alte, vor Neid platzende Freundin. Dabei hab ich ihr sogar die Reise bezahlt.«

»Mir auch«, sagte Nora kleinlaut. Lisas elegante Verpackung schüchterte sie ein. Elegante hohe Schuhe, hellgraues Mohair-Twinset über dem anthrazitfarbenen engen Rock aus festem, teurem Stoff. Der Verlobungsring ein Erbstück. Oder aus erzwungenem Judennachlass, dachte Nora.

Erschreckt von der eigenen Boshaftigkeit nahm sie die Schwester in die Arme. »Hauptsache, du liebst ihn. Und er liegt dir zu Füßen, das sieht man.«

Dankbar erwiderte Lisa die Umarmung. »Ja, das tut er. Und er sieht so gut aus. Ein bisschen wie Rhett Buttler in *Vom Winde verweht*. Findest du nicht?«

»Nun ja«, sagte Nora, »ein bisschen vielleicht.«

»Und er heiratet mich nicht nur, weil …«

Das nicht Ausgesprochene hing im Zimmer wie der Nachhall eines Gongs.

»Bist du etwa …?«

Nora hatte unwillkürlich die Arme fallen lassen. Natürlich, so machte man das. Süße, kleine Lisa, tänzelt, wackelt einladend mit dem Hintern, ziert sich, lässt ihn dann doch ran. Früher oder später wird so ein pralles, junges Marzipanweibchen mit Sicherheit trächtig. Und kann dann jammern: Oh Gott, Liebling, was machen wir jetzt?

Warum bin ich nur so gemein?, dachte sie.

Sorgfältig zupfte sie ihre Bluse glatt. »Gratulation«, sagte sie. Es klang nicht gut. »Ihr werdet eine glückliche kleine Familie sein«, schob sie nach.

»Hannes freut sich«, erklärte Lisa. »Aus seiner ersten Ehe hat er eine zurückgebliebene Tochter. Die ist in einem Heim. Jetzt will er einen Sohn. Bitte, wünsch mir einen Sohn.«

Am Tag nach der Hochzeit fragte Lisa: »Hast du eigentlich einen Freund?« Nora schüttelte zögernd den Kopf. Lisas Hand tätschelte die ihre. »Kommt schon noch. Das Brautjungfernkleid kannst du behalten. Wenn du mal auf einen Ball gehen willst. Altrosa steht dir.«

Wann gehe ich jemals auf einen Ball, dachte Nora. Mochte Lisa in ihrer Märchenwelt leben, sie, Nora, lebte in der harten, blassen Realität, im billigen Kostüm, die Haare ordentlich hochgesteckt, kaum geschminkt. Tag für Tag in dem kleinen Fotoladen. Aber aufstrebend. Überall strebte man auf. Es war schließlich die neue Religion. Da gab es nur eine einzige Sünde: kein Erfolg.

Wozu dann das Studium, hatte Lisa gefragt. Sie sei nicht ehrgeizig, war Noras Antwort. Ihr gehe es gut. Ein Studio für Porträtfotos habe sie eingerichtet, hinten im Fotoladen. Erst vor kurzer Zeit und schon erfolgreich. Sogar der Filialleiter der Bank nebenan und seine Frau haben sich von ihr fotografieren lassen. Sie gelte als gut. Es spreche sich herum.

»Du solltest deine Haare anders tragen, nicht so bieder«, flüsterte Lisa mit ihren modisch weißlichen Lippen. Auf ihrem Kopf türmten sich falsche Locken. Gebleicht wie alte Knochen, dachte Nora wütend.

»Dir muss es ja nicht gefallen«, flüsterte sie zurück.

»Wem gefällt es denn?«, erwiderte Lisa spitz.

Sie verloren sich am riesigen, edel gedeckten Tisch des Esszimmers. Kleinster Kreis, außer den Neuvermählten nur Nora und Mama und Tante Hedi. Hannes wollte es so. Seine Eltern und die ganze »Bagage« könne man nur stundenweise ertragen, sagte er. Mama hatte gekocht, das hatte sie sich nicht nehmen lassen, obwohl man im Haus eine Köchin hatte. Sie stellte die Vorspeise auf den Tisch, setzte sich und legte das Vorlegebesteck so zurecht, dass es zur jungen Ehefrau zeigte. Noch während sie eine scheues »Hier, bitte!« murmelte, ergriff Hannes das Besteck und legte sich reichlich auf. Einen Augenblick lang hatte Nora gedacht, er würde seiner Ehefrau auflegen. Seiner entzückenden Lisa. Er konnte »entzückend« sagen, ohne die Lippen zu bewegen. Doch da war kein Gedanke an Lisa. Nur beiläufige, selbstverständliche Gier. Große, fleischige Hände, die mit dem Silber arbeiteten und dann den Vorspeiseteller achtlos weiter in Lisas Richtung schoben. Lisas Blick lag träumerisch auf dem geschmückten Tisch mit den Blumengestecken und den bestickten Leinenservietten. Sie hatte die Lektion des Nichtbemerkens besser gelernt als Nora, das schlechte Kind.

Damals in Hamburg bei Deiner Hochzeit hast Du mich nach einem Freund gefragt. Erinnerst Du Dich? Ich erzählte Dir von dem Fotoladen und von meinem Fotostudio. Von dem Preis dafür konnte ich Dir nichts erzählen. Denn es war natürlich nicht umsonst. Die Dinge haben ihren Preis, das weißt Du, nicht wahr? Hannes war ja auch nicht geschenkt. Ich habe nie an Deine Beteuerungen geglaubt, es sei eine gute Ehe. Mama auch nicht. Warum haben wir uns nur so viel Mühe gegeben, einander etwas vorzumachen? Wäre unsere Beziehung auch dann auseinandergefallen, wenn wenigstens ich gesprochen hätte? Ich konnte nicht. So wenig wie Du.

Ich schämte mich des farblosen, langweiligen Mannes mit dem albernen Schnauzbart, der den Fotoladen besaß und mir das Studio eingerichtet hatte. Richard. Ich schämte mich dafür, das Objekt seiner Begierde zu sein. Nicht, dass ich oft nachgab. Es gab viele gute Ausreden. Angst vor Schwangerschaft. Zu viel Arbeit. Müdigkeit. Kopfschmerzen. Noch heute habe ich die Stuckleiste an der Decke meines Schlafzimmers vor Augen. Mein Blick klebte daran fest und folgte den Konturen, damit ich möglichst wenig von ihm spüren musste. Jahrelang litt ich an meiner Abneigung. Sie war nicht so groß, dass ich davonlief, und nicht klein genug, um ausgeblendet zu werden. Es waren die kleinen Qualen, aus denen sich die banale

Vorhölle meines Alltags zusammensetzte. Wenn er leise schmatzende Bewegungen mit seinem Mund machte, bevor er einen Bissen hineinschob. Wenn Essensreste in seinem Schnauzbart kleben blieben. Wenn er beim Sprechen an der Unterlippe zupfte. Zupf nicht immer, sagte ich. Er war gutwillig, versuchte es, aber die Gewohnheit war stärker. Ich krümmte mich jedes Mal. Er wollte mich heiraten. Immer wieder fing er davon an. Dann könnten wir Kinder haben und miteinander schlafen, so oft wir wollten, sagte er. Als ob ich je wollte. Jedes Mal, wenn ich ihn zurückwies, hatte ich ein schlechtes Gewissen. Es wurde immer schlechter, bis ich gar keines mehr hatte.

Er war ziemlich geduldig. Ein schwächerer Mann wäre vielleicht bösartig oder depressiv geworden. Er schlug nicht, er schrie nicht. Er fiel nicht mit Vorwürfen über mich her. Er demütigte mich nicht. Er kaufte einen Fernseher.

Irgendwann fing ich sogar an, ihn ein bisschen zu mögen. Vielleicht aus Gewohnheit. Oder Abhängigkeit. Oder Resignation. Aber ich hörte nie auf, mich seinetwegen zu schämen. Auf keinen Fall hätte ich Mama oder Dir von ihm erzählen können. Oder gar ihn vorzeigen. Ich achtete gut darauf, dass niemand die Art unserer Beziehung aufdeckte. Er gab mir einen guten Lohn, und für meine Wohnung über der seinen musste ich nichts bezahlen. Er hatte einen Schlüssel.

Heute denke ich, dass mein Bild von ihm sehr verzerrt war. Ich maß ihn an den Erwartungen meiner Familie. Er sollte jemand sein. Auf jeden Fall nicht ein Fotoladeninhaber. Ein Ingenieur wie Gerhard, wenngleich ein Verräter. Ein Herr Landrat wie Opa Wallner, wenngleich der Korruption verdächtigt. Ein Anwalt wie Mamas Vater, wenngleich ein Geizhals, der Frau und Tochter mehr als kurzhielt. Ein fetter Zahnarzt wie Tante Hedis langjähriger Freund. Als Zahnarzt durfte er sogar verheiratet sein.

Wie kann das geschehen? Da lebt man neben jemandem und steckt mit Kopf und Herz in irgendwelchen Vorstellungen und erkennt nicht, dass der andere ein fühlendes Wesen ist, mit ebenso viel Hunger nach Glück wie man selbst.

Er war mir unglaublich fremd. Alle Männer waren mir bisher fremd gewesen, doch das hatte ich als Teil einer Normalität hingenommen, die man nicht in Frage stellte. An irgendeinem Tag im Laden wurde mir das plötzlich bewusst. Richard bediente einen großen, breiten Mann mit einem kurz gestutzten, grauen Bart und sehr großen, roten Händen. Ich sah eine seltsame Spezies, andersartige Wesen, denen Haare im Gesicht und an zu vielen Stellen des Körpers wuchsen, deren Stimme tief und meistens zu laut war und deren Lebensäußerungen immer irgendwie auf die Auswüchse zwischen ihren Beinen hindeuteten. Diese Fremdheit empfand ich plötzlich als zutiefst bestürzend. Und sie schien unüberbrückbar. Ich dachte an Hannes und Dich und ob es Dir auch so ging. Hätte ich Dich doch gefragt. Alles hätte anders kommen können.

Es macht mich heute ein bisschen fassungslos, mir vorzustellen, dass ich zehn Jahre lang so lebte. In einer kleinen, verkapselten Welt, umso einsamer, als ich die Einsamkeit nicht wahrhaben wollte. Manchmal fragte ich mich ganz leise, wo der rebellische Geist meiner Jugend geblieben war. Aber Erwachsenwerden war wohl so. Und die Rebellion hatte mir schließlich nie Gutes eingebracht.

Ich spürte die Zeit nicht. Sie faltete sich zusammen und wurde ganz klein. Es geschah nichts. In mir geschah nichts. Hin und wieder ging ich mit Richard ins Kino oder in ein Konzert. Kaum einmal erkannte uns jemand, die Stadt war ja groß genug. Wir waren fast unsichtbar.

»Tante Nora, darf ich dich stören, ich brauche deine Hilfe.«

Chantal hat sie unterbrochen, wagt nicht zu klingeln, klopft nur vorsichtig, obwohl es noch früher Abend ist. Nora speichert ihren Text und schaltet den Laptop aus. Früher hat sie den Haustürschlüssel außen stecken lassen. Als die Mädchen in eigene Wohnungen zogen, bekam Marie den Schlüssel. Doch Marie klingelt immer. Zweimal ganz kurz.

»Du störst nicht«, sagt Nora. »Ob ich dir helfen kann, ist allerdings fragwürdig. Ich stelle in letzter Zeit fest, dass ich zumindest mir selbst wenig helfen konnte.«

Kein höflicher Einwand. Chantal zupft mit steiler Stirnfalte ihre engen Jeans zurecht, bevor sie sich setzt.

»Ihr jungen Frauen seht immer aus wie Teenager«, seufzt Nora. »Du hättest mich in deinem Alter sehen sollen. Da sah ich schon aus wie vierzig. Später wurde ich dann glücklicherweise jünger.«

»Tante Nora, es geht um eine Beziehung.« Chantal beugt sich vor und verschränkt die Hände zwischen den Knien. »Hattest du jemals eine Beziehung mit einem verheirateten Mann?«

Nora nickt. »Das kann man so sagen.«

»Und wie war es?«

»Katastrophe. Hast du eine Beziehung mit einem verheirateten Mann?«

Chantal holt tief Luft. »Aber das ist keine Katastrophe. Eine ganz entspannte Ehe. Einer der Professoren, von einer anderen Fakultät, kein Informatiker. Nicht, dass du denkst ... Wir haben im Studium nichts miteinander zu tun. Er hat zwei fast erwachsene Kinder, er mag seine Frau, er wird sich nie scheiden lassen, und wir verstehen uns wunderbar. Mam meint, es sei nicht richtig. Ich möchte wissen, was daran nicht richtig sein soll. Er ist zufrieden, ich bin zufrieden, und seine Frau, die nichts davon wissen muss, ist auch zufrieden.«

Nora denkt ein wenig nach. »Was soll ich dazu sagen? Dass es nicht so bleiben wird, weil sich alles immer verändert? Kein so gutes Argument.«

»Bitte, Tante Nora, was soll ich Mam sagen? Sie blökt ständig, ich müsse einen Vater für Marius suchen. Suchen! Ich bitte dich. So geht das doch nicht.«

»Nein«, sagt Nora, »ich weiß, so geht es nicht.«

»Mam regt sich auf. Weil unser Vater mit seiner Sekretärin davongelaufen ist, wie sie es ausdrückt. Aber wir haben ja gar nicht die Absicht wegzulaufen. Mams Gedanken laufen weg, immer hinter der alten Geschichte her. Wir haben ihr ja früher alles geglaubt, die Predigten von Ehrgefühl und der Unantastbarkeit der Ehe. Aber das hat doch nichts mit der Realität zu tun.«

»Für deine Mutter schon. Für dich weniger. Ich fürchte, wir haben alle unsere verschiedenen Realitäten. Liebst du ihn?«

»Natürlich liebe ich ihn«, antwortet Chantal, »und er mich auch.«

»Natürlich. Aber was bedeutet das?«

»Ach, Tante Nora, komm mir nicht damit.«

»Warum nicht? Das impliziert doch eine ganze Menge. Romeo und Julia. Tristan und Isolde. Sartre und Beauvoir.«

»Mach es doch nicht so kompliziert.«

»Liebesgeschichten sind meistens kompliziert. Die Würze des Lebens.«

»Tante Nora, ich brauche Argumente. Für Mam.«

»Ich habe keine Argumente anzubieten, Schätzchen. Nur ein Leben voller Fehler. Meine Freundin Wangmo hat mir einmal eine hübsche kleine Geschichte erzählt. Ein Zen-Meister wurde gefragt, wie es denn so sei, ein Zen-Meister zu sein. Der Zen-Meister antwortete: Fehler über Fehler. Offenbar wollte er sagen: Das Erkennen seiner Fehler unterscheidet ihn von den normalen Leuten. Da bin ich immerhin in guter Gesellschaft.«

»Du willst mir doch nicht sagen, meine Beziehung sei ein Fehler«, murrt Chantal.

»Das weiß ich nicht. Du wirst es wissen, wenn sie zu Ende ist. Aber sag mir, was liebst du an ihm?«

Chantal lehnt sich zurück und streckt die Beine aus. »Oh, er sieht gut aus, groß, dunkel. Bei meiner Länge brauche ich große Männer. Und ich mag Männer mit blauen Augen und dunklen Haaren. Und sein Intellekt ist scharf. Ich mag es, wenn mich ein Mann intellektuell herausfordert. Ich meine, Marius' Vater war ein Junge. Einfach ein süßer Junge. Roland ist ein richtiger Mann. Verstehst du, es war Zeit für einen richtigen Mann.«

»Ja, verstehe ich. Aber ich fragte nach Liebe.«

»Ich sagte doch …«

»Wirklich Liebe?«

Chantal lacht. »Ich glaube, Tante Nora, du hast sehr romantische Vorstellungen. Es kann doch nicht immer die ganz große Liebe sein.«

»Nein. Du hast recht. Sehr oft sind es Notlösungen.«

»Er ist keine Notlösung. Ich bin verrückt nach ihm. Und das ist toll. Es geht mir gut damit.«

Was kann sie der jungen Frau raten? Nora dreht unbehaglich an ihrem Ring, Jans schönem, schlichtem Ring. Wie wäre es, wenn Jan noch leben würde?

»Dann lass es dir gut gehen, Schätzchen.« Sie seufzt ein wenig. »Ich wünsche mir nur, dass du nicht verletzt wirst. Und das wünscht auch deine Mutter. Alle ihre Einwände laufen darauf hinaus.«

»Mam macht solch ein Drama. Es ist lächerlich. Ihr Mann hat sie verlassen, na und. Seine Ehe mit der Sekretärin hat auch nicht lang gehalten. Schau ihn dir doch an. Ein charmanter Snob. Warum hat sie ihn geheiratet? Er war immer schon so. Sie hätte eine nette Affäre mit ihm haben können, er sah ja gut aus, und dann Adieu. Mit so einem gründet man doch keine Familie.«

»Nun ja ...«

»Tante Nora, spare dir alle Einwände. Väterchen ist, wie er ist. Ich muss ihn ja nicht gut finden.«

»Ach, Schätzchen, wenn es so einfach wäre.«

Chantal wirft den Kopf zurück, knisternd vor Lebenslust. »Ich bin erwachsen, Tante Nora. Wir sind eine andere Frauengeneration als ihr. Wir kleben nicht mehr an Männern und hoffen auf gute Behandlung. Eher umgekehrt. Macht euch keine Sorgen.«

Schau sie an, flüstert ein trauriger Dämon Nora zu, wie sie sich aalt in ihrer Jugend. In der Macht ihrer langen, blonden Haare, ihrer schlanken Beine und der magischen Tiefe des blauen Lidschattens.

Ich bin eifersüchtig, denkt sie und haucht ein Tantenküsschen auf Chantals Wange. Warum durfte ich meine Jugend nicht feiern? Warum machte ich mich mit allen meinen natürlichen Bedürfnissen immer nur schuldig, schuldig, schuldig?

Wangmo würde sagen: Das sind nur Gedanken, Nora-la. Und Nora-la würde erstarren im gleichzeitigen Aufwallen von hilflosem Ärger und ebenso hilflosem Verstehen.

Sie wird Wangmo anrufen. Noch heute Abend.

4.

»Wangmo, ich bin es, Nora.«

»Nora! Ah la la! Nora! Das ist schön.« Freude? Ja, Freude. Das ist Wangmo, so auf den Punkt gebracht, dort am anderen Ende des Ohrs. Wangmo lebt nicht in der Vergangenheit. Sie lebt jetzt, in diesem Augenblick, und freut sich.

»Ich habe in letzter Zeit viel an dich gedacht, Nora.«

»Und ich wollte dich schon so lang anrufen.«

»Sag, wie geht es dir?«

So einfach klingt das, ohne zweite Gedanken, sie will es wirklich wissen. Keine Wortschleier, kein höflicher Groll hinter netten Worten.

»Wangmo, es tut mir so leid, dass ich … Du weißt, wie das ist, ich ging verloren in einer Beziehung. Oder vielleicht weißt du es nicht. Ich jedenfalls, ich war im Sack, versenkt wie ein Katzenjunges, nur nicht jung. Aber ein bisschen tot, beziehungstot, ach, was rede ich.«

»Aber jetzt bist du auferstanden? Das ist schön, das freut mich.«

»Nun ja, eine Auferstehung zum Tode. Wangmo, ich werde bald sterben.«

»Krebs?«

»Ja. Und wie geht's dir?«

Wangmo lacht. »Oh, meine Nora! Stirbt demnächst, und das wär's. Also: Mir geht es gut, abgesehen von den Zeiten, in denen es mir schlecht geht, aber das sind nicht so viele. Meine Tochter und mein Enkelkind leben glücklich in Neuseeland, mein Kater ist gesund, ich habe seit ewigen Zeiten keinen Mann und lebe gut damit, und ich sehne mich nach Kathmandu. Möchtest du, dass ich komme? Sag, wenn du Hilfe brauchst.«

»Ich weiß nicht, so schlimm ist es ja noch nicht. Aber ich möchte dich gern sehen.«

»Ich komme am Wochenende. Ich komme.«

Endlich habe ich Wangmo angerufen. Wie lange hatte ich mich davor gefürchtet, und wie leicht war es dann. Könnte es mit dem Sterben auch so sein? Wangmo hat mir damals, es war 1992, vor dreizehn Jahren, das Tibetische Totenbuch gegeben. Das Einzige, was ich davon verstehen konnte, war der Hinweis, dass alles, wovor wir uns fürchten, unsere eigenen Gedankenformen sind. Aber was wäre ich ohne die?

Es ist viel Glück und auch Schmerz, wieder Verbindung mit Wangmo zu haben. Ihre unsentimentale Wärme. Kein Wort über meine Treulosigkeit, was es noch ein bisschen schmerzlicher macht. Ich bin so froh, dass sie kommt. Und ich fürchte mich davor.

Du magst Dich fragen, warum ich Wangmo den Rücken gekehrt habe. Warum ich nicht mehr Wertschätzung für ihre Freundlichkeit, Offenheit, Direktheit aufbringen konnte. Ich weiß es nicht. Wahrscheinlich aus Dummheit. Ich fiel zurück in den Nebel. Kennst Du das, im Nebel leben? Irgendwie voranleben, ohne recht zu wissen, warum die Dinge geschehen? Als wäre es zu anstrengend, es zu wissen.

Damals bin ich mit Wangmo nach Kathmandu und nach Lhasa gereist. Sie hat mir die Chance gegeben, das alte Leben hinter mir zu lassen. Und zuerst glaubte ich daran. Glaubte an mich. Ich war bereit zu glauben, dass man nicht die Person bleiben muss, mit der man sich gerade identifiziert. Dass Wunder auf mich warteten. Mit vierundfünfzig Jahren fühlte ich mich jünger als in meiner Jugend.

Aber es hielt nicht vor. Nach der Reise war ich zwei Jahre lang lebendig, machte noch einmal gute Fotos, hatte ein bisschen Erfolg. Eine Weile ging ich jede Woche in ein buddhistisches Zentrum. Eine Familie, dachte ich. Eine geistige Familie. Vielleicht erhoffte ich zu viel. Vielleicht war es die falsche Gruppe. Vielleicht war ich das falsche Mitglied. Ich hielt es nicht aus. Die Machtkämpfe, das Gerangel, das Schuldzuweisen. Nicht offen, natürlich nicht. Oft in wohlklingende Plattitüden verpackt. Wie ehedem in der Kirche. Na ja, die Menschen waren ja auch die alten. Nur die Religion war neu.

Die buddhistischen Lehren hatten mir gut gefallen, soweit ich sie verstand. Aber das Neue Testament hatte mir plötzlich irgendwie auch gut gefallen. Ich las es nach der Reise mit Wangmo. Diese Geschichten von dem sanften Mann mit seiner Botschaft der Liebe, der doch genug Power hatte, um den Einzelhandel aus dem Tempel zu treiben. Habt Verständnis füreinander, sagte er. Liebt euch selbst. Liebt die anderen. Und was wurde daraus? Inquisition. Hexenverbrennung. Vatikan-Mafia. Der Mystiker Meister Eckhart, der vor seinen kirchlichen Verfolgern fliehen musste. Er starb an seiner ignoranten Kirche. Es bricht einem das Herz.

Eine Zeitlang nach unserer Rückkehr aus Asien meditierte ich brav, wie ich es in Kathmandu gelernt hatte. Aber dann vergaß ich es oft, schließlich gab ich es auf. Mit reichlich Schuldgefühl. Immer Schuld. Die Schuld machte mich wütend. Die Wut vergällte mir die Meditation. Und schließlich konnte ich Wangmo von meiner Schuld und meiner Wut nicht mehr trennen. Ich wollte alles vergessen, sie auch. So wird es wohl gewesen sein.

Manchmal, wenn ich unvorsichtig war, trauerte ich Wangmo nach. Vor allem morgens nach dem Aufwachen, da ist man noch so ungeschützt. Ich trauerte auch meinen Meditationssitzungen nach. Auf eine schwer zu beschreibende Weise waren sie gut gewesen. Nicht unbedingt angenehm, aber gut. Ich hatte mich ein bisschen mehr in

Ordnung gefühlt. Und ich hatte Wangmo geliebt. Warum wandte ich mich von ihr ab?

Ach, Lisa, wenn ich mein Leben überblicke, stehen all diese Fragen herum wie Monolithe. Die Erklärungen, die ich finde, sind vordergründig. Mir scheint, dass kaum eine meiner Entscheidungen auf freier Wahl beruhte. Es passierte. Ich rutschte, stolperte, torkelte in Situationen, von unklaren äußeren und inneren Kräften getrieben. Von der Ursache in die Wirkung, die wieder zur neuen Ursache wurde.

Zum Teil mochte mein Verrat daran liegen, dass ich unbedingt einen Mann wollte. Und mich dafür schämte. Aber ich war so lang ohne Mann gewesen. Ohne Beschützer, Unterhalter, Gegenüber. Ohne Berührung. Ohne – ich wagte es kaum zu hoffen – Zärtlichkeit. Ich hatte Angst, dass es bald zu spät sein würde. Annonciere, sagten die Frauen, die ich kannte. Also begann ich in Zeitungen Bekanntschaftsanzeigen aufzugeben. Es war entsetzlich. Sehr schnell erkannte ich, dass ich auf diese Weise niemals den Mann finden würde, den ich mir vorstellte.

Und doch heiratete ich einen annoncierten Mann. Einen emeritierten Professor. Er trat auf, nachdem ich schon aufgegeben hatte. Und er war ganz und gar nicht der Mann meiner Vorstellungen. Ich glaubte an eine Art Fügung, weil ich seine Annonce zufällig fand, als ich eine Zeitung auseinander riss, um meine feuchten Schuhe damit auszustopfen. Hin und wieder kamen mir solche Ideen. Letztlich hatte ich wohl nie aufgehört, mit Gott zu handeln. Lieber Gott, ich bin brav und tu niemandem was, dann schenkst du mir etwas dafür. Natürlich war das kein bewusster Gedanke. Es hing nur so im Hintergrund herum wie alte Spinnweben. Der Professor schien die Prämie für mein Wohlverhalten zu sein. So wollte ich es haben.

Eine besinnungslose Verzweiflungstat. Ich will diese Jahre übergehen, diesen Rückfall in meine kleine Nebelhölle. Ich hatte einige solcher Phasen in meinem Leben. Nach sechs inhaltslosen Jahren verließ er mich. Weil ich ihm zu langweilig war. Im Nebel ist man nicht dynamisch. Ich habe ihn nie kennen gelernt.

Bis heute frage ich mich, wie solch ein ungeheurer Rückfall geschehen konnte. Als ich Richards Fotoladen verließ (wann war das? 1972 wahrscheinlich), war ich überzeugt, nie mehr in das alte Leben zurückzufallen. Denn eine neue Zeit war angebrochen. Unter den Talaren und in den Ehebetten wurde ausgemistet. Freie Liebe statt Normen. Bewusstseinserweiterung. Ich war nicht wirklich liebe-friede-wassermann-gläubig, natürlich nicht, als gebürtige Außenseiterin, aber ich hatte Hoffnung. Ich würde jemand anderer sein dürfen als vorher. Ich würde geliebt werden. Wie sehnte ich mich danach, geliebt zu werden!

Selten stand sie im Laden. Meistens hatte sie hinten im Studio oder in der Dunkelkammer zu tun. Doch an diesem denkwürdigen Tag waren weder Richard noch der Angestellte da. Das Geschäft ging gut. All die vielen Stammkunden. Nora, du fehlst mir im Laden, pflegte Richard zu sagen.

Sie hatte es mühelos gelernt. Zurückhaltende Kleidung, höfliches Lächeln, in die Augen schauen, den Körper ein wenig vorneigen. Dem Kunden das Gefühl geben, ganz besonders wichtig genommen zu werden. Doch zugleich nicht zu direkt sein, nicht bedrängend. Ein Hauch von freundlicher Distanz. Man mochte Nora.

Sie hätte es sich nicht wünschen können. So fern war dieser Tag ihren Vorstellungen, an dem sie allein im Laden stand, kurz davor, die Tür zu verschließen. Der hoch gewachsene junge Mann hatte blonde Locken wie ein Mädchen und Bewegungen wie Wellen, sorglos. Am weißen Hemd waren keine Knöpfe, stattdessen eine Stickerei in klaren Ornamenten. Indien? Eine Hand mit langen Fingern streichelte die Bordüren. Ihr Lächeln wand sich ineinander. Die wundervolle, zitternde Aufregung, in diesen wasserblauen Blick zu fallen. Hitze in den Wangen.

Er kaufte einen Film, und Noras Hände gaben Geldstücke heraus. Sie lächelte und lächelte. War es die Magie dieses Augenblicks, der die allgegenwärtigen Kunden fernhielt? Der junge Mann mit den Locken füllte den Laden aus. Wann sie Mittagspause habe, fragte er. Ihr Herz flatterte. Er sei fremd in der Stadt, komme aus Holland. Sie könnten irgendwo etwas essen gehen. Sein Akzent war zärtlichste Verführung.

»Einfach so?«, fragte sie.

Er lachte. »Wie anders?«

An diesem Nachmittag kam Nora nicht in den Laden zurück. Sie blieb bei Piet in der fremden Wohnung, in der er selbst Gast war. Kommune nannte er es. In einer großen Küche saßen ein paar Mädchen und junge Männer, deren Namen sie augenblicklich vergaß. Sie sah nur Piet.

Er gab ihr ein Stück Schokoladekuchen, das seltsam schmeckte. Später fand sie sich in Piets Arm auf einer samtbezogenen Matratze zwischen Kissen und Plüschtieren wieder, in einem Zimmer voller Tücher an den Wänden. Er hatte ihren Haarknoten gelöst und ihre Haare auf einem Kissen ausgebreitet. Jemand spielte Gitarre, entfernt, hinter der Wand ihres zweisamen Universums. Ein Regen sanfter Berührung. Piet roch ein wenig ungewaschen, dachte sie, doch zugleich war es ein berauschender Geruch. Nach Erde? Nach Vergänglichkeit? Dieser Gedanke machte sie plötzlich traurig.

»In meinem Bauch ist ein weinerlicher Himmel«, sagte sie und musste lachen.

»Wo?«, murmelte Piet und legte seine Hand in die Senke zwischen ihren Hüftknochen. »Du hast doch gar keinen Bauch.«

Nora überließ sich einer unbändigen Lust zu lachen. Dazwischen flogen die Worte auf wie kleine Vögel. »Wozu braucht man einen Bauch, wenn man einen Himmel hat?«

»Beides«, murmelte Piet und legte seinen Kopf in ihren Schoß. »Man braucht beides.«

An der Wand gegenüber hing eine dunkle Madonna, fast schwarz. Ein mattgoldener Heiligenschein umgab sie, kleine goldene Blümchen waren auf dem Umhang, auf dem Schleier verstreut.

»Warum ist sie schwarz«, fragte Nora, »die Madonna?«

»Gottes andere Seite«, sagte eine junge Frau in einem weiten, roten Kleid. »Ich habe sie gemalt.«

»Hat Gott dich hinter sich schauen lassen?«

Die junge Frau hob die Augenbrauen. »Als ob man ihn anders kennen lernen könnte. Von vorn ist er viel zu weit weg.«

Nora nickte. Das mochte stimmen, auch wenn es nicht wirklich vernünftig klang. Was war vernünftig? War Richard vernünftig? Doch Richard gehörte in eine andere, kleine und blasse Zeit, mit der sie nichts mehr zu tun hatte. In der es keine schwarzen Madonnen und keinen Himmel im Bauch gab. Piet hielt sie fest, damit sie nicht zurückglitt, heraus aus dieser satten, geräumigen Zeit zwischen den dicken Kissen. So viel Zeit hatte Nora noch nie besessen.

Irgendwann saßen sie wieder in der Küche und aßen Haferflocken mit Milch und Honig.

»Du bist auch Milch und Honig«, sagte Nora zu Piet und wunderte sich über ihren Mut. Einfach sagen, was man dachte. Dies bestätigte, dass sie nicht mehr Nora sein musste.

»Ich möchte nicht mehr Nora heißen«, sagte sie zu Piet.

»Wer hat einen Namen für Nora?«, rief Piet über den Tisch.

Die Malerin im roten Kleid hob die Arme, als fange sie etwas auf. »Lalita!« Sie bot Nora den Namen in der Schale ihrer Hände an.

Nora hatte ihren engen Rock gegen eines der indischen Tücher aus dem Kissen-Zimmer getauscht.

»Seht sie an«, sagte Piet, »ist sie nicht schön, unsere Lalita? Eine Königin.«

Sie wurde ganz jung. Alle lächelten und nickten und verteilten die Reste des Schokoladekuchens.

Mit einem hübschen jungen Mann ging ich nach Amsterdam. Drop out, sagte ich zu Richard, flowerpower, love and peace, let the sunshine in. Gnadenlos. Im ersten Augenblick erkannte er mich nicht, als ich den Laden betrat, das Gesicht hinter kajalschwarzen Augen und meinen dichten, langen Haaren verborgen, im fließenden Kleid, Batik aus Sri Lanka.

Ich muss hier weg, sagte ich zu Richard, man hat doch das Recht auf sein Leben, auf Reisen, auf ein bisschen Vergnügen, was hatte ich denn davon je gehabt?

Wovon ich meine Reisen bezahlen wolle, fragte Richard. Der Gedanke an den Wert des Studios, das ich aufgebaut hatte, kam mir nicht. Da war sie wieder, die enge Zeit, und ich sollte immer kleiner werden, um in sie hineinzupassen – wenn es nach Richard gegangen wäre. Ich werde dich nicht zurücknehmen, wenn du genug von diesem Lotterleben hast, sagte er. Das war mein Glück. Er hatte sich zu weit vorgewagt, ganz gegen seine Art. Nun konnte ich mich aufrichten, mich gegen die geballte armselige Kleinheit stemmen und mit hoch erhobenem Haupt sagen: Wie könntest du etwas zurücknehmen, das du nie hattest? Mach dich nicht lächerlich.

Ein einziger kleiner Triumph unter den wenigen in meinem Leben. Ich zehrte lange davon.

Auf der Fahrt nach Amsterdam in Piets buntem VW-Bus mit ein paar Leuten – damals war man immer mit ein paar Leuten zusammen, Tag und Nacht – fand ich den Wohnungsschlüssel in meinem indischen Beutel. Ich fingerte an ihm herum, wollte ihn theatralisch zum Fenster hinauswerfen. Schaut, wollte ich rufen, da fliegt mein altes Leben! Ich tat es nicht. Er lag schwer in der Tasche. Ich griff nach dem Joint, den mir jemand reichte. Nach ein paar Zügen schämte ich mich nicht mehr. Die Wellen der neuen Zeit würden schließlich auch meine Feigheit fortschwemmen, zusammen mit all dem Unrat meiner traurigen Vergangenheit.

»Hast du noch was auf deinem Konto?« fragte Piet.

Sie wollte es nicht gehört haben. Es gab zunehmend mehr, was sie nicht hören, nicht sehen wollte. Die fordernden Bitten um Geld. Piets lange Blicke in Evas Augen. Den Müll, den niemand außer ihr zum Container trug. Evas Kinder, die Ferien hatten und sich seit Tagen langweilten und stritten.

»Ein bisschen«, sagte sie, scheinbar gleichgültig. Misstrauen zog ihre Mundwinkel herunter. Es war mehr als ein bisschen. Sie war fleißig gewesen in ihrem Studio. Fleißiger, als Richard geahnt hatte. Es würde noch lang reichen. Das beruhigte. Schämen konnte sie sich später. »Wieso?«

»Der Bus muss zur Reparatur.«

»Den brauchen wir doch nicht. Wir haben die Fahrräder.«

Piet legte die Arme um sie und küsste ihren Hals. »Ich brauche ihn.«

»Wozu?«

Piet lachte. »Du hast deinen Fotoladen immer noch dabei, stimmt's? Du stehst immer noch an der Kasse. Rechnest unter deinen schönen Haaren, Soll, Haben, Gewinn, Verlust. Ist es nicht so, Lalita?«

Sie wollte sagen: Nein, so ist es nicht. Wir teilen, so war es ausgemacht, doch du willst nur nehmen, mein Geld, meine Liebe, alles! Und Evas hübschen Körper und ihren himmelblauen Augenaufschlag und Henks Marihuana.

»Warum bist du so gemein, Piet?«, sagte sie. »Was hab ich dir getan?«

»Mach kein Drama«, sagte Piet und klopfte ihr auf die Schulter.

Der Bus wurde repariert. Dann fuhr Piet mit Eva und den Kindern weg. Irgendwohin, sagte er. Sie solle lernen, nicht kleinlich zu sein. Liebe bestehe nicht aus Portionen, sie sei allumfassend, sagte er. »Willst du zurück zu deinem Ladenbesitzer, deinem Nora-Besitzer?«

Für Besitzgedanken musste man sich schämen. Es ging um Freiheit. Von Freiheit war sehr viel die Rede. Freiheit mache glücklich, hieß es. Nora hatte sich sehr viel Mühe gegeben, frei zu sein. Es reichte nicht.

Sie war allein in Evas Haus an der Gracht. Die Leute, die vorher immer da waren, kamen nicht mehr. Sie sei krank, hatte Nora verkündet, es gebe nichts zu rauchen und nichts zu essen.

Ein sehr junges englisches Paar war noch ein paar Mal gekommen, Katie und Micky. Sie sagten, Lalita sei depressiv und brauche Gesellschaft. Sie brachten Schallplatten mit, Velvet Underground und Joan Baez und die schrillen, schmerzhaften Töne von Jimmy Hendrix. Sie lasen abwechselnd Geschichten der sieben Prinzessinnen vor. Ihre Joints waren schwarz und betörend.

»Ich bin nicht depressiv«, erklärte Nora nach ein paar Tagen. »Ich brauche Ruhe. Ich möchte trauern. Piet ist weg. Ich meine, er wird wiederkommen, wenn er Geld braucht, aber für mich gibt es keinen Piet mehr. Nicht den Piet von früher. Ich glaube an die neue Zeit, aber nicht für mich. Nennt mich nicht mehr Lalita. Ich bin Nora aus der alten Hölle. Es gibt keine Blumen auf meinem Weg. Ihr seid lieb. Ihr seid jung. Ihr habt keinen Bombenalarm und Nazigeschichten im Kopf. Ich kann nur so tun, als gehöre ich zu euch. Ich mag nicht mehr so tun, versteht ihr?«

Katie und Micky verstanden es nicht. Sie lächelten mit sanfter Ignoranz über einen Abgrund hinweg. Dann kamen sie nicht mehr.

Ich weiß, Lisa, Du gingst an dieser Zeit vorüber oder sie an Dir. Subkultur, so nannten die Bürger das Phänomen. Exoten. Traumtänzer. Als ich nach Kathmandu kam, staunte ich über die zwei Gesellschaften, die in dieser Stadt lebten, die Menschen und die Hunde, ganz nah beieinander und doch unendlich weit voneinander entfernt. Die meisten Hunde hat man schließlich vergiftet. Die meisten Hippies wurden einfach wieder »normal«.

Natürlich gehörte ich nie dazu. Ich war zu alt für die Naivität der Blumenkinder. Oder einfach zu sehr Nora. Eines Tages sprach mich ein Penner an. »Geh verloren, solang du kannst«, sagte er und hob seine Weinflasche. Ich lief weg, pikiert, verschämt, auf Bürgerweise. Seine Stimme holte mich ein: »Wer spricht von Siegen, Überstehen ist alles.«

Damit endete mein Versuch, an die neue Zeit zu glauben. Frag mich nicht, warum. Manchmal geschieht etwas Absurdes, und der Boden reißt auf unter deinen Füßen. Du fällst und fällst. Als wärest du ständig gelaufen, hast aber erst durch diese Absurdität erkannt, dass es gar keinen Boden gab. Dann geht alles aus den Fugen.

Ich wusste nicht, wer ich sein sollte. Oder wollte. Ich trug immer noch die bunten Röcke und versteckte mich im Gestrüpp der langen Haare. Sie waren ein Wunder, diese üppigen Haare. Ich konnte mich in sie einhüllen wie in einen Schador, mich fast verschwinden lassen. Es war die gloriose Epoche der Haare. Mein bisschen Glück. Nicht genug.

Dann starb Mama.

Hast Du jemals einen Menschen sterben gesehen? Und es war nicht jemand, es war unsere Mutter.

Damals lebte ich längst wieder in München, mitten in der Stadt. Untergetaucht, wie man nur in einer großen Stadt untertauchen kann. Mit den Strömungen der U-Bahnen treibend. Mit den Schwärmen durch die Fußgängerzonen ziehend. In meine kleine Höhle kam selten jemand. Ich hatte eine junge Freundin, magersüchtig, Gelegenheitsmodel. Tanja. Wie eine Nadel schoss sie durch ihr Leben. Aber nichts hielt zusammen. Sie füllte meine Beziehungslosigkeit mit ihren künstlichen Beziehungsgeschichten auf. Als sie ihre Wohnung nicht mehr bezahlen konnte, zog sie zu mir, in mein kleinstes Zimmer, kaum mehr als eine Abstellkammer. Sie sagte, mehr brauche sie nicht. Ich fühlte mich einen Tag lang großartig in dem Bewusstsein, dass ich mehr brauchte. Ein bisschen gutes Lebensgefühl durch mein Designersofa und die schweren teuren Leinenvorhänge.

Dann sagte Tanja: Da war ein Anruf, die Putzfrau deiner Mutter. Hast du eine Mutter? Ich sagte, so etwas habe man meistens. Die Mutter sei sterbenskrank, richtete Tanja aus. Ich solle kommen.

Sterbenskrank!

Damit wollte ich nichts zu tun haben.

Verstehst Du, Lisa, das kann ich erst jetzt bekennen. Nicht nur Dir gegenüber, auch mir selbst gegenüber. Dieses abwehrende Zurückweichen, es war so beschämend. Ich hatte nichts dagegen, dass sie bald weg sein würde. Ich hatte sie selten besucht im alten Haus und war immer froh, wenn ich es hinter mir hatte. Ich wollte nicht dabei sein, wenn sie starb. Das ist so etwas schrecklich Persönliches, das Sterben, und überdimensioniert. Da stirbt ein Mensch. Da stirbt ein Universum. Das weiß ich jetzt. Mit mir wird mein Universum sterben. Es ist ungeheuerlich.

Mama war sechzig, und sie wollte sterben. Erst als die Schmerzen zu schlimm wurden, ging sie zum Arzt. Die Putzfrau sagte: Ihre Mutter ist aus Eisen, aber das eigene Kind muss doch erfahren, dass man stirbt.

Ich bedankte mich für ihr Eingreifen und dachte: Was mischt sie sich in anderer Leute Angelegenheiten?

Aber so kam es. Mit Mamas Sterben wurde alles anders. Ich wurde anders. Wenigstens ein bisschen.

Als ich gestern mit Wangmo über meinen nahen Tod sprach, sagte sie: Das ist die große Verwandlung – von der Verpuppung zum Schmetterling. Ein schönes Bild, finde ich. Vielleicht schaffe ich es diesmal. Denn ich habe zwar offenbar einiges Talent zum Verpuppen, aber ein Schmetterling kam dabei nie heraus. Höchstens ein schussliger Falter. Manchmal flog ich ein bisschen. Nie lang.

Damals mit Wangmo in Asien, da konnte ich ein bisschen fliegen.

Eine zierliche Gestalt in sanftem Blau zwischen den vielen Menschen, die sich aus den Zugtüren ergießen. Blau wie der Himmel, Wangmos Lieblingsfarbe. Ein junges Mädchen für immer. Graue Strähnen im schwarzen Haar, doch im Übrigen unverändert. Als wären nicht dreizehn Jahre vergangen. Wie mag ich für Wangmo aussehen?, denkt Nora. Wer bin ich für Wangmo nach diesen farblosen, geruchlosen, dürftig gelebten Jahren? Wer, du ungütiger Himmel, bin ich für mich?

Ein Mann stößt sie an und entschuldigt sich. Ein junges Gesicht, festgezurrt in Geschäftigkeit, ein blinder Blick in die Gesichtslosigkeit seiner Umgebung. Nora versucht ein Lächeln. Denkt er je daran, dass er sterben wird?

Doch da ist Wangmo. Nora beugt sich zur Umarmung hinab. So viel kleiner ist ihre Freundin, und das vertraute Gefühl stellt sich ein: kleine große Wangmo. In ihren Haaren der herbe Duft von Räucherstäbchen.

»Du bist überhaupt nicht älter geworden«, stammelt Nora. Es ist das Falsche. Sie hat dieses große Talent, das Falsche zu sagen. Warum muss sie ausgerechnet mit den ersten Worten die Vergangenheit andeuten, die langen Jahre ihres Schweigens. Den kläglichen Verrat der Freundschaft.

»So schön, dich zu sehen«, sagt Wangmo und streicht über Noras Wange.

Auf der Fahrt zur Wohnung darf Nora schweigen. Wangmo nimmt ihr alles Reden ab, berichtet von ihrer Tochter in Neuseeland, von den zwei Enkelkindern. Es ist offensichtlich, dass sie mit Worten eine Brücke baut über alle Verstrickung hinweg. Marie hat ein Abendessen vorbereitet, auch Chantal wird dabei sein. Das fängt den Abend auf. Denn Nora hat Marie eingeweiht, hat ihr gesagt, dass sie sich freut und fürchtet zugleich.

»Ich muss mit Wangmo darüber reden, aber nicht gleich. Und ich weiß nicht, worüber ich sonst reden soll. Es fällt mir nichts ein, solange dieses Thema herumliegt. Ich sollte in meinem langen Leben gelernt haben, mit Schuld umzugehen. Aber ich kann es immer noch nicht.«

Und Marie hat sie beschwichtigt und einen Menüplan für ein ausgedehntes Abendessen zurechtgelegt. »Es ist gut, mit Essen und Trinken beschäftigt zu sein.«

Die Haustür fliegt auf, bevor Nora aufschließen kann. Chantal stürmt heraus, zieht ihren Jungen an der Hand hinter sich her.

»Ich bin schon weg, Mam ist unmöglich«, presst sie im Vorbeigehen hervor. »Sorry, Tante Nora. Bis dann.«

Marie steht in der Tür zu ihrer Wohnung, das Gesicht kochend rot. »Tut mir leid, Nora. Chantal. Ich wollte nicht, dass ihr …«

Dankbar nimmt Nora die Freundin in den Arm. Nichts könnte willkommener sein als ein satter Aufruhr, der von ihrem eigenen Drama ablenkt. »Ist schon gut, Marie. Wir können auch ohne Chantal feiern. Wir haben ja dich.«

Es ist soweit ein guter Abend. Chantals Affäre füllt ihn, Töchter im Allgemeinen. Marie lässt sich überzeugen, dass Chantal tun wird, was sie will, ob mit oder ohne Maries Kommentare. Wangmo erklärt, dass Kinder das Karma ihrer Eltern verkörpern, dass Chantal Maries Karma ist.

»Willst du sagen, sie ist ein Teil von mir?«, fragt Marie nachdenklich. »Ja, du hast recht, meine Mädchen sind ein Teil von mir. Das sind sie.« Sie ist beim vierten Glas Rotwein.

Wangmo nickt. »Dein Lernmaterial. Dein Lebensmaterial. Für die Entwicklung deiner Großzügigkeit, deiner Geduld, deiner Klarheit. Je mehr Herausforderung, desto besser. Und wie schön Chantal ist. Schöne Menschen waren in ihrem früheren Leben gut zu anderen, heißt es bei uns.«

»Dann wird sie in ihrem nächsten Leben nicht mehr schön sein, so wie sie mich behandelt.« Marie lächelt nicht, während sie das sagt.

»Und ich erst«, murmelt Nora. »Tolle Aussichten.«

Marie leert ihr Glas und schenkt nach. »Ich frage mich, Wangmo, würdest du das auch erzählen, wenn du hässlich wärst?«

»Lass doch«, sagt Nora, »jede Religion hat ihre kleinen Grausamkeiten.«

Wangmo hebt ein wenig hilflos die Hände. »Ihr müsst das richtig verstehen. Der Standpunkt ist nicht negativ ...«

»Meinst du, man kann das Gutsein nachholen?«, fragt Nora. »Wenn ich jetzt anfange, ein richtig guter Mensch zu sein? Ich könnte in einer Suppenküche arbeiten. Oder Drogenkids betreuen. Aber viel Zeit hab ich nicht mehr. Da ist nicht viel Schönheit fällig.«

Sie hört es selbst, die Provokation in ihrem müden Ton, Gereiztheit, die lauert, ein Opfer sucht. Ein böser, sinnloser Impuls, Wangmo weh zu tun. Hat Wangmo es bemerkt? Nora streckt die Hand aus, berührt Wangmos Arm und bekommt ein verwirrtes Lächeln geschenkt.

»Wir sind gute Menschen«, sagt Marie. »Wir sind alle drei nicht hässlich.«

Wangmo schüttelt den Kopf. »Nein, nein, so ist es nicht. Es geht doch um das frühere Leben. Was du bist, ist das Ergebnis. Und was du jetzt tust, wirkt sich im nächsten Leben aus.«

»Ich hätte es lieber noch in diesem Leben«, beharrt Nora, »das Glücklichsein. Erleuchtung, halleluja.«

Wangmo kichert erleichtert. »Ach, weißt du, Rinpoche sagte mal, wir könnten von einem Augenblick zum nächsten erleuchtet werden, wenn wir uns nur dazu entschließen würden.«

Maries Blick hat sich im Rot ihres Weins verfangen. »Erleuchtung«, sagt sie mit weicher Zunge, »was ist das?«

Nora sieht dem Schweigen zu, das sich über dem Tisch ausbreitet. Erwartungsvoll. »Also, was?«, fragt sie schließlich.

Wangmo hat sich zurückgelehnt, als sei es nicht ihre Sache zu antworten. Die Pause dehnt sich, wickelt sich um alle drei, verbindet sie, trennt sie.

»Ja, was?«, fragt Marie.

»Ich weiß es nicht«, antwortet Wangmo schließlich. »Wenn ich es wüsste, wäre ich ja erleuchtet.«

Danach, in Noras Küche, stellt sich die frühere Nähe wieder ein. Eine Wangmo ganz ohne Unterbrechung. Es ist spät, doch noch nicht der Zeitpunkt der Trennung für diese Nacht. Sie trinken Wasser, wie früher nach dem Feiern. »Den Wein baden vor dem Schlafengehen«, hatten sie es genannt in Wangmos elterlicher Küche vor dem Tod des Adoptivvaters, danach in der kleinen Wohnung am Seeufer, die Wangmo mit der Katze bewohnte.

»Chantal und Claire gehören ein bisschen zu mir«, erklärt Nora. »Sie wurden erwachsen in der Zeit meiner Freundschaft mit Marie. Ich war der Prellbock zwischen Mutter und Töchtern. Die Mädchen sagten: Wie gut, dass Tante Nora nicht auf diesem Muttertrip ist. Und Marie konnte meine Rolle ertragen, weil ich keine Mutter war. Da konnte sie seufzen: Du weißt ja nicht, wie das ist, wenn man Kinder hat.«

Wangmo wiegt ein wenig den Kopf, sagt nichts dazu. Das ist eine Besonderheit an Wangmo, dass sie, wenn es ernst wird, die Dinge so wohltuend stehen lassen kann. Sie wartet, ohne zu warten, wie ein Fels oder ein Baum. Mit viel Zeit. Als könne es ihr nie in den Sinn kommen einzugreifen. Sie lässt das Gesagte in sich hineinsinken, regungslos. Das hinterlässt seine Kreise, aber nichts muss getan werden. Dann geschieht die Verwandlung, unterirdisch. Nora hat versucht, es nachzuahmen, hat manchmal zu Maries Ausschüttungen geschwiegen. Doch es wirkte nicht. Es lag an der Zeit. Nora hatte zu wenig Zeit in sich und zu viel Lust einzugreifen.

Du weißt ja nicht, wie das ist, wenn man Kinder hat. Doch Nora wusste es. Jede Zelle in ihr wusste es.

»Ich kann Marie ja verstehen. Für sie ist ein tot geborenes Kind kein wirkliches Kind. Man hat nicht die Kinderkrankheiten mit ihm durchgemacht, nicht die Schulzeit durchgestanden, nicht die Dramen der Pubertät erlebt. Aber die Monate mit meinem zukünftigen Sohn in mir, die zählen auch. Die Freude und die Ängste.«

Und der Verlust, denkt sie. Ich könnte sagen: Marie, das habe ich dir voraus, den Verlust. Diesen unbeschreiblichen Schmerz des Verlusts.

»Wie ist das bei dir?«, fragt Nora. »Wie geht es dir mit deiner Tochter? So weit weg in Neuseeland. Ein ganz anderes Leben, ein fremdes Leben.«

»Ich hab viel Freude. Vorfreude, wenn sie kommt, Nachfreude, wenn sie wieder weg ist. Und die Ängste? Ich habe mir manchmal vorgestellt, dass sie sterben muss, vor allem, als sie noch klein war. Ich habe mich gezwungen, die Vorstellung auszuhalten. Und dann habe ich sie begleitet, aus ihrem Körper heraus, in das Licht der Befreiung. Das hat mich erleichtert. Man klebt dann nicht so fest.«

»Wie du das sagst, festkleben. Ich fühlte mich als schlechter Mensch, als ich aufhörte, diesem tot geborenen Kind nachzutrauern. Darüber habe nie mit dir gesprochen. Ich wollte das Thema loshaben. Damals hat es mich verfolgt.«

Bis in den Vorhof eines Klosters in Kathmandu hat es sie verfolgt. Jungen in roten Gewändern spielten Fangen, die Gesichter golden in der späten Sonne. Nora folgte Wangmo zum Tempeleingang. Ein Kind stolperte gegen sie, wich verschämt zurück. Mandelaugen mit langen Wimpern, vollkommene Proportionen.

»Lass ihn nicht weglaufen«, sagte Nora und öffnete eilig ihre Fototasche, schoss schnell eine Reihe Fotos. Zwei, drei Schritte, Hintergrund, Licht, Schatten, Winkel. Der Fotoapparat war bereits wieder verstaut, als sie Wangmo bat, das Kind nach seinem Alter zu fragen.

»Er heißt Tsering und ist dreizehn«, übersetzte Wangmo. »Aber dreizehn heißt zwölf. Wir zählen die Schwangerschaft als zusätzliches Lebensjahr.«

So alt wäre ihr Junge, wäre er je geboren worden. Ihr kleiner Julian. Jans Julian. Der Schmerz schoss ein wie Wehen. Warum hörte das nicht auf? Sie weinte eine halbe Nacht, und die Schuld machte den Schmerz noch schärfer. Würde er überlebt haben, wenn sie ihn richtig festgehalten hätte mit all ihrer Liebe? Wenn sie nicht an sich selbst gedacht hätte, an ihren eigenen Schmerz, sondern nur an ihn? Sie konnte Wangmo nicht fragen. Gewiss hätte Wangmo Nein gesagt. Doch ein unausgesprochenes Ja in Wangmos Blick hätte sie nicht ertragen.

»Jetzt wäre es erwachsen, dein Kind«, sagt Wangmo zärtlich über ihr Wasserglas hinweg, »und würde ein eigenes Leben führen. Vielleicht so weit weg wie meine Tochter.«

Nora nickt halbherzig. »Aber wir hätten einander seine ganze Kindheit und Jugend hindurch gehabt. Und ich hätte bestimmt weniger Dummheiten gemacht. Marie sagt immer, die Mädchen hätten sie vor vielen Dummheiten bewahrt. Ich wüsste eine ganze Menge Dummheiten, vor denen ich lieber bewahrt worden wäre.«

»Wer hätte dich bewahren können außer dir selbst? Mütter machen andere Dummheiten als Nicht-Mütter. Vielleicht schwerwiegendere.«

Wem könnte ich verständlich machen, denkt Nora beim wütenden Zähneputzen, dass ich mich noch immer beraubt fühle? Diese Mütter, sie sind so selbstverständlich Mütter. Sie sitzen auf dem Thron ihrer Mutterschaft, als hätten sie ein Recht darauf. Warum wurde mir dieses Recht nicht zugestanden? Wangmo würde sagen, das ist dein Karma. Aber will ich das glauben? Man steht ganz schön dumm da ohne einen Gott, den man verantwortlich machen kann.

Stundenlang kann sie nicht einschlafen. Am nächsten Tag wird sie mit Wangmo über ihren Verrat an der Freundschaft reden müssen. An diesem Abend hat sie es hinausgeschoben, doch was hilft es? Sie wird keine Ruhe finden, bevor sie sich überwunden hat. So mag es wohl sein mit dem Karma. Was nicht gelöst ist, wird mitgenommen durch die Nacht des Todes in den Morgen eines neuen Lebens. Es gibt so viel zu lösen. Wie soll sie es schaffen?

Sie wird mit Wangmo reden.

Ich möchte Dir einen Traum erzählen, Lisa. Wangmo ist gekommen, sie schläft noch. Ich bin spät eingeschlafen und viel zu früh aufgewacht. Die Sonne ist noch nicht aufgegangen. Ich hatte einen Traum, der mich nicht freigibt. Ich träume ihn immer noch.

Mein Vater – Alfred – kam nach Hause. Ich schreibe »mein« Vater, weil ich ihn in meinen Gedanken immer für mich beansprucht habe. Du hattest ja Deinen Vati Gerhard. Mein Vater im Traum kam aus dem

Krieg, zu der Zeit kamen Väter immer aus dem Krieg, wenn sie überhaupt kamen. Er stand in der Tür zur Küche und sah auf mich herunter und sagte: Ich hab dir etwas mitgebracht. Dann fasste er in einen Beutel und holte eine goldene Buddha-Statue hervor, so groß wie eine Hand. Mama saß am Küchentisch und sagte in ihrer typischen wegwerfenden Art: Sie weiß doch gar nicht, wohin damit. Ich nahm die Statue und trug sie in mein Zimmer (im Traum hatte ich ein eigenes Zimmer), aber ich wusste tatsächlich nicht, wohin damit. Es gab keinen freien Platz. Überall standen Sachen in den Regalen, auf dem Tisch, auf dem Fenstersims. Ich drehte mich im Kreis, den Buddha in den Händen. Schließlich öffnete ich einen Schrank und stellte ihn zwischen die Wäsche. Dabei dachte ich, dass ich irgendwann aufräumen und einen Platz für ihn freimachen würde. Beim Aufwachen musste ich weinen.

Ich weiß, dass der Traum etwas mit Wangmo zu tun hat. Mein Vater war für mich lange Zeit eine heroische Figur. Mama hat ja damals nie etwas über ihn gesagt. »Euer Vater ist im Krieg umgekommen«, das ist das Einzige, woran ich mich erinnere. Erst im Sterben konnte sie über ihn sprechen. Als Kind gönnte ich mir Tagträume, in denen mein ganz eigener Papa nach Hause kam und mir ein Geschenk mitbrachte. Ich stellte mir vor, dass es ein besonderes, ungewöhnliches Geschenk war. Eine Puppe mit einem runden Porzellangesicht und Klappaugen. Ein Kleid mit den wundervollsten Rüschen. Ein riesengroßes Puppenhaus. In diesen Tagträumen warst Du blass und unbedeutend und standest am Rand. Er sah Dich gar nicht. Er sah nur mich.

Wangmo sagte einmal: Der Buddha ist das Symbol deiner eigenen Weisheit. Heute beim Aufwachen wurde mir klar: Das war Wangmos Geschenk – dass ich mir selbst begegnen konnte. Davor lief ich davon. Und dann kam noch ein Gedanke: Da muss ich nun erst sterben, um leben zu lernen.

Gestern hat Wangmo nicht ein einziges Mal von meinem Tod gesprochen. Aber es war nicht so, wie viele Leute das Thema umgehen, als wäre es ein Hundehaufen. Sie hat mir wie niemand sonst das Gefühl gegeben, dass ich noch lebe. Dass ich lebe!

Unsere Mutter lebte nicht, sie mauerte sich in ihre Verweigerung ein. Haben wir das Mauern von ihr übernommen? In mir wächst die Gewissheit, dass dies zu den Knoten gehört, die ich lösen muss. Ich will das nicht mitnehmen. Ich will »mich« nicht mitnehmen. Wohin?

Mama erzählte einmal von ihren Eltern. Sie hat sie ja immer totgeschwiegen. Damit waren sie toter als tot. Manchmal habe ich mir vorgestellt, wie es gewesen wäre, wenn diese Großeltern den Krieg überlebt hätten. Wenn wir richtige, gute Großeltern gehabt hätten anstatt Alfreds Eltern, die uns nach seinem Tod nicht mehr kannten, oder die alten Wallners, für die wir nicht mehr waren als zugelaufene Hunde.

Karoline hatte freundliche Großeltern. Ich erinnere mich an Samstagnachmittage bei Karoline mit Kakao und Kuchen. Danach las Karolines Opa uns griechische Sagen vor. Man muss die griechischen Sagen kennen, sagte er, dann weiß man was vom Leben. Nie werde ich Medea vergessen. Ich erzählte Dir von ihr. Du hast gesagt: schreckliche Medea, grausig. Aber ich konnte sie verstehen. Mit dreizehn Jahren verstand ich ihre Leidenschaft und natürlich ihre Wut.

Ich erinnere mich an die endlos hohen Zimmer in der Wohnung von Mamas Eltern. Vor der Großmutter, dieser großen, hageren Frau mit der harten, lauten Stimme, fürchtete ich mich. Ich sehe ihr ähnlich, sagte Mama. Und Opa war immer in der Firma. Ich wusste nie, was ich mir darunter vorstellen sollte. Damals fragte man ja nicht. Wahrscheinlich erinnerst Du Dich nicht an sie. Du warst ja noch so klein. Als sie dann vom einstürzenden Haus erschlagen wurden, gab es eine eilige Beerdigung. Es wurde so viel beerdigt damals, man kam kaum nach.

Mama sagte, dass sie ihre Mutter nie mochte und ihren Vater kaum kannte. Was für eine Familie!

Als Mama so langsam starb, jeden Tag ein bisschen, gekrümmt von den Schmerzen und dazwischen von den Medikamenten halb betäubt, wurde sie »ein Mensch« für mich, einfach ein leidender Mensch. Nicht Mama mit den zusammengekniffenen Lippen, nicht die lieblose Mutter, die nie lieben gelernt hatte. Sie tat mir entsetzlich leid. Was nicht heißt, dass es mir leichtfiel, sie auszuhalten. Aber mein Schutzpanzer bekam Risse, sonst hätte ich wohl Jan und Benni nicht kennen lernen können.

Wenn Wangmo wieder nach Hause gefahren ist, werde ich Dir von Jan und Benni erzählen.

Wolken haben sich über die Morgensonne geschoben. Der Tag beginnt dunkel, sanft. Nora hat ein paar Blüten ihrer Fleißigen Lieschen auf den Tisch gestreut. So wie am Muttertag, wenn sie den Frühstückstisch deckte, bevor irgendjemand aufgestanden war. Dann sagten alle: Wie schön Nora den Tisch gedeckt hat! Es war Noras Privileg. Keine Vergleiche mit Lisa.

»Wie schön!«, sagt auch Wangmo. »Was feiern wir?«

Nora gelingt ein Lächeln ohne jede Kante. »Dass ich noch lebe. Oder eher: Das glorreiche Ende meines Lebens. Ich fange an, Einsichten zu entwickeln. Vielleicht kommen noch ein paar zusammen, bevor ich sterbe.«

»Wir sollten nach Kathmandu fliegen.«

»Wie bitte?«

»Wir sollten nach Kathmandu fliegen«, wiederholt Wangmo. »Wegen der Einsichten. Dort bekommt man besonders viele.«

Nora schüttelt den Kopf. »Aber das geht doch nicht. Ich bin ...«

»Krank?« Ohne Noras Antwort abzuwarten, fährt Wangmo fort: »Du kannst doch noch reisen. Du hast noch Kraft. Und du hast keine Schmerzen.«

Nein, Nora hat keine Schmerzen, aber irgendwann werden sie kommen. Wie bei Mama, wahrscheinlich. Oder auch nicht? Vielleicht einfach eine Thrombose, bums, aus? Man weiß ja nie. Mamas Krebs war anders, jeder Krebs ist anders.

»Du könntest den Healing Lama befragen«, bricht Wangmo in ihre Gedanken ein. »Seine Prognosen sind sicherer als die der Ärzte. Und du weißt, tibetische Ärzte und Lamas verstehen viel von der Lebensenergie.«

»Aber der Befund war eindeutig. Das überlebt niemand.«

Wangmo beugt sich vor und ergreift Noras Hand. »Das Leben überlebt niemand, Nora. Die Frage ist ja immer nur, unter welchen Umständen es endet. Ich will dir nicht falsche Hoffnungen einreden. Aber Sterben ist wie Entbinden. Dafür kann man etwas tun.«

Noch einmal eine Morgenlandfahrt mit Wangmo?

Auch damals, vor dreizehn Jahren, hatte Wangmo gesagt: »Komm mit nach Kathmandu. Das wird dir gut tun.«

Warum nicht, hatte Nora gedacht. Es würde befreiend sein zu verreisen. Seit sie sich von Ravi getrennt und Zürich verlassen hatte, begann das alte Haus, das Sterbehaus, sie zu verschlingen wie ein Moor. Als säße Mama noch in der Küche. Als würden Oma und Opa Wallners Geister noch darin hausen und sie einspinnen in ihre alten, grauen Gedanken. Man sollte nicht an abgelebte Orte zurückkehren. Es war ein Fehler gewesen. Doch Nora und das Haus waren miteinander verwachsen. Das Haus war ihre Last und ihre zwiespältige Zuflucht. Grund und Boden, Hab und Gut, Trutzburg, Höhle, Versteck, Mieter in den unteren Räumen, Kosten für das neue Dach. Drückendes Korsett des Überlebens.

»In den Herbstferien«, sagte Wangmo damals, »ist schönes Wetter in Kathmandu.«

Wangmos Mann, eine hohe Wiedergeburt, war bei seiner letzten Reise nach Tibet gestorben. Tibet hat sein Herz gebrochen, wie Wangmo es ausdrückte. Es sammelten sich immer Tränen in ihren Augen, wenn sie von »Rinpoche« sprach. Rinpoche – kostbares Juwel –, so nannte sie ihn bei seinem Titel.

Sie könnten einen Dreitagesausflug nach Lhasa machen, begann Wangmo sogleich fröhlich zu planen. Ein bisschen teuer, aber man habe kein Problem mit dem Visum. »Dann werde ich mit dir zum goldenen Jovo-Buddha gehen, den die chinesische Prinzessin dem tibetischen König mitgebracht hat. Den ganzen

Weg von China bis nach Lhasa hat sie ihn transportiert. Stell dir das vor, diese große, schwere Statue mit Yaks über die Pässe und mit Yakhautbooten über die Flüsse, mitten durch verfeindete Stämme. Aber der Jovo-Buddha passte immer gut auf die Prinzessin auf.«

Wie genau Nora sich plötzlich erinnert. Wangmo lächelte ihr verschmitztes Lächeln, in das sie solche Äußerungen stets verpackte. Ein Lächeln, das sagte: Balanciere nur schön zwischen Glaube und Zweifel, lerne die Kunst des Sowohl-als-auch.

Nora kann sich noch immer nicht recht vorstellen, wie das gehen soll. In den Jahren mit Wangmo hatte sie es aufgegeben, Argumente um sich zu verstreuen wie Müll. Wangmo sagte: Du kannst glauben oder nicht glauben, was du willst. Nicht glauben ist glauben mit negativem Vorzeichen. Balance ist anders. Balance hat etwas mit entspanntem Geist zu tun.

Und Wangmo schaute verträumt an die Küchendecke und erzählte vom Jokhang, »dem Zuhause des Jovo-Buddha«, und vom kleinen Höhlentempel, in den ihr frisch angetrauter Rinpoche-Ehemann sie geführt hatte. Der Tempel sei vor mehr als tausend Jahren um die Meditationshöhle des tibetischen Königs herum gebaut worden, und die Meditationshöhle seiner chinesischen Prinzessin liege direkt daneben. So konnten sie sich im Meditations-Retreat mit Klopfzeichen verständigen, der verliebte König und seine ebenso verliebte neue Frau aus China. So erzählen es sich die Tibeter, vor allem die Frauen. Natürlich die Frauen. Sie sind zuständig für die Liebe, immer und überall.

»Ich habe dich bei unserer letzten Reise enttäuscht«, sagt Nora. »Ich werde dich auch diesmal enttäuschen. Ich bin gut im Enttäuschen.«

Ein Sonnenstrahl schießt ins Zimmer. In einem Augenblick ist alles golden, die Teetassen auf dem Couchtisch, das Sofa, das Mozartbild von Raoul Dufy an der Wand. Und Wangmo, ihr zartbraunes Gesicht mit dem herben Olivton, ihre kleinen, sehr schmalen Hände, ihre Halskette aus Türkisen.

Wie könnte man sich der Überzeugungskraft des Himmels entziehen?

»Aber ich erwarte doch nichts, Nora. Es ist einfach nur ein Abenteuer. Manchmal braucht man Abenteuer.«

»Als ob ich nicht das größte Abenteuer des Lebens vor mir hätte.« Aber Nora lacht ein bisschen, während sie das sagt. Der Tod ist so weit weg. Sie wird am Abend schlafen gehen und morgen früh aufwachen, wie immer. Und übermorgen wird es nicht anders sein. Das Risiko ist nicht größer als je zuvor. Das Leben ist lebensgefährlich. Keiner überlebt es. Warum sollte sie nicht nach Kathmandu fliegen?

»Du hast recht, Wangmo. Warum soll ich hier herumsitzen und auf den Tod warten?«

5.

Ich fliege nach Kathmandu! Freue ich mich? Verwirrung. Ich habe mich so lange nicht mehr gefreut, weiß nicht mehr, wie das ist. Ich wache morgens auf und denke nicht: Tod! Ich vergesse, mich zu fürchten.

Es ist seltsam zurzeit – mein Tod ist eine Abstraktion. Ich denke an ihn, als ginge es um den Tod von jemand anderem. Verstehst Du, ich habe noch eine Zukunft. Kathmandu. Begegnungen. Vielleicht Abenteuer. ICH LEBE. Es ist nicht vorstellbar, dass ich in ein paar Monaten tot sein werde, nicht mehr da, Asche in einer Urne. Ich kann es mir einfach nicht vorstellen.

Aber leben ist so schmerzhaft.

Wangmo ist wieder nach Zürich zurückgefahren. Ich vermisse sie. Mit ihr konnte ich lachen. Weniger denn je kann ich meinen Verrat verstehen. Zwölf bittere Jahre lang habe ich mich vor ihr versteckt.

Heute Morgen hat Marie einen kleinen Strauß Ringelblumen gebracht. Sie sagte: Ein bisschen Sonne, weil es schon wieder regnet. Marie kann einem so unter die Haut gehen. Ganz unschuldig. Warum gibt es für mich nur in Schmerz eingepackte Dankbarkeit? Ich sage es Dir – Schuld! Wenn ich aufmerksam lausche, höre ich den bösen kleinen Schatten in mir sagen: Ich verdiene es nicht. Ich kann es nicht erwidern. Ich kann nichts wiedergutmachen. Ich habe meine Chancen verpasst.

Und immer wieder: Wäre der kleine Julian meine Chance gewesen?

Ich wollte Dir von Jan und Benni erzählen. Vielleicht kann ich Maries Ringelblumen besser annehmen, wenn ich an Jan und Benni denke.

Wie lang hat sie sich nicht mehr erlaubt, sich an ihr verlorenes Glück zu erinnern? Schauen Sie nach vorn, hatte die Therapeutin damals gesagt, glauben Sie an die Hoffnung. Nora ging nicht wieder hin.

Mama lag im Sterben. Es war ein unendlich langer Herbst.

Hoffnung war kein Thema. Die Dinge geschahen einfach. Wie das Wetter, Jahr um Jahr. Nora hatte Geld verdient, investiert, verloren, wieder verdient, es war nicht von Bedeutung. Viele Jahre lang kein Mann. Sie hatte ein bisschen Stolz. Wenigstens das.

Die Erinnerung bahnt sich ihren Weg, steigt auf, saugt sich mit Leben voll. Diesmal versucht sie nicht, sie zu verhindern: Gelbe und braune Blätter lagen auf dem Parkweg, sie sieht diesen Weg noch immer ganz genau. Keine Menschen. Ein scheues Eichhörnchen. Es sah nach Regen aus. Nora hätte ewig auf der Parkbank so sitzen bleiben mögen, vorgebeugt, die Hände verschränkt. Nicht mehr heimgehen müssen zu Mama in das alte Haus mit dem Tod als Hauptmieter.

Ihr Kopf war schwer von der Last der vergangenen Monate, von der Monotonie dieses langsamen Sterbens. Manchmal ertappte sie sich bei der Farce eines Gebets: Bitte, lass Mama endlich sterben! Natürlich durfte sie das nicht denken. Wer würde sie bestrafen? Man sollte zum Letzten Gericht einen Anwalt mitbringen können.

Sie fröstelte ein wenig vom langen Sitzen. Wohin sollte sie

gehen? Es war ihr Stadtnachmittag, die Pflegerin würde bis zum Abend bei Mama bleiben. Manchmal ging Nora in die Nachmittagsvorstellung eines Kinos. Oder sie traf Karoline in einem Café. Ein Stück Nora ging ins Kino oder ins Café, doch der größere Teil blieb draußen. Einmal ging sie in ein Museum, wie blind. Sie konnte tun, was sie wollte, aber sie wollte nichts.

Mit einer Zeitschrift im Café am Fenster zu sitzen war angenehm. Da waren Menschen, die redeten und lachten. Leben. Es geschah nichts. Es gab nichts zu fürchten, nichts zu hoffen. Sie konnte einfach dasitzen und auf die Straße hinausschauen oder Belanglosigkeiten in der Zeitschrift lesen. Sie konnte niemand sein, niemandes Tochter, niemandes Objekt, niemandes Verantwortlichkeit. Nur selten war Niemand zu wenig.

Eines Tages hatte sie Karoline angerufen, sie sei wieder da, im alten Haus. Sie könnten sich treffen in der Stadt. Es war nicht so, dass sie Karoline besonders gern mochte. Doch da waren die netten, bunten Karten zu den Geburtstagen, manchmal eine Plauderei am Telefon, keine Geheimnisse, beruhigende Alltagsgespräche. Ich hab die zwei Buben, sagte Karoline, und mein Mann hat seinen Sport. Einer der Buben bekam Probleme mit der Polizei. Sie waren in dem Alter. Damals hatte Karoline öfter bei ihr in Stuttgart angerufen. Nora konnte gut zuhören und an den richtigen Stellen kleine, ermunternde Sätze sagen. Das war sie Karoline schuldig für die Beihilfe zum Rufmord. Damals in der Schule.

Mama war kein Thema. Ich finde es toll, dass du sie pflegst, hatte Karoline am Anfang gesagt. Einmal fragte sie beim Café-Besuch: Wie geht's deiner Mutter, lebt sie noch? Dann waren wieder die Buben dran und die Abzahlung des Eigenheims, die Dinge des Lebens. Ein paar Mal war Nina dabei, eine ziemlich dicke blondierte Frau, an der keine Pore mehr an das scheue, dunkelhaarige Mädchen in der Schule erinnerte. Karolines Mann sei ein grober Kerl, verriet Nina, während Karoline auf dem Klo war. Sie habe den Verdacht, dass er Karoline »ganz schön rau hernimmt«.

Bei einem späteren Treffen fragte Nora vorsichtig: »Gefällt es dir, verheiratet zu sein?«

»Ja, schon«, antwortete Karoline. »Etwas anderes könnte ich mir nicht vorstellen. Einfach ist es nicht, aber das ist es ja nie.« Dann sprach sie wieder über ihre Buben, und alles war in Ordnung.

»Meine Mutter tut sich schwer mit dem Sterben«, sagte Nora.

»Mein Vater starb ganz schnell«, erwiderte Karoline. »Stell dir vor, im Sessel am Schreibtisch. Das war gut.«

Nora nahm es Karoline nicht übel, dass sie nichts von Mamas Sterben wissen wollte. Wer sollte das schon wollen?

An diesem Herbsttag hatte sie kein Bedürfnis, Karoline zu treffen. Doch in die Stadt zu gehen war immerhin besser als daheim zu bleiben.

»Gehst du wieder, Nora?« Dieser verzweifelte Angstblick. Wegschauen half nicht. Die Pflegerin Elvira plapperte Beruhigendes, doch Mamas Blick blieb an Nora hängen und hing immer noch an ihr im Park hinter dem Café.

Die Hände wurden kalt, außen, an den Handrücken, wo sie einander nicht berührten. Wie lange saß sie schon auf der Bank? Sie fühlte eine Träne an ihrer Nase entlangrollen. An der Spitze blieb sie hängen.

Wo vorher nur gelbe und braune Blätter lagen, waren plötzlich Füße, kleine Füße in schmutzigen Schuhen. Sie hatte die Schritte gehört und das Kind gesehen, irgendwie. Gehört und gesehen und zugleich nicht gehört und nicht gesehen. Typisch Nora, dachte es in einer dunklen Ecke in ihr, nie ganz da.

Der kleine Junge schaute sie mit ruhigen Augen an, streckte eine Hand aus und wischte behutsam die Träne von ihrer Nasenspitze. Ein unverwandter Blick aus großen, blauen Augen, als blicke der Himmel sie an. Sie vergaß zu denken.

Dann hob die andere Hand ein Kuscheltier hoch und drückte es an ihre Wange.

»Danke«, sagte Nora.

Das Kind legte das Kuscheltier in ihren Schoß, ein haariges, braunes Ding mit großen Ohren.

»Na, Benni, willst du deinen Bobo wirklich hergeben?«

Ein Mann war neben der Bank stehen geblieben. Ein sanftes Gesicht, dunkelblonde Haare nach hinten gebunden. Vielleicht war er nicht so jung, wie der erste Blick vermuten ließ.

Mit einer langsamen, behutsamen Geste nahm der Junge das Kuscheltier von Noras Schoß, drückte es noch einmal gegen ihre Wange und nahm es wieder an sich.

»Das ist sehr lieb von dir«, sagte sie.

»Stört es Sie, wenn wir uns dazusetzen?«, fragte der Mann.

Nora schüttelte den Kopf und klopfte mit der Hand leicht auf die Bank, vage einladend. Festgehaltene Tränen verschlossen ihre Kehle. Der Mann setzte sich auf das andere Ende der Bank. Das Kind hielt den Blick weiterhin still auf sie gerichtet.

»Benni mag Sie«, sagte der Mann. »Er ist sonst eher schüchtern. Und er spricht selten, aber er versteht alles.«

Nora versuchte zu lächeln. »Jedenfalls hat er ein großes Herz.«

Benni kletterte auf den Schoß seines Vaters.

»Ja«, sagte der Mann und drückte einen Kuss auf die feinen, blonden Haare. »Benni ist ein ganz besonderes Wesen.«

Benni habe vor einem Jahr seine Mutter verloren, erzählte der Mann, »auf dramatische Weise.« Und bald sprach Nora vom langen Sterben ihrer Mutter, von der Not dieses Sterbens, von der Ungeduld und der Ohnmacht. Der Mann stellte sich als Jan vor. Nora nannte ihren Namen und wünschte zutiefst, sie hätte einen anderen, einen hellen Namen. Wie Lisa oder wenigstens Karoline.

Sie gingen zweimal um den kleinen See. Benni schaute den Enten zu und warf kleine Blätter ins Wasser. Bei der zweiten

Umrundung ergriff er Noras Hand. Eine kleine, weiche, warme Hand in der ihren. Nora schluckte und blinzelte Tränen zurück. War gerührt und wütend auf ihre Rührung. Als das Kind sie losließ, empfand sie Erleichterung und Schmerz zugleich.

Es wäre schön, wenn sie morgen wieder zusammen um den See gehen könnten, sagte der Mann schließlich. Benni würde sich freuen und er selbst auch. Er sagte du, ganz selbstverständlich.

Während der Heimfahrt mit der S-Bahn war es wie das Erwachen aus einem dichten Traum. Wenn der Traum in den Tag hinein wuchert und überzeugender ist als alles, was sich als Realität anbietet.

Das Warten auf den nächsten Tag begann, noch bevor sie zu Hause war.

»Ist was?«, fragte Mama, als Nora ihr beim Abendessen half.

Nora wandte den Blick ab und rückte das Stützpolster hinter dem Kopfkissen zurecht. »Was sollte schon sein?«

Sie sah ihre Mutter aus einer seltsamen, freundlichen Entfernung. Das vorgealterte Gesicht mit den tief liegenden Augen, die Lippen aus ihrer lebenslangen Spannung erlöst, von der Krankheit leer gesogen.

»Du bist heute anders«, sagte Mama.

Nora drängte einen Anflug von Lächeln zurück. Es war undenkbar, ihrer Mutter von der Begegnung im Park zu erzählen. Zu viele sprachlose Jahre standen dazwischen. Und was gab es auch schon zu erzählen? Dass ein mutterloses Kind sie getröstet hatte? Dass ihr Puls stieg, wenn sie an einen fremden Mann mit langen Haaren dachte, dessen Alter sie nicht schätzen konnte?

»Die Blätter sind schon ganz bunt«, sagte sie und stellte das Tablett mit dem Abendessen an das Bett. »Hier, Mama. Du hast heute so wenig gegessen.«

Ein trotziges kleines Zusammenziehen der Augenbrauen. »Wozu soll ich überhaupt noch essen?«

Nora schwieg.

»Siehst du«, sagte Mama.

Nachts träumte Nora von einem Boot, in dem ihre Mutter saß. Ein junges Mädchen, doch zugleich ihre Mutter. Das Mutter-Mädchen lächelte und ließ sich treiben in dem Boot ohne Paddel. In einer sanften Strömung.

Die Morgenstunden flossen träge dahin, kamen gegen Mittag fast völlig zum Stillstand. Warten. Die Minuten ließen sich nicht drängen, widersetzten sich. Immer wieder sah sie die Bank mit den gelben Blättern darunter, den Mann, das Kind. Nach dem Mittagessen begann es leicht zu regnen. Er würde nicht kommen, nicht im Regen. Bitte, bitte nicht regnen! Bitte nicht!

»Was ist mit dir, Nora?«, hatte die Mutter gefragt.

»Ich geh nicht gern zum Zahnarzt, Mama. Das weißt du doch.« Sie hatte gesagt, sie gehe zum Zahnarzt. Eine halbe Stunde in die Stadt, zwei Stunden Zeit, eine halbe Stunde zurück. »Schlaf ein bisschen, Mama. Ich bin ja bald wieder da.«

Ungeduld an der verspäteten S-Bahn. Der Regen hörte auf. Als sie den Park erreichte, sickerte ein wenig Sonne zwischen den Wolken hervor, drängte sich unter Noras Haut, in ihre Mundwinkel.

Da war er, der Mann, Jan, auf der Bank. Der kleine Junge entdeckte sie und lief ihr entgegen. Sie öffnete ihre Arme, nahm ihn hoch, spürte seine kleinen Hände an ihrem Kopf, den zarten Geruch seiner Haut.

»Bobo«, sagte er mit einer ungelenken kleinen Stimme und drückte ihr sein Kuscheltier ans Ohr.

»Wie schön, dass du gekommen bist«, sagte Jan und erhob sich. Nora war dankbar, dass sie das Kind im Arm hatte und nichts sagen musste. Ich wäre tot umgefallen, wenn du nicht gekommen wärest, das hätte sie gern gesagt. Schade, man müsste so etwas sagen können. Vielleicht gab es mutige Menschen, die es taten, die keine Angst vor Verletzung hatten.

»Benni freut sich auch«, fügte er hinzu.

Nora setzte das Kind ab und reichte Jan die Hand. »Meine Mutter wollte mich nicht gehen lassen. Angeblich bin ich jetzt beim Zahnarzt.«

Jan lachte. »Es wird nicht wehtun.« Und fügte hinzu: »Wie geht es ihr?«

Sie schüttelte den Kopf. Nicht über Mama reden. Das Zimmer mit dem Krankengeruch sollte weit, weit weg sein.

»Sterbend, wie immer. Ich bin froh, wenn ich hier im Park bin oder im Café. Das ist so lebendig.«

»Karussell«, flüsterte Benni und klopfte an das Bein seines Vaters.

»Gleich, Benni.« Jans Stimme war weit weg von Benni.

Der Wutanfall kam unvermittelt. Ein wilder, langer Schrei, Fäuste, die gegen das Bein trommelten, kleine Füße, die traten.

Jan nahm das Kind in den Arm und hielt es fest. Umklammerte die wütend zappelnden Arme und Beine, summte Beruhigendes in sein Ohr. Benni schrie, warf den Kopf hin und her, versuchte sich zu befreien. Langsam ging Jan den Weg entlang, hielt fest, summte. Bis Benni müde wurde. Es dauerte lang.

»Ich hab ihm das Karussell versprochen«, sagte Jan und stellte Benni auf den Boden. »Kommen Sie mit?«

Das Karussell war außer Betrieb. Benni ließ sich auf ein Pferdchen setzen, machte hin und wieder anfeuernde Bewegungen und rief: »Hopp, hopp!« Sein inneres Pferdchen schien zu gehorchen, denn er schaute zufrieden in die Weite. Ganz tief saß er in sich. Die Ruhe nach dem Sturm.

»Was ist mit Benni?« fragte Nora. »Ich meine, ist er ...«

Nicht normal? Wie sollte man es sagen? Wie sein Verhalten benennen, ohne dem kleinen Wesen seine Würde abzusprechen?

»Er hat seine tote Mutter gefunden.« Jan senkte die Stimme. »Es war ein dummer Zufall. Niemand hätte es vermeiden können.«

Sie gingen vor dem Karussell hin und her.

Eine junge Frau, die nie mit dem Leben verbunden war. Flüchtig wie eine Fee, wie vom Wind in Jans Arme getrieben. Immer traurig. Schaute ihr Kind an, als wäre es durchsichtig.

»Ich hatte gehofft, das Kind würde Anne helfen«, sagte Jan. »Doch es wurde eher schlimmer. Sie liebte, so gut sie konnte. Aber wie soll man lieben, wenn man so schrecklich traurig ist?«

Anne konnte nicht gut schlafen. Sie schlief spät ein und dann den halben Tag lang. Jan brachte Benni morgens in den Kindergarten, eine Nachbarin holte ihn ab. Jan arbeitete in einem Verlag, kam am späten Mittag heim, kochte und versorgte den Haushalt. Manchmal wurde es später, dann bekam Benni nur ein Müsli. Anne konnte nicht kochen.

»Warum hast du sie geheiratet?«, fragte Nora.

Jan lächelte ein wenig. »Weil ich sie liebte. Karma.« Er erklärte nicht, was er damit meinte. »Sie verlangte von mir nicht, ein toller Mann zu sein«, fuhr er fort. »Vielleicht war es das. Ich war nicht zum tollen Mann geboren. Sie brauchte Verständnis und Geduld. Sie sog die Liebe aus mir heraus wie Muttermilch. Und die floss und floss …«

Dann an einem der seltenen Tage, an denen im Verlag unvorhergesehen viel los war, brachte die Nachbarin Benni heim und Anne schlief noch. Das kam gelegentlich vor, wenn sie erst am Morgen eingeschlafen war. Die Nachbarin hatte einen Schlüssel. Und sie hatte es eilig. Sie wusste, Jan würde bald nach Hause kommen.

Als er kam, war es später Nachmittag. Benni lag wimmernd neben seiner Mutter im Bett, fest zusammengerollt mit weit aufgerissenen Augen. Anne war bereits kalt. Sie musste die Tabletten früh am vorigen Abend genommen haben, mit der Gewissheit, dass Jan mittags nach Hause käme.

Seitdem sprach Benni ganz wenig.

Der kleine Junge war inzwischen vom Pferdchen geklettert und hielt seinem Vater die Hände hin.

»Kalt«, flüsterte er.

Jan nahm die kleinen Hände in die seinen und lachte leise. »Du wolltest keine Handschuhe mitnehmen. Gestern waren deine Hände auch kalt. Sag mir, warum sind kleine Jungen so eigensinnig?«

Große, stille Augen. Zu still.

Eine kleine Hand strich über die große Hand. Flüsternd: »Keine Handschuhe.«

»Du meinst wohl, du brauchst keine Handschuhe, weil es noch nicht Winter ist?«

Benni nickte.

»Und wer hat hier kalte Hände?«

Mit einer entschlossenen Bewegung zog Benni sein Kuscheltier aus des Vaters Jackentasche, drückte es an sich und marschierte davon.

Jan stand mit einem kleinen freundlichen Seufzer auf. »Die kleine Majestät wünscht weiterzugehen.«

»War er in Therapie?«, fragte Nora.

Jan hob die Schultern. »Hat nichts genützt.«

Sie folgten Benni zum kleinen See. Steinchen werfen, Schwäne anschauen, noch mal Steinchen werfen. Plötzlich warf Benni einen Stein nach dem Schwan, der sich näherte.

Jan nahm Benni auf den Arm. »Nicht gut, mein Schatz«, sagte er. »Was soll der Schwan jetzt denken? Er hat sich erschreckt. Mach das nicht wieder, sonst bekommt der arme Kerl Angst vor Kindern und versteckt sich. Und niemand kann sich mehr an ihm freuen. Wäre doch sehr schade.«

Benni verbarg sein Gesicht. Jan klopfte sanft auf seinen Rücken. »Das hast du nicht bedacht, hm? Aber jetzt weißt du es besser. Man muss viel lernen im Leben. Du bist ein kluger Junge, du kannst lernen. Hab ich recht?«

Benni zappelte, wollte abgesetzt werden. Er pflückte Gräser, streute sie ins Wasser und flüsterte: »Komm, Schwan! Komm!«

Jan lächelte.

Nora erzählte von ihrer Freude am Fotografieren, und am nächsten Tag schien die Sonne. Drei Filme lang war die Welt von einem sanften Mann und einem lachenden Kind erfüllt.

Erinnerst Du Dich, als wir uns zum letzten Mal sahen, im alten Haus? Ich glaube, es war etwa ein Jahr vor Mamas Tod. Nein, es muss noch länger her sein. Vielleicht 1975? Es war Dein Geburtstag. Hannes war dabei, fett, mit reichlich Gold an den Fingern. Damals trug ich noch die bunten, wehenden Röcke und die Haare ganz lang und offen. Du hast gesagt, das sei lächerlich in meinem Alter. Du warst so hübsch und ordentlich in Deinem Designerkostümchen. Ich fürchte, ich sagte etwas sehr Unfreundliches. Warum mochten wir einander nicht mehr, Lisa? Wir gingen mit Weltanschauungsknüppeln aufeinander los, aber dahinter standen unsere Kindheit, unsere Jugend, Mama, Gerhard. Bis heute weiß ich nicht, was an diesem Geburtstag zwischen Dir und Mama vorgefallen ist, es muss grausam gewesen sein. Wir waren alle drei gereizt wie hungrige Katzen, bis zum Hals voller Vorwürfe. Ich hätte euch mit den Blumenkränzen auf dem Geburtstagstisch erwürgen mögen. Vor allem Dich.

Als Mama starb, hatte ich mich bereits von der Hippie-Welt abgewandt. Zu viel alte, verwunschene Wut war in mir. Im Herzen war ich eher Bombenwerfer als Blumenkind. Ich konnte sie verstehen, die mörderischen Pastorentöchter, hätte aber doch lieber John Lennon umarmt.

Dann fiel ich zurück in den Keller der Spießerwelt, oder sagen wir, ins Souterrain. Du kennst diese Wohnungen: Farn im feuchten Schacht vor dem Fenster, kein Himmel, ein Panorama von Schuhen und Socken. So fühlte ich mich. Unten, weggesteckt, nicht auf Augenhöhe mit den Menschen.

Eine halbgare Liebe zog mich nach Frankfurt. Die Liebe löste sich auf, Frankfurt blieb mir eine Weile. Wieder ein Fotoladen, Porträts, Passfotos. Damals gab es sie noch, diese kleinen privaten Studios. Ich war wieder die brave Nora mit züchtig halblangen Haaren.

Man konnte sich gut vor sich selbst verstecken in Frankfurt, wie in allen großen Städten. Dann zurück nach München, in ein neues altes Leben, in die kleine Wohnung mit der Abstellkammer und Tanja. Als ich den Anruf von der Putzfrau bekam, zog ich wieder ins Haus. Ich gehörte nirgendwohin, da konnte ich ebenso gut Mama pflegen.

Im alten Haus fühlte ich nichts. Ich hatte mir das Fühlen abgewöhnt.

Auch nach der Hippie-Phase lebte ich so, als wäre ich ständig auf der Durchreise. Bis ich Jan und Benni traf. Durch diese beiden wurde ich ruhiger. Vielleicht hat mir Mama deshalb so viel erzählt in den letzten Wochen vor ihrem Tod. Man kann ja nur zuhören, wenn man ruhig ist.

Schreibe ich diesen Brief an Dich, weil das Schreiben mich ruhig macht? Ich höre mir selber zu.

»Nora, du hast Ringe unter den Augen. Isst du genug?«

Seit ein paar Tagen sprach Mama zu ihr wie über einen Zaun oder aus einem Fenster. Bisher hatte sie über ihre eigene Vergangenheit gesprochen, jetzt begann sie Nora zu sehen, von fern, mit dem Blick über die Schulter. Als wehe der Wind sie davon.

»Sie macht es nicht mehr lang«, flüsterte Elvira im Flur. Elvira hatte Erfahrung mit Sterbenden. »Ich habe schon so viele sterben gesehen«, sagte sie. »Man bekommt einen Blick dafür.«

Hin und wieder saß Nora mit Elvira in der Küche, und Elvira erzählte. »Sterben ist so ähnlich wie Gebären«, sagte sie und lachte ein wenig, »nur dass man halt nicht mehr als einmal stirbt.«

»Glauben Sie, dass Ihnen das Sterben leicht fallen wird mit all Ihrer Erfahrung?«, fragte Nora.

Elvira hob die Schultern. »Ach, was weiß ich. Aber ich denke, unser Herr Jesus wird sich schon um mich kümmern.

Das hat er immer getan. Er hat mich heil aus dem Osten über die Grenze gebracht, direkt vor dem Bau der Mauer. So gebetet hab ich nie in meinem Leben, das können Sie mir glauben. Und dann wusste ich, er ist da. Ich hoffe, so wird es auch sein, wenn ich sterbe. Die Leute sterben leichter, wenn sie beten können. Das hab ich Ihrer Mutter auch gesagt.«

Nora hörte weg. Elviras fleischige, robuste Mütterlichkeit war gut für Mama, doch nicht so gut für Nora. Als Schlachtschiff der Gläubigkeit hatte sie die Pflegerin beschrieben und Jan zum Lachen gebracht. Und lachend hatte er gesagt, beten sei doch gar nicht so übel. Nora fragte sich in der Wolke ihrer Scham, ob er nur gelacht hatte, um seine Missbilligung zu überdecken. Warum konnte sie nicht den Mund halten?

Mama war zufrieden, wurde zum Kind unter Elviras sicheren Händen, gewiegt von ihrer warmen, zuversichtlichen Stimme. Elvira sei lieb, sagte sie. »Lieb« hatte nie zu Mamas Wortschatz gehört.

»Geh nur, Nora«, sagte Mama mit ihrer schwachen Stimme. »Es tut dir gut.«

Nora strich über eine durchsichtige Hand. »Elvira macht dir dein Abendessen. Es wird später. Ich bin eingeladen.«

Mama lächelte. »Das ist schön. Geh ein bisschen aus. Immer dieses Krankenzimmer, das ist nichts für einen jungen Menschen. Elvira ist ja da.«

Ob sie Mama von Jan und Benni erzählen sollte? Die Fahrt in der S-Bahn war angefüllt mit Argumenten dafür und dagegen. Würde Mama sich darüber freuen können?

In der Pizzeria sagte sie zu Jan: »Du machst mich zu einem besseren Menschen.«

»Dank für die Ehre«, erwiderte Jan heiter, »aber das machst du schon selbst.«

Auf dem Weg zu seiner Wohnung ließ er Benni auf seinen Schultern reiten und legte den Arm um Noras Schultern. Sie sangen das Lied von Ol'MacDonalds Farm und brachten Benni zum Lachen. Nora kicherte, ließ sich gehen, satt von Nähe.

Ein Abend ohne Kanten, so sanft und leicht. Sie schützte sich nicht, sagte, was ihr einfiel. Es fielen ihr freundliche Dinge ein.

In seinem Bettchen streckte Benni die Arme nach ihr aus, zog sie zu sich herab zum Gutenachtkuss. Ein zarter Geruch nach Kind und süßer Zahnpasta.

Jan zündete Kerzen an, öffnete Wein, plauderte dabei Unwichtiges, wie leises Bachplätschern. Hob ihr sein Glas entgegen: »Wie schön, dass du hier bist.«

Sein Blick verlor alle Leichtigkeit. In diesem Augenblick begann unversehens die Hölle.

Nora umklammerte den Stil ihres Weinglases, bereit für den Überfall der Befremdung. So war es immer. Gleich würde dieser Fremde, dieser abgrundtief Andere das Balzspiel beginnen, zielgerichtet, eindeutig. Der wortlose Handel der Lust würde abgeschlossen, das scheinbare Versprechen der Zärtlichkeit gebrochen werden.

Jan beugte sich vor, nahm das Glas aus ihrer Hand und stellte es auf den Tisch, ergriff ihre beiden Hände. Das war ungewöhnlich.

»Was ist mit dir?«, fragte er. »Sorgst du dich um deine Mutter?«

»Nein, meine Mutter hab ich ganz vergessen. Ich vertrage Wein nicht gut. Ich sollte gehen.«

Jan hielt ihre Hände, schwieg. Er sah sie an, das spürte sie mit gesenktem Blick. Wann ging es los?

»Du bist unglücklich, Nora. Gibt es etwas, das ich für dich tun könnte?«

Sie entzog ihm ihre Hände und stand auf. Dass es nicht losging, war noch schlimmer. Ihr war kalt vor Abwehr.

»Ich weiß nicht«, sagte sie und legte die Arme um sich. »Ich denke, ich sollte lieber gehen.«

Er drückte sie sanft zurück auf das Sofa und rückte seinen Sessel ein wenig näher.

»Sprich mit mir«, sagte er. »Wir möchten uns doch kennen lernen. Zu besseren Menschen können wir einander nicht machen, aber vielleicht zu glücklicheren.«

Nora schwieg.

»Gut, dann übernehme ich das Reden«, erklärte er. »Ich habe mich sehr allein gefühlt seit Annes Tod. Mit ihr allerdings auch. Sie war kein Mensch, mit dem man sich zusammengehörig fühlen konnte. Mehr oder minder war ich immer ein Alleinmensch. Nicht aus Wahl, es war eben so. Sonst hätte ich mich nicht in eine Frau verliebt, die wie ein einsamer Komet durch ihren traurigen Weltraum trieb. Und jetzt bin ich dir begegnet. Ich nehme an, du bist auch ein Alleinmensch, davon gibt es nicht so viele. Die meisten fühlen sich wohler in der Herde.«

Nora nickte. Jan war nicht mehr so sehr der Andere.

»Ich bin gern mit dir zusammen«, sagte er. »Und ich möchte, dass es dir gut geht. Willst du einen von Bennis Teddybären? Oder ein Glas Wasser?«

Sein besorgtes Lächeln löste die Starre in ihr. »Lieber Wasser. Oder beides.«

Die Decke des Zimmers hob sich sanft, die Möbel rückten auseinander, die verblassten blauen Drachen auf dem hellen Teppich streckten sich entspannt. Sie konnte sich zurücklehnen, sich aus ihrer bestürzten Selbstumklammerung lösen, die Beine übereinander schlagen.

Jan setzte ihr einen Teddybären in den Schoß und drückte ihr ein Glas Wasser in die Hand. Mütterlich, nicht väterlich.

»Besser?«

Nora nickte.

»Wir könnten Schach spielen … Oder ich könnte dir Gedichte vorlesen. Von Rilke.«

Nora hob vorsichtig den Blick. »Oder Karten legen?« Sie

wollte nicht mehr gehen. Hatte sie je gehen wollen? »Es tut mir leid. Ich benehme mich blödsinnig.«

»Nicht blödsinnig, nur ein bisschen durcheinander. Deine Mutter stirbt. Du musst das allein schultern. Da darf man durcheinander sein.«

Jan leerte sein Weinglas und füllte es erneut. Auch das ihre. Nora war nicht mehr beunruhigt. Vertrauen stieg auf wie ein Blumenduft, zart und sehr natürlich. Sie begann zu erzählen von Männern, die Fremde waren, von beiläufigen Grausamkeiten und den Schürfwunden liebloser Verbindungen. An seine Schulter gelehnt musste sie ihn nicht ansehen. Es fiel ihr leichter, ins Kerzenlicht zu sprechen.

»Als Frau bin ich eine Versagerin«, sagte sie.

Jans Arm schützte sie vor sich selbst. »Dann passen wir gut zusammen. Als Kind war ich mir nicht einmal sicher, ob ich ein Mann werden wollte. Man könnte sagen, ich wollte ein Mensch werden. Und ich wollte Frauen als Menschen sehen. Verstehst du das?«

»Ja«, antwortete Nora mit plötzlichem Eifer, »ja, natürlich.«

»Ich habe das, was man Potenzprobleme nennt«, fuhr Jan fort. »Schon immer. Es scheint zu meinem Leben zu gehören. Nach Annes Tod ging ich zu einem Psychotherapeuten, der sagte: In dieser Gesellschaft Potenzprobleme zu haben, ist kein Makel, sondern ein menschliches Gütezeichen. Bei unserem Abschied bekannte er, mit diesem Problem könne er selbst aufwarten. Deshalb sei er geschieden, und eine Freundin habe er auch nicht. Er war übrigens Buddhist.«

»Du auch?«

Jan lächelte. »Nun ja, irgendwie gefällt mir der Buddha, wie er so freundlich dasitzt.« Er wies auf eine Buddhastatue aus Stein auf dem Fenstersims. Daneben eine Kerze, Blumen. »So viel Souveränität. Er lässt mich nicht auf ein Jenseits warten. Er sagt: Kümmere dich selbst um dein Glück. Es ist in dir, pack es aus.«

Langes, sanftes Reden, wie unter Freunden.

Bevor die S-Bahn kam, küsste sie ihn. Es war ein zielloser, richtungsloser Kuss. Tastende Nähe voller Wunder, Gegenwart ohne Grenzen, Sehnsucht erfüllt.

»Mama, ich habe einen Mann kennen gelernt. Er heißt Jan und hat ein fünfjähriges Kind, Benni.«

Mamas zerknitterte Hand griff nach der ihren. »Ist er ein guter Mann?«

»Er ist lieb, Mama. Er ist Vater und Mutter für den Kleinen. Bennis Mutter ist gestorben.«

Mama nickte ein wenig. Ihre Kraft nahm stetig ab, und die Medikamente machten sie müde. »Gerhard war kein schlechter Mann«, flüsterte sie. »Wenn ich ihm geholfen hätte …«

Nora entzog sanft ihre Hand. »Er war schwach, Mama. Du musstest nicht die Hüterin deines schwachen Mannes sein.«

So viel Trauer in den Augen der Mutter. Man sollte nicht mit so viel Trauer sterben müssen.

»Aber du, um dich hätte ich mich kümmern müssen, Nora.«

Ja, das hättest du tun sollen, dachte Nora. »Ach, Mama, man macht es doch immer so gut, wie man kann. Und wenn man es nicht besser kann, kann man es eben nicht.«

Die dünnen Hände strichen über die Bettdecke wie früher über die Schürze. Die allgegenwärtige Schürze, Mamas Robe der wütenden Unterwerfung.

»Elvira hat ihren Jesus. Ob Jesus auch für mich da ist? Was meinst du, Nora? Ist Jesus auch für mich da? Ich war nie gläubig.«

Was sollte Nora sagen? Ich kenne ihn nicht, Mama. Für mich gibt es keinen Jesus. Ich weiß nicht, was Tod ist. Ein schwarzes Loch? Himmel und Hölle? Fegefeuer? Die diversen Himmel Allahs mit Huris für die Männer? Nirvana, was immer das sein mag? Glaube du an den Jesus, das ist vielleicht besser als nichts.

»Sicher ist er das«, sagte Nora sanft. »Mach dir keine Sorgen.«

Vielleicht hätte Jans Therapeut gesagt, an einen barmherzigen Jesus zu glauben sei kein Makel, sondern ein menschliches Gütezeichen.

Nora wunderte sich über sich selbst.

Ich frage mich, warum ich Dir damals nicht ausführlicher über Mamas Sterben geschrieben habe. Du warst mir so fern. Jan war nah, ihm konnte ich es erzählen. Ich mag mir nicht vorstellen, wie entsetzlich es gewesen wäre ohne ihn.

Mamas Schmerzen wurden immer schlimmer. Sie wurde ins Krankenhaus gebracht. Die Medikamente halfen nicht oder nicht genügend. Sie weinte vor Qual, krallte sich in meinen Arm mit dem bisschen Kraft, das sie noch hatte. Ich möchte sterben, sagte sie. Warum hilft mir denn niemand? Immer wieder sagte sie: Ich möchte sterben, bitte, ich möchte sterben. Die Frau im Bett daneben beklagte sich, dass Mama ihr auf die Nerven gehe.

Der Arzt erklärte, mehr Opiate dürfe er ihr nicht geben. Ich fragte, ob er befürchte, dass sie süchtig würde und dafür in die Hölle käme. Vor Verzweiflung musste ich dabei lachen, nun ja, es klang ein bisschen nach Lachen. Der Arzt zuckte mit den Schultern und ließ mich stehen.

Elvira kam und betete an Mamas Bett. Ich fing auch an zu beten: Lieber Gott, lass sie ganz schnell sterben! Aber das tat er nicht. Er tat ja nie, worum ich ihn bat, ob ich an ihn glaubte oder nicht.

Jan tröstete mich, weil ich so wütend war, dass sie nicht starb. Ich war wütend auf Mama, ich war wütend auf Gott, den es nicht gab, ich war wütend auf mich selbst, weil ich wütend war. Jan war geduldig.

Als früh am Morgen der Anruf aus dem Krankenhaus kam, dass sie in der Nacht gestorben sei, hatte ich nur einen Gedanken: Ich bin frei! Und weinte, weil ich so ein schlechter Mensch war.

Nun war sie so lange gestorben, und doch lähmte mich der Schock, dass der Tod wirklich war. Nicht etwas, das irgendwelchen Uralten oder besonders Unglücklichen passierte. Ich glaube, zum ersten Mal in meinem Leben wurde mir zutiefst klar, dass ich auch sterben würde. Alles hergeben. Meine Hoffnungen hergeben. Mein Glück hergeben. Mich hergeben. Es war erschütternd.

Wenig später ließ ich das Haus innen und außen neu streichen, auch die Holzböden ließ ich abziehen. Eine große, neue Holzterrasse kam dazu. Dann waren alle meine Rücklagen aufgebraucht. Mamas letztes Geld hatte die Beerdigung verschlungen.

Aber ich hatte Jan und Benni. Wir räumten das Haus völlig aus und um. Jan steckte sein Gespartes in eine neue Küche und neue Betten. Es war wie Puppenstube spielen. Benni liebte den verwilderten Garten.

Sicher erinnerst Du Dich an die Graskuhle am Waldrand unterhalb der vom Blitz gespaltenen Eiche. Der eine Teil des Baums hing weit über die Kuhle, und darum herum wucherten Büsche. Eine wunderbare Kuhle. Unsere Burg. Wir spielten Burgherr und Burgherrin. Weißt Du noch? Die Puppen als Prinzessinnen und die Plüschtiere als Schlosshunde. Ich erinnere mich, wie wir über den Rand der Kuhle den Hang runter nach feindlichen Horden Ausschau hielten. Du als die Lady in Oma Wallners weißes Leinentischtuch mit dem Klöppelspitzenrand gehüllt. Das war damals, als wir neu eingezogen waren, raus aus der Stadtwohnung ins Wallner-Haus. Sommerferien ohne Ende. Der Herbst und die neue Schule waren so fern. Und wir hatten ja nur einander, keine Freundinnen in dieser Fremde auf dem Land.

So ähnlich fühlte ich mich im neuen alten Haus mit Jan und Benni. Wie in der Graskuhle. Nicht mehr auf der Durchreise. In einer anderen Zeit und Wirklichkeit. Ich war neununddreißig und hatte noch ein Leben vor mir. Benni tauchte ein wenig aus seinem Schweigen auf. Er war oft wütend, aber das machte mir nichts aus, ich verstand ihn. Seine Mutter hatte ihn verlassen. Ich war geduldig mit ihm, wie Jan. Ich hielt ihn fest an mich gedrückt, wenn die Wut in ihm tobte. Ich fand heraus, was ihn zum Lachen brachte. Ich erzählte ihm Märchen, und nicht nur die netten. All das half. Es half Benni, und *das wiederum half Jan. Es war mein Glück, die beiden glücklich zu machen. Klingt das banal?*

Jürgen sagte, es klinge banal. Ich ging in mein Zimmer und schlug mit den Fäusten gegen meinen Kopf, weil ich ihm davon erzählt hatte. Weil ich meine schönste, zarteste Wirklichkeit mit ihm hatte teilen wollen. Das war am Anfang dieser Verzweiflungsehe, als ich noch glaubte, er sei ein Mensch. Doch er war nur ein Mann.

Benni mochte die Graskuhle, die ich von wucherndem Gebüsch befreit hatte. Natürlich war sie nicht mehr dieselbe magische Kuhle unserer Kindheit. Sie war ein neuer Platz in der Parallelwelt. Bennis Platz.

Wir spielten Burg und hielten nach den Feinden Ausschau. Sie kommen!, schrie Benni und zappelte vor Vergnügen. Wir warfen Hände voll Gras und Steinchen den Abhang hinunter. Dann schrie Benni: Sie fliehen! Sie fliehen! Am Abend flüsterte er nach dem Nachtgebet, als ihm die Augen schon zufielen: Wir sind die Sieger.

Benni bestand auf seinem Nachtgebet. Das hatte seine Mama ihm beigebracht. Es lautete: Mein Schutzengel, du wachst über mich. Was auch geschieht, du verlässt mich nicht. Amen.

»Jetzt ist es nicht mehr das Wallner-Haus«, sagte Nora am ersten gemeinsamen Abend im halb renovierten Haus. »Es ist unseres, nur unseres.«

Sie hatten ihr Schlafzimmer neben Bennis Zimmer im ersten Stock eingerichtet, im früheren Kinderzimmer, das die Schwestern geteilt hatten. Jan trug Nora über die Schwelle.

»Ich bin keine Frau zum Tragen«, flüsterte Nora in sein Ohr und küsste es.

Jan lachte und fiel mit ihr auf das große neue Bett. »Oh meine Königin«, murmelte er gegen ihren Hals. »Ich bin ja auch nur dein Prinzgemahl.«

»Gut«, sagte Nora, »willkommen in meinem Reich.«

So etwas konnte sie zu Jan sagen. Jan war ein starker Mann.

Im Krieg, hatte Jan erzählt, war er auf der Flucht aus dem Osten verloren gegangen. Sechs Jahre alt war er gewesen. Wie konnte ein Kind verloren gehen? Die Pferde waren vor Erschöpfung zusammengebrochen. Man musste laufen, mit all den anderen, musste alles zurücklassen, Hab und Gut und die Schwachen und Kranken. Eile, Eile, die russischen Dämonen im Rücken, Chaos, Verwirrung, Verzweiflung. Ein Alltag des Wahnsinns. Dann Unterschlupf in einem großen Haus. Mitten in der Nacht Schüsse und Geschrei. Er kann sich nur erinnern, dass er heulend rannte. Jemand hatte gerufen: Lauf weg! Vielleicht sein Vater. Und er lief. Vielleicht ahnte er, dass er um sein Leben lief.

Irgendwann war da ein warmer Leib. Das war Tante Hilde, eine Krankenschwester, die das herumirrende Kind mitnahm, die immer irgendwie Essen auftrieb. Später suchte Tante Hilde nach seiner Familie. Einige Tote dieser Flüchtlingsgruppe konnten nachgewiesen werden. Seine Eltern waren nicht darunter.

»Ich erinnere mich nur flüchtig an meine Eltern«, erzählte Jan. »Meine Mutter war ein sehr junges Mädchen, und sie trug immer helle, fließende Kleider. Mein Vater hatte einen Schnauzbart. Wie sein Gesicht aussah, weiß ich nicht mehr. Nur dieser braune Schnauzbart. Meine Schwester war ein Jahr älter. An sie erinnere ich mich am besten. An ihre goldenfarbenen Zöpfe, wunderschön. Dann gab es noch ein Baby. Und ein Kindermädchen mit dicken Backen. Unglaublich dicke Backen, wie kleine Kissen. Seltsam, woran man sich so erinnert.«

Das erste Mal hatte sie Jan in der Stärke seiner Schwäche erlebt, als er sie einlud, über Nacht bei ihm zu bleiben, am Abend von Mamas Beerdigung. Nur wenige Leute waren dem Sarg gefolgt. Jan und Benni. Ein paar Nachbarn. Tante Hedi hatte angerufen, sie sei krank. Nora glaubte ihr nicht und wünschte gute Besserung.

»Geh heute nicht in das leere Haus«, sagte Jan. »Wenn ein naher Mensch gestorben ist, braucht man diejenigen um sich, die einen lieben.«

Sie brachten Benni gemeinsam zu Bett.

»Liebst du mich?« Das war aus Nora herausgefallen, bevor die Zensur sich dazwischenstellen konnte.

»Ja«, antwortete Jan. Aber so einfach konnte es doch nicht sein.

Benni schlief. Was wäre, wenn er aufwachte?

Jan setzte sich zu ihr auf die Couch und schob seine Hand unter ihren Pulli. Die Fremdheit griff nach ihr. Treibsand. Wie sollten Worte, Gesten diese Kluft überbrücken?

Sie wich unversehens zurück, kaum dass sie es selbst bemerkte. »Wird Benni nicht aufwachen?«

»Kinder schlafen tief, Nora. Aber …«

»Aber?«

»Kannst du mir verzeihen, wenn es nicht geht?«

Sie wurde augenblicklich ganz heiter, hätte rufen mögen: Aber ich bitte darum!

»Wenn wir meine Angst und deine Angst zusammentun«, sagte sie, »kommt vielleicht Mut dabei heraus.«

Er lachte leise und zog seine Hand zurück, streichelte ihren Kopf, küsste ihre Augen. Ihre Arme schlossen sich um ihn. Umeinander gewundene Pflanzen. Ruhe. Sanftheit.

Mama im bunten Sommerkleid zwischen weißem Satin im Sarg. Ihr einziges fröhliches Kleid, wahrscheinlich seit Jahren nicht getragen. Das Doppelgrab hinter der alten Kirche hatte sie immer gut gepflegt. Ave Maria von einer Schallplatte. Eine armselige kleine Geleitgruppe unter müde durchhängenden Wolken. Kein aufwendiger Kranz. Wozu auch? Das war ein alltäglicher Tod, niemand Besonderes. Nur für mich, dachte Nora, man hat ja nur eine Mutter – wie man nur einen Tod hat.

Ein kleiner Schnarchton verriet, dass Jan eingeschlafen war. War es ihre Schuld? Oder begehrte er sie nicht mehr? Es gab so viele mögliche Schrecken. Er hatte gesagt, er liebe sie. Männer sagten so etwas gewöhnlich nicht, hielten die Kluft aufrecht zwischen Raubtier und Opfertier.

Wie sie es auch tat.

»Ich liebe dich«, flüsterte sie in Jans schlafendes Ohr, »so gut ich kann.«

Irgendwann wachte sie auf, beengt von den Kleidern. Jan neben ihr, um sie, war wach, als habe er ihren Schlaf behütet. Die Kerzen auf dem Tisch flackerten. Jans Blick drängte in den ihren, sanft, fest. Sie hielt den Atem an, ihr Herz schlug schneller, die Haut sang. Hier war es, das Geheimnis, das Mysterium. Hingabe. Sie hatte die Tür gefunden, würde sie mit diesem Mann zusammen öffnen, immer wieder. Und den Weg hinein finden. Immer tiefer hinein.

Sie flochten sich ineinander auf der schmalen Couch. Das Schlafzimmer war zu fern, sie hätten einander unterwegs verlieren können.

»Ich fürchte, es geht nicht«, flüsterte Jan.

Nora lächelte an seinem Mund. »Macht nichts. Das Beste haben wir ja schon. Hilfst du mir beim Ausziehen?«

Wortlos half er ihr. Haut an Haut. Sie kroch über ihn, endlich vom Tag erlöst. Ein wenig von sich selbst erlöst, bar aller Fremdheit, treibend, schwebend, freigegeben. Sie schmolz hinein in den anderen Körper, wusste, was zu tun war mit Händen und Mund und leisen, entzückten Lauten. Feuer und Nähe, äußerste, alle Grenzen verlöschende Nähe. Geben, dienen. Alles, was sie für ihn tat, tat sie für sich. Für wen geht die Blume auf? Für die Sonne? Für sich selbst?

Und riss ihn schließlich mit in den ekstatischen Fluss, endete irgendwann wieder in der Vollkommenheit der stillen Umarmung, pflanzengleich.

Sie lebten aufeinander zu, in die Geborgenheit des Winters hinein.

»Ein herrliches Reich, dein Haus«, sagte Jan und zündete eine Kerze auf dem Nachttisch an.

Nora arbeitete sich aus ihren Kleidern. »Manchmal fühle ich mich schuldig, weil ich alles so schnell renovieren ließ. Als hätte ich Mama damit vertrieben. Es war doch ihr Haus.«

Jan lachte. »Nora und Schuldgefühle – ein Synonym.«

»Frag mich nicht, was die Nachbarn sagen.«

»Ich frag dich nicht. Es interessiert mich nicht. Warte, zieh nicht alles aus.«

Ein wenig Geheimnis aufsparen, hatte Jan ihr erklärt, das helfe ihm. Mysterium anstatt nackter Tatsachen. Kannst du dir vorstellen, wie aufregend viktorianische Männer den Anblick eines weiblichen Knies fanden? Im alten Japan trugen die Frauen im Winter mehrere Kimonos übereinander. Wie herrlich muss es gewesen sein, in diese Landschaften aus Seide einzutauchen, sagte Jan.

Sie wurde der Anstrengungen nicht müde, ihn zu verführen.

Es war ein glückliches Leben mit Jan und Benni. Ich konnte mich sogar selbst mögen, gespiegelt von den beiden. Benni redete immer häufiger. Es gefiel ihm, dass ich ständig zu Hause war. Vorher hatte er eine Tagesmutter gehabt, eine Frau mit zwei eigenen Kindern. Jan behauptete, es sei ganz gut gegangen. Aber Benni sagte: Nicht mehr zu Tante Gretl.

Ich versuchte, alles zu vermeiden, was Benni wütend machte, aber das war natürlich nicht möglich. Manchmal trat er nach mir, weil ich Jan anfasste. Manchmal ging er auf Jan los, weil Jan mich anfasste. Unvorhersehbares machte ihn wütend. Jan sagte, er bewundere meine Geduld. Aber die hatte ich wohl deshalb, weil ich Wut so gut kannte.

Mit Jan war es schwieriger. Wir liebten einander sehr. Aber vielleicht konnten wir beide nicht voll und ganz daran glauben, dass wir geliebt wurden. Wir waren empfindlich. Es gab nie offenen Streit, aber Irritation, manchmal auch heimlichen Groll. Wir wollten einander nicht verletzen, trotzdem geschah es. Danach lagen wir einander in den Armen und weinten darüber. Er sagte: Bitte, verlass mich nie! Ich sagte: Bitte, demütige mich nie!

Wir gaben uns Mühe. Ich glaube, wir wuchsen.

Viel Zeit wurde uns nicht gegeben. Kaum drei Jahre.

Jan und Benni hatten Tante Hilde besucht, Jans Pflegemutter. Meistens fuhren wir zusammen zu ihr, doch diesmal musste ich an einem kleinen Auftrag arbeiten. Wie oft habe ich mir danach gewünscht, ich wäre mitgefahren. Dann hätte ich nicht weiterleben müssen.

Sie hört den kleinen Marius unten in der Wohnung kreischen, Chantals lachende Stimme, auf der Straße das sanfte Summen des Bentley. Die Nachbarn schauen jedes Mal über die Hecken, wenn Claire und ihr Neuer aus dem Luxusvehikel steigen.

»Was ist nur mit meinen Mädchen?«, sagt Marie. »Immer diese reichen Männer. Von mir haben sie das nicht.«

Bald werden sie läuten und Nora zum Abendessen holen. Und dann wird Marius auf ihren Arm wollen. Wie lange hat sie gezögert, dieses Kind zu lieben, sie zögert noch heute. Verrat an Benni, der nicht aufwachsen durfte. Und an Julian, der nicht geboren wurde. Vor allem an Julian.

Ein Bus vorn, ein Lastwagen hinten. Sie haben Jans kleines Auto zwischen sich zerquetscht. Verstümmelte Leichen, die man stückweise aus dem Wrack schneiden musste. Eine Frau starb ebenfalls. Deren Mann überlebte mit schweren Verletzungen. Das ging Nora nichts an, dennoch fragte sie sich gelegentlich, wie er jetzt weiterleben mochte.

Ein junger Polizist stand vor Noras Tür, fingerte an seiner Uniformmütze, vergewisserte sich ihres Namens. Ob er eintreten dürfe. Er streifte ordentlich seine Schuhe ab, ging fast auf Zehenspitzen ins Wohnzimmer.

»Nein!«, flüsterte sie.

Er müsse ihr leider sagen – Unfall – nicht überlebt – Beileid – nächste Verwandte? Alles klang nach Papier. Wie hätte er das aussprechen können, was sie wusste, tief im Bauch? Das Wissen um den ungeheuerlichen, undenkbaren, grauenvollen Verlust.

»Haben Sie jemand? Ihre Mutter? Soll ich für Sie anrufen?«

Sie drückte die Hände gegen den Mund. Schob die Schreie zurück. Ein paar entkamen. Nein! Nein! Nein! Sie hätte den Mann schlagen mögen. Tötet den Boten. Nein! Nein! Er streckte die Arme aus, um sie zu halten, doch sie wich zurück, konnte die Freundlichkeit nicht ertragen. Er ließ die Arme fallen, schwieg hilflos. Schließlich ging er mit verwirrtem Blick.

Nein!

Sie lief durch das Haus, laut heulend, ein Tiergeheul, die Treppe hinauf, die Treppe wieder hinunter, zu den Fenstern, zur Haustür. Immer wieder.

Sie werden nicht mehr heimkommen. Nie wieder. Nie wieder am Tisch sitzen. Nie wieder in den Betten liegen. Nie wieder Jans Augen, um hineinzufallen, Jans Gesicht an dem ihren, morgens, um einem neuen Tag das Licht zu geben. Nie wieder Benni zwischen ihnen, wenn er nicht einschlafen konnte. Nie wieder das Trappeln seiner kleinen Füße auf der Treppe.

Warum beide? Warum durfte sie nicht wenigstens einen von beiden behalten? Wofür wurde sie bestraft?

Gab es mehr Sühne als Schuld? Was für ein Wahnsinn.

Sie könnte beschließen, wahnsinnig zu werden. Dann müsste der Wahnsinn sich mit dem Schmerz herumschlagen, nicht sie selbst.

Doch der Wahnsinn verweigerte sich, ließ sie im Stich. Also lief sie weiter mit ihrem Schmerz, rannte hinaus in die Spätherbstkälte, zum Wald hinauf, rannte, rannte, wollte dem Schmerz davonlaufen. Er holte sie ein, umklammerte sie, durchdrang sie, besaß sie. In der Dunkelheit lief sie heim, laut keuchend, mit brennender Brust.

Ein Glas Cognac. Noch eines. Der Schmerz wurde flüssiger.

Sie glaubte der Klingel nicht. Es gab keine Klingel. Es gab nur sie, ganz allein in einem leeren, vom Leben verlassenen Universum.

Es klingelte wieder. »Verzeihung. Ich wollte nur sehen, wie es Ihnen geht. Ob sich jemand um Sie kümmert.«

Ein junger Mann. Sie erkannte die Augen, diesen besorgten Blick. Sie musste sich am Türstock festhalten.

»Ich war heute schon einmal da, in Uniform. Ich habe mir Sorgen um Sie gemacht.«

»Hier ist niemand«, sagte Nora. »Es gibt mich nicht mehr. Sehen Sie das nicht? Gehen Sie weg.«

»Ich dachte nur …«

Sie warf die Tür zu, lehnte mit dem Rücken dagegen. Warum tu ich das? Er meinte es gut. Jetzt geht er. Der letzte Mensch.

Sie riss die Tür auf und rannte hinaus. Eine Autotür fiel zu. »Warte!« Der Motor sprang an. »Warte! Bitte!« Sie lief auf die Straße, winkte wild. Er stieg aus.

Sie stand da mit hängenden Armen. »Ich wollte nicht unfreundlich sein. Es tut mir leid. Es tut mir so leid.«

Sie sah sich selbst und den jungen Mann neben dem Auto stehen. Mitten im leeren Universum, in diesem unnennbaren Zwischenraum zwischen allen Welten.

»Ich dachte, vielleicht brauchen Sie jemanden zum Reden«, sagte er. »Ich rief an, aber niemand nahm ab. Und als ich beim Vorbeifahren das Licht sah … Ich hatte so ein Gefühl …«

»Nett von Ihnen. Ich komme schon zurecht. Aber vielen Dank. Gute Nacht.«

Zögernd setzte er sich wieder ins Auto. Ließ die Tür noch einen Augenblick offen. Schaute zweimal zurück, bevor er losfuhr.

Sie ging ins Haus. Zog die Füße nach. Keine Wut mehr. Vielleicht hätte sie ihn nicht gehen lassen sollen. Doch es lief so oder so auf das Gleiche hinaus. Jan und Benni waren ihr Leben gewesen. Sie hatte ihr Leben verloren.

Marie hat mich gestern überredet, mit ihr in die Berge zu fahren. Über eine Forststraße – verboten – zu einer kleinen Hütte unter einem aufragenden Felsen. Hoch über der Welt. Ganz still. Vergangenheit und Zukunft wehten mit den Wolken davon. Ich wurde völlig vegetativ. Marie redet gern, also redete sie. Doch das war wie Bachplätschern, gleichmäßig und friedlich. Es war leicht wegzuhören, sie verlangte keine Antworten.

Ich saß da, schaute über das Gebirge und dachte einfach Worte: So eine schöne Welt, so eine schöne Welt, so eine schöne Welt. Eigenartig, diese Wiederholungen. Durch Wangmo lernte ich die Mantra-Praxis kennen. Die Tibeter nennen Mantras »Schutz für den Geist«. Da ging es mir richtig gut, dort oben, über der schönen Welt.

Doch ich möchte diese Geschichte zu Ende erzählen. Die Fotos der beiden liegen auf dem Tisch. Es tut heute noch weh, sie anzuschauen.

Ich war krank vor Trauer, und ich war entsetzlich allein. Jan hatte ein paar Freunde gehabt. Ich nicht, ich hatte nur Bekanntschaften. Jan und Benni hatten mir genügt. Sie waren das Zentrum meines Lebens gewesen. Ohne sie fiel ich auseinander.

Karoline kam zur Beerdigung und fragte, ob sie etwas für mich tun könne. Ich sagte: Ja, bring mir Jan und Benni zurück. So war das bei mir immer (Du weißt es): Die Worte schossen hervor, bevor ich sie bedenken und festhalten konnte. Als schlüge ich eine Tür zu. Karoline versuchte nicht, sie wieder zu öffnen. Sie hatte ihre eigenen Sorgen.

Kurz nach der Beerdigung verlor ich Jans Kind. Warum? Hätte ich es verhindern können?

Die Therapeutin, zu der ich nur ein einziges Mal ging, sagte, ich sei nicht schuld an dem Abgang. Sie nannte es so: Abgang. Danach hörte ich ihr nicht mehr zu. Mein Kind, mein einziges Kind war tot.

Jans Kind. Ein Kind der Liebe, wie man so sagt. Wie wir uns auf Julian gefreut haben! Benni fragte fast jeden Tag: Wann kommt mein Brüderchen?

Ich hatte Julian verloren, weil ich ihn nicht genügend liebte. Hatte ich auch Jan verloren, weil ich ihn nicht genügend liebte? Und Benni? Man konnte ja nicht wissen, was der Gott, den es nicht gab, sich ausdachte. Wochenlang quälte ich mich. Schließlich war ich zu erschöpft, um mich weiter zu quälen. Ich verlor mich in einem Ödland der Trauer. Das Haus war randvoll mit Leere.

Dann geschah etwas Seltsames. Es war Winter. Ich kam ins Wohnzimmer. Wo früher das Fenster zum Garten war, hatten wir die Wand durchgebrochen. Durch die Glastür sah man auf die Terrasse und in den Garten hinunter. Früher war es Gerhards Arbeitszimmer gewesen, mit dem Fliederbusch davor. Ich hatte die massiven, dunklen Bücherregale verkauft und die Wände hell gestrichen. Vor dem warmen Sonnengelb war Gerhards Schatten gewichen.

Dicke Schneeflocken woben einen Vorhang vor der Terrassentür. Neben der Tür stand Jans und Bennis Schaukelstuhl. Dort saßen sie gern, Benni auf Jans Schoß zusammengerollt, und schauten den Schneeflocken zu. Dann musste Jan immer wieder das Märchen von der Eiskönigin vorlesen. Ich höre noch jetzt seine weiche Stimme: »Gretchen, liebes kleines Gretchen! Wo bist du so lang gewesen? Und wo bin ich gewesen?«

Die Zeit war zurückgedreht. Ich spürte die beiden dort sitzen. Ich roch den Duft aus der Küche. Ich fühlte das Glück, meine Familie zu haben, sie zu lieben. So sollte es bleiben. In einer Glaskugel, die man schüttelt, und dann fallen die Flocken, und alles ist, wie es war.

Die Verführung des Wahns, da war sie! Ich wusste plötzlich genau, wie man das macht, das Verrücktwerden. Man muss sich dafür entscheiden. Ich hatte die Wahl. Es war unbeschreiblich verführerisch. Ich würde keine Verantwortung mehr haben, keine Schuld, ich würde vogelfrei sein, narrenfrei. Nicht mehr an die banalen Maßstäbe der Alltagsmenschen gebunden sein. Zu den Göttern gehören. Götter müssen nicht mitspielen. Götter leiden nicht.

Doch da war eine Gegenstimme, sehr leise. Sie wusste um die Anmaßung, um das Selbstmitleid, um die Wut, um die Endgültigkeit, um die entsetzliche Tragweite dieser Entscheidung. In den Wahn fallen war wie in den Abgrund fallen, in die Illusion der Freiheit. Etwas in mir wusste es.

Ich fiel nicht. Ich ließ die Schneeflocken schmelzen.

6.

Gleißendes Licht liegt auf den dichten, harten Blättern der Oleanderbäume im Garten. Dahinter die Mauer im Schatten. Der Himmel fast weiß.

»Du meine Güte, ist es hier immer so heiß?«

In dicken Tropfen rinnt Schweiß an Noras Schläfen herab, über die Wangen, aufs Schlüsselbein.

»Nur mittags«, singt Wangmo bestürzend munter. »Dafür ist es im Winter biestig kalt.«

Nora denkt langsame, gehaltlose Gedanken: Wangmo ist immer munter. Wahrscheinlich hat sie weniger Schweißdrüsen. Asiaten schwitzen nicht so heftig wie die bleichhäutigen Inchis.

Sie ist spät aufgewacht, Jetlag hängt noch immer an den Zeigern der inneren Uhr. In der Nacht ist die Angst aus den Ecken des fremden Zimmers gekrochen und hallt nach. Tod. Vernichtung. Gericht. Schuld. Strafe. Hades. Fegefeuer. Heulen und Wimmern der Verdammten. Das Pfeifen und Aufschlagen von Bomben, ganz nah. Eine Aneinanderreihung wütender Szenarien, die kaum erinnerbar sind. Grauen ohne Form.

Erlösung des Aufwachens in der Dunkelheit, schwimmend in Schweiß. Hinter der Mauer, die das Haus schützt, der schrille

Schmerzensschrei eines streunenden Hundes, verwundet im Territorialkampf. Gebell von allen Seiten, dann wieder kurze Stille. Sie will nicht mehr einschlafen, nicht träumen, nicht denken, nicht wissen. Kathmandus Nacht ist bestürzend lang.

Kein Licht. Stromausfall. Sie tastet nach Streichhölzern, zündet eine Kerze an. Von der Wand gegenüber schaut Arya Tara herab, Wangmos Tara, umrandet mit rotgoldenem Brokat. Ein zarter, weißer Geist mit Händen wie Blüten, zwischen Blumen und Blättern in dünnen, bunten Tüchern. Schwebend über einem See. Mutter aller Buddhas. Hilf mir! Bitte! Vielleicht gibt es dich, Tara, irgendwie. Sie ist näher daran, es zu glauben, als bei ihrem letzten Besuch.

»Am Nachmittag kommt Regen, dann wird es kühler.« Wangmo schneidet zum Frühstück Mangos in kleine, handliche Stücke. »Konntest du schlafen? Die Hunde waren laut heute Nacht.«

Zögernd, als wäre es nicht erlaubt, nimmt Nora ein Mangostück vom Teller. Sie ist die Fremde nicht gewöhnt.

»Die Dämonen haben mich gejagt«, sagt sie. »Stimmt es wirklich, dass man den Zustand des Todes so erlebt wie Träume?«

Wangmo nickt. »So heißt es. Ich erinnere mich ja leider nicht daran.«

»Wer erinnert sich?«

»Lamas, manche.« Wangmo lächelt ihr besonderes Lächeln, das Ja und Nein miteinander verbindet. Da ist er wieder, der Zauber von damals bei der früheren Reise. Eine junge Wangmo, gerade vierzig, ihren Geburtstag feierten sie in der hübschen Wohnzimmer-Kneipe an der Stupa. So glücklich war Wangmo, wieder in Asien zu sein. Und so unglücklich, nicht herauszufinden, was mit ihrem Mann geschehen war. Einmal sagte sie mit ihrem Ja-Nein-Lächeln: Vielleicht hat er sich einfach in Regenbogenlicht aufgelöst, das sähe ihm ähnlich.

»Wenn es so wird wie in meinen Träumen heute Nacht«, sagt Nora, »möchte ich bitte nicht sterben.«

Die Angst, sie entgleitet dem Zugriff der Vernunft. Als würde sie sich in viele kleine Angstpartikel auflösen. Die fließen mit dem Blut durch den Körper, beißen sich fest in den Gelenken, schweben in der Luft und werden eingeatmet. Kein Entkommen.

Es ist die Hitze. Nur die Hitze.

»Warum laufen die Ventilatoren nicht?«

»Stromausfall«, antwortet Wangmo heiter. »Du bist erschöpft, dann schwitzt man mehr. Geh noch mal unter die Dusche. Nur ganz wenig abtrocknen. Das kühlt ein bisschen.«

Ein riesiger Tausendfüßler sitzt in der Ecke der Badewanne. Widerlich. Töten oder nicht töten?

»Wangmo! Wangmo! Sind Tausendfüßler giftig?«

»Glaube ich nicht«, ruft Wangmo aus der Küche. Schon kommt sie, in der Hand ein Wasserglas und eine Postkarte. Stülpt das Glas über das Tier und schiebt die Karte darunter. Unzählige Füße rasen los im Glas.

»Komm, mein Kleiner«, singsangt Wangmo. »Im Garten ist es schöner. Nicht aufregen. Niemand tut dir was.«

Die Dusche ist eine Wohltat. Sieg der Einfachheit – ein Duschkopf an der Decke über einer antiquarischen Wanne mit Löwenfüßchen, abgesplittertes Email. Wie mag diese Wanne hierher gelangt sein? Auf schnaufenden Lastwagen aus Indien herauftransportiert, vielleicht noch zu Zeiten des Kolonialismus?

Eine gelbe Plastikente balanciert am Rand. Zwei kleine Kinder, die Nora nie sehen wird, gehören zu diesem Haushalt. Die Hausbesitzer, Engländer, verbringen den Sommer auf einer thailändischen Insel.

Sie kann ihrem Spiegelbild nicht entgehen. Der Spiegel an der Tür hat blinde Stellen. Dennoch ist er erbarmungslos. Eine nackte alte Frau mit hängender Haut. Sie versucht wegzuschauen, doch das Spiegelbild greift nach ihrem Blick, fesselt ihn, zwingt sich ihr auf. Hässlich, hässlich, schreien ihre Gedanken. Das bin ich nicht. Das will ich nicht sein. Vielleicht ist das Sterben die beste Erfindung des Universums. Wenigstens muss man den Körper nicht mitnehmen.

Aber vielleicht sein Bild? So wie man es mit in den Traum nimmt? Sie erinnert sich, manchmal in Träumen ein Kind oder ein junges Mädchen gewesen zu sein. Diese oder jene Idee von sich selbst.

Sie hat abgenommen, es muss in den letzten Wochen geschehen sein. Der Bauch schlägt Falten. Darüber die verbliebene Brust – ein herabhängender Beutel. Die andere Seite flach, vernarbt. Ihre Amazonenbrust, heroisches Zeichen des Überlebens. An den Armen schlaffe Haut. Die Knie waren einmal hübsch, sie sind es längst nicht mehr. Und in diesem traurigen Haufen Fleisch frisst sich die Krankheit voran wie giftiges Gewürm.

Wangmo predigt: Nicht kämpfen! Kämpfen macht es noch schlimmer, Hass macht es noch schlimmer, Frieden schließen! Doch wie soll man Frieden schließen mit der Zerstörung, so ausgeliefert dem Verfall?

»Bald bist du tot«, murmelt Nora böse, »tot, tot, tot.«

Warum hat sie den Blick nicht gespürt? Der Vorhang am offenen Fenster klafft weit, ein roher, aufgerissener Blick fällt ins Badezimmer wie ein Stein. Auf dem Rasen steht ein dünner Mann mit hängenden Armen und starrt, der Gärtner vielleicht. Ein geistloses Starren, ausdruckslos, nicht einmal neugierig. Die Unterlippe hängt ein wenig. Man sieht vorstehende Vorderzähne.

Nora zerrt ein Handtuch heran und presst es an sich, bevor sie daran denkt, den Vorhang zuzuziehen. Welche Demütigung!

Wie kann er es wagen! In alten Zeiten wurden Untertanen dafür geköpft, dass sie angesichts des Despoten den Blick nicht gesenkt hielten.

Plötzlich steigt ein wildes, halb weinendes Lachen auf. Sie muss das Handtuch vor den Mund pressen, um es zu dämpfen. Sie sitzt auf dem Badewannenrand und lässt sich durch lachende und weinende Krämpfe erlösen. Was spielt es für eine Rolle, dass ein fremdes Wesen ihren alten, hässlichen Körper gesehen hat? Niemand hat sie gestochen, geschnitten, geschlagen, getreten, bedroht. Keine Verletzung, nur Muster im Kopf. Die Sadhus laufen nackt mit kleinen Lendentüchern herum, manchmal auch ohne. Arya Taras pralle Brüste sind unverhüllt, die splitternackten Weisheitsdakinis auf den Rollbildern haben haarlose Geschlechtsteile. Doch es wäre undenkbar, am Pool des Yak-und-Yeti-Hotels ohne Bikinioberteil zu erscheinen.

Wird dieser Kretin – nein, sie zügelt sich, sie ist ein anständiger Mensch –, wird dieser Mann sie wiedererkennen, wenn sie bekleidet das Haus verlässt?

Ach, Nora.

Warst Du jemals im Sommer im südlichen Asien, Lisa? Jetlag, Schweiß, rote Knubbel von den Angriffen der Moskitos. Durch ein winziges Loch im Moskitogitter an meinem Fenster sind sie in der Nacht eingebrochen. Wangmo hat es am Morgen mit Kaugummi geflickt. Diese winzigen Teufel sind fast unhörbar. Ich hasse sie. Der Dalai Lama sagte einmal, was Moskitos betreffe, falle es ihm schwer, sich an sein Prinzip der Gewaltlosigkeit zu halten. Das erleichtert mich ein bisschen.

Ach Lisa, ich bin mir solch eine Last. Wie könnte ich Wangmo gestehen, dass ich nicht glücklich bin, in Kathmandu zu sein. Sie hat dieses schöne und sehr billige Haus gefunden. Komfortabel, großes Badezimmer, zwei Klos. Unsere Didi kocht ausgezeichnet und macht sich unsichtbar. Die Lage ist herrlich, ein wenig erhöht, mit Blick über einen Ausläufer der Stadt in einem Seitental. Nicht einmal Müll auf der kleinen Straße, für hiesige Verhältnisse eine gepflegte Wohngegend. Schrille Alarmanlagen gegen die vielen Einbrecher – gestern Nacht ging in der Nähe eine los. Die streunenden Hunde sind schlimmer. Ohne Ohrenstöpsel überlebt man die Nächte kaum.

Vor vierzehn Jahren hausten wir in einem bescheidenen Gästehaus neben einem der Klöster. Klo und Dusche am Ende des Flurs, in den Ecken fette Spinnen und Kakerlaken. Trommeln und Tröten morgens um fünf im Tempel nebenan kostenlos, dazu Frühstückskaffee wie Spülwasser. Dieses schöne Haus hier am Rand eines kleinen Abbruchs zum Tal ist dagegen Luxus pur.

Der Monsunregen stürzt vom dunklen Himmel und prallt auf das vorgezogene Dach über einer Art Loggia zum Garten hinaus. Ein kühlender Wind ventiliert durch die offenen Fenster, das tut gut. Die Didi hat mir einen frischen Mangosaft gepresst und Eiswürfel dazugetan. Gutes Eis, Eis aus Wasserflasche, sagte sie stolz und lächelte mit sämtlichen Zahnlücken. Sie ist nicht mehr jung, aber eine schöne Frau, wenn sie den Mund geschlossen hält.

Ich möchte Dir weitererzählen von meinem Leben, deshalb habe ich zwei große Ringblöcke mitgenommen. Den Laptop ließ ich zu Hause, man braucht ein spezielles Equipment wegen der ständigen Spannungsveränderungen im Stromnetz. Die Glühbirnen werden manchmal ganz grell, manchmal ganz matt, und zudem haben wir häufig Stromausfall. Vor der Reise hätte ich noch Zeit zum Schreiben gehabt, aber es ging nicht. Jedenfalls nicht chronologisch. Denn drei Jahre nach dem Unfall kam die Geschichte mit Alex. Du verstehst sicher, dass es mir nicht leicht fällt, die wieder aufzurollen. Nach allem, was war, frage ich mich, ob Du das überhaupt willst.

Später.

Nach Alex kam der Krebs. Schreckliche Jahre! Operationen, Chemo, Checks, die immerwährende Angst. Ich hatte Glück, überlebte den Krebs und die chemische Folter.

Ich war achtundvierzig und versuchte wieder zu leben. Eine Brust weniger, aber sonst am Stück, sagte Jürgen. Er meinte es nicht ganz so grausam, wie es klingt.

Nicht nur meine Brust war amputiert. Mein Herz war amputiert.

In der dunklen Zeit nach der Krankheit zog Edi in der Wohnung neben mir ein. Er war Ende dreißig, Amerikaner und schwul. Ein Kindergesicht mit runden Augen und einem kleinen, lächelnden Mund. Einmal sagte ich zu Gott: Ich verzeih dir fast alles, was du mir angetan hast, weil du mir Edi geschickt hast. Dass ich nicht an Gott glaubte, hinderte mich nicht daran, mit ihm zu reden.

Edi konnte nur wenig Deutsch, mein Schulenglisch war besser. Wir trafen eine Abmachung: Wenn er bei mir war, sprachen wir deutsch, waren wir bei ihm, sprachen wir englisch. Wir besuchten einander oft. Schließlich war es fast so, als lebten wir zusammen – mit der entspannten Abhängigkeit guter Geschwister.

Edi war Fotograf. Das war der Schlüssel zu meinem neuen Leben. Wir machten zusammen das Buch »Zwei Wirklichkeiten«. Vielleicht hast Du davon gehört, es war damals sehr bekannt.

Das kam so: Ein paar meiner besten Fotos hingen bei mir an der Wand. Eines davon, ein kleiner Brunnen, gefiel ihm besonders gut. Irgendwann kamen wir auf die Idee, dieselben Motive vom selben Standpunkt aus zu fotografieren, aber unabhängig voneinander und ohne Genaueres zu verraten. Häuser, Straßen, Gassen, Brücken, Bäume, Gärten, Zäune, Türen, alles Mögliche. Wie unterschiedlich unsere Bilder derselben Motive waren! Und daraus machten wir dann ein Buch. Mit dem großen Erfolg hatten wir nicht gerechnet.

Nach der Verlagsfeier tranken wir bei Edi Champagner. Wir waren glücklich und betrunken, und Edi sagte: Wenn ich nicht schwul wäre, würde ich dich heiraten. Ich war damals über fünfzig, doch ich fühlte mich jünger als in der Zeit vor Mamas Tod.

Danach machten wir noch ein weiteres Buch, mit Menschen als Motiven. Es war erfolgreich, aber bei Weitem nicht so sehr wie das erste. Dann verliebte sich Edi und zog in das Haus seines wohlhabenden Freundes. Wir drifteten auseinander. Edi machte nur noch Fotos von seinem Freund. Sie luden mich ein paarmal zu Festen ein. Ich ging nicht hin. Meine Ausreden wahrten den Anstand.

Heroisch erklärte ich mir selbst, dass ich ihn verstehen könne, dass ich nicht enttäuscht sei, dass ich es an seiner Stelle auch so gemacht hätte, dass er mir nichts schuldig sei, dass ich niemanden brauche.

Ich vermisste ihn.

Es ist heiß im großen Wohnzimmer des Rinpoche. Mehr als zwanzig Besucher aus Europa, Amerika, Australien drängen sich mit nackten Füßen und Schweißrändern unter den Armen auf dem tibetischen Teppich. Wie exotische Vögel sehen sie aus mit der Kata, dem weißen Segensschal, den man bei der Begrüßung dem Rinpoche überreicht hat und von ihm um den Hals gelegt bekam. Die gelben Vorhänge blähen sich wie Segel im aufkommenden Wind. Bald wird es regnen. Es ist dunkel im Zimmer, als wäre es schon Abend. Ein junger Mönch schaltet das Licht an.

Ein moderner Rinpoche, hat Wangmo gesagt, der sich für Wissenschaft interessiert, vor allem für Neurobiologie, und der in der Welt herumreist und die Westler kennt. Auf brokatbezogenen Polstern sitzt ein breit gebauter Mann mit einem großen Kopf, die Hautfarbe von dunklem Gold. Er wechselt das Alter wie ein Chamäleon die Farben. Lacht lauthals und unbekümmert wie ein Kind. Spricht über die Köpfe hinweg, uralt. Lächelt, die erfahrene Mutter. Stülpt die Lippen vor, sagt: »Goooooodness. Ihr habt es alle in Euch, goodness. Der Kern, das, was ihr wirklich seid, ist absolut gut. Nicht das Gegenteil von schlecht. Einfach grundlegend gut.«

Jemand fragt: »Und was ist mit der Erbsünde?«

»Ich habe davon gehört«, sagt der Rinpoche. »Seltsame Idee.«

Die Besucher lachen.

»Vielleicht nicht so lustig«, sagt der Rinpoche. »Eher traurig.«

»Das kann er laut sagen«, murmelt Nora.

»Ist goodness die Buddha-Natur?«, fragt ein junger dünner Mann, Miniatur-Bärtchen am Kinn, entzückend nasales Oxford-Englisch. »Heißt das, dass wir schon Buddha sind?«

Der Rinpoche lächelt sein Mutterlächeln. »Ist ein Bodhibaumsamen ein Bodhibaum?«

»Hm, nein«, sagt der junge Mann. »Aber er wird einer. Oder er vertrocknet.«

»Gut, gut. Das ist der Unterschied. Der Bodhisamen ist Bedingungen unterworfen. Die Buddha-Natur nicht.«

Der junge Mann ist hartnäckig. »Dann müssten wir ja alle Buddhas werden, lauter Buddha-Bäume.«

Fröhlich klopft der Rinpoche mit beiden Händen auf seine Knie. »Gut, gut, gut. Ein ganzer Wald. Ein unendlicher, nichtbedingter Buddha-Wald.«

»Äm«, sagt der junge Mann, »darf ich noch? Ich kann es nicht glauben, dieses grundlegende Gutsein. Ich finde nicht, dass ich gut bin. Ich habe oft sehr ungute Gedanken.«

Ein ernster, sehr alter Rinpoche: »Du musst es nicht glauben. Es geht nicht um Glauben. Du kannst es erfahren.« Wieder verändert sich das Wetter im Gesicht des Rinpoche, jungenhaftes Lächeln. »Ihr könnt euch alle verlieben. Ist jemand hier, der sich nicht verlieben kann? Seht ihr, keiner. Ihr könnt euch verlieben. Goooodness.«

Das Rascheln von Kleidern, heiter hochgezogene Augenbrauen, leises Lachen. Sie freuen sich alle, weil sie sich verlieben können. Nora spürt verwundert den kleinen Wellen der Freude in ihrem Körper nach. Kein Zweifel, sie freut sich. Worüber? Sie wird sich nicht mehr verlieben. Nicht mehr in diesem Leben. Gibt es wirklich ein nächstes?

Der Rinpoche spricht über das große, absolute Mitgefühl, das sich auf alle Wesen erstreckt, keines ausschließt, ohne jede Beurteilung. Nora hört nicht mehr zu. Zu viel, zu groß. Zu viel Erwartung, Forderung, Anspruch. Wer soll das leisten? Sie ist froh, wenn sie ein kleines bisschen mitfühlend sein kann. Manchmal tut es weh, im Fernsehen halb verhungerte Kinder, ausgezehrte Mütter zu sehen oder einen weinenden Mann neben den Trümmern eines Hauses, unter denen die bebende Erde seine Familie begraben hat. Dann schaltet sie um auf einen anderen Kanal und schämt sich dafür. Doch wem soll es nützen, wenn sie sich wegen weit entfernter Fremder quält? Sie hat bei jeder großen Katastrophe gespendet. Alibi-Gesten voller Misstrauen, ob die Opfer jemals etwas von diesem Geld sehen würden.

Sie hatte einmal gedacht, eine größere Liebe als ihre Liebe für Jan könne es nicht geben. Wie groß war sie wirklich gewesen? Klein gemacht durch Streit. Durch das bohrende Verlangen, geliebt zu werden. Durch das Misstrauen, nicht geliebt zu werden. Liebst du mich? Liebst du mich wirklich? Du zeigst es nicht. Du liebst mich nicht. Ich liebe dich, weil du mich liebst. Liebst du mich nicht, liebe ich dich nicht. Wie solltest du mich lieben mit all meinen Fehlern? Du sagst, du liebst mich. Ich sage so lange, ich glaube dir, bis ich glaube, dass ich dir glaube. Aber das Misstrauen lauert, hält manchmal ganz still, als wäre es nicht da. Doch es ist auf dem Sprung, verzerrt die Wirklichkeit, dreht alles mit der dunklen Seite nach oben.

»Man kann ganz klein anfangen mit dem Lieben und Mitfühlen«, hört sie den Rinpoche sagen. »Wünscht euch selbst, dass ihr glücklich sein mögt. Dass ihr euch an euren Kindern, Partnern, Eltern, Freunden freuen mögt. Dass ihr euch an der Natur freuen mögt. Dass ihr euch an dem freuen mögt, was ihr wisst, was ihr könnt, was ihr habt. Vielleicht kommt dabei nur ein bisschen Glück zusammen, aber immerhin ein bisschen. Und dann immer mehr. Man kann es üben. Ein Schritt weiter: Nehmt die Menschen um euch herum wahr. Wünscht ihnen, dass sie glücklich sein mögen. Die Leute unten auf der Straße, die Bettler an der Stupa, die streunenden Hunde. Ihr selbst wollt glücklich sein. Die anderen wollen ebenfalls glücklich sein. Wünschen ist nicht so schwierig.«

Nora fühlt die Tränen kommen, drängt sie zurück, schluckt. Nein, nicht weinen, nicht hier, vor allen. Könnte sie sich doch unsichtbar machen. Nicht weinen! Warum auch? Es gibt nichts zu weinen. Wangmos Hand tastet nach der ihren. Die Tränen fließen. Na und? Was gibt es zu verlieren? Da sitzt eine alte Frau und heult vor sich hin. Mögen sie es sehen.

Der erste Blitzstrahl schießt ins Zimmer. Hartes Krachen des Donners. Ein paar Besucher springen auf und schließen die Fenster gegen Sturm und Regen. Das Gewitter tobt.

Nora ist aufgewacht.

Die Blitze sind Licht. Machen alles deutlich. Aufwachen aus dem Albtraum abgenützter Gedanken. Der Donner ist dröhnende Bestätigung für das Wachsein. Ahhhh, das Herz schmerzt, möchte sich öffnen. Jeder Blitz, jeder Donner, reißt es weiter auf.

Banal! Erbauungsquatsch!, nörgelt eine machtlose Nora. Setzt sich jedoch nicht durch mit ihrer Papierstimme, wird immer schattiger, trockener, wird bedeutungslos.

Gebeugt, die Hände aneinandergelegt, bilden die Besucher eine Gasse, durch die der Rinpoche mit nackten Füßen eilt. Sein Blick streift Nora, heller als die Blitze, hält sie kurz fest. Dann ist er nicht mehr da. Alle verlassen das Zimmer, schwemmen Nora mit hinaus in den Vorraum. Wangmo wechselt ein paar Worte mit dem jungen Mönch und zieht sie am Ärmel zur Seite.

»Vielleicht hat der Rinpoche noch Zeit für dich.«

»Warum?«

Wangmo lacht. »Good morning! Wake up! Damit du mit ihm reden kannst.«

»Oh!« Nora zieht sich zusammen. Will sie das? Sie muss überlegen, ob sie das will, ob sie das wagt. Nervöses Kichern. »Wangmo, kneif mich! Hier steh ich alte Kuh wie ein Teenie vor dem Lehrerzimmer. Es ist entsetzlich.«

Wangmo legt den Arm um sie. »Der Rinpoche ist nicht entsetzlich, du bist nicht entsetzlich, du bist keine alte Kuh und kein Teenie und nichts ist entsetzlich.«

Schon ist der Mönch wieder da, hält den tibetischen Vorhang vor der offenen Tür einladend zur Seite. Wangmo schiebt Nora in das Zimmer. Bleibt zurück.

Das Polster des Rinpoche, vor dem sich die Besucher geschart hatten, ist leer. Am anderen Ende des großen Raums gibt es ein Sofa und zwei Sessel rechts und links von einem Couchtisch. Postkolonialer Kathmandu-Stil.

Nora setzt sich auf den vordersten Rand eines Sessels. Nicht mehr auf den Boden! Nicht noch einmal die Folter des asiatischen Sitzens. Die Knie und die Hüftgelenke schreien in Gedanken daran. Sie springt auf, als der Rinpoche den Raum betritt, das gelbe Hemd seiner klösterlichen Kleidung halb offen. Noch ein wenig Wasser vom Waschen auf dem geschorenen Kopf. Ein kurzes Winken.

Darf sie sich wieder setzen? Den weißen Schal hat sie schon überreicht. Was jetzt?

»Relax«, sagt der Rinpoche und setzt sich mit gekreuzten Beinen auf das Sofa.

Noch immer zucken Blitze durch den Raum. Der Donner folgt spät, als habe er nichts damit zu tun.

»Rinpoche, ich werde sterben«, sagt Nora in den sanft fragenden Blick.

»Ich auch«, erwidert der Rinpoche freundlich.

Die Gedanken rasen, überschlagen sich. Hat er nicht verstanden? Hat er verstanden? Warum sagt er das? Macht er sich über sie lustig? Aber es ist wahr. Er wird auch sterben. Die Rinpoches sterben auch. Der Buddha starb. Jesus starb. Sie sterben alle. Mein Gott! Ach nein, Gott stirbt ja nicht. Oder doch? Was soll ich sagen?

Die Gedanken schieben sich übereinander, ineinander, verkeilen sich zu einem unwiderstehlichen Lachen. Nora lacht. Erst ein kleines, zerdrücktes Lachen, festgehalten in der Kehle. Wie in der Kirche. Doch der Rinpoche lacht auch, schallend. Also darf sie lachen. Sie prustet los, es klingt seltsam. Hat sie das Lachen verlernt? Dennoch, sie lässt es zu, hat den Höhepunkt erreicht, wischt sich Lachtränen von den Wangen. Der Rinpoche schiebt ihr eine Schachtel Kleenex zu.

»Krebs?«, fragt er.

Nora nickt. »Es dauert nicht mehr lang, sagen die Ärzte.«

»Angst, hm?« Es ist keine Frage. Er nickt, weiß, wovon er spricht.

»Ja«, sagt Nora.

Der junge Mönch bringt süßen Tee.

Sie redet von der Krankheit, von Wangmo, weiß kaum, was sie sagt. Es ist der Blick des Rinpoche, der Zeit und Raum ausfüllt und sie zum Innehalten einlädt. Doch Innehalten öffnet den Abgrund. Sie weicht dem Blick aus, kehrt wieder zu ihm zurück, weicht wieder aus. Spielt mit den Fransen der Kata, die noch um ihren Hals liegt. Sie streicht die Haare zurück, den reichen, grauen Vorhang, hinter dem sie sich nicht verbergen kann, nicht will.

Der Tee wird kalt. Sie hat ihn vergessen.

Es ist Erleichterung und Schmerz, als der Rinpoche aufsteht. Sie verbeugt sich mit zusammengelegten Händen. Er geht um den Couchtisch herum und zieht ihren Kopf an sich. An seinem Hals ein zarter Geruch nach Haut und Räucherwerk. Kann man Mitgefühl riechen? Nora muss wieder weinen. Ganz frei strömen die Tränen, ohne Druck im Hals. Glückstränen. Es müsste mehrere Wörter für all die verschiedenen Arten von Tränen geben, denkt Nora, und taucht wieder unter im wunderlichen, unbenennbaren Glück.

»Oh, jetzt ist alles nass.« Mit flatternder Hand wischt sie über den tränenbefleckten Stoff an seiner Schulter.

Der Rinpoche nimmt sie an der Hand wie ein Kind, geleitet sie zur Tür.

»Bis bald«, sagt er.

Nora stammelt etwas, stolpert über die Schwelle in die Arme des jungen Mönchs, entschuldigt sich, schämt sich. Läuft durch den Vorraum, ohne Wangmo zu sehen.

»Nora, warte doch!« Auf der Treppe holt Wangmo sie ein. »Er ist dein Rinpoche, ja? Ich hab es geahnt.«

Das Dunkel des Nachmittags stürzt in das dunklere Dunkel der Nacht. Das Tor ist verschlossen, die Mauer mit Glasscherben gesichert.

»Man geht nach Einbruch der Dunkelheit nicht mehr auf die Straße«, hat Wangmo erklärt. »Nur im gut verschlossenen Auto. Zu viele Überfälle. Erst die Krawalle der Maoisten, jetzt die Überfälle. Und natürlich die Einbrüche.«

Die Gewalt scheint weit weg, wie Geschichten in den Medien, doch die Erzählungen häufen sich, im Restaurant, im Kloster. Furcht setzt sich fest im Dunkel hinter den Moskitogittern der Fenster.

»Im Allgemeinen bringen die Räuber niemanden um«, sagt Wangmo. »Manchmal gibt es Verletzungen, aber eher aus Versehen. Wenn die Opfer stillhalten, geschieht ihnen nichts.«

»Wie beruhigend.« Nora hüllt sich schützend in Sarkasmus.

Wangmo zuckt mit den Schultern. »Wir sind verwöhnt in unserer netten, kleinen, mitteleuropäischen Welt. Hier ist freie Wildbahn. Weiße haben Geld, also werden sie nach Möglichkeit ausgeraubt. Die Klöster zahlen den Maoisten Schutzgeld von ausländischen Spenden. Wir können gehen, aber wo sollen die Klöster hin? Die Tibeter sind hier Asylanten. Ich hole uns Bier.«

Mit zunehmender Nacht wächst die gewalttätige Stadt an das kleine, ummauerte Haus heran. Die Lichter gehen aus, wieder Stromausfall. Die finstere Nacht der Räuber. Nora wünscht sich nach Hause in die zwei Zimmer ihrer Wohnung, zu Marie und den Mädchen. So wohltemperiert und friedlich, es könnte ein Paradies sein. Doch dort kommt die Gefahr von innen.

»Letztes Mal dachte ich, es wäre schön, hier zu leben«, ruft Nora in die Küche. »Ich dachte, hier gibt es Freiheit für die Seele.«

»Freiheit!« Wangmo lacht. Sie zündet Kerzen an und schenkt Bier in die Gläser. »Der Mythos der Freiheit. Natürlich gibt es hier Freiheit. In den tibetischen Klöstern, schön ordentlich in Lehren verpackt. Beim Meditieren kannst du sie auswickeln. Davon hält dich niemand ab.«

Nora wandert von Fenster zu Fenster und zieht die Vorhänge zu. Unruhe, ein wenig Übelkeit, keine Schmerzen. Sie hat sich so sehr vor Schmerzen gefürchtet. Wann kommen sie? Wie kommen sie? Doch drängender ist die Frage nach der Freiheit. In der vergangenen Nacht wälzte sie sich halb schlafend hin und her im Bett, qualvoll, auf der Suche nach etwas. ETWAS. Eine Aufgabe ist gestellt worden. ETWAS zu finden. ETWAS von großer Wichtigkeit. Manchmal tauchte sie aus dem Nichtschlaf auf und sehnte sich nach Ruhe. Doch es würde keine Ruhe geben, bevor sie das ETWAS gefunden hatte.

Jetzt wusste sie, worum es ging: frei sein.

»Wangmo, ich muss mit dir reden. Mein Verrat. All die Jahre. Es quält mich.«

»Aber Nora, Verrat, was für ein großes Wort. Ich sehe es anders. Vielleicht hätte ich beharrlicher sein müssen. Immer wieder bei dir anklopfen. Ich habe aufgegeben. Man kann es auch so sehen.«

»Ich sehe es nicht so. Ich war besessen davon, noch einen Mann zu bekommen, der immer da ist. Morgens beim Aufwachen, abends beim Einschlafen. Jemand für mich, ganz für mich. Und als Bestätigung. Des Mannes Leben ist die Welt, das Leben der Frau ist der Mann. Du lieber Himmel, war ich dumm. Dumm, dumm, dumm.«

»Das ist nicht dumm«, sagt Wangmo. »Ich hätte auch gern wieder einen Mann. Gute, gesunde männliche Energie.«

Nora streckt sich auf dem Sofa aus. Das Bier hilft, sanfter zu werden. »Die Rinpoches sprechen immer von der absoluten, vollkommenen Liebe und von der weltlichen Anhaftung. Dieser riesige Anspruch, alle und jeden lieben zu müssen. Was wissen sie von den Herzzerreißproben einer Beziehung? Als wäre das nicht Liebe. Ich liebte Jan.«

»Hm«, brummelt Wangmo.

»Ja, hm. Natürlich, hm. Ich dachte, ich liebte ihn absolut. Aber dann kam einmal eine Zeit, da war er anders. Er war schweigsam, unnahbar, reizbar. Ich dachte, jetzt liebt er mich nicht mehr. Dauernd fragte ich: Liebst du mich noch? Irgendwann sagte er: Musst du das jeden Tag fragen? Es geht auf die Nerven. Ich dachte: Das ist der Beweis, er hat eine andere, eine Bessere, Schönere, Angenehmere, Aufregendere. Ich war nicht schön, nicht angenehm, nicht aufregend. Ich wurde unausstehlich vor Angst.«

»Und? Hatte er eine andere?«

»Nein. Er hatte finanzielle Probleme.«

»Und erzählte es nicht.«

»Er wollte mich nicht beunruhigen – und sein Image nicht zu sehr schädigen, denke ich. Es war beschädigt genug.«

»Und dann?«

»Jan sagte, ich könne im tiefsten Innern nicht glauben, dass ich liebenswert sei. Er hatte recht. Wahrscheinlich glaube ich es heute noch nicht.«

»Aber schau, ich liebe dich«, sagt Wangmo.

»Das verstehe ich am allerwenigsten.«

Große Falter torkeln gegen die Fliegengitter an den offenen Fenstern. Die feuchte Wärme der Nacht liegt schwer im Garten und in den Zimmern.

»Lass es einfach zu.«

Nora zieht die Beine an und legt die Arme um die Knie. Rollt sich zusammen. Schnecke ohne Haus.

»Ich habe dir damals sicher wehgetan, als ich mich zurückzog.«

Wangmo nickt zögernd. »Ja.«

»Ich wollte wieder so leben wie vorher. Die Leute im buddhistischen Zentrum mochte ich nicht. Sie waren so überlegen, wussten alles besser. Ich konnte nicht meditieren. Als wir hier in Kathmandu waren, begeisterte mich die Exotik. Zu Hause wurde sie mir schnell fremd. Und dann fürchtete ich deine Missbilligung. Ich konnte es dir nicht sagen. Es ging mir immer schlechter, aber den Zusammenhang sah ich nicht.«

Wangmo nickt und schweigt. Ein freundliches, einhüllendes Schweigen.

»Und du, Wangmo? Wie bringst du es fertig, mit deinem Leben so ausgeglichen umzugehen?«

»Ich gehe mit meinem Leben nicht ausgeglichen um«, antwortet Wangmo nachdenklich. »Du ahnst nicht, wie phantastisch unausgeglichen ich bin. Ich klammere mich immer noch an meinen verschwundenen Mann. Ich habe Anfälle von entsetzlicher Sehnsucht und Trauer. Und von absurder Hoffnung. Als er noch lebte, wollte er, dass ich ihn Schatzi nenne, weil es ein tibetisches Wort mit einer ähnlichen Bedeutung gibt, das fast genauso klingt. Das stößt die Leute nicht vor den Kopf, sagte er. Also nannte ich ihn nur daheim Rinpoche, wenn es niemand hörte. Aber ich konnte meine Wahrnehmung nicht wirklich wach halten, dass er ein hohes Wesen war. Er stritt mit mir und lachte darüber. Er spielte mit dem, was wir Realität nennen. Stell dir einen virtuosen Jongleur vor, der mit einer ganzen Reihe von Bällen spielt, mit zehn, zwanzig Bällen. Dann kommt ihm einer aus, und er erwischt ihn im letzten Augenblick. Aber vielleicht hat er auch nur so getan, um Spannung ins Spiel zu bringen, du kannst nie ganz sicher sein. Oder er lässt alle Bälle fallen und beginnt sein Spiel von Neuem, indem er einen nach dem anderen, noch während sie hüpfen, wieder aufnimmt. So etwa. Oder kennst du das: Wenn du träumst und hast im Traum das Gefühl, dass du das alles nicht so recht glaubst? Ein Zweifel ist da. Du identifizierst dich mit dem, was abläuft, zugleich aber auch nicht. Ich denke, so muss das Leben für ihn gewesen sein.«

»Liebte er dich? Ich meine – als Ehemann, Partner, Liebhaber?«

Wangmos Gesicht schmilzt im Kerzengeflacker. »Oh ja. Nicht nach den Normen. Er war sehr unkonventionell, aber auch sehr unneurotisch. Da war so viel Liebe und Klarheit. Er trug keine Robe. Die meisten Leute sahen in ihm einen ganz gewöhnlichen tibetischen Mann mit einer tibetischen Frau und einem tibetischen Kind.«

»Und deine Tochter?«

»Pema verstand ihn vielleicht besser als ich. Sie sagte mit sieben Jahren: Paa-la, du hast einen großen Geist. So groß wie der Himmel.«

Ach, Lisa, dieses Monsunwetter bekommt mir nicht. Ich fühle mich schwach und möchte mich nur im Haus verkriechen. In dem Zimmer, in dem ich schlafe, hängt ein Rollbild einer weiblichen Gottheit an der Wand, Personifizierung des Mitgefühls. Arya Tara. Eine mütterliche Energie. Manchmal denke ich an unsere Mutter und frage mich, wie sie geworden wäre, hätte sie ihrerseits eine liebevolle Mutter gehabt. Sie konnte mich nicht lieben, und doch war ich Benni eine gute Mutter. Es versöhnt mich ein bisschen mit mir selbst, an die Zeit mit ihm zu denken. Als er krank war und hohes Fieber hatte und ich ihn alle zwei Stunden in nasse Tücher wickelte, Tag und Nacht. Und ihm alle Kinderlieder vorsang, die ich kannte, und freundliche Märchen für ihn erfand. Und ihn festhielt, wenn er außer sich war. Ich stellte mir immer vor, dass meine Liebe in ihn hineinfloss und seine Wut oder seine Krankheiten auflöste. Deshalb war der Schmerz über mein eigenes verlorenes Kind so groß. Weil ich mir ständig vorstellte, wie sehr ich Julian hätte lieben konnen.

Wangmo versucht seit Tagen, den Heiler-Lama zu finden. Sie glaubt dem Befund der Ärzte nicht. Aber ich quäle mich nicht mehr mit Hoffnung herum. Früher oder später sterbe ich sowieso.

Dieser Brief an Dich ist zu meiner wichtigsten Aufgabe geworden. Ich rolle mein Leben auf, und es fallen alle möglichen Sachen heraus, die ich mit eingerollt habe: Fehler, Schuld, Liebe, Trauer, Scham. Und ich muss mir das alles anschauen. Untersuchen, was es wert ist. Was mein Leben wert ist. Ich fürchte, viel bleibt nicht übrig. Aber ich muss es tun.

Letzte Nacht konnte ich lang nicht schlafen. Szenen unserer Kindheit drängten sich auf. Kindheit ist so prägend, Eltern, Ge-

schwister. Wie muss ich als ältere Schwester prägend für Dich gewesen sein!

Die Geschichte mit Peter fiel mir ein. Erinnerst Du Dich? Peter war ebenso wie ich zwölf Jahre alt. Wir waren sehr junge Zwölfjährige, anders als heute. Er fuhr immer mit uns im Schulbus. Irgendwann traf ich ihn beim Radfahren. Danach fuhren wir immer öfter zusammen herum oder gingen zum Flüsschen und hüpften über die Steine. Dann entdeckten wir den Sonnenuntergang, oben am Waldrand. Dort tastete Peter nach meiner Hand. Es war unglaublich aufregend, seine Hand zu halten. Das waren die Höhepunkte dieses Sommers, Hand in Hand am Waldrand zu sitzen beim Sonnenuntergang. Wir sahen einander nicht an. Wir sprachen nicht. Alle Sinne waren in den Händen, in dem wunderbaren, unbeschreiblichen Fließen, das uns verband.

Wir hatten köstliche Geheimnisse. Wir schrieben uns kleine Briefchen mit unseren geheimen Namen. Liebster Billy. Liebste Belinda. Manchmal versuchten wir uns an Reimen. Ich hob diese Zettel jahrelang auf und vergrub sie später am Waldrand.

Das Ende war so grausam, nachdem wir es einmal dunkel werden ließen am Waldrand, schweigend, verzaubert. Mama fragte Dich, wo ich sei. Du wusstest es. Du hattest uns einmal gesehen und angefangen, uns nachzuschleichen. Warst Du eifersüchtig oder einfach neugierig? Vielleicht hast Du Dir nicht viel dabei gedacht, als Du sagtest: Die ist mit dem Peter im Wald. Du warst ja erst neun.

Sie fielen über mich her, als ich heimkam. Oma Wallner sagte: Die fängt ja früh an. Opa Wallner schüttelte angewidert den Kopf. Mamas Mund war kaum ein Strich. Was denkst du dir dabei? Mit einem Jungen im Wald! Bei Nacht!

Oma Wallner saß korpulent und breitbeinig am Tisch. Die Leute würden reden, sagte sie. Der gute Ruf geschädigt. Schließlich sei man eine alteingesessene Familie. Ihr Sohn sei ein anständiger Mensch. Über ihn gab es nie Gerede. Aber dieses Mädchen!

Unsere Stiefgroßeltern blieben mir immer fremd. Dich mochten sie, weil ihr Sohn Dich mochte. Ich war das notwendige Übel. Und nun so etwas. Kleine Schlampe, so sprachen sie von mir.

Sie haben uns vergiftet, diese verzauberte, zarte Liebe zu einem Objekt der Schande verzerrt. Wie hätte ich danach noch an den Wert der Liebe glauben können?

Ich war stumm und wirkte schuldig. Was hätte ich sagen sollen? Kinder hatten sich nicht zu verteidigen. Das waren Widerworte, und Widerworte waren böse. Ich war krank vor Schuld und Wut. Meine Wut richtete sich auf Dich. Du warst die Verräterin. Ich quälte Dich, versteckte Deine Lieblingsspielsachen, legte einen faulen Apfel in Deinen Schulranzen, setzte eine große tote Spinne in Dein Bett. Und stritt alles ab. Vielleicht hast Du mir verziehen. Es gibt so viel zu verzeihen.

Das alles ging vorbei wie jeder Kinderstreit. Und doch blieb etwas. Aber das lag nicht an uns Kindern. Es lag an der Ignoranz und Bosheit der Erwachsenen. Wir sollten nichts wissen, nichts merken, doch sie selbst waren voller Misstrauen und hässlicher Gedanken. All das sinnlose Unglück unserer Kindheit, es macht mich so traurig.

Lass es los, sagt Wangmo, es ist Vergangenheit. Aber sind wir nicht in jedem Augenblick die Summe unseres Lebens? Darauf sagt Wangmo: Und wenn du loslässt – dann wirst du jemand anderer.

Darin ist Logik. Aber wie soll man es machen, das Loslassen?

Jetzt geh ich ins Bett und bitte die weiße Tara in »meinem« Zimmer, sie soll mir einen Traum über das Loslassen schicken. Ich würde sehr gern jemand anderer werden.

Gelassen steuert die junge Nonne den Jeep durch den brodelnden Nachmittagsverkehr. Das gelbe Polohemd mit dem falschen Krokodil hängt locker über dem langen, eng gewickelten Klosterrock. Am Handgelenk prunkt eine große, billige Herrenuhr – als Nonne nimmt man, was kommt. Auf dem hübschen, runden Kopf das schwarze Fellchen, das so gut wächst nach jeder Schur. Ani Tsewang vom Kloster auf dem Berg, die gutes Englisch spricht. »Sie kennt die Stadt, und die Stadt kennt sie«, so hat Wangmo sie vorgestellt.

Sie würden noch schnell Hermann besuchen, den Expriester, und Leute treffen, bevor es wieder losgeht, sagt Wangmo. Was losgehen wird, morgen, übermorgen, bald, ist »Banda«, die von den Maoisten verordnete Demonstration. Geschlossene Läden, finster blickende Männer, keine Frauen. Stillgelegte Straßen. kein Fahrzeug darf rollen. Molotowcocktails drohen den Übertretern der Gesetze des sogenannten Streiks. Die Stadt will immer wieder überbrodeln wie ein aktiver Vulkan, und Banda ist das Zähneblecken alter, angestauter Wut. Angesagt, abgesagt, wieder angesagt, man weiß nie.

Die Menschen treffen sich lieber privat in diesen unruhigen Zeiten. Wangmo erhält oft Einladungen. Nur selten geht Nora mit, doch heute ist einer ihrer guten Tage, an denen sie so tun kann, als wäre sie gesund. Der Gedanke, Leute zu treffen, lastet nicht, löst keine Angst aus. Sie würde ganz wach sein, die richtigen Worte sagen, das richtige Schweigen wahren, nicht über sich selbst stolpern. Dann würde es gut sein.

Der Jeep pflügt durch Vehikel und Menschen, um heilige Kühe und räudige Straßenhunde herum. Jeder hupt, stoisch, keiner schimpft. Verkehr ist ein Naturereignis. Man geht damit um wie mit Regen, Sonne, Hagel, wie es kommt, ohne Eile. Die sanften heiligen Kühe bestimmen den Fluss der Zeit.

In Nora flattert eine unerwartete Rührung. Sie fühlt sich atmen im Rhythmus der Stadt. Mag es eine schmutzige, überquellende, an Gewalt erkrankte Stadt sein, umso mehr Grund, sie – ein wenig schaudernd – zu lieben.

»Schau dir das an«, sagt Wangmo, »all die Motorräder.«

Eine endlose Motorradschlange windet sich die Straße entlang, hört nicht auf. Blitzend neu, bunt wie Bonbons.

»Sie stehen um Benzin an«, erklärt Ani Tsewang. »Stundenlang. Oft gibt es gar nichts. Die Dinger kommen aus Indien. Man kann sie billig leasen. Ist die nächste Rate fällig, überfällt man jemanden, nimmt das Handy ab und verkauft es. Natürlich hat kein vernünftiger Mensch mehr Geld dabei, als er gerade braucht – außer ein paar dumme Touristen.« Ani Tsewang lacht. »Aber jeder hat ein Handy, jeder hat ein Motorrad. Arbeit gibt es nicht, so wird man halt zum Räuber. Ein geschlossenes System.«

Hermann wohnt hinter einer hohen bewachten Mauer, wie jeder hier, der es sich leisten kann. Ein kleines, dünnes Männchen öffnet das Tor, lächelt mit ein paar braunen Zähnen, den Hunger einer grausamen Kindheit in den Augen bis ans Lebensende. Man hat ihm eine Art Uniform angepasst. Er trägt sie stolz. Hüter des Tores.

Die Schuhe der Besucher sind verstreut im großen Vestibül, als hätten Tanzende im Eifer sie abgestreift. Lustvolle Unordnung. Ein junges Mädchen im tibetischen Kleid weist den Weg ins Innere, sie ist schön wie der Himmel, trägt ein aufmerksames Lächeln zwischen Zöpfen, anders als die freundliche Beflissenheit eines Dienstboten.

Wangmo und Ani Tsewang begrüßen ein paar Gäste, Wangmo stellt Nora vor, zieht sie zum Gastgeber, umarmt ihn. »Das ist Hermann. Sag Du zu ihm. Er liebt alle Menschen.«

Ein rundlicher Mann mit sanften, aufmerksamen Augen und einem Blick, als gäbe es nichts Wichtigeres auf der Welt als sein Gegenüber. Der Mund ist breit und großzügig, ein Kranz grauer Haare ziert den glänzenden Schädel. Erst später bemerkt Nora verwundert, dass er kleiner ist als sie.

Er führt seinen neuen Gast in den Kreis der kleinen Gesellschaft. »Schau, dort drüben, das ist Evi, die Stütze des deutschen Konsulats. Daneben ihr Mann, Birendra. Er hat ein Restaurant in Patan und Probleme. Fast alle Restaurantbesitzer haben heutzutage Probleme. Die Angestellten spielen Maoist und stellen absurde Forderungen. Wir haben Angst um ihn. Rechts von ihm Anneliese, sie unterrichtet an der internationalen Schule. Dort, John, er ist Arzt. Lucien ebenfalls. Und das ist meine Pflegetochter Lhamo«, sagt er und legt den Arm um das tibetische Mädchen. »Sie will bald Nonne werden, und dann an der Klosteruniversität studieren.« Er nickt stolz. Das Mädchen lächelt Nora an und wendet sich wieder Ani Tsewang zu.

»Oh, aha ... ich wusste nicht ...« Noras Augen sind rund.

»... dass tibetische Nonnen studieren dürfen?« Hermann lacht leise. »Eine Errungenschaft des Exils. Noch nicht üblich, aber möglich.«

»Ich meine, sie ist noch so jung und so ein schönes Mädchen.«

Ein erheiterter Blick. »Und verloren für die Welt? Nun ja, so denkt man im Westen. Aber sie wird eine Lehrerin des Dharma. Dabei kann Schönheit eine Hilfe sein.«

Nora dreht das Cocktailglas in den Händen, das ihr jemand gegeben hat. »Ich frage mich nur, ob man sich so jung für das Zölibat entscheiden sollte.«

»Lhamo weiß, was sie will. Jedenfalls jetzt.«

»Und du? Warum hast du den Priesterstand verlassen? Darf ich das fragen?«

Hermann lacht. »Verliebt, verheiratet, exkommuniziert. Das war damals ein großer Schritt. Ich kam mit meiner Frau hierher, Ende der Siebziger, die Zeit der Morgenlandfahrer. Ich gab den Priester auf, sie gab die Konzertpianistin auf. Es war eine gute Entscheidung. Wir liebten einander und dieses Land, und wir waren so glücklich, wie ein Paar glücklich sein kann. Ein außergewöhnliches Geschenk.«

Hermann legt beide Hände an ihre Arme, drückt sie kurz und verlässt sie, kümmert sich um die anderen Gäste. Stimmen tanzen durch den Raum. Hohe Stimmen, tiefe Stimmen weben ein buntes Netz. Das Unbehagen, das Nora so oft ergreift unter fremden Menschen, hat sich aufgelöst. Keine Fremdheit. Keine Vertrautheit. Schweben über den Strömungen eines Traums, nicht von ihnen ergriffen.

»Hermann ist ein Mann mit Beziehungen«, flüstert Wangmo ihr zu, »wichtigen Beziehungen. Er hat schon vielen tibetischen

Flüchtlingen geholfen. Er kennt die höchsten Tiere in der Stadt.«

Evi vom Konsulat zieht Nora in ein Gespräch. Sie erzählt von einem Königsbruder, der den König und seine Familie ermorden ließ, um selbst König zu werden. Der alle Telefon- und Internetverbindungen mit dem Ausland abschaltete, Ausgangssperren verhing und sich selbst krönte. Der die maoistischen Rebellen unterstützte, um die Regierung des alten Königs zu zerbrechen, und schließlich, überrollt von den Umstürzlern, nichts mehr zu sagen hatte. Ein Drama, das sich erst vor wenigen Jahren ereignet hat. »Das Land versinkt im Chaos«, sagt Evi. »Wir haben noch schlimme Zeiten vor uns.«

Regen treibt das Grün des Gartens gegen die Fenster. Man zündet Kerzen an. Ein sanfter Geruch nach Kardamom und Koriander zieht durchs Haus. Beim Essen vieler kleiner, scharf würziger Häppchen steuert Hermann wieder auf Nora zu. Sie hat sich den überflüssigen Worten entzogen, in eine Fensternische, hinter ihre grauen Haare.

»Oh, Hermann, darf ich noch etwas Persönliches fragen?«

»Alles«, sagt Hermann mit seinem unbekümmerten Lächeln.

»Du bist doch Christ. Was hat dich hier festgehalten?«

»Bin ich Christ? Glücklicherweise muss ich keine Papiere mit der Rubrik Bekenntnis ausfüllen. Durch tibetische Lamas habe ich die Spiritualität entdeckt.«

»Heißt das, du hast Gott gefunden?«

»Sagen wir, ich habe die Erfahrung gefunden, die ich hinter diesem Wort suchte. So lange ich Gott suchte, stand Gott mir im Weg.«

»Und was ist es, das du gefunden hast?«

»Das Glück des Aufwachens am Morgen. Das Glück des Einschlafens am Abend. Das Glück des Mitgefühls. Das Glück, immer weniger Identität zu brauchen.«

»Gehört auch das Glück zu sterben dazu?«

Er sieht sie forschend an.

»Das möchte ich doch hoffen.«

Es fällt ihr nicht schwer, seinen Blick zu halten. Ein ruhiges Ineinandertauchen, keine Spannung, keine Bedrohung.

»Wo ist sie, deine Konzertpianistin?«

»Auf meinem Schrein. Komm mit.«

Er führt Nora in einen Raum mit einem großen tibetischen Schrein, schrankartig, dunkles Holz mit feinen Schnitzereien. Goldene Statuen funkeln hinter Glas, silberne Butterlampen flackern.

Hermann weist auf eine silberne Urne. »Pia starb vor zwei Jahren.« Er sagt es gelassen, als sage er, sie mache Urlaub. »Weißt du, ich dachte früher, mit einer Religion, die keine ewige Seele kennt, könnte ich mich niemals anfreunden. Eine persönliche ewige Seele, ein persönlicher Gott, geliebte Tote, die man wieder trifft im Jenseits – das schien mir unverzichtbar. Dass man die geliebten Menschen an den Tod verliert und niemals wiedersieht, war unerträglich. Aber dann ...« Er lächelt.

»Aber dann?«

»Dann lernte ich, dass wir nie getrennt waren. Ich erfuhr es. Ich fühlte es. Ich wusste es. Braucht man eine Wiedervereinigung, wenn man nie getrennt war? Meine Mutter, die mich geboren hat, starb. Waren wir jemals getrennt? Ich habe kein Gefühl von Trennung. Selbst der Mörder und sein Opfer waren nie getrennt. Sich dessen zutiefst bewusst sein – das ist alles.« Er ergreift Noras Hand. »ALLES mit Großbuchstaben.«

Sie nickt, lächelt. Ja, es ist so einfach. Es könnte so einfach sein.

Der Regen hat aufgehört. Die Luft im Garten ist lauwarm und dick von Feuchtigkeit. Wie schön es ist, unter dem Vordach zu sitzen und den Wolkenfetzen zuzuschauen, die am Berg entlangtreiben. Nicht getrennt, von nichts und niemand. So möchte ich sterben, denkt Nora, ins Nichtgetrenntsein hinein.

Die nächtlichen Straßen sind leer. Ani Tsewang erzählt von Lhamo, Hermanns Pflegetochter. Von einem Vater in politischer Gefangenschaft in Tibet und einer herzkranken Mutter, die mit ihrem Kind über den Himalaya floh. Das kleine Mädchen überlebte, die Mutter starb im Krankenhaus. Hermann erfuhr von der Kleinen und holte sie zu sich. Er und Pia hatten bereits drei Pflegekinder. »Ani Nima ist in meinem Kloster, Tenzin wird Lehrer, und der kleine Samten ist Automechaniker«, zählt Ani Tsewang auf, Zufriedenheit in der Stimme. »Gutes Karma. Einen Vater wie Hermann-la hätte ich auch haben wollen.«

Auf den Gehsteigen liegen ein paar schlafende Hunde. Eine Straßensperre zwingt sie zum Halten. Taschenlampen leuchten in den Jeep, Uniformen, Waffen, harte Blicke. Ani Tsewang zeigt ihre Papiere, antwortet gelassen auf gebellte Fragen. Handtaschen müssen geöffnet werden. Der Kegel der Taschenlampe fährt zwischen Füße und hinter Sitze. Eine Hand winkt sie schließlich weiter.

»Lächerlich«, sagt Ani Tsewang. »Sie suchen Rebellen mit Waffen. Unter meinem Rock vielleicht?«

Bürgerkrieg. Zum ersten Mal ist Nora seiner Wirklichkeit begegnet. Vorher war er nicht mehr als Erzählungen, Warnungen, eine klamme Atmosphäre. An Straßenecken Sandsäcke mit Einschüssen. Schüsse, die sie nicht selbst gehört hat.

»Der Waffenstillstand ist vorbei«, sagt Ani Tsewang. »Ich verzieh mich morgen lieber wieder rauf ins Kloster. Wenn ihr mich besuchen wollt, ruft an. Ich hole euch dann unten ab. Für Fremde sind die Männer aus den Dörfern gefährlich, die Gewalt hat sie angesteckt. Mit mir seid ihr sicher. Sie haben Respekt vor uns Nonnen.«

Mit Schaudern denkt Nora an die zwei Touristinnen, die im Nationalpark hinter dem Klosterberg ermordet wurden. Doch das waren nicht die Maoisten, hat Ani Tsewang erklärt, das war Militär. Fürchten muss man die einen wie die anderen.

7.

Wieder darf sie im Zimmer des Rinpoche bleiben, nachdem alle Besucher gegangen sind. Es regnet schon den ganzen Tag, und der Luftzug durch die offenen Fenster ist angenehm kühl. Der junge Mönch bringt einen Laptop, stellt ihn auf den Couchtisch vor den Rinpoche. Sie brüten eine Weile über dem Bildschirm, dann tippt der Mönch einiges ein.

Nora lächelt. Die leichthändige Verbindung von alter Tradition und neuester Moderne versetzt sie immer wieder in Verwunderung. Hohe Wiedergeburten mit Laptop und Mobiltelefon. Junge Nonnen gelassen am Steuer. Teenager-Novizen im modischen gelben Netzhemd über dem roten Mönchsrock, an den Füßen kopierte Nikes. Mönche mit Sturzhelm auf dem Motorrad.

Sie hat sich Fragen zurechtgelegt: Wie kann ich meine Vergangenheit loslassen, die überall ist, in meinem Gedächtnis, in meinem Körper, in meinen Zellen? Was ist mit meinen Sünden, meinen Fehlern? Sind alle Scham, alles Unglück meines Lebens nichts wert? Die halbe Nacht hat sie an den Fragen gearbeitet, hat sie verworfen, neu formuliert, an ihnen gefeilt.

Der junge Mönch neigt sich dem Rinpoche zu. In natürlicher Anmut, respektvoll, sanft. Noras Geist kreist um dieses Bild. Die Facetten der Liebe. Er ist geborgen, dieser junge Mönch. Geborgen in seiner Tradition, in seiner mönchischen Würde. Geborgen in seiner Liebe und Achtung für den Rinpoche. Er mag viel gelernt haben, viel wissen, doch sein Leben ist einfach. Er dient seinem Meister, ohne Ambivalenz, mit tiefer Hingabe. Das wird ihn tragen, wenn er stirbt. Wohin auch immer.

Mit einer kleinen Handbewegung entlässt der Rinpoche den Assistenten, wendet sich Nora zu. Sie stürzt sich in ihre Fragen. Entschuldigt sich. Versucht sie selbst zu beantworten, verdreht sich, wiederholt sich. Entschuldigt sich wieder.

Der Rinpoche lacht. »Es geht letztlich nur um Offenheit«, sagt er. »Wenn wir offen sind, halten wir nichts fest. Wir können empfangen und loslassen. Wenn wir offen sind, verurteilen wir nicht. Offenheit sieht alles, von allen Seiten, mit Neugier und Genauigkeit. Wenn wir offen sind, können wir lieben, großzügig und mitfühlend sein. Nichts trennt uns vom anderen.«

»Aber was soll ich tun?« Ohne sich dessen bewusst zu sein, hat Nora die Hände aneinandergelegt, bittend, flehend. »Was soll ich tun? Ich habe doch keine Zeit mehr.«

Als verrate er ein Geheimnis, beugt sich der Rinpoche vor und sagt leise: »Es ist nicht eine Frage der Zeit, es ist eine Frage des Entschlusses. Manche brauchen viel Zeit, um die Kraft zum Entschluss zu sammeln. Der Tod ist der beste Ratgeber.«

Er richtet sich wieder auf, sieht sie an, die Hände im Schoß. Sie möchte wegschauen. Zugleich möchte sie sich niederlassen in diesem Blick. Sie fühlt sich entblößt, die Seele ganz nackt. Sie möchte sich verstecken, doch es gibt kein Versteck im offenen Raum. Warum leistet sie Widerstand? Warum hat sie Angst? Was kann ihr geschehen?

Die Gedanken sind Stürme, rasen durch den Körper. Atmen! Wangmo hat gesagt: Atme bewusst, wenn du Angst hast. Der

Blick des Rinpoche ist eine Tür, die ins Freie führt. In die Freiheit? Noch hält sie seinem Blick stand. Wie der letzte Krieger auf dem Schlachtfeld. Besiegt? Wohin irren ihre Gedanken?

Es ist ein Geschenk, das der Rinpoche ihr anbietet. Sie schämt sich ihrer wirren Gedanken. Sie möchte des Geschenks würdig sein, indem sie es annimmt, es zulässt. Alles zulässt. Nichts festhält. Sich selbst nicht festhält. Sie weiß es, alles ist so klar. Hingabe, Offenheit, frei von der Bürde ihrer selbst.

Später wird sie zu Wangmo sagen: »Ich glaube, ich habe endlich begriffen, was Liebe ist.«

Das Mobiltelefon neben dem Rinpoche klingelt. Der junge Mönch eilt ins Zimmer und führt Nora hinaus. Wangmo wartet im Vorraum.

»Entschuldige«, sagt Nora, »ich wollte dich nicht so lang warten lassen.«

Sie zittert, setzt sich neben Wangmo und krampft die Hände ineinander. Ein stilles Weinen, nicht aufgeregt, breitet sich in ihr aus, in großen, schweren Wellen. Schmerzen in der Brust. Das Märchen aus der Kindheit taucht plötzlich auf, immer wieder gelesen: »Heinerich, der Wagen bricht. – Nein, Herr, der Wagen nicht. Es ist ein Band von meinem Herzen, das da lag in großen Schmerzen.«

Der junge Mönch drückt ihr eine Tasse Tee in die Hand.

»Was ist nur los mit mir?«, fragt Nora.

In Wangmos Stimme schwingt ein Lächeln. »So ist das, wenn man seinem Rinpoche begegnet.«

Lisa, ich bin in die Liebe gefallen (wie man so hübsch auf Englisch sagt). Ich bin in die Liebe gefallen und treibe darin seit Tagen dahin. Meinen beiden Geckos an der Decke zuzuschauen macht mich trunken vor Glück. Regentropfen, die am Fenster entlanglaufen, haben eine Tiefe, die unerklärbar und voller Glückseligkeit ist. Jürgen würde mich der Klischees bezichtigen. Doch selbst für ihn habe ich keine negativen Gedanken.

Ich gehe zum Rinpoche, meinem tibetischen Lehrer, wann immer er lehrt. Hinterher weiß ich nicht mehr, was er gesagt hat, habe aber viel gelernt. Das zeigt sich in allen meinen Gedanken. Sie sind anders als vorher, bevor ich ihn kannte.

Jetzt verstehe ich, warum mein erster Besuch hier keinen tiefen Eindruck hinterließ. Damals war ich Touristin, Besucherin, Fotografin des Schauspiels auf der exotischen Bühne. Ich spielte sogar ein bisschen mit, kaufte eine Mantra-Kette und rezitierte Mantras. Für Wangmo. Sie freute sich so sehr darüber. Doch ich gehörte nicht dazu. Alles blieb außen.

Jetzt erlebe ich es von innen. Alles berührt mich – wenn die Mönche und die Kinder singen, wenn ich der großen, weißen Stupa in die Augen schaue, wenn die Besucher vor dem Rinpoche in die Knie gehen und sich bis zum Boden verbeugen. Ich mache mit. Ich setze mich stundenlang in den Lhakang (so heißt der tibetische Tempel) und höre den Gesängen zu und dieser unglaublichen Musik, die mich in Bereichen berührt, die ich noch nicht kenne.

Mein Erinnern hat sich verändert, als habe ein anderer Regisseur den Film meines Lebens gedreht. Oder ein anderer Maler die Bilder meines Lebens gemalt. Kennst Du indische Ragas? Jeder männliche und jede weibliche Raga ist eine eigene Tonfolge, die in allen Variationen beibehalten wird und eine eigene Stimmung und Färbung hat. Es gibt Morgen-Ragas und Abend-Ragas, traurige, heitere, zornige Ragas, Liebes-Ragas und religiöse Ragas.

Ich glaube, meine Lebens-Raga hat neue Töne bekommen. Sie klingt anders in mir.

Ich erinnere mich an so viele gute Erfahrungen. Die schlechten, traurigen sind natürlich noch da, wie sollte es anders sein, aber sie rücken weniger in den Vordergrund. Ich sehe mich nicht mehr so sehr als Täterin oder Opfer oder die anderen als meine Feinde oder meine Objekte. Es bekommt uns besser, wenn wir uns nicht so wichtig nehmen, uns nicht so sehr in den Mittelpunkt stellen, sagt der Rinpoche. Vielleicht ist es das.

Um der Chronologie willen wollte ich Dir von meiner unsinnigen Ehe berichten. Doch sie ist blass geworden. Ich war damals einsam und unglücklich, meinte, ein Mann wäre das Heilmittel. Ich biss mich darin fest, und die Einsamkeit wurde übermächtig. Ich wollte einen Menschen, der zu mir gehörte. Der an den unerträglichen Sonntagen, mehr als fünfzig im Jahr, mit mir spazieren ging. Mit dem ich ein Konzert oder eine Ausstellung besuchen konnte, um den Ansturm der Paare zu überstehen. Die gelegentlichen Freundinnen reichten nicht, sie hatten ihr eigenes Leben. Einen Menschen für mich allein. Meinen Mann! Ach, wie zerstreut sie es sagten, die Versorgten: »Mein Mann«.

In diesen Mann, der mir in den Weg kam, dachte ich alle meine Hoffnungen hinein – und gab ihm schließlich die Schuld für meine Täuschung. Das nennt man dann Schicksal.

Er war ein zynischer, arroganter Mensch ohne echte Freundlichkeit. Dafür gab es sicher Gründe, von denen ich die wenigsten kannte. Er vermied es, etwas von sich preiszugeben. Da ich nichts besser konnte, als mich ungeliebt fühlen, schuf ich mir meine Hölle, hautnah, wie angegossen, und blieb jahrelang darin. Warum? Wenn ich zurückdenke, schüttle ich den Kopf über mich.

Doch jetzt ist alles anders geworden. Die hässlichen Erinnerungen verfolgen mich nicht mehr. Stattdessen erinnere ich mich an Deine Kommunionsuhr, Dein außerordentliches Geschenk für mich. Ich fühle mich beschenkt und beglückt. Jetzt. Weil es geschehen ist. Die Zeit spielt keine Rolle. Ich kann Dir noch immer danken.

Und ich erinnere mich an unsere Spiele auf dem Speicher, als wir zwischen den alten Möbeln das Rettungsspiel spielten. Wir haben einander mit so viel Eifer gerettet in den Szenerien aus den Trivialromanen, die ich in der Leihbücherei unseres Schreibwarenladens für zwanzig Pfennige auslieh. Wie genau ich mich plötzlich erinnere! Ich war der zu Unrecht Verfolgte, kam aus dem Schneesturm, halb erfroren, bis an die Schwelle Deiner Tür gekrochen, zwischen Schrank und Kommode. Du warst die junge Witwe, die den Erschöpften rettete, ihn ins Haus zog und auf die Lagerstätte aus Oma Wallners al-

ten Vorhängen bettete. Die ihn mit ihrem Gewehr gegen die Verfolger verteidigte, ihm die erfrorenen Hände verband. Oder das Piratenspiel. Du warst die entführte Fürstentochter. Ich rettete dich im Sturm aus den Fängen der Piraten. Mit einem Tau, das vom Dachfirst hing. Unsere Spiele waren gut für uns. Wir spielten Hilfe und Zuwendung und Dankbarkeit.

Erinnerst Du Dich an den Hochstand? Wir saßen oft lange dort oben und aßen die Beeren, die wir gesammelt hatten. Wir sangen oder wir erfanden Tiermärchen. Wie wohltuend das war nach dem tristen Kriegsleben in der Stadt. Ich denke daran und erlebe Glück, ganz echtes Glück, das mich zum Lächeln bringt.

Wangmo sagt, dass ich strahle. Und ich kann es fühlen, in meiner Haut, in meinen Zellen. Das soll gut sein gegen den Krebs. Ehrlich gestanden, ich denke nicht viel an die Krankheit, auch wenn sie mich umbringen wird. Das Leben bringt uns letztlich immer um.

Ich singe unter der Dusche, eine Melodie, die ich im Lhakang oft höre. Als wäre ich ein heiterer Mensch. Ich war nie ein heiterer Mensch.

Was ist geschehen?

Liebe. Ich fühle mich im Innersten gesehen. Nicht an der Oberfläche, dort, wo alles Ungekonnte, alle Fehler liegen, sondern im Innersten, in dem, was ich wirklich bin. Ich finde kein Wort für dieses Innerste. Darum nenne ich es Liebe. Ein besseres Wort fällt mir nicht ein, obwohl ich es nicht gern benütze. Es wurde so schlecht behandelt. Es hat seinen Glanz verloren.

Der rote Faden meines Lebens war bisher tiefe, tiefe Verwirrung. So viel Fehlverhalten aus Angst vor Verletzung! So viel Verletzung wegen des Fehlverhaltens. Je mehr Abwehr ich zu meinem Schutz aufbaute, desto mehr Angriffe forderte ich heraus. Was für ein Teufelskreis.

Und jetzt erkenne ich, dass das alles nur Oberfläche war. Nicht das, was ich wirklich bin. Der Rinpoche sprach von einem Kokon, in den wir eingesponnen sind. In dem wir unser Leben träumen, bis wir vor lauter Sehnsucht aufwachen und anfangen, den Kokon aufzureißen. Er hat gelacht und gesagt, mehr als anklopfen könne er nicht, aufwachen müssten wir schon selber.

Es macht mich so glücklich, an ihn zu denken. Natürlich holen mich manchmal Ängste ein. Vielleicht projiziere ich nur wieder meine Hoffnungen? Und wenn, dann hat es keine Konsequenzen. Es gibt keine persönliche Beziehung zu diesem Mann. Er ist zu allen freundlich, für jeden offen, akzeptiert alle und jeden. Mehr weiß ich nicht. Im Augenblick reicht es mir. Wie ich mich kenne, kommen die Fragen später. Jetzt bin ich in die Liebe gefallen und hoffe, darin zu bleiben.

Der kleine alte Mann schiebt sein Gebiss in den Mund, als Wangmo und Nora das Zimmer betreten. Er sitzt, ein Häufchen roten Tuchs, auf dem traditionellen Kastenbett mit der rot und golden bemalten Rückenlehne. Kleine, zarte Hände liegen in seinem Schoß, leicht wie junge Vögelchen. Als würden sie gleich davon flattern.

Wangmos Lama ist endlich von seinem Retreat-Kloster in den Bergen zurückgekehrt. Er hat sich in den dreizehn Jahren seit Noras letztem Besuch nicht verändert. Als lebe er in einer Zeitkapsel. Er reist nicht in der Welt herum wie die jüngeren Rinpoches, lebt im alten Stil. Zu seinen Einweihungen kommen Hunderte erfahrener Yogis und Yoginis, denn er ist einer der letzten alten Meister, schon jetzt eine Ikone.

Wangmos Ehemann habe wahrscheinlich eine Wiedergeburt in Tibet gewählt, hatte damals der alte Rinpoche erklärt. Da sei er ziemlich sicher. Vermutlich in der Nähe seines früheren Klosters, im Osten. Man würde sich zur rechten Zeit darum kümmern, an den chinesischen Obrigkeiten vorbei. Kein Grund, sich Sorgen zu machen.

Wangmo spricht Tibetisch, und der alte Rinpoche wiegt sanft den Kopf. Er streckt eine Hand nach Nora aus, die neben der geschnitzten Kommode am Bett niederkauert. Die Vogelhand ergreift einen in Brokat gewickelten Gegenstand, berührt damit ihren Kopf, ihre Brustmitte, murmelt etwas.

Ein Mönch bringt ein Gefäß, das an Ketten hängt, und entzündet den Inhalt, bis es raucht.

»Das ist Lhasang, heiliger Rauch«, erklärt Wangmo.

»Oje, wie in der Kirche«, flüstert Nora.

Doch der Geruch ist anders. So wie damals in Lhasa vor dem Jokhang, dem heiligsten Tempel der Tibeter, als die Leute die riesigen Öfen mit trockenem Wacholder vollstopften und den ganzen großen Platz zuräucherten. Eines ihrer schönsten Fotos – zarte Umrisse, ein paar Farbtupfer, Schemen im Nichts.

Der Rinpoche wedelt mit der Hand den Rauch zu ihr hin. Gesammelt, aufmerksam, unpersönlich.

Großvater, Großmutter, Himmel, Erde, Elemente, Raum. Das Ritual umfasst alles, stößt sich nicht am Persönlichen. Es schafft Ordnung. Alles ist an seinem Platz. Leben und Tod.

Mein Dank, denkt Nora, ist der Verzicht auf Hoffnung. Das Geschenk ist die Freiheit von Furcht. Man muss wohl erst danken, um ein Geschenk zu erhalten.

Die hohe Luftfeuchtigkeit kocht in der heißen Sonne. Wangmo überredet Nora zu einer Fahrt in die Innenstadt. Ein junger Mönch läuft los, um ein Taxi zu holen. Kinder stürmen aus dem Speisesaal in den weiträumigen Klosterhof, ahmen die ausgreifenden Schritte der Klostertänze nach, jagen einander, spielen Schattenboxen mit in den Gürtel hochgesteckten Roben. Ein weißes Gesicht ist dabei, weiße Arme und Beine, der zehnjährige Sohn der Amerikanerin, von der Wangmo erzählte. Er wurde als hohe Wiedergeburt erkannt und ist nun im Kloster, ohne Tibetisch zu sprechen. Wie konnte die Mutter ihn nur hergeben? Er rennt mit den anderen mit, ein linkisches Kind, ohne die unbekümmerte Anmut der Tibeter. Unterdrücktes Leiden? Er lacht nicht.

»Er ist unglücklich, der arme Junge«, sagt Nora und rückt tiefer in den Schatten des Baums, unter dem sie warten. »Ob er sich hier jemals wohlfühlen wird?«

Wangmo zitiert tibetische Meister, die das Aufwachsen im Kloster verteidigten, obwohl es, wie sie zugaben, hart war, mit viel Disziplin, viel Lernen, manchmal Schlägen. »Heute geht es nicht mehr so hart zu«, sagt Wangmo. »Und schau diese Jugendlichen an. Sie lernen Selbstwertgefühl und Würde.«

Vom Kloster in die Innenstadt – ein Tanz der Widersprüche.

Auf der schattigen Seite der Bürgersteige haben sich zerlumpte Straßenkinder und Kühe zum Mittagsschlaf niedergelegt. Pizza im neuen italienischen Restaurant, mit Leinenservietten. Danach im Pilgrims Bookstore nach Büchern kramen, eiskaltes Lassi trinken im Garten des Yak- und Yeti-Restaurants, dann mit einer Fahrradrikscha zur New Road, um Markenbatterien für die Taschenlampe zu kaufen. Es gibt fast alles in der New Road, wenn auch schamlos teuer in einem der ärmsten Länder der Welt. Auf dem Heimweg streift das Taxi fast einen nackten, in weiße Asche gehüllten Shiva-Sadhu. Er zeigt keine Gemütsregung. Die Dinge des Alltags sind wie Monsunwetter, so oder so.

»Wir haben Besuch.« Wangmos Hand dreht missmutig am Schlüssel, der das Eisengitter zum Grundstück öffnet.

Vor der Haustür sitzt ein Mann, zwischen den Füßen in billigen Turnschuhen ein zerschlissener Rucksack. Lange dunkle Haare und ein wuchernder Bart, der Blick flackernd wie erlöschende Kerzen. Traurigkeit.

»Hallo, Rick«, sagt Wangmo. »Wie kommst du hierher?« Ihre Stimme ist flach, papierdünn.

»Zu Fuß«, sagt der Mann ohne zu lächeln. »Der Gärtner hat mich reingelassen. Hab ich ein Glück, dass ich ein Weißer bin!«

Wangmo steht still. »Was willst du?«

Der Mann hebt die Oberlippe, ein seltsames Lächeln, wenn es denn ein Lächeln ist. Man sieht wenig zwischen all den Haaren.

»Nur ein paar Tage«, sagt er.

Wangmo schüttelt den Kopf. »Geh in Tseringmas Gästehaus und arbeite in der Küche. Wir sind selbst nur Gäste hier.«

»Nur ein paar Tage, bis mein Geld aus Perth da ist.« Der Mann zieht den Kopf tiefer zwischen die Schultern.

Mit einem kleinen Kopfschütteln dreht Wangmo den Schlüsselbund in der Hand und wendet sich dem Garten zu. »Nur heute Nacht. Morgen suchst du dir was anderes.«

Rick springt eilig auf. »Ihr werdet mich gar nicht bemerken.«

»Das wäre das erste Mal«, seufzt Wangmo. »Hinten im Gartenhaus ist eine Liege. Mit deinen Wanzen kann ich dich nicht in Mirandas Haus lassen.«

Das Gartenhäuschen ist ein sechseckiger Pavillon mit Ziegeldach, altersgrauen Holzwänden, großen Fenstern mit weiten Holzgittern. Umwachsen von struppigem Bambus. Rick lässt sich zufrieden auf der Liege nieder, streift Plastikstühle, Sonnenschirm, Gießkanne, Gartenschlauch mit leerem Blick.

»Danke, danke, danke«, deklamiert er. »Verdienste, Wangmo-la. Ein Schritt näher zu Sukhavati. Habt ihr was zu essen für mich?«

Abziehende Wolken lassen spätes, rotes Sonnenlicht in die Küche fallen. Einsilbig wärmt Wangmo einen Rest des Mittagessens auf. Ein Spinner sei Rick, verwanzt und aufdringlich wie eine Zecke. Nora bietet sich an, das Tablett ins Gartenhaus zu tragen.

»Lass dich nicht auf ein Gespräch mit ihm ein«, sagt Wangmo. »Er streut Verwirrung.«

»Du magst ihn nicht?«

»Er ist ein Quälgeist.«

»Was meinte er mit ›näher zu Sukhavati‹?«

»Du weißt doch, das Reine Land.«

»Und wie kommt man hin?«

Wangmo verzieht das Gesicht. »Durch Mitgefühl Verdienste erwerben, durch Verdienste gutes Karma schaffen, durch gutes Karma nach dem Tod ins Buddha-Land kommen. Rick sieht sich offenbar als eine Art Helfer, weil es so schwer ist, Mitgefühl mit einem Schmarotzer wie ihm zu haben. Es bedeutet besonders viele Verdienste, wenn man es trotzdem schafft.«

Nora lacht. »Diese Rechnung muss ja aufgehen.«

»Die einzige. Er hat noch nie das sagenhafte Geld aus Perth bekommen, soviel ich weiß.«

Mit schnellen, festen Schritten trägt Nora das Tablett zum Gartenhaus, stellt es auf den Boden neben der Liege und sagt kurz: »Ich heiße Nora«. Sie wird sich nicht auf Verwirrung einlassen.

Rick stürzt sich auf die Schale mit Reis, Gemüse und Linsen, lobt das Brot vom deutschen Bäcker, gießt Tee in die Lücke zwischen den Haaren.

»Was machst du in Kathmandu, Rick?«, fragt Nora und lehnt sich an den offenen Eingang.

»Leben, Lady, leben«, und fügt murmelnd hinzu: »Meine Bestimmung leben, meine Bestimmung.«

Aha, man sagt Lady, man grenzt sich ab, erhöht sich. Früher hätte das gereicht, um sie zum Rückzug zu bewegen, zum Rückzug mit gezogener Waffe. Doch dies ist eine neue Nora. Sie sieht unter die Oberfläche.

»Du kannst Nora zu mir sagen, Rick. Oder gefällt dir der Name nicht? Mir hat er mein Leben lang nicht gefallen. Jetzt kümmert es mich nicht mehr.«

Rick schaufelt noch mehr Reis in den Mund, schüttelt den Kopf und nickt. »Nora ist schon okay.«

Wie hätte Edi dieses Bild aufgenommen? Es gab mehrere Möglichkeiten: der abgerissene Streuner in der beginnenden Dämmerung, hungrig, traurig – der romantische Wanderer, in der Freiheit unterwegs, zufrieden mit jedem Irgendwo – ein frommer Pilger, die Hände mit der Schale von der sinkenden Sonne vergoldet. Doch nun stellt er die Schale ab, wischt Reis aus dem wilden Bart. Die unruhigen Augen halten wenig fest. Was sieht er von Nora? Wer ist sie für ihn?

»Du hast eine Bestimmung? Was für eine Bestimmung?«

Sie hat den harten Blick nicht erwartet. Wie eine Zange. Weil so wenig vom Gesicht zu sehen ist unter dem Bart, muss man sich an die Augen halten. Nora möchte wegschauen, doch sie hat ihn herausgefordert. Steht dazu. Die neue Nora ist tapfer.

»Sie könnten es alle wissen, alle. Aber sie wollen es nicht. Wollen nicht hören. Laufen hinter den Lamas her, damit die nett zu ihnen sind. Wollen nichts hören. Ich sag es ihnen, aber nein, sie wollen es nicht wissen.«

»Wer ist das, die anderen?«

Rick macht eine weit ausholende Geste. »Alle.«

»Ja, und jeder ist der andere für die anderen«, erwidert Nora leise. »Du bist ja auch mein Anderer.«

Der Blick wird noch ein wenig härter. Bevor Rick etwas sagen kann, fügt sie sanft hinzu: »Gestern war ich bei meinem Rinpoche. Ich hab gelernt, dass dies unser größtes Problem ist – die Trennung zwischen Ich und Anderen.«

»Das größte Problem ist das Karma!«, sagt er laut, gebieterisch. Er hat den Arm ausgestreckt. Der Zeigefinger sticht wütend in die stille Luft des Abends. »Ihr glaubt an das Karma. Das ist das Problem. Man braucht kein Karma. Es existiert nicht, nicht wirklich. Verstehst du? Lass es los! Dann ist es weg, paff! Weg!«

Nora lächelt und nickt. »Natürlich, du hast recht.«

Er starrt sie an, schweigt.

»Ja?«

Wetterleuchten hinter dem Bart. Die Gewohnheit des Streitens, sie ist weniger leicht loszulassen, nicht wahr, zorniger Heiliger? Noras Lächeln erwärmt sich, ganz nah an den Tränen.

»Ich hab alles gesehen, alles«, sagt er, kein Zeigefinger mehr, »als ich gestorben bin.«

»Sind wir nicht alle gestorben? Schon viele Male?«

Rick stößt beide Hände in die Haare, reißt daran. »Nicht so! Ich bin ein Delog. Gestorben und zurückgekommen. Die Tibeter verstehen das. Wenigstens das verstehen sie.«

»Und da hast du gesehen, wie das mit dem Karma ist?«

Der Blick flackert auf. »Komm runter vom hohen Ross, Lady. Ich weiß es! Verstehst du? Ich bin ein Wissender. War tot und bin zurückgekommen. Habe alles gesehen.«

»Was?«

»Du denkst, du musst irgendwas tun. Ist es nicht so? Aber du musst nichts tun, es wird getan. Du bist frei. Die Geister versuchen sich an dich zu hängen. Aber du denkst sie weg. Du denkst sie einfach weg. Manchmal esse ich Licht. Es geht nicht immer. Jetzt geht es gerade nicht. Kommt darauf an, wie der Mond steht, wie bei den Gezeiten, verstehst du? Irgendwann werden alle nur noch Licht essen. Das gehört zu unserer Bestimmung. Ich weiß es! Es wurde mir gesagt.«

»Hast du mit einem Lama darüber gesprochen?«

Die Frage bleibt kurz in der Luft hängen, dann fällt sie zu Boden. Mit seinen großen, breiten Händen wühlt Rick in seinem Rucksack, murmelt vor sich hin, plötzlich ein uralter Mann. Ob er noch etwas zu essen möchte, fragt Nora, doch er winkt ab, ohne sie anzusehen, brummelt grollend, entlässt sie.

»Sag mir, was du weißt, Rick. Ich höre dir zu.«

Doch Rick ist taub. Er hat sich finster in die Abgründe seiner Gedanken getrollt. Sie wird am nächsten Tag versuchen, ihn wieder zu erreichen.

»Denk nur nicht, du kannst ihn retten«, sagt Wangmo über die Kerzen hinweg, die das Abendessen beleuchten. Mit ihrer üblichen Eile ist die Sonne unter den Horizont getaucht und die Stadt hat ganz schnell die Nacht über sich gezogen.

»Was sagen denn die Lamas über ihn?«

»Wenig«, erwidert Wangmo zwischen zwei Bissen. »Man könne ihn nicht heilen, sein Geist sei zu sehr verwirrt. Aber es sei gut für ihn, hier zu leben und hier zu sterben.«

»Ich versuche nicht, ihn zu retten. Man kann doch einfach mit ihm reden.«

»Nein, man kann nicht einfach mit ihm reden. Dieser Geist hat Labyrinthe. Man muss den roten Faden mitnehmen, sonst findet man nicht mehr heraus.«

»Du hast recht, Wangmo. Er ist verquer. Aber …«

»Aber lasst uns gute Menschen sein, halleluja! Ich bin ein guter Mensch, darum findet mich Rick, wann immer ich nach Kathmandu komme. Früher oder später findet er mich. Das überzeugt mich von seinen magischen Fähigkeiten. Er spürt mich auf wie die Maus den Käse.«

Wangmo hebt ihr Glas. »Trink dein Amrita, das lässt einen alle Ricks der Welt überstehen.«

Nora hat Mangosaft mit Wodka, Wangmos Lieblingscocktail, schätzen gelernt.

»Warum konnte ich nicht Nein sagen? Er überredet mich immer. Idiotisches Mitgefühl!« Wangmo kichert. »Nun denn, skol!«

Manchmal überkommt es Wangmo. Dann fliegt ihr Haar, ihre Augen veranstalten ein Feuerwerk, sie lacht mit blitzenden Zähnen, ist jemand ganz anderer als die sanfte, brave Wangmo. Jetzt, in diesem Augenblick überkommt es sie.

»Höre!«, sagt Wangmo und hebt ihr Glas. »Höre die weise Rede des großen Künga Legpa:

›Wenn man die Worte des Buddha nicht versteht, was nützt es dann, den Buchstaben der Lehre zu folgen?

Ohne von einem guten Lehrer geführt zu werden, was nützen einem große Begabung und Intelligenz?

Unfähig, alle Lebewesen wie die eigenen Kinder zu lieben, was nützen einem feierliche Gebete und Rituale?

Fehlt die Erkenntnis, dass der Buddha in uns ist, wie soll man ihm in der äußeren Wirklichkeit begegnen?

Kann man nicht im natürlichen Fluss der Meditation verweilen, was nützt es dann, den Gedanken Gewalt anzutun?

Unfähig, sein Leben den Jahreszeiten und den Tageszeiten anzupassen, ist man bloß ein verwirrter Narr, der nicht in der Lage ist zu unterscheiden.

Wird die Sicht der Erleuchtung nicht unmittelbar erfasst, was lässt sich dann durch planmäßiges Suchen erreichen?

Vergeudet man sein Leben, ohne Verdienste oder Erkenntnis zu erwerben, wer zahlt dann in der Zukunft die Schulden zurück?

Behängt mit grober und ungenügender Bekleidung, die Unbehagen hervorruft, was erreicht der Asket durch das Leiden in den kalten Höllen dieses Lebens?

Der Suchende, der sich ohne genaue Unterweisungen abmüht, kommt nicht zum Ziel, wie eine Ameise in der Wüste.

Wer nur Unterweisungen sammelt, ohne die Betrachtung der Natur des Geistes zu üben, ist wie einer, der verhungert, während die Speisekammer voll ist.‹

So spricht der weise Narr, Meister des Chang. Svaha!« Zufrieden lehnt Wangmo sich zurück und leert ihr Glas. »Das ist besser als Chang.«

»Rick tut mir leid, Wangmo. Ich meine, er hängt da draußen rum im Gartenhaus mit den Wanzen und den Moskitos.«

»Magst du Wanzen?«

»Schon gut. Ich meine ja nur.«

»Oh ja, das idiotische Mitgefühl. Diese edle Tugend teilen wir.« Wangmo schlägt mit den Essstäbchen einen schnellen Trommelwirbel auf dem Tisch. »Denn siehe: Wer sich an das Konzept des Mitgefühls klammert, aber der Klarheit mangelt, ist wie der Vogel, der mit einem Flügel zu fliegen versucht. So spricht die närrische Wangmo, Meisterin des Mangowodka.«

Mit schwungvoller Geste füllt sie die Gläser erneut.

»Kennst du das Geheimnis, zu trinken, ohne betrunken zu werden?«

Es mag Wangmos Freude über das Wiedersehen mit ihrem

alten Rinpoche sein. Was sonst ließe sie derart funkeln und glühen? Ihre Olivenhaut ist dunkel vom inneren Feuer.

»Wach bleiben, ganz wach«, flüstert Wangmo über den Tisch Nora zu. »Das ist das Geheimnis. Ganz wach und klar bleiben.«

»Du freust dich, dass dein Rinpoche gekommen ist.«

»Ich freue mich. Du sagst es.«

Nun ist es Nora, die das Glas hebt. »Auf die Rinpoches! Jawohl. Ich freue mich, darum bin ich.«

Es ist spät, als Nora schlafen geht. Wangmos Amrita macht ihre Bewegungen langsam und ein wenig ungenau, doch kein Nebel liegt über ihren Gedanken. Erste Gedanken ohne zweite Gedanken, eine große Weide, auf der sich die Gedanken frei bewegen. Die weiße Tara an der Wand ist voller Leben, streckt Nora die Hand mit den Siddhis entgegen. Ein sanftes, kluges, klares Gesicht, die Brüste sind frei über dem Rock aus bunter Seide. Ich freue mich, darum freue ich mich, denkt Nora. Wir freuen uns miteinander, schöne Tara. Verlass mich nicht!

Dann ist Jan da, mit Benni. Ist es Jan? Es ist der Rinpoche mit seinem vorbehaltlosen Lächeln. Oder Tara. Der Traum hält sich nicht mit Fragen und Antworten auf. Sie gehen zusammen zur weißen Kuppel der Stupa, Benni zwischen sich. Benni tanzt und zappelt und zieht. Zieht sie beide zu einer Tür, die in das Innere der Kuppel führt. Goldene Taras rechts und links, eine neben der anderen. Am Ende des langen Raums ein strahlendes Licht, allesdurchdringend. Sichtbares Licht, hörbares Licht, riechbares Licht, schmeckbares Licht, fühlbares Licht. Alles Licht.

Fast eine Woche lang kam ich nicht zum Schreiben. Es war so viel Bewegung in mir. Und nun weiß ich nicht, was ich berichten soll, denn das Wichtige entzieht sich allen Worten. Vielleicht kann ich es damit zusammenfassen: Ich weiß mit Sicherheit, dass ich sterben werde. Und ich habe keine Angst mehr. Das letztere mag sich ändern, doch jetzt ist es so.

Ich glaubte nicht an Hoffnung, als ich mich mit Wangmo für diese Reise verabredete. Doch als wir hier waren, änderte sich das. Hier liegt ein anderes Denken in der Luft. Man kann hier mit Wundern leben. In unserer westlichen Welt können wir das nicht, darum geschehen wohl ziemlich wenig Wunder. Wangmo sprach nicht davon, aber ich weiß, dass sie hoffte. Sie sprühte vor Hoffnung. Warum keine Wunderheilung oder wenigstens das, was man eine Spontanremission nennt? Ich glaubte nicht daran.

Immerhin, es geht mir besser. Ich fühle mich wohl. Vor allem habe ich keine Angst. Ich habe es geträumt. Die Spanne meines Lebens ist bald zu Ende, darüber habe ich Gewissheit. Alle meine Zellen wissen es. Und so wunderlich das klingen mag: Es ist in Ordnung!

Gestern hat mein Rinpoche wieder einen Vortrag für seine vielen Besucher gehalten. Es wurden immer mehr, sein großes Zimmer war brechend voll, und viele standen vor der Tür. Da stand er auf und marschierte mit der ganzen Gesellschaft in den Lhakang hinunter.

»Lernt Langeweile«, sagte der Rinpoche. »Das ist die einzige Chance, aus dem Fangnetz eurer Bezugspunkte herauszukommen. Wenn wir uns erlauben, uns ausgiebig zu langweilen, bekommen wir eine klitzekleine Ahnung von der Überwindung von Hoffnung und Furcht. Das Problem liegt darin, dass wir auf halbem Weg umkehren. Dass wir nicht wirklich in die Langeweile eintauchen.«

Ich sah mich im kalten Wasser des Sees stehen. Es ist jeden Sommer das Gleiche: Taucht man ein und schwimmt los, wird es schön. Bleibt man stehen, friert man immer mehr.

Plötzlich verstand ich ihn. Mein Leben lang blieb ich immer wieder auf halbem Weg im kalten Wasser stehen, stolperte ein paar Schritte hinein und wusste nicht weiter. Ich konnte mich nie freischwimmen.

»Sitzt und langweilt euch«, sagte der Rinpoche. »Überlasst euch der Langeweile.«

Ich sitze gern in »meinem« Zimmer. Dabei werde ich immer heiterer. Manchmal denke ich: Sieh da, ich bin in die Liebe gefallen und langweile mich fröhlich zu Tode. Dieser Gedanke treibt wie eine kleine weiße Wolke über den Himmel meines seltsamen Glücks.

Wir haben einen Hausgenossen bekommen, oder besser einen Gartengenossen. Er wohnt mit seiner Wanzengroßfamilie im Gartenhäuschen. Rick aus Australien, ein seltsamer Mensch. Er sagt, er war tot und ist zurückgekommen. Ich weiß nicht, was ich von ihm halten soll. Manchmal ist er spürbar verwirrt. In seinem Kopf muss es aussehen wie in einem Viehtransporter, qualvoll eng. Die Gedanken beißen einander, so eng ist es. Man spürt den Kampf, und natürlich gibt es dabei nur Verlierer.

Früher bin ich an solchen Leuten ganz schnell vorbeigegangen, den Verlorenen, den Slumbewohnern des Geistes. Ich wollte sie nicht sehen. Als wir in Kathmandu ankamen, ging ich mit Wangmo um die Stupa mit kleinen Rupienscheinen in den Taschen für die Bettler. Da saß ein armseliges Häuflein Mensch, in Lumpen, wie im Märchen. Ganz kurz sah ich ihm in die roten Augen, doch ich hielt seinen Blick nicht aus. Ich bückte mich und drückte den Schein in die geöffnete Hand, ohne das Gesicht anzuschauen. Dann ging ich weiter mit dem Gefühl, hoffnungslos versagt zu haben. Mit meinem Wegschauen hatte ich versucht, den Bettler auszulöschen. Was zählten die paar Rupien im Verhältnis zur Verweigerung der Anerkennung seiner Existenz?

Doch mit Rick rede ich, genauer gesagt, ich lasse ihn reden. Er regt sich zu sehr auf, wenn ich ihn auf die breite Straße des Gesprächs ziehe. Er braucht seine Einbahnstraße, will predigen, verkünden, gehört werden. Manchmal redet er mit dem Nepali, dem »Gärtner«, wie sie ihn nennen, das Hausfaktotum, ein schrumpeliger Mann, sicher jünger, als er aussieht. Dann ist Rick ganz entspannt und gestikuliert nicht herum. Vielleicht liegt es an der fremden Sprache. Man wird ja ein bisschen zu jemand anderem, wenn man eine fremde Sprache benützt.

Unsere Didi kann Rick nicht ausstehen. Sie nennt ihn nur den »schmutzigen Mann«. Eine scharfzüngige Newari-Frau, dunkel, schmal, mit herrlichen Kuhaugen und einer aristokratischen Nase, dazu die schönsten Hände, die ich je sah. Als Köchin ist sie unübertroffen. Putzen sollte sie auch, mag sie aber nicht. Also putzen wir. Ich habe nichts gegen Putzen. Das gefällt mir an den Zen-Klöstern, dort putzen die Mönche. Hier in den tibetischen Klöstern rutschen Nepali-Frauen auf dem Boden herum. Wischer mit Stielen gibt es nicht. Warum wohl?

Jan hatte auch nichts gegen das Putzen. Eine der schönsten Szenen in meiner Erinnerung: Jan lehrt Benni die Kunst des Putzens, mit Rock 'n' Roll.

Wie reich ich mich fühle mit solch schönen Erinnerungen! Ich sammle sie alle, immer mehr kommen zusammen. So reich wird man, wenn man in die Liebe gefallen ist.

Die Erde dampft unter den Sternen.

Nora zieht die Vorhänge im Wohnzimmer zu, weiß nicht, warum, tut es einfach. Braucht sie Schutz? Heute ist einer der vielen Festtage der Hindus, den ganzen Tag lang und auch jetzt noch, am Abend, Umzüge in kleinen und größeren Gruppen, laute Musik, Trommeln, Flöten, unterschwellige Wildheit. Ein fremdes Land.

In den Klöstern spürt sie die Fremdheit weniger. Dort bestimmt Disziplin die Atmosphäre. Die Kinder lernen laut, prägen sich das Buchstabengewirr der tibetischen Worte als Bilder ein, rezitieren mit stimmgewaltigem Wetteifer.

Nora sitzt gern im Lhakang und beobachtet die Kinder. Wie sie lachen, sich gegenseitig schubsen. Der junge Aufsichtsmönch ist streng, doch den Winzling, der einschläft, übergeht er, tut, als sehe er ihn nicht. Sie lieben das Singen, zauberhafte Klosterlieder mit seltsamen Zwischentönen, Urtonleitern, nicht temperiert. Das Nervensystem zittert in leiser Ekstase.

An diesem lauten Festtag wollte Nora das Haus nicht verlassen, wollte sich einrollen in das Inselgefühl innerhalb der Mauern. So fremd hat sie sich nur in den ersten Tagen gefühlt.

Nach dem Abendessen plötzliche Dunkelheit. Der übliche Stromausfall, schon wieder. Sie tasten nach den Streichhölzern auf dem Tisch, entzünden mehrere Kerzen, um den Griff nach den Biergläsern sicherer zu machen. Sie haben sich angewöhnt, nach dem Abendessen mit einer großen Flasche Tuborg im Wohnzimmer zu sitzen, die mit Moskitogittern geschützten Fenster weit geöffnet.

Sie haben ihren Charme, diese Abende bei Kerzenschein. Nora hat in der Klosterbibliothek ein Buch mit alten tibetischen Geschichten in englischer Übersetzung gefunden. Hin und wieder lesen sie einander daraus vor, lassen sich dahintreiben auf den Wellen weiser Vieldeutigkeit.

»Heute bist du dran.« Wangmo schiebt Nora das Buch und eine der größeren Kerzen zu. Die Flamme flattert im leichten Luftzug, der die Vorhänge bewegt. Nora schlägt das Buch an einer beliebigen Stelle auf und trifft auf eine Geschichte mit dem Titel »Beschützerin vor den acht Ängsten und Gefahren«. Der zarte Geruch der brennenden Kerzen nimmt der Zeit alle Ecken und Kanten. So sanft kann sie sein, die Zeit.

Nora liest vor. Bald hat die Geschichte sie eingefangen, diese so menschliche und kluge Geschichte, trotz des klotzigen Stils der Übersetzung. Sie sieht sie vor sich, die Frau namens Dawa Sherab, Weisheitsmond, von der alle wissen, dass sie ein weiblicher Bodhisattva ist. Doch obwohl Dawa auf einer viel höheren Entwicklungsstufe steht, reden die Yogis in ihrer Umgebung auf sie ein, sie solle darum beten, als Mann wiedergeboren zu werden, weil man nun einmal als Frau nicht erleuchtet werden könne. Wie arrogant sie daherkommen, diese Männer mit ihren dünnen, langen Bärten, und Dawa mit ihrem heuchlerisch wohlmeinenden Rat bedrängen. Dawa seufzt über die Ignoranz der Yogis und erklärt ihnen geduldig, dass solche Abgrenzungen nichts anderes als dualistische Fixierungen seien, nicht würdig eines Wanderers auf dem spirituellen Pfad. Und sie gelobt, sich in aller Zukunft ausschließlich in weiblicher Form zu inkarnieren, bis alle Wesen von der unglückseligen Identifikation mit dem dualistischen Denken befreit sein werden.

Nach vielen Wiedergeburten, in denen sie ihren Geist immer weiter öffnet, erreicht sie schließlich die höchste Stufe der Erleuchtung, und von da an nennt man sie Arya Tara.

Seitdem ist Tara die »Mutter aller Buddhas« und die »Große Beschützerin«. In der Geschichte wird ein Kaufmann von einem bösartigen Yak angegriffen, doch eine Tara-Figur, die er in seiner Chuba trug, bewahrte ihn davor, vom Horn des Yaks aufgespießt zu werden. Und ein Lama entging dem Tod durch die Kugel eines chinesischen Soldaten dank eines kleinen bronzenen Tara-Abbilds, das in seiner Brusttasche steckte. Das hat der alte Erzähler hinzugefügt, von dem der Autor des Buchs die Geschichte hörte.

»Na ja, ich weiß nicht«, sagt Nora. »Ich habe gelesen, dass Tibeter, die ihre Amulette den Kugeln der Chinesen entgegenhielten, in Massen erschossen wurden.«

Wangmo lächelt ihr geräumiges Sowohl-als-auch-Lächeln. »Es ist der Geist, Nora, der Berge versetzt, nicht das Amulett.«

»Mein Geist ist bisher selbst an Maulwurfshügeln gescheitert.«

»Dein Geist kommt sogar mit dem Tod zurecht.«

Nora wiegt den Kopf. Kommt sie mit dem Tod zurecht? Sie denkt gar nicht mehr an ihn. Sie denkt an den Rinpoche, von dem sie, wie es in den Lehren heißt, nie mehr getrennt sein wird. Eine Liebe jenseits von Trennung. Eine Liebe, die den Geist ausfüllt. Äußerste Klarheit ohne Festhalten. Wer würde den Raum, die unendliche Weite, festhalten wollen?

Die Wohnzimmertür fliegt auf, kracht gegen die Wand. Wie eine Lawine drängen dunkle Gestalten mit großen, gekrümmten Macheten in den Raum.

»Money!«, schreit der Anführer.

Wangmo reißt die Augen weit auf und zeigt in Richtung Küche. »In der Tasche auf dem Tisch.«

Ein Mann wird in die Küche geschickt, zwei weitere durchsuchen das Haus, zwei Finsterlinge und der Anführer sehen sich im Zimmer um. Noras Gedanken rasen. Geld, Kreditkarte und Pass liegen oben in ihrem Zimmer, im verschlossenen Koffer unter dem Bett. Wo hat Wangmo ihr Geld? Oh Gott!

Hilfe. Sie brauchen Hilfe. Tara! Nimmt Tara es auch mit Räubern auf? Welche Farbe? Die grüne Tara oder die weiße? Warum können die Tibeter sich nicht auf eine Farbe einigen?

Der Anführer hält Wangmo den offenen Küchengeldbeutel mit den wenigen Scheinen vors Gesicht, stößt etwas auf Nepali hervor. Wangmo schüttelt den Kopf, hebt hilflos die Hände. »English. No Nepali.«

»Money!«, schreit der Anführer erneut, packt Wangmos Arm und schüttelt sie.

»Monastery, Gompa«, antwortet Wangmo und zeigt in die Richtung der Stupa. Legt die Hand auf die Brustmitte. »Mein Rinpoche hat unser Geld. Lama.«

Die beiden Männer poltern die Treppe herunter, schreien etwas, postieren sich an der Tür. Der Mann, der Nora am nächsten steht, packt ihr Handgelenk und reißt die Armbanduhr herunter. Er will ihren Ring vom Finger ziehen, Jans Ring. Nein, nicht Jans Ring! Nein, das kann Tara nicht zulassen. Und da ist sie, die schöne Tara vom Bild im Zimmer oben, strahlend, feurig. Füllt das ganze Zimmer aus.

Nora ballt die Faust. Der Mann bellt etwas, fuchtelt mit dem Messer, versucht Noras Faust zu öffnen.

Eine mächtige Stimme donnert von der Tür her: »Achanak roka! Sofort aufhören!« Rick ist unbemerkt ins Haus gekommen. Messer richten sich auf ihn. Er hebt die Hand, spricht mit durchdringender Autorität etwas auf Nepali. Seine Augen werfen Flammen. Eine biblische Gestalt, ein zorniger Heiliger. Die fünf Männer weichen zurück.

Nora spürt Wangmos Hand, die nach der ihren tastet. Sie halten einander fest, zitternd.

Rick tritt zur Seite, macht die Tür frei und weist mit gebieterischer Geste zum Flur. Die kleinen, hageren Männer drücken sich an ihm vorbei, wunderlich zahm, der Anführer als letzter. Rick hält ihn in Schach mit dem glühenden Blick und folgt ihnen aus dem Haus.

»Was hat er gesagt? Hast du es verstanden?«

Wangmo beginnt plötzlich zu lachen, ein nervöses, prustendes Lachen. »Er hat gepredigt. Von Strafen in Höllenwelten, von unseren tibetischen Rinpoches mit ihren gewaltigen Wunderkräften, die ihnen Dämonen auf den Hals hetzen werden, wenn sie nicht gleich verschwinden. Ich wusste nicht, dass er so gut Nepali spricht. Hätte ich nur mein Handy nicht in der Küche liegen lassen. Jetzt ist es weg.«

Benommen von Dankbarkeit dreht Nora ihren Ring. Es ist das einzige Ding auf dieser Welt, an dem sie wirklich hängt. Jans Geschenk zur beginnenden Schwangerschaft.

»Meine Uhr ist auch weg.«

»Opfer für die Götter«, sagt Wangmo.

Sie warten einige Minuten, lauschen, bevor sie sich nach draußen wagen. An der Mauer lehnt eine Leiter.

Vergeblich versuchen sie, die Hintertür zu schließen. Es war kein Kunststück, das schlichte Schloss aufzubrechen.

»Wo ist Rick?«

In der Aufregung haben sie ihn völlig vergessen. Wangmo holt eine angebrochene Flasche Whisky und drei Gläser aus der Küche, und sie gehen zum Gartenhaus. Rick hat sich auf seine Liege zurückgezogen, als sei nichts geschehen. Doch mit sichtlichem Wohlgefallen lässt er sich das Glas füllen. Sie stoßen an auf Rick und auf den glücklichen Ausgang des Überfalls.

Rick ist ungewöhnlich still. Er lässt den Dank in der Luft hängen, als gehe er ihn nichts an, und verspricht, am nächsten Tag ein neues Schloss einzusetzen. Er erklärt ihnen, wo sie es in der New Road kaufen können.

»Ein seltsamer Mensch«, sagt Nora, als sie ins Haus zurückgehen. »Ich habe den Eindruck, dass er sich über sich selbst wundert. Ist er nun ein Irrer oder ein Yogi?«

Wangmo seufzt. »Frag mich nicht. Womöglich beides.«

Monologe, die ganze restliche Nacht lang, bis die Morgensonne das Bild der weißen Tara rötet. Monologe vor dem inneren Bild des Rinpoche. Sie erzählt, was geschehen ist, kurz, klar, nur nicht seine kostbare Zeit vergeuden: ihre Hilferufe an Tara, Taras mächtige Präsenz im tosenden Feuerkranz anstatt in der stillen Aura wie auf dem Bild. Hat Rick diese heftige Tara-Energie gerufen? Oder sie selbst? Wer sprach durch ihn, den Irren? Oder ist er doch nicht irr?

Endlich Müdigkeit. Eine kleine Stunde Schlaf öffnet eine große Welt des Traums: die junge Nora in der Geborgenheit eines konventionellen Elternhauses, unter sanfter Kontrolle, sicher. In stillem, unreflektiertem Protest zündet sie etwas über ihrem Bett an, eine Art Rauchmelder, der keinen Rauch meldet. Es brennt nicht. Sie sagt zu Mutter und Vater – an deren Gesichter sie sich nach dem Traum nicht erinnert –, dass sie das Haus verlassen und in eine andere Stadt ziehen wird.

Das Aufwachen begleitet ein Gefühl der Erleichterung.

Ja, ich ziehe aus, denkt sie. Ich lasse mein altes geistiges Haus zurück, und bald lasse ich auch meinen Körper zurück. Es erschreckt mich nicht. Jetzt nicht.

Sie macht sich schön für den Rinpoche. Sie bürstet die Haare ausgiebig, bis sie weich sind wie Schlagsahne, schminkt sich sogar ein wenig, lächelt über sich. Sie dreht sich vor dem Spiegel und mag ihr Spiegelbild. Kleine Explosionen des Wunders in allen Zellen.

Die Didi kommt mit Gemüse vom Markt. Sie lacht und klatscht in die Hände. »Nice, Madam, very nice.«

An Wangmo hingegen hängt die Nacht wie ein dunkles Kleid. »Ich habe von der Flucht über die Berge geträumt, vom

Schneesturm, von der Angst. Zum ersten Mal seit vielen Jahren. Und jetzt fühle ich mich, als hätte ich nie aufgehört zu fliehen. Ich glaube, wir sollten umziehen. Dieses Haus ist nicht sicher.«

»Wohin?«

»In ein Gästehaus bei der Stupa.«

»Aber es ist schön hier«, sagt Nora. »Lieber innerlich umziehen, geistig. Das tu ich gerade.«

»Wie das?«

»Ich ziehe aus meinen alten Gedanken aus. Als wir das letzte Mal hier waren, konnte ich es nicht. Heute Nacht hat sich etwas verändert. Irgendwie bin ich den Ganoven dankbar.«

»Du spinnst.«

»Entschuldige. Es war natürlich scheußlich, aber vielleicht müssen manchmal besonders scheußliche Dinge geschehen, damit wir aufwachen. Die besonders scheußlichen Erfahrungen scheinen nachhaltiger zu sein als die besonders schönen. Bei mir jedenfalls. Nicht, dass sie einen immer aufwecken, aber wenn, dann richtig.«

Plötzlich lacht Wangmo. »Du hast recht. Die Dharmapalas.«

»Wer?«

»Die Beschützer. Um einen beim Aufwachen zu unterstützen, schaffen sie dramatische Situationen, Unfälle, Gefahren. Das versteht natürlich nur, wer aufwachen will. Danke für den Hinweis.«

»Gern geschehen. Aber ich kann nicht behaupten, dass ich das alles verstehe. Auch wenn es mir irgendwie wirklich erscheint.«

»Reicht ja.« Wangmo beugt sich über den Tisch und streicht leicht über Noras Hand. »So haben unsere Ganoven auf wundersame Weise Verdienste erworben.«

»Vielleicht streiten sie gerade um dein Handy. Dann sind die Verdienste wieder dahin.«

Vor dem Tor in der Mauer hält Nora halbherzig Ausschau nach lungernden Gestalten. Doch kein Ganove wird sich in

Ricks biblische Nähe wagen. Noras Misstrauen ist eher heiter. Dennoch geht sie nicht zur Ringstraße vor, um ein Taxi zum Kloster zu finden, schickt lieber den Gärtner für ein paar Rupies.

Der Taxifahrer ist jung. Hohe Backenknochen, Augen wie die sprichwörtlichen glühenden Kohlen, schwarze Haarpracht. Nora lächelt ihn an.

Spricht er Englisch? Der junge Mann wiegt den Kopf. Das mag alles heißen, vielleicht sogar Ja.

»Unser Haus wurde in der letzten Nacht überfallen«, sagt sie und sucht seinen Blick im Rückspiegel. »Geschieht das hier oft?«

»Schlechte Menschen«, antwortet der Fahrer. »Kein Job.«

»Haben viele keinen Job?«

»Viele.«

»Das ist traurig.«

»Taxi nicht gut. Wenig Benzin, sehr teuer. Alles teuer. Essen teuer.«

Sie gibt dem netten Jungen mehr, als er verlangt hat. So freundlich ist er, auf eine traurige, resignierte Weise.

»Es wird sicher wieder besser«, sagt sie. »Es bleibt ja nie, wie es ist.«

»Thank you«, sagt der junge Mann und meint das Geld. Die Worte wohl eher nicht.

Stechende Sommersonne. Nora hat den Regenschirm vergessen, der gegen die Sonne nicht weniger wichtig ist als gegen den Regen. Nach dem kurzen Weg vom Taxi durch den Klosterhof bis hinauf zum Eingang hinter dem Lhakang klebt die Seidenbluse an der Haut.

Nur wenige Gäste sind beim Rinpoche, Fremde aus aller Welt, die sie nicht kennt. Der hübsche junge Mönch begrüßt sie mit der heiteren Beiläufigkeit, mit der man alte Bekannte empfängt. Sie genießt das Dazugehören. Sie ist keine Fremde mehr, keine, die man draußen vor der Tür stehen lässt.

Der Rinpoche winkt sie heran, lässt ihr keine Zeit für Niederwerfungen. Sie hat nichts gegen Niederwerfungen, macht sie wie alle anderen, nur langsamer, umständlicher. Sie fände es schön, sie so fließend machen zu können wie die jungen Leute mit ihren geschmeidigen Muskeln, rauf, runter, ohne sich mit den Händen abzustützen. Doch heute soll sie gleich vor dem Rinpoche sitzen, und der Mönch bringt ein dickes Polster.

Unversehens ist sie schon am Berichten, von den Räubern, den Messern und Rick. Und, nach kurzem Zögern, von Tara. Hinter ihr, neben ihr Spannung. Die neu Angekommenen spüren noch nicht das Angstbeben der Stadt. Sie sind fasziniert von der Gewalt, haben sie noch nicht erlebt.

»Ich konnte mir das mit den Gottheiten nie vorstellen«, sagt Nora zum Rinpoche. »Dass sie – wirken. Dass sie Situationen verändern können. Ich dachte, es sei kindisch, sie um etwas zu bitten. Nichts als Aberglaube.«

Der Rinpoche lächelt, ohne zu antworten.

Schließlich hebt ein junges Mädchen die Hand und erzählt: »Ich habe eine Geschichte gelesen von einem Mönch in Bodhgaya, der ein Anhänger des Hinayana-Buddhismus war und die Mahayana-Anhänger verspottete, die vor der Statue der Tara beteten. Dann fiel er eines Tages bei Hochwasser in den Fluss. Er konnte nicht schwimmen. Als das Wasser ihn mitriss und er schon am Ertrinken war, rief er in seiner Not nach Tara. Und da schwamm neben ihm die Tara-Statue von Bodhgaya, und so konnte er sich retten.«

Ein älterer Besucher meldet sich ebenfalls. »Ich kenne auch eine Geschichte, von einer frommen Frau, die ein Tara-Bild gekauft hat und es zum Segnen ins Kloster bringen will. Sie begegnet einem Yogi, sie kommen ins Gespräch, und sie rollt das Bild auf, um es ihm zu zeigen. Ehe sie sich's versieht, pinkelt der Yogi auf das kostbare Thangka. Sie ist ganz außer sich, doch der Yogi lacht und sagt: Was nützen dir das heilige Bild und alle Segnungen, wenn du in deinen Illusionen gefangen bleibst? Während er im Wald verschwindet, entdeckt die Frau, dass ihr Bild über und über mit Goldstaub bedeckt ist.«

Der Rinpoche kichert in sich hinein. »Oh ja, Patrul Rinpoche!«

Trotz der offenen Fenster ist es heiß im Zimmer. Nora fühlt Schweißtropfen an den Schläfen herablaufen. Unbehagen steigt auf. Doch es ist nicht die Hitze. Das Unbehagen ist unter der Haut, tief innen. Als gebe es keine Mitte, auch kein Innen und Außen, Oben und Unten.

Sie nimmt ihren Mut zusammen. »Wie nun? Aberglaube oder nicht? Heilig oder nicht heilig?«

Der Rinpoche lächelt.

Sie könnte sich damit zufrieden geben, doch sie will mehr, bemüht sich zu verstehen. Der Rinpoche spricht von Bezugspunkten, von relativ und nicht relativ, vom Verzicht auf Bezugspunkte. Und dann? Die Gedanken rutschen, kippen, fallen und fallen. Doch wohin soll man fallen ohne Unten?

»Mir ist schlecht«, murmelt Nora.

Der Rinpoche beugt sich vor und legt die Hand auf ihren Kopf. Es ist, als sei die Hand überall, auf jeder Stelle und unter der Haut.

An diesem Tag geht Nora mit zaghaften, verwunderten Schritten langsam die Treppe hinunter in den Klosterhof, hinaus auf die Gasse und zu den Taxis. Als wäre sie zum ersten Mal in ihrem Körper angekommen – nach dem langen Weg von der Geburt bis zu diesem Tag.

Das ist nun wirklich ganz unfasslich, dass man ein ganzes Leben verbringen kann, ohne richtig in seinem Körper zu sein. Ist Dir das schon einmal aufgefallen, Lisa?

Doch jetzt habe ich ihn wohl irgendwie eingeholt. Wie soll ich das beschreiben – es ist, als wären alle Sinne außerordentlich klar, als nähmen sie etwas wahr, das hinter dem Vordergrund ist. Das innere Blau des Blaus. Den inneren Ton des Tons. Den inneren Glanz von allem. Und zugleich ist die Selbstbefangenheit weg, die meine zweite Natur war. Kleine Kinder können das, einfach da sein. Ich konnte es nie.

Ich frage mich immer wieder, ob diese Veränderungen anhalten werden, über die Rückkehr nach Hause hinaus. Es muss ja nicht so lang sein, nur bis ich sterbe, bis zum Winter. Denn ich habe das Gefühl, dass ich im Winter sterben werde.

Für mich selbst sage ich nicht mehr »sterben«. Ich stelle mir vor, dass ich über den Rand der Welt springe. Wie damals, als ich im Schwimmbad zum ersten Mal vom Fünfmeterturm sprang. Diese Aufregung, da oben zu stehen! Von unten sah es einfach aus. Doch dann dieser Blick von oben hinunter in die Tiefe. Wie würde ich aufkommen? Vielleicht würde es wehtun. Konnte ich mich darauf verlassen, meinen Körper zu beherrschen? Erst diese Ungewissheit, dann das Loslassen. Ich sprang.

Aber die Angst holte mich ein, und ich strampelte mit den Beinen. Danach hatte ich einen roten Po.

Diesmal soll mich die Angst nicht einholen. Der Rinpoche wird mich an der Hand nehmen. Wir haben das genau besprochen.

8.

Die Düsen donnern. Noch ein Blick auf die Stupa, wie ein weißes Ufo im braunen Häusergewirr. Irgendwo dazwischen das Kloster, Noras Kloster. Verflochten mit ihren tiefsten Wesensspuren. Der Bagmati River nur ein schmales, schwarzes Band. Totes Wasser. Winzig der Hindu-Tempel Pashupatinath mit den Bestattungsfeuern an den Ghats, den Treppen zum Fluss, dieser besonders heilige Hindu-Tempel, so heftig heilig, dass kein Ungläubiger hinein darf. Nora kichert. Das Flugzeug stürzt sich in die Wolken. Jenseits der Fenster ein Nichts.

»Was ist komisch?«, fragt Wangmo. »Ich möchte mitlachen.«

»Zum Lachen ist es nicht«, erwidert Nora und holt aus zu einer langen Rede, Gedankenregen aus einer Wolke, die sich zusammengezogen hat über Wochen. Von den Religionen und wie sie die Spiritualität missachten. Wie sie trennen im Namen höchster Instanzen, als wären sie nicht Diener der Spiritualität, sondern ihre Besitzer. Das Feuer neu entdeckter Wahrheit treibt Nora mit ungewohnter Wortgewalt voran, den Blick blind auf das Muster des Sitzes vor sich gerichtet. Bis ihre eigene Stimme sie aus der Trance der Worte weckt.

Wangmo schweigt nachdrücklich.

»Mach jetzt nicht dein Sowohl-als-auch-Gesicht, Wangmo. Warum können sie nicht – wie sagst du immer – der Kuh eine große Weide lassen?«

Wangmo macht dennoch ihr Sowohl-als-auch-Gesicht, weil sie nicht anders kann. Ist dies ein Grund, sie zu lieben?

Nora fährt fort, laut zu denken. »Vielleicht ist das die Zukunft: Spiritualität ohne Religion. Wenn das dunkle Zeitalter vorbei ist.«

Da war diese Besucherin beim Rinpoche, mittleres Alter, breites Gesicht, farblos und freundlich. Sie rutschte unruhig hin und her, gequält vom Sitzen auf dem Teppich, bis der Rinpoche dem jungen Mönch auftrug, ihr ein Polster zu bringen. Ihr gefalle der Buddhismus, sagte die Frau, alle diese klugen Lehren vom Geist. Aber sie sei Christin und liebe nun einmal die Mutter Maria.

»Auch gut«, erwiderte der Rinpoche, »es ist dieselbe Energie, nur in ein bisschen anderer Form. Ein anderes Gewand – aus dem Vorderen Orient. Wir Tibeter adoptierten eine indische Form mit indischer Aufmachung. Unsere Gottheiten sind sehr leicht bekleidet, zu kalt für Tibet. Aber Tara friert nicht.« Und er lachte lauthals.

Die letzten Wolkenflusen treiben vorbei.

»Ein Himmel voller Fragezeichen«, sagt Nora.

Durch Wangmos Finger gleitet eine Mala, dunkel vom langen Gebrauch. Nora tastet nach ihrer Mala aus Lotossamen unter der Bluse, das Abschiedsgeschenk des Rinpoche. Zwei Dinge wird sie mitnehmen ins letzte Feuer, Jans Ring und die Mala des Rinpoche. Der Gedanke ist tröstlich.

Wangmos Finger halten still. Ein kleines Lächeln, eine verneinende Bewegung mit der freien Hand. »Ein Himmel voller Gottheiten.«

Noras Gedanken wandern. Was füllte Ricks Himmel? Wenige Tage nach dem Überfall verschwand er. Nora hatte jedes Mal, wenn sie ihm das Essen brachte, mit ihm zu sprechen versucht. Hatte ihm ein Bad angeboten, ohne Wangmos Wissen. Der Regen reicht, sagte Rick und lachte sogar. Seine Launen sprangen, rasten hin und her, unvorhersehbar. Dann immer wieder die Predigten, stets der gleiche Inhalt, durchsponnen mit Bezügen, die Nora nicht verstand. Vom Tod zurückgekehrt – das Wissen – Karma loslassen. Fragen beantwortete er nicht.

Wie er aufgewachsen sei, fragte Nora ihn einmal. Es hat ihn ärgerlich gemacht. So seien alle, knurrte er, lenkten ab, wollten nicht hören, hielten ihm ihren psychologischen Quatsch entgegen. Und er schraubte sich hinein in die Aufregung, bis sich Schaumflöckchen in seinem Bart verteilten. Er redete und redete. Das Essen wurde kalt.

Ein anderes Mal brachte sie ihm eine Postkarte mit der Abbildung der weißen Tara. Er steckte sie wortlos in seinen Rucksack.

Nora schließt die Augen. Es ist leicht, das Bild der Tara herbeizuholen, sie sah es jeden Tag beim Aufwachen. Sie setzt Taras Bild in Ricks Brust, lässt es strahlen, Ricks Herz, den ganzen Rick anfüllen mit Licht. Wohlgefühl, Freundlichkeit, entspannte Klarheit. Das Mitgefühl macht ihre Gedanken sanft und kühlend.

Wie wird er sterben? Wer wird sich um ihn kümmern? In Kathmandu gehen die Armen zum Tempel am Fluss und legen sich dort zum Sterben hin. Wohin wird Rick gehen? Er hat sein Visum seit vielen Jahren nicht erneuert. Das Geld aus Perth, oft beschworen, ist ein Mythos. Freunde gibt es nicht in seiner einsamen Welt des Verkünders.

»Alles Gute, Rick«, murmelt sie. »Und allen, denen es so geht wir dir.«

Marie steht zwischen den Wartenden, winkt, drängt die professionelle Kälte des Flughafens zurück mit ihrem großen Herzen. Ein kuhäugiges Herz, hat Nora manchmal mit mildem Zynismus gedacht. Jetzt weiß sie es besser. Weil man plötzlich so viel mehr weiß, wenn man in die Liebe gefallen ist.

Kühl und regennass ist der Abend in der sauberen kleinen Straße. Der Rosenstock am Haus hat Blütenblätter um sich verstreut.

»Es riecht nach Herbst«, sagt Marie. »Freust du dich, wieder zu Hause zu sein?«

»Ja, natürlich«, antwortet Nora. Sie verzichtet darauf zu erklären, wie wenig sie weiß, ob sie sich freut oder sich eher zurücksehnt nach dem Kloster, dem lockenden Klang der Muschelhörner, der feuchten Wärme in ihrem Zimmer unter dem Bild der Tara, den Gerüchen nach Masala und Räucherwerk und Müll in den Gassen hinter der Stupa. Sie freut sich und sehnt sich. Gefühle sind anstrengend. In ihr sagt es: Dauert ja nicht mehr lang.

Marie hat Noras Wohnung gelüftet, die Fenster sind gekippt. Auf dem Couchtisch stehen frische Blumen. Liebevolle, fürsorgliche Marie.

Doch es liegt eine Schwere in den Räumen.

»Seltsam«, sagt Nora später zu Wangmo, nachdem sie unten mit Marie zu Abend gegessen haben, »irgendwie ist es nicht so, als wäre ich zurück in eine leere Wohnung gekommen. Als hätte jemand Fremder hier gewohnt, während ich weg war.«

Sie fühlt sich schwach nach dem langen Flug. Die Kraft reicht gerade aus, um bewusst anzukommen. Es ist das letzte Mal, dass sie aus der Ferne zurückkehrt. Keine Reise mehr – außer der letzten, dem großen Sprung.

Wangmo geht schlafen. Nora verteilt ein paar Kerzen im Raum, öffnet die Balkontüre einen Spalt, so dass die ungewohnte, willkommene Nachtkühle ins Zimmer sickern kann. Ankommen zwischen den dicken, weichen Kissen auf dem Sofa. Die große Tanne im Nachbargarten rauscht sanft im aufkommenden Wind.

Ein Auto fährt vorbei, so laut im Dunkel, direkt durchs Zimmer.

Stille.

Eine fremde Anwesenheit.

Was für ein Blödsinn, denkt Nora. Oder doch nicht?

Sie hat zu viele Geschichten gehört in Kathmandu. Man betet für die herumirrenden Geister Verstorbener, die sich nicht lösen können und oftmals nicht einmal wissen, dass sie tot sind. Verzweifelt, weil niemand sie sieht, hört, beachtet.

Eine Anwesenheit. Bedrückend.

Sie wühlt das Rollbild der weißen Tara aus ihrem Koffer, das nur diagonal liegend Platz gefunden hatte. Eine gute Arbeit sei es, hat Wangmo gesagt. Schau, die Finger und Zehen, ganz fein, und dieser schöne Mund.

Das Bild ist sparsamer in den Farben als die Touristenbilder in den Läden und voller Raum und Klarheit. Der junge Thangka-Maler war ein Geheimtipp gewesen. Er malte nicht für jeden. Es sei das Gesicht seiner Mutter, gestand er Nora, ein wenig verschämt, ein wenig stolz. Nora gab ihm mehr für das Bild, als es kostete.

Sie hängt das Tara-Bild ans Bücherregal, vorläufig. Und ein weiteres Thangka, Mahakala, den schwarzen Beschützer, mit einem Kleiderbügel an die Tür.

Die Kerzen flackern heftig.

Die Anwesenheit ist noch deutlicher geworden, ein Hauch von Kälte.

»Bitte, führt ihn weg«, flüstert Nora. »Dahin, wo er hingehört.«

Ein Er? Oder eine Sie? Mama? Nein, sie nicht. Gerhard? Vielleicht er. Woher soll sie es wissen?

»OM TARA TUTARE TURE SVAHA«, singt sie leise das Mantra, bis die Schwere gewichen ist. In dieser Nacht schläft sie friedlich, ungestört von Träumen.

»So wenig Briefe in fünf Wochen. Das sagt was.« Nora schiebt die Kaffeetasse beiseite, zieht den kleinen Stapel Post zu sich heran und sortiert die Werbesendungen aus. Da ist ein Brief mit schwarzem Rand. Sie muss Marie sagen, dass sie keine Briefe mit schwarzem Rand verschicken soll. Blaue Briefe, blau wie der weite Raum, mit einem schönen Text. Klare, unverschnörkelte Worte.

»Jemand ist gestorben. Schau an.«

»Du bist in dem Alter«, sagt Wangmo. »Da sterben einem die Leute weg.«

Nach kurzer Krankheit verstorben. Der Mann, der gesagt hatte: Danach ist es eben zu Ende, aus, vorbei. Jürgen!

Keine Frage, er war es. Die Schwere im Zimmer, die Anwesenheit. Er ist zu ihr gekommen nach all der Fremdheit. Irrt er herum, wie es im Totenbuch beschrieben wird? Schaut er in die Spiegel und sieht sich nicht? Spricht er zu Menschen und wird nicht gehört? Will er berühren und fasst ins Nichts?

»Wer ist gestorben?«, fragt Wangmo.

»Mein kurzzeitiger Ehemann«, erwidert Nora. »Er war hier, gestern Nacht. Ich habe es gefühlt. Jemand war da. Ich bin fast sicher, dass er es war. Meinst du, er kommt wieder? Was will er? Hat dein Rinpoche dich nach seinem Tod besucht?«

Wangmo schüttelt den Kopf. »Natürlich nicht. Er wusste, was er zu tun hatte. Er hielt mich nicht fest.«

»Oh!«

Wangmos Mundwinkel heben sich erheitert. »Man muss nicht festhalten, um zu lieben. Im Gegenteil – wie du weißt.«

Während Wangmo das Frühstücksgeschirr abräumt, hängt Nora besorgten Gedanken nach. Ach, Jan, liebte ich dich weniger, als ich glaubte? Ich hielt dich so fest über viele Jahre hinweg. Ich wusste nicht, dass man Besucher gehen lassen soll, wenn sie gehen müssen. Habe ich es dir schwer gemacht, dich beim Springen verwirrt in den wichtigen Tagen nach dem Unfall? Und auch danach? So lang danach. Ich rief nach dir, immer wieder. Verzeih mir, dass ich so unwissend war.

Wangmo schlägt vor, eine Puja für den Toten zu zelebrieren, damit er sich lösen kann. Und eine E-Mail an den Rinpoche soll

Nora schreiben, damit sie Jürgen beim nächsten Klosterritual für Verstorbene mit einbeziehen können.

Marie hat ein kleines Regal im Keller, die richtige Größe für einen Schrein. Sie räumen eine Stelle der Wand dafür frei. Einen der Brokate darauf, die Wangmo gekauft hat. In die Mitte die kleine Buddhafigur aus dem tibetischen Laden an der Stupa, ein Glasschälchen mit Wasser als symbolische Opfergabe, eine Kerze, ein Räucherstäbchen, Maries Blumen. Darüber das Tara-Bild an der Wand.

Nun kann Nora, auf dem Sofa liegend, den Schrein, die Tara und den Baum vor dem Balkon sehen, und durch das Westfenster den Himmel. Dies wird ihr Platz für die letzte Zeit in ihrem Leben sein.

Wangmo fragt nach einem Foto von Jürgen und ruft damit eine Erinnerung wach an einen dunklen Tag, an dem Nora die wenigen Fotos von ihm, die sie hatte, in kleine Stücke zerriss. Das war nach einem Mittagessen mit Jürgen am Tag der Scheidung. Die Bedienungen in Schwarz trugen lange, makellos weiße Schürzen. Es gab Kalbsmedaillons, winzig, die Beilage volltönend, ebenfalls winzig. Der kultivierte Mensch isst wenig für hohe Preise im Land des Überflusses.

Damals sagte Nora: »Es tut mir leid.« Die verpasste Chance tat ihr leid. Sie tat sich leid. Ein bisschen tat auch er ihr leid.

»Nun ja, es war ein Fehler.« Er sagte nicht, wessen Fehler. Zum Abschied klopfte er ihr mit der lederbehandschuhten Hand auf die Schulter, beiläufig, mit den Gedanken irgendwo.

»Dann nehmen wir seinen Namen«, erklärt Wangmo. »Das geht auch.«

Sein Bild will sich nicht zusammensetzen aus den Stücken, die in ihrer Erinnerung treiben: Die leicht gebeugte Haltung eines Mannes, der sich als zu groß für seine Umgebung empfindet. Eine Hand ragt faltig und schwer aus der weißen Manschette mit vergoldeten Manschettenknöpfen. Man hatte ihn schon als Kind in Anzüge gesteckt, in die kleinen Uniformen des Kapitals.

Vor der Hochzeit hatte er beiläufig Gütertrennung erwähnt. Selbstverständlich. Der Ring war großzügig. Sie gab ihn zurück bei der Scheidung, nicht weniger abwesend als er, wie unter Wasser. Und wünschte ihm höflich, er möge eine andere Frau finden, die besser zu ihm passe, so wie man eben halbherzige Wünsche ausspricht.

An den wohlgeformten Schädel mit spärlichem, sehr kurzem, grauem Haar erinnert sie sich. Doch das Gesicht entgleitet ihr. Nur die schmalen Lippen heben sich heraus, immer unter Spannung. Hart. Er küsste nicht besonders gern.

Das unfertige Bild liegt schwer in ihr, verwitterte Erinnerung. Sie gibt sich Mühe, die Dunkelheit seiner, ihrer Verwirrung einzuatmen und freundliche, helfende Gefühle auszuatmen. Wie sie es gelernt hatte. Kein Groll. Du konntest nicht anders sein, als du warst. Ich konnte nicht anders sein, als ich war. Wir waren beide Gefangene unseres Karmas, wussten es nicht besser. Lass dich nicht von Furcht überwältigen. Bitte um Hilfe. Wenn du bittest, wird Hilfe kommen. So ist es immer. Wir waren zu stolz, zu dumpf und konnten nicht bitten, nicht loslassen, uns nicht öffnen. Wenn du wagst zu springen, wirst du fliegen können. Meine guten Wünsche halten deine Hand.

Tränen der Erleichterung sammeln sich. Sie flüstert das Mantra der Tara, immer wieder, immer wieder. Tara wird helfen. Sie hilft immer.

Ich bin wieder zu Hause, Lisa. Oder besser gesagt, wieder in der Wohnung, in der ich seit sechs Jahren lebe und in der ich sterben werde. Ungestört sterben. Wangmo und Marie sind bereit, mir zu helfen. Sie werden sich um alles kümmern. Kein schrecklicherer Gedanke, als im Krankenhaus sterben zu müssen. Wie dankbar bin ich für meine Freundinnen. Da ist nicht einmal mehr eine Störung durch das Gefühl, sie nicht verdient zu haben.

Wangmo ist bereits in Zürich, die Schulferien sind vorbei. Mir fällt ein, dass sie in Kathmandu nie von der Schule sprach. Ich glaube, sie ist eine gute Lehrerin mit viel Aufmerksamkeit und Mitgefühl und ohne Konzepte. Jede Situation ist neu, sagt sie und vertraut auf ihren wachen Geist.

Ich vermisse sie.

Doch ich weiß, sie wird kommen, wenn ich sie brauche.

Und jetzt, Lisa, ist es an der Zeit für das letzte große Aufräumen. Ich finde kein Zögern mehr in mir. Sie haben sich davongemacht, die Dämonen der Schuld und der Selbstrechtfertigung. Bedauern ist da, großes Bedauern. Doch der Blickwinkel ist ein anderer. Als handle es sich um die Geschichte von jemand anderem. Manchmal erlebe ich das mitten in einer Situation. Etwas geschieht, und ich sehe das Netzwerk von Ursache und Wirkung, von Gründen und Urteilen, von hin und her fließenden Energien, und sehe mich selbst daran beteiligt. Außen stehend überblicke ich das Ganze, sehe die Zusammenhänge. Und sehe, dass es nur eine einzige Lösung für jeden der Beteiligten gibt: um das Spiel zu wissen, es zu durchschauen. Stell Dir vor, Hamlet hätte, als er sein Stück vor Mutter und Stiefvater aufführte, sich selbst durchschaut.

Lass mich die banale Tragödie mit Alex erzählen. Vielleicht zuckst Du zusammen, wenn Du seinen Namen liest. Aber es kann auch sein, dass Du nur das Gesicht verziehst, resigniert oder mit heimlich glimmendem Groll, unsichtbar unter einer abgekühlten Oberfläche.

Wie viel mag er Dir erzählt haben? Menschen erleben auf unterschiedliche Weise, haben ihre Versionen und Beweggründe, derer sie sich gar nicht bewusst sind. Ein unterirdisches Geflecht von Anziehung und Ablehnung. Wunden, offene oder vernarbte. Minen, die bereit sind, bei der kleinsten Berührung hochzugehen. Der morsche Boden von Sehnsüchten und Hoffnungen – ein Labyrinth.

Ich wusste nicht, wer er war, und er wusste nicht, wer ich war, als wir einander begegneten. Er konnte nicht ahnen, dass seine Geliebte Deine Schwester war. Es war so über alle Maßen unwahrscheinlich. Keine auffallende Ähnlichkeit, und Du hattest mich totgeschwiegen in Deiner Familie. Warum brachen wir so früh auseinander? Es gab wohl Gründe.

Nach Deiner Heirat ins neue Geld rettete ich mich vor dem Verlustschmerz in die Verachtung, eine armselige, neidische Verachtung, geschürt durch Deine Herablassung. Und dann war da dieser eiserne Vorhang zwischen Dir und Mama. Sie hat nie gesagt, warum. Dass Du meinen Brief nach ihrem Tod nicht beantwortet hast, konnte ich Dir nicht verzeihen. War es für Dich ein Brief aus dem feindlichen Lager? Ein trojanisches Pferd, geladen mit unerwünschten Emotionen? Ich fürchte, es war ein anklagender Brief.

So haben wir beide also versucht, einander aus unserem Leben auszulöschen. Als ob das möglich wäre. Dass ich Alex begegnete, so über alle Maßen unwahrscheinlich, kommt mir vor wie ein korrigierender Eingriff des Schicksals, das dieses absurde Band knüpfte – unsere Liebe zu demselben Mann. Wie viel auch immer von alledem Liebe gewesen sein mag, neben Anziehung, Leidenschaft, Abhängigkeit, Erwartungen, Ansprüchen, Wunsch nach Bestätigung, Angst vor dem Alleinsein. Was man halt so Liebe nennt.

Es war ein Zufall, Lisa. Vielleicht hat er es Dir erzählt. Vielleicht hast Du es nicht geglaubt. Aber es ist nun einmal so geschehen. Hatte meine Freundin Wangmo doch recht, dass es dieses Geflecht von Ursachen und Wirkungen gibt, Zusammenhänge, die existieren, auch wenn wir sie nicht erkennen?

Es war ein zerknitterter Sonntag mit dem faden Grau, das man dem Dezember nicht verzeihen mag. Welche Anstrengung, etwas Geeignetes zum Anziehen zu finden, die Haare zu richten, ein wenig Make-up aufzutragen.

Jan hatte sie in der Kunst unterwiesen, sich »unsichtbar« zu schminken. Zuerst hatte sie sich dem Ansinnen des Verschönens widersetzt, ohne zu wissen, dass sie ein Selbstbild der Unscheinbarkeit, wenn nicht gar der Hässlichkeit verteidigte. Ich brauche das nicht, sagte sie, doch Jan brachte Lippenstift, Augenbrauenstift, Kajal und Kompaktpuder. Spann Nora ein in Überredung. Tupfte, strichelte, malte und schob sie dann vor den Spiegel. »So schön bist du!«

»Künstlich«, wehrte sie ab.

»Schau die Japaner an«, sagte er. »Eine Blume ist nicht einfach eine Blume. Erst die schöne Vase bringt ihre Schönheit zur Geltung.«

Drei Jahre nach seinem Tod trug sie noch immer die Kleider, die er für sie ausgesucht hatte. Auch an diesem Tag, kurz nach ihrem fünfundvierzigsten Geburtstag, der an Schicksalsfäden hing, von denen sie nichts ahnte. Es war ein fader, kalter Sonntag. Die Fotoausstellung des Jahres, international, hoch gelobt, sie mochte ihr gut tun, sie zu neuen Bildern inspirieren.

Seit einiger Zeit hatte sie wieder Ideen, kleine, zaghafte Impulse. Sie wuchsen heraus aus dem Schatten des Fotoladens.

Die Ideen begannen durch Karoline. Sie waren einander nähergekommen, als Karolines Nachzügler geboren wurde, ein Mädchen mit Down Syndrom. Eine neue Karoline wurde mitgeboren, die um ihr Kind kämpfte. Endlich trennte sie sich von dem Mann, den sie zu lange ertragen hatte. Die Buben waren aus dem Haus und hatten ihr eigenes Leben. Zwei Jahre war Sophie nun alt. Dieses Kind sei ein Engel, sagte Karoline. »Endlich kann ich lieben. Vielleicht kann ich nur Engel lieben. Aber wenigstens die.«

Nora machte Fotos von dem Engel, holte eine verborgene Schönheit aus dem sanften, kleinen Gesicht. Sie stellte sie im Fotoladen aus, und es sprach sich herum. Mütter wollten Fotos ihrer behinderten Kinder. Engelfotos. Manchmal wagte Nora daran zu denken, sich selbstständig zu machen.

Nicht allzu viele Besucher waren in der Ausstellung, die Eröffnung hatte sie gemieden. So konnte sie in Ruhe bei einem Bild bleiben, ungestört. Ästhetische Bilder, raffinierte Bilder, verfremdete Bilder. Dann, plötzlich eine Holzwand, vielleicht ein Bauzaun, rohe Bretter oben und unten, eine Lücke dazwischen, Kinderaugen, die durch die Lücke schauten. Augenpaare um

Augenpaare nebeneinander, über die ganze Bildbreite. Nur Augen, Seelenfenster, die sie hineinzogen in Kinderwelten. Sie konnte sich nicht von ihnen lösen.

»Sehr beeindruckend, dieses Bild.« Eine Stimme brach ein in den Bann, eine tiefe, geräumige, schwingende Stimme. Sie gehörte zu einem großen Mann. Ihr schneller Blick nahm nur wenig auf, ein ausgeprägtes Profil, dunkle, volle Haare.

»Ja, sehr«, antwortete sie, wieder dem Bild zugewandt. Sah es nicht mehr. Spürte den Mann neben sich.

»Ich wünschte, das Foto wäre von mir.« Er lachte leise. »Anstatt des Werbekrams, den ich machen muss.«

Sie mochte diese Stimme, wagte ein sparsames Lächeln. »Ja, das könnte ich mir auch wünschen. Es ist so – direkt. Wunderbar einfach und direkt, ohne vordergründig zu sein.«

Ein vorsichtiges Kompliment, wie schön sie das gesagt habe. Ob sie noch zu einem anderen Bild, das ihn festgehalten habe, etwas sagen wolle? Sie ließen sich zu weiteren Bilden treiben, gemächlich, die Bilder wurden zu Brücken, über die sie einander erreichten.

Alles war einfach. In ein Café zu gehen, zu reden, dann ein kurzer Spaziergang durch den frühen Abend in ein kleines Restaurant. Keine Fremdheit, kein Tasten nach brüchigem Boden. Es zeigte sich die Vorliebe für dieselben Bücher, dieselben Filme und natürlich die Magie der Fotografie. Hierin war sie mehr als sicher, hatte Flügel, brauchte keinen Boden, durfte glühen. Ohne Rückhalt gab sie ihre Ideen preis.

Sie teilte sich in eine Nora, die redete, und eine Nora, die sah. Graue Augen, manchmal licht, manchmal schattig, Nase und Kinn voller Willen, bewegliche Lippen, ein Lächeln voller Verführungsträume. Oder hoffte sie dies nur? Sie fühlte Musik in seinen Händen, konnte sich jedoch noch nicht eingestehen, dass sie wünschte, sein Musikinstrument zu sein. Er habe früher Klavier gespielt, sagte er und bewegte schnell die Finger. Jetzt nicht mehr. Zu viel Arbeit, keine Zeit.

Er legte den Arm um sie, als er sie durch die kalte Nacht zu ihrem Auto brachte. Die entscheidende Geste, fern aller Beiläufigkeit, besiegelt durch ihre Hand auf seinem Rücken. Ein flüchtiger Kuss in der offenen Autotür – zu viel, mehr als sie ertragen konnte an einem Abend. Sie wollte wegfahren, nach Hause, in der Ruhe ihrer Gedanken über ihn.

»Morgen früh muss ich nach Hamburg zurück.«

Zurück! Sie hatten nicht über das alltägliche Leben gesprochen, sie wusste nichts von ihm, hatte nicht daran gedacht zu fragen, so berauscht war sie gewesen vom Jetzt. Hastig schrieb sie ihre Telefonnummer auf die Rückseite einer Rechnung. Er heiße Alex, sagte er und fragte nach ihrem Namen.

»Nora. Licht. Wie schön.«

Mit einem zu schnellen, zu vorlauten »Gute Nacht, Alexander, Eroberer!« zog sie die Tür zu, startete, fuhr los. Zu viel. Zu viel. Die Nacht der Stadt war zu eng für all dies.

In der kleinen, tristen Wohnung, in der sie seit dem Unfall drei Jahre lang überlebt hatte, zündete sie alle Kerzen an, die sie finden konnte, öffnete eine Flasche Wein und legte Mozarts g-Moll-Symphonie auf. Sie würde wieder leben! Und sei es ein Leben mit diesem angestrengten Hoffen und Warten, das unvermeidlich schien. Sie verbot sich Gedanken des Zweifels, tauchte zurück in Blicke, Worte, in die angedeutete Umarmung. Ein Kuss wie ein begonnener Satz. Wie ein Versprechen?

Dann das Telefon und seine tiefe Stimme mit der geräumigen Resonanz. Er müsse sich vergewissern, dass es Nora wirklich gebe. Es könne ja sein, dass er geträumt habe. Nora lachte, hörte ihrem eigenen Lachen zu: ein Lachen ohne jegliches Fragezeichen, als herrsche sie über die Situation. So war es richtig, das wusste sie und wunderte sich über ihre unerwartete Kunstfertigkeit. Er könne es nicht erwarten, sagte er. In der nächsten Woche komme er wieder, würde es irgendwie möglich machen.

Die Zeit des Wartens begann, verwirrend mit den Überfällen der Fantasie, frei laufend ohne die Zügel realen Erlebens. Das war kein zögerndes Annähern wie bei Jan. Es war Leidenschaft, genährt mit unvorsichtigen Tagträumen.

In Abständen von ein, zwei Wochen kam er zu kurzen Besuchen an Nachmittagen und frühen Abenden. Kein gemeinsames Aufwachen am Morgen, denn da gab es eine Frau, die ihn anrufen könnte im firmeneigenen Appartement. Mit der er in Hamburg lebte. Nora schloss sie aus ihren Gedanken aus. Die fremde Frau war unwichtig, solange er nur kam.

Den Winter, die Kälte hatte sie nie gemocht, doch nun brauchte sie die langen Spaziergänge durch den Park, die ausgedehnten weißen Flächen der Wiesen mit dem weißen Himmel darüber. Ihre Gedanken befreiten sich, schwangen sich in poetischen Bögen in die Weite, bis Glück und Leiden nicht mehr zu unterscheiden waren. Sie ging schnell, um warm zu bleiben, stürmte einem nicht vorhandenen Ziel zu. Zwischen den Wänden der Wohnung schmolz ihr Leben zusammen zu kompakten Blöcken, die auf ihrer Brust lasteten. Draußen hingegen griff sie über sich hinaus, wurde angenommen vom Schnee und der Sonne und den Wolken. In manchen Augenblicken entfaltete sich in ihr eine tiefe, hingerissene Verliebtheit in alles, dann wurde sie wieder von dem unausweichlichen Wechsel von Hoffnung und Furcht ergriffen. Und eine wilde Lebendigkeit war in ihr, ganz Feuer und fliegende Funken.

Irgendwann wieder ein Treffen im Café. Es war ein Tag voller Sonne und herzklopfender Freude. Doch dann ergriff er ihre Hände und erklärte zögernd, dass er ihr etwas sagen müsse. Es sei nur etwas Äußerliches, betreffe sie nicht im Inneren. Er werde Lisa heiraten, das habe er schon lange versprochen. Alles sei seit Monaten festgelegt, vorbereitet, bestellt, Einladungen waren verschickt an Leute aus wichtigen Kreisen.

Die Welt erstarrte.

Nur etwas Äußerliches. Und ausgerechnet eine Lisa.

Warum fanden die Lisas dieser Welt Männer, die sie behalten durften? Warum Nora nicht?

»Aber du kannst doch nicht …«, sagte sie, »doch nicht jetzt!«

Er könne es nicht mehr ändern, erklärte er, und, wie gesagt, es betreffe nicht das Innere.

Sie wollte ihre Hände entziehen. Er hielt sie fest, neigte sich vor, sagte beschwörend. »Ich trenne mich von ihr, wenn ich sie geheiratet habe. Vorher ist es nicht möglich, das musst du verstehen.«

»Ist das nicht sehr viel verlangt?«

»Wir beide haben ein Leben lang aufeinander gewartet, Nora. Da halten wir es auch noch ein wenig länger aus.«

Wie hätte sie dieses Meisterstück jemals vergessen können. Mit kalten Händen denkt sie daran zurück.

»Was für ein Blödsinn«, sagte Karoline. »Die reine Seifenoper. Du nimmst ihm das doch nicht ab?«

»Ach, Karoline, ich verstehe ihn. Er hat ein Versprechen gegeben. Ich verstehe ihn.«

Alex schien mir die Wiedergutmachung zu sein, die mir der Himmel für den Verlust von Jan und Benni schuldete. Ich ließ keinen Zweifel zu, obwohl es genügend Grund für Zweifel gab. Immer seltener hatte er Zeit. Wenn ich nachfragte, gab er gereizte Antworten, geladen mit Streit. Es liege an mir, das machte er mir klar.

Er warf mich weg. Wie ein Kind ein Spielzeug wegwirft, dessen es überdrüssig ist. Bis heute frage ich mich, was ihn dazu trieb, mich so sehr zu verletzen. Ich sei verbissen in meine Vorstellungen, sagte er, besessen. Sagte es von ganz weit oben herab. Vielleicht hat er das auch zu Dir gesagt, als er Dich loshaben wollte. Ich kannte ihn ja nicht.

Immer wieder habe ich über dieses hässliche Ende nachgedacht. Ob es die Strafe dafür war, dass ich eine bereits bestehende Beziehung nicht geachtet hatte? Ich denke noch immer in den Kategorien von Schuld und Sühne, kann nicht aufhören damit. Oder hatte er einfach das Muster, Frauen zu verlassen? Er verließ ja auch Dich, laut Karolines Gerüchtenetzwerk. Oder hast Du ihn weggeschickt aus Deiner schönen Villa? (Oh ja, da ist schon noch ein Restchen Eifersucht auf die hübsche kleine Schwester, die es so gut getroffen hat – auch wenn das nur eine haltlose Projektion sein mag.)

Mein Schmerz war bodenlos. Er schleuderte mich in ein Weltall äußerster Leere. Sage mir niemand, die inneren Katastrophen seien weniger schlimm als die äußeren. Es ist umgekehrt. Dieser Tag war Vernichtung.

Ich wusste nichts von Dir, Lisa, bis ich bei ihm zu Hause anrief in meiner Not und die Frau, die antwortete, nach Alex fragte, irgendwelche Erklärungen stotterte. Der Schock, dass Du es warst! Und Du hast auch meine Stimme erkannt, nach all der Zeit. Ist es nicht erstaunlich, dass Stimmen so einmalig sind wie Persönlichkeiten? Und wie wunderbar unser Gehör ist. Es muss Dir wohl alles klar geworden sein, als ich in Panik auflegte. Sicher hattest Du längst etwas geahnt. Frauen haben diese Intuition.

Hättest Du meinen Brief doch gelesen, anstatt ihn zurückzuschicken! Aber das ist ja alles nicht mehr wichtig. Der Tod rückt die Dinge ins rechte Licht. Ich habe mich allzu lange schuldig gefühlt, wegen allem und jedem. Heute weiß ich, dadurch wird keine Schuld gelöscht.

Die Achtzigerjahre erlebte ich nicht, ich erlitt sie. Depression, die erste Krebserkrankung, Brustamputation. Irgendwie überstand ich das alles. Erst die Arbeit an dem Buch mit Edi gab mir wieder Lebendigkeit. Und dann begegnete ich Wangmo, meinem Schutzengel. Doch mit der unbedachten Heirat ergriff ich noch einmal die Gelegenheit, mich tot zu stellen. Leben war unerträglich. Es lag jenseits meiner Entscheidung.

Nun weißt Du das Wichtigste über mich, Lisa. Über meine subjektive Wirklichkeit. Vielleicht bringt Dich mein Brief dazu, auch Deine eigene Wirklichkeit als subjektiv, relativ einzuschätzen. Vielleicht bringt er Dich sogar dazu, Verständnis für mich zu empfinden. Das wäre schön. Wenn Du freundliche Gefühle für mich haben könntest nach meinem »großen Sprung«, würde das für uns beide gut sein. So habe ich es bei meinem wunderbaren Rinpoche gelernt.

Marie hat ein köstliches Sonntagabendessen zubereitet, und Claire, Chantal und der kleine Marius stürmen laut die kleine Wohnung. Tante Nora, du bist wieder da! Wie schön! Wie geht es dir? Du siehst gut aus! Alles okay? Marius will auf Noras Arm, hält sein neues Lego-Auto mit Blinklichtern vor ihr Gesicht. »Tante Nora, wo warst du? Gibt's da Elefanten, wo du warst? Mama hat gesagt, dort gibt's Elefanten.«

»Elefanten hab ich nicht gesehen, mein Schatz, aber Affen, jede Menge Affen.«

Marie ist eine gute Köchin. Sie essen alle zu schnell, schmecken nichts, reden, essen, reden, trinken, reden. Wie sehr hat sich Nora in Kathmandu an das leise Leben gewöhnt, an die Rezitation vor dem Essen, kleine Opfer für die Beschützer und die Hungergeister. Raum zum Fühlen, Spüren, auf natürliche Weise. Langsam essen. Langsam reden, langsam trinken, aufmerksam.

Nora muss erzählen. Sie fragt sich, was für ein Bild in den anderen entstehen mag: Klöster, Kindermönche, Maschinengewehre, Bettler, junge Nonnen am Steuer, Räuber, Ausgangssperren, Pujas. Sie bemerkt, dass sie nicht vom Rinpoche spricht. So wie man einen Geliebten geheim hält, ihn schützt vor unangemessenen Gedanken der anderen. Sie wird Marie von ihm erzählen. Wenn es einmal Raum gibt für Intimität.

Bald sind sie satt von Noras Geschichten und wenden sich ihren eigenen zu. Claires Trennung vom Bentley. Chantals Karrierewünsche. Der letzte Skandal von unwichtigen Fernsehstars. Marius ist auf dem Sofa eingeschlafen, als Nora sich aus dem Nebel der Worte davonzuschleichen versucht.

Marie geht mit ihr die Treppe hinauf. »Manchmal denke ich, sie sind zu oberflächlich, meine Mädchen. Aber sie lassen sich von mir ja nichts sagen.«

Nora schüttelt den Kopf. Müssen sich Mütter immer für ihre Kinder entschuldigen? Oder sie anklagen? »Lass sie doch. Sie sind in Ordnung.«

Das Leben fließt wieder zurück in die vertrauten Bahnen. Still sein, allein sein ist gut. Karoline kommt zum Tee, erzählt von Sophie. »Sie ist so eigenständig, meine Kleine. Hilft in einem Kindergarten für behinderte Kinder. Alle lieben sie.«

Karoline ist nie ganz aus Noras Leben gewichen. In langen Abständen machte Nora Fotos von Sophie: als Schulkind mit dem großen Schulranzen, ganz Eifer und Tapferkeit; mit dem Hund aus dem Tierheim im Abendlicht, golden strahlend vor Liebe; als Teenager vor dem Spiegel, auf ihre kindliche, unbekümmerte Weise selbstbewusst. Diese schönen Fotos, sagt Karoline, haben Sophie ihre Kraft gegeben, ihren Mut. Nora wehrt ab, sie kann Lob noch immer nicht annehmen.

Möchte sie an Karolines Stelle sein? Seit Sophies Geburt floss Karolines ganzes Leben in dieses besondere Wesen. Ein Reichtum an Leben, den sie geben konnte. Welch ein Glück, dieses Geben.

»Du solltest etwas wissen«, sagt Nora. »Ich sterbe bald. Voraussichtlich in diesem Winter.«

Karoline schlägt die Hände vor den Mund. »Ohmeingott! Und das sagst du so?«

»Wie sonst? Ich werde sterben. Du auch. Man gewöhnt sich an den Gedanken. Zuerst fand ich es schrecklich, jetzt immer weniger.«

Karoline holt tief Luft. »Und – wie geht es dir? Du siehst gar nicht krank aus.«

Sie können nun gut miteinander reden, die beiden alten Kameradinnen, die durch mehrere Identitäten hindurchgegangen sind. Man kann von der langen Abenteuerreise des Lebens reden, als erzähle man aus einem Roman.

»Damals, bei deiner Hochzeit«, sagt Karoline, »da warst du unglaublich elegant. Mich hat der Neid geplagt. Ich war so eine armselige Kirchenmaus, ich hab ja alles Geld immer in Sophies Förderungen gesteckt.«

Nora erinnert sich: Karoline als ein Stück Publikum ihres

verzweifelten Erfolgs. Nora fühlte sich nicht, fühlte nur das teuere Kostüm. Jürgen legte Wert auf ausgesuchte Kleidung – Kaschmir und Seidenjersey.

»Es tut mir leid, Karoline. Ich war sehr weit weg von mir damals.«

An einem Abend kommt Marie und steht umständlich herum. »Chantal hat eine Frage an dich. Mich schiebt sie natürlich wieder vor. So macht sie es immer. Warum lasse ich das zu?«

»Das hast du dich schon so oft gefragt, Marie, dass du es als Antwort stehen lassen kannst. Mehr Antwort gibt es wohl nicht.«

Mit angestrengtem Lachen setzt sich Marie auf das Sofa, lehnt sich zurück und überkreuzt die runden Beine. Sie wolle abnehmen, sagt sie immer wieder, damit sie so lässig die Beine übereinander schlagen könne wie Chantal und Claire.

Chantal habe eine Freundin, berichtet sie, die studiere an der Filmhochschule und bereite ihre Abschlussarbeit vor. Sie sei sehr begabt, sagt Chantal. Aber Chantal halte ja alle für kreativ, die nicht wie sie in Zahlen verliebt seien. »Ja, also, diese Freundin, Melanie, hat sich das Thema Sterben vorgenommen. Und sie möchte jemanden filmen, der stirbt.«

»Aha. Mich?«

Mit sichtbarem Unbehagen sucht Marie eine neue Haltung auf dem Sofa. »Sie hätte es dir wirklich selber sagen können.«

Nora müht sich um ein Lächeln. »Hältst du es für eine gute Idee?«

Marie richtet sich auf und verschränkt die Hände auf den Knien. »Ich weiß nicht. Nein, wohl eher nicht. Es ist irgendwie … voyeuristisch. Meine Idee war es nicht. Chantal wollte …«

»Chantal ist ein Feigling«, sagt Nora. »Richte ihr aus, es sei ihre Sache, mich zu fragen.«

»Darf ich dir Melanie vorstellen?«, fragt Chantal am Telefon, »wegen des Films. Mam hat es dir erzählt. Du wirst Melanie mögen. Sie ist sehr engagiert, das kannst du mir glauben.«

Nora ließ eine kleine Pause verstreichen. Wies Chantals gespielte Munterkeit wortlos zurück. Was denkt ihr dummen Kinder, was Sterben ist? Ihr seid doch noch unsterblich in eurer jugendlichen Ignoranz. Steht unten am Sprungturm und schaut hinauf und stellt euch das Springen ganz einfach vor.

»Na gut, dann kommt.«

Sie hatte jemand anderen erwartet, nicht dieses zierliche Mädchen mit den dunklen Locken um das kleine Gesicht und den braunen, weit auseinander stehenden Augen. Ein klares Gesicht mit Stille darin.

»Das ist Melanie«, sagt Chantal, Zuversicht in der Stimme. Und noch etwas anderes. Achtung? Als wäre Melanie die Ältere.

Das Mädchen lächelt eifrig, sagt alles Passende. Nicht mehr.

Nora fühlt sich nachgiebig, öffnet ihr Lächeln. »Also, erzählen Sie, was Sie vorhaben.«

Melanie nickt und stellt die Teetasse ab, ohne Eile. Erzählt von ihrem Vater, der im Jahr zuvor gestorben sei, und von einer kleinen Schwester, die an Leukämie starb. Dass sie im Krankenhaus starben. Auch ihre Großmutter. Auch der Großvater ihres Freundes.

»Niemand starb daheim«, sagt Melanie. »Es war so, als wäre das Sterben selbst, der Tod selbst eine Krankheit. Etwas, das einen überfällt, und dann hat man das Pech, nicht mehr repariert werden zu können. Das war so traurig.«

Es gefällt Nora, wie Melanie spricht. Einfach, ohne Zensur, als bedürfe sie keiner Zustimmung.

Sie möchte gern eine kleine Geschichte erzählen, sagt Melanie, die vielleicht die Stimmung deutlich mache, die ihr Film bekommen solle. Von einem mongolischen Nomaden, der beschreibt, wie in seiner Familie gestorben wurde.

»Seine Mutter hatte zwei enge Freundinnen, eine davon eine Schamanin. Sie waren der Meinung, sie hätten lang genug gelebt. Ein gutes Leben sei es gewesen, sagten die Frauen, aber eigentlich schon länger als nötig. Es sei Zeit, sich auszuruhen. Und dann starben sie zu dritt, eine nach der anderen. Nachdem die erste Freundin gestorben war, wollte die Mutter ihr bald folgen. Am siebten Tag ließ sie alle Familienangehörigen und Freunde zusammenrufen, und sie kamen alle und brachten Schnaps mit, weil das so üblich ist, wenn Mongolen zum Feiern zusammenkommen. Die Mutter feierte mit ihnen, ging dann ins Bett und starb. Und weitere neunundvierzig Tage später starb die letzte, die Schamanin.«

Das Schweigen tritt sacht zwischen sie. Wie ein großer Engel, denkt Nora. Ein Flügelschlagen. Ein geistiger Wind. Chantals Züge sind selbstvergessen wie bei einem Kind.

»Sie stellen sich vor, dass der Tod ein Übergang ist«, fährt Melanie fort. »Man lebt hinüber in einen anderen Zustand. Der Körper geht zu Mutter Erde zurück, und der Geist geht zum Universum. Sie haben keine Angst davor.«

Nora nickt. »Eine gute Geschichte.«

»Das hat mich zu diesem Filmprojekt inspiriert«, erklärt Melanie. »Und dann hörte ich von Chantal, ihre Tante Nora wolle nicht im Krankenhaus sterben.«

»Was erwarten Sie von mir?« Nora sagt es sanft. Melanies leise Leidenschaftlichkeit unterwandert alle Abwehr. Sogar Chantal lässt sich mitziehen, hineinziehen, scheint neben Melanie eine andere zu werden. Diese Chantal ist Nora ganz unbekannt, und das berührt sie plötzlich in einer unvertrauten Tiefe, fast zu Tränen. Auch Marie kennt diese Chantal nicht.

»Ich will nur die Kamera aufstellen und mit Ihnen reden. Keine große Kamera. Ich könnte sie dort in die Ecke postieren. Und Tageslicht genügt, höchstens mal eine Lampe, nichts Störendes. Die Kamera steht da, und wir reden miteinander. Ginge das?«

Nora lächelt ein wenig. »Und worüber wollen wir reden?«

»Über das Sterben. Über den Tod. Wie es Ihnen geht. Wie Sie darüber denken. Chantal sagte, Sie seien ganz verändert aus Nepal zurückgekommen.«

»Ja? Findest du das, Chantal?« Sie hat es bemerkt, wundert sich Nora. Aber ich habe nicht bemerkt, dass sie es bemerkt hat. Bin ich die Blinde?

Chantal lächelt vorsichtig. »Du warst so locker neulich abends. Du hast erzählt, als wärest du ganz drin und ganz draußen zugleich. Verstehst du, was ich meine?«

»Ja. Ja, so ist es wohl.«

Doch sich auf das Ansinnen einlassen, sich einfach hineinfallen lassen kann Nora nicht. Sie werde darüber nachdenken, sagt sie zum Abschied.

Die beiden jungen Frauen sitzen noch vor ihr, lang nachdem sie gegangen sind.

Es ist ein verschleierter Tag, der See ruht in bewegungsloser Versenkung. Als bereite er sich auf die Herbststürme vor, gesammelt, abwartend. Die Segelboote liegen wie in Blei gegossen an ihren Bojen. An einem kleinen Kiesstrand hat Nora ein Boot gefunden, kieloben, auf das sie sich setzen kann. Sie muss ihre Antwort finden.

Reden? Vielleicht wird es schön sein, eine aufmerksame Zuhörerin zu haben. Wer sonst will mit ihr über das Sterben reden? Hin und wieder Marie, in kleiner Dosierung. Oder Karoline, mit großer Vorsicht, wie auf dünnem Eis. Manchmal Wangmo am Telefon. Doch Wangmo ist geborgen in ihrem Mythos. Nora nicht. Sie möchte den Freundinnen nichts aufladen. Das Thema muss gut verdünnt werden. Bei Melanie gäbe es nichts zu verdünnen. Melanie will Aussagen pur.

Doch was könnte sie sagen? Mongolenfrauen gehen zu Mutter Erde zurück. Wohin geht eine Nora, voll gepackt mit den Genen europäischer Kultur? Mit Hölle und Fegefeuer und Auferstehung im Fleische, mit Hexenverbrennung und Aufklärung und einem Gott, der zornig aus dem Orient kam, doch nach der Erkenntnis des Mystikers nicht einmal ein Pünktchen ist. Wohin gehen? Wer geht? Wie ist das wohl, nur noch Energie zu sein?

Ich möchte das alles verstehen, hatte sie zum Rinpoche gesagt. Ich gebe mir wirklich Mühe, aber ich kann es nicht.

Der Rinpoche schaute sie eine Weile schweigend an, hüllte sie ein. Studieren ist gut, sagte er. Nachdenken ist gut, verstehen ist gut. Aber dann brauchst du das Nichtdenken, um tiefer zu verstehen. Meditation ist nicht einfach Abschalten. Es ist ein Mittel, um tiefer zu verstehen. Wenn der Geist sich ausruht, entsteht Raum für das wahre Verstehen.

Ohne dass ein Windhauch spürbar ist, laufen lange, dünne Wellen über das Wasser. Der Atem des Sees. Nora lässt sich treiben in diesem zeitlosen Rhythmus. Ganz nah kommt sie dem See, teilt seinen Atem, sein Leben. Selbstvergessen breitet sich um sie aus. Sie ist ganz wach, doch nichts setzt sich fest in dieser Wachheit. Nicht der Schrei der Möwe, nicht das Geräusch eines fernen Autos. Alles ist völlig einfach. Das leise Flattern gelegentlicher Gedanken findet kein Gehör.

Irgendwann geht ein Spaziergänger vorbei. Ein Hund sucht ihren Blick, nickt ihr zu. Sein buschiger Schwanz fügt einen neuen Rhythmus ins Bild, tanzt hin und her im reinen Wohlgefallen seiner Sinne.

Sie geht den Weg am See entlang, langsam. Ihr Atem ist kürzer geworden, seitdem sie aus Asien zurückgekehrt ist.

Unbemerkt hat sich ihr Entschluss geformt, es mit Melanie zu versuchen. Ein Experiment. Das ganze Leben ist ein Experiment. In Kathmandu hat sie gedacht: Für wen war mein Leben gut? Die Summe war bestürzend. Doch wenn ihr Leben anderen wenig gedient hat, vielleicht könnte dann ihr Sterben für andere gut sein? So wünscht sie es. Dass ihr Sterben für andere gut sein möge.

Die sinkende Sonne streut weiche Röte über den See.

Heute hat Karoline mir einen alten Zeitungsausschnitt aus einer Hamburger Zeitung mitgebracht. Mit einem Bild von Deiner zweiten Hochzeit. Sie hat ihn in einer Schachtel mit Briefen gefunden. Woher sie ihn haben mag? Sie weiß es nicht mehr.

Ein Datum stand nicht darauf, es muss nach Mamas Tod gewesen sein. Ich habe kein gutes Gedächtnis mehr für Zahlen; die Vergangenheit beginnt sich aufzulösen im Zeitozean. Ich bin froh, wenn ich noch Jahrzehnte auseinanderhalten kann. Aber genau genommen ist es mir nicht mehr wichtig.

Du hast eines dieser tollen Kostüme an, die so einfach und gleichzeitig kunstvoll aussehen, und diese makellose, fließende Frisur. Das Geld stand Dir so gut. Ich sage das neidlos. Der Mann daneben passt dazu, zu Dir und dem Geld, besser als der erste. Die richtige Größe, die richtige Figur, die richtige Passform des Anzugs. Was für ein Traumbild. Dein Gesicht ist kaum zu sehen, doch da ist deine Haltung, sehr aufrecht, tapfer. Wie magst Du Dich gefühlt haben?

Wie schade, dass ich so wenig von Deinem Leben weiß. Wäre ich nicht so feige, würde ich versuchen, die ausfindig zu machen und Dich anzurufen. Aber da ist eine große Angst. Vielleicht komme ich ihr auf den Grund.

Ich fürchte, ich werde noch in einige schmerzliche Geheimnisse hinabtauchen müssen, bevor ich gehen darf.

9.

Schweigend, mit schnellen, sicheren Händen baut Melanie die Kamera auf. Zuvor hat sie sich um den Kaffee gekümmert, bestand darauf, ihn zuzubereiten. Rückte das Tischchen zum Sofa, leise geschäftig, mit der Unaufdringlichkeit guter konventioneller Erziehung.

Nora kämpft mit einem letzten Zögern. Mehrmals hatte sie ihre Entscheidung umgestoßen. Was sie in Nächten aufbaute, fiel tags wieder in sich zusammen. Sie fürchtet sich davor, so festgehalten zu werden mit der Kamera, und fühlt die Blicke der zukünftigen Zuschauer im Kameraauge. Alle Bedenken der vergangenen Tage fallen über sie her. Zu viel Verantwortung!

Das sind die Taggedanken, doch die Nächte waren ihre Verbündeten und erinnerten sie an den Vorsatz: Mein Sterben soll für andere gut sein. Wiederholten die Worte des Rinpoche: Du wirst leicht sterben. Mach dir keine Sorgen.

»Das Licht ist gut«, sagt Melanie. »Ich setze mich jetzt zu Ihnen.«

Sie könnten sich viel Zeit lassen, erklärt sie und fängt an, von sich zu erzählen. Von ihren Eltern, »verrückten Schauspielern«, wie sie sagt, und der adligen Großmutter, die sie aufzog.

Von ihrer alten Katze Samira, die taub ist und nicht mehr viel sieht.

»Und jetzt zu Ihnen. Erzählen Sie mir einfach, wie es Ihnen geht.«

»Ich wollte, ich wäre einfacher. Aber wenn ich sagen soll, wie es mir geht, fällt mir zu viel ein. Da sind Meinungen über meine Vergangenheit, Hoffnungen und Befürchtungen über meine Zukunft. Zwischen alledem irgendwie das Jetzt. Manchmal schaue ich zum Fenster hinaus und tu nichts anderes, als zum Fenster hinauszuschauen. Dann erlebe ich ein bisschen echtes Jetzt. Nach solchen Augenblicken denke ich, Sterben ist leicht. Wenn man durch diese Lücke schlüpfen kann zwischen Vergangenheit und Zukunft.«

»Haben Sie keine Angst vor dem Sterben?«

Nora lächelt. Die unvermeidliche Frage. Sie erzählt von der Zeit, als sie Tag und Nacht vor Angst hätte schreien mögen. Nach dem Todesurteil, nachdem der Vorhang aufgerissen war, hinter dem sie ihr Leben verbracht hatte. Hinter dem sie jung und unsterblich gewesen war. Selbst nach der ersten Krebserkrankung vor zwanzig Jahren richtete sie sich schnell wieder mit der Unsterblichkeit ein, schlüpfte hinter den Vorhang zurück. Wie war das möglich?

»Manchmal erscheint es mir ganz undenkbar, dass ich bald sterben werde. Nicht irgendwann, bald! Und dann wieder ist es so vollkommen natürlich, kein Mysterium, völlig einfach und direkt. Dann ahne ich, was es bedeutet, den Geist wirklich zu entspannen. Wenn er sich keine Vorstellungen mehr macht und nichts mehr zurückweisen oder annehmen muss – so offen.«

Sie schweigen ein wenig zusammen. Melanies Hände sind fest ineinander verknotet. Sonst verrät nichts ihre Anspannung.

»Waren Sie einmal am Rand einer hohen Steilküste, Melanie?«

Das Mädchen nickt.

»Erinnern Sie sich an das Gefühl beim Hinunterschauen? Dieses Zurückschrecken vor dem Rand? Es ist wie ein Hauch von Vernichtung. Und nun stellen Sie sich vor, Sie haben einen Paragleiter, der Sie trägt. Kein Boden unter den Füßen, aber Sie werden getragen.«

Nora richtet den Blick auf das Bild der Tara. »Sie ist sozusagen mein Gleitschirm, Arya Tara. Mein tibetischer Lehrer hat sie mir geschenkt.

»Dieses Bild?«

»Nein, die Tara. Meine innere Tara.«

Melanie dreht ihre leere Tasse in den Fingern, lächelt höflich. »Ich glaube nicht, dass ich das verstehe.«

»Die reine Energie der Liebe und des Mitgefühls«, erklärt Nora. »Das ist Tara. Die Gottheit der vollkommenen Liebe. Unserer innersten Weisheit. In mir. In Ihnen. Jeder Mensch trägt sie in sich.«

Es gefällt ihr zu reden. Gedanken zurechtfeilen, Sätze kneten, die Worte fast sinnlich im Körper spüren. Ihr Wissen gestalten, dass Tara ein inneres Bild ist, eine symbolische Figur, Weisheitsenergie in der Form einer jungen Frau. Für die Gedanken eine persönliche Göttin, für die offene Wahrnehmung ein Ausdruck tiefster Wirklichkeit. Diese glatte, mitteilbare Seite der Wahrheit hat sie studiert, durchdacht, verstanden. Doch dann, so möchte sie Melanie nahebringen, ist da auch das Gefühl einer Präsenz, die nicht getrennt ist, die selbst über Glauben und Vertrauen hinausgeht. Die andere Seite der Wahrheit, die wichtigere.

Melanie nickt, lächelt. »Meine Großmutter, ich nannte sie Großma, fuhr fast jedes Jahr nach Lourdes. Sie sagte, sie brauche diese Nähe der Gottesmutter zum inneren Aufladen. Und danach ging es ihr immer viel besser. Meine Eltern sagten: Die Großma fährt wieder nach Placebio, aber Großma ging gelassen damit um. Sie sagte, wenn es Einbildung sei, die ihr Besserung verschaffe, dann sei ihr die eingebildete Maria lieb und wert.«

Melanie denkt nicht mehr an die Kamera. Sie erzählt von ihrer Großma, als habe diese Erinnerung ungeduldig auf eine

Öffnung gewartet. Ein Bild fächert sich auf von der alten Frau im Krankenhaus an Apparaten, die sie an einem Leben festhielten, das sie aufgeben wollte. Von einer Tochter, die ihre Mutter nicht sterben lassen konnte und nach noch drastischeren Hilfen verlangte. In den Augen der Großmutter, sagt Melanie, sah sie Liebe, Mitgefühl mit der Angst der Tochter und Dankbarkeit für das hilflose Verstehen der Enkelin.

»Großma hielt ihren Rosenkranz fest und starb dann einfach auf und davon, mitten in der Nacht, als niemand bei ihr war«, berichtet Melanie mit einiger Befriedigung.

Nora lächelt. »Maria war bei ihr. Da bin ich sicher.« Mit freundlicher Bestimmtheit, die sie selbst überrascht, erklärt sie nach einer Pause: »Und jetzt hören wir auf. Die Kassette ist sicher längst abgelaufen. Genug für heute. Nächste Woche wieder.«

Nun habe ich Dir alle wichtigen Stationen meines Lebens erzählt, Lisa. Sie lasten nicht mehr auf mir, als habe ich sie auf diese Weise zurücklassen können, eine nach der anderen. Also habe ich diesen Brief ebenso für mich geschrieben wie für Dich. Es hat mir gut getan.

Einmal bekamen wir zu Weihnachten Tagebücher mit kleinen Schlössern daran. Erinnerst du Dich? Wie glücklich wir waren! Schrieben, klebten, zeichneten unser Persönlichstes hinein, hielten die heimlichsten Gestaltungen unserer inneren Welt darin fest. Du hast länger durchgehalten. Ich hörte nach der hässlichen Geschichte mit Peter auf. Das Schreiben wäre gut gewesen, aber ich traute niemandem mehr.

Um die Sache rund zu machen, werde ich Dir nun auch noch den Rest meines Lebens erzählen, unmittelbar, wie er sich ergibt. Denn ich beginne einzusehen, dass dieses Leben nun nicht »zur Neige geht«, sondern vielmehr seinem Höhepunkt zustrebt. Welchen vergleichbaren Höhepunkt könnte ich sonst nennen? Mein Leben mit Jan und Benni erschien mir immer als das Höchste, was das Leben mir bieten – und nehmen – konnte. Doch auch diese Vorstellung hat sich abgenützt. Mein einziger Erfolg, das Buch mit Edi? Ein Höhepunkt, der fast über Nacht abkühlte. Am ehesten noch die Begegnung mit meinem Rinpoche. Aber dieser Höhepunkt ist mit dem großen Sprung verbunden, nicht davon zu trennen.

Es ist Herbst geworden, ganz plötzlich. Der Spätsommer war lang, ich fuhr oft zum See. Jetzt geht es nicht mehr so gut. Ich bekomme Atemnot beim Gehen. Ein Eingriff war nötig, eine Verstärkung im Bronchus. Atemnot ist scheußlich.

Der Sprung rückt näher. Die Palliativbetreuerin, die Marie für mich gefunden hat, mag mich. Sie sagt immer: Wie gut Sie aussehen! Und hat mir versichert, es sei wie Einschlafen, wenn die Lunge nicht mehr kann, kein Ersticken, nicht wie Ertrinken oder Erwürgtwerden, das war meine Angst. Kürzlich starb eine ihrer Patientinnen an Lungenkrebs, glitt friedlich in den Tod. Es tat so gut, als sie das sagte. Warum habe ich davor nie gefragt, wie sich mein Sterben abspielen würde? Jetzt weiß ich warum, kann ertragen es zu denken, es auszusprechen: Mama starb unter qualvollen Schmerzen. Daran wollte ich nicht denken, davor habe ich mich gefürchtet. Sterben als Folter. Man half ihr nicht.

Erinnerst du dich an Nina? Sie war in meiner Klasse, mehr eine Freundin von Karoline als von mir. Ninas Vater, ein Schriftsteller, starb ein Jahr lang. Er war schon fast neunzig, aber Ninas Mutter konnte ihn nicht gehen lassen. Sein Körper wollte längst aufgeben, doch seine Frau sorgte dafür, dass er irgendwie am Leben blieb. Er war nur noch selten bei sich. Schließlich hing er im Krankenhaus an Schläuchen und vegetierte zum Exodus hin. Sie gab nicht nach. Sie lebte für ihn. Er war die Rechtfertigung ihrer Existenz.

Arme Nina! Sie hatte die Mutter schon an den Vater verloren, noch bevor sie geboren wurde.

Wangmo wird die Regie bei meinem Sterben haben. Sie wird kommen, wenn es soweit ist.

»Heute nicht. Ich kann nicht.«

Marie hat Melanie ins Zimmer geführt. Sie zieht sich zusammen angesichts Noras abgewandter Gestalt auf dem Sofa. »Was ist, Nora? Soll ich …?«

»Nein, du sollst nicht!« Fauchen. Ausgefahrene Krallen. »Ich habe Kopfschmerzen, verdammt! Ich kann heute nicht.«

»Ich hole Aspirin.«

»Lass es! Das hilft nicht mehr.« So schnell setzt Nora sich auf, dass ihre Decke zu Boden fällt. Sie will die Schmerzen nicht wissen, durch Mitwisser werden sie noch wirklicher. Die Frage tobt in ihr: Was ist mit mir? Geht es jetzt los, das Sterben? Es ist zu früh, sie ist noch nicht bereit, sie hat nicht mit solch einem Überfall gerechnet.

»Oh Gott, wie siehst du aus!« Das wollte Marie nicht sagen. Sie schnappt nach Luft, als könne sie so die Worte zurücksaugen, stürzt zum Sofa, lässt sich auf die Knie fallen mit flatternden Händen.

»Wie jemand, der Kopfschmerzen hat«, knurrt Nora. Was sie noch an Kraft hat, legt sie in die Abweisung. Sie will es nicht, weiß aber darum wie durch einen Schleier. Weiß, dass sie verletzen möchte, um die Not, die Angst weniger zu spüren. Sie kann es nicht aufhalten. Die Worte schießen aus ihr heraus wie Speere.

»Dürfen wir bitte allein bleiben, meine Kopfschmerzen und ich? Ich möchte keine Öffentlichkeit beim Leiden. Ist das zu viel verlangt?«

Qual – wütende Befriedigung – Schmerz – Scham.

Melanie geht, schließt leise die Tür. Marie windet sich. Ich wusste doch nicht … Melanie hat doch nicht …

Sie meint es immer so unerträglich gut, die liebe Marie, stets gerüstet mit Hilfsbereitschaft bis an die Zähne.

»Du solltest lieber gehen, Marie, bevor ich dich völlig zu Boden knüpple. Ich bin mordwütig heute.«

Doch Marie hört das unterdrückte Schluchzen im Atemholen. Setzt sich neben Nora und legt die Arme um sie. »Dann knüpple halt, wenn's dir hilft.«

Da tauen Noras Tränen plötzlich auf. Sie rollen, von Schluchzen angetrieben, in dicken Tropfen über das rote Gesicht. Ihre Hände liegen im Schoß wie erschöpfte Vögel.

»Tut mir leid, Marie.«

Marie nimmt einen Zipfel ihrer Jacke, um die Tränen abzutupfen. Marie, das Muttertier. Sie kann Tränen abtupfen wie sonst niemand.

Jetzt kann Nora von den bohrenden Kopfschmerzen erzählen, die nicht aufhören wollen. Sie hatte sie sich ausgeredet. Jeder hat hin und wieder Kopfschmerzen. Die Angst hat gelauert, Tag und Nacht, in einem inneren Verlies. Aber jetzt wirkt das Schmerzmittel nicht mehr, und die Angst liegt frei, ganz nackt.

»Nora! Du musst das untersuchen lassen«, sagt Marie.

»Ich weiß.«

»Du hättest nicht warten sollen.«

»Ich habe Angst, Marie. Man kann verrückt oder sogar debil werden, wenn die verdammten Dinger ins Gehirn wandern. Wusstest du das?«

»Du wirst nicht verrückt.«

Es ist ein ganz neues Beginnen, nachdem ich lange nichts geschrieben habe. Metastasen im Gehirn, Chemo, Bestrahlungen. Ich hab es ganz gut vertragen. Jetzt ist es besser. Wenn nur meine Haare nicht ausfallen würden.

Wangmo hat mir ein Buch über das Sterben spiritueller Meister geschickt. Darin fand ich die Geschichte von einem Hindu-Meister, Meher Babu. Gegen Ende seines Lebens litt er unter sehr schmerzhaften Muskelspasmen, dass seine Schüler ihn sogar festhalten mussten, so schlimm war es. Aber der Meister sagte: »Ich bin nicht dieser Körper.«

Also erkläre ich mir immer wieder: Ich bin nicht dieser Körper. Nun ja, glauben kann ich es nicht. Hast Du jemals versucht, starke Schmerzen »loszulassen«? Oder wenn Dir kotzübel ist? Wenn Dir der Kopf fast platzt? Meher Babu ist nicht sein Körper. Ich schon. Ich bin der Schmerz. Ich bin die Übelkeit. Ich bin Nora, deren Körper immer dünner wird und der die Haare ausfallen.

Warum kann man nicht einfach sterben, ohne dass der Körper sich ans Leben krallt? So hatte ich es mir vorgestellt. Keine Ärzte, keine

Behandlung, einfach der Natur ihren Lauf lassen. Doch die Natur ist brutal, das konnte ich bei Mamas Sterben sehen. Die Natur nimmt keine Rücksicht darauf, wie man sich fühlt.

Ich möchte sterben und möchte es doch nicht. In Kathmandu war ich in der Phase unten am Sprungbrett. Jetzt steh ich oben und kann nicht springen. Wie machen sie es nur, diese Lamas und Babas und Zen-Meister? Springen einfach drauflos. Ein berühmter Rinpoche sagte: »Es geschieht gar nichts.« Waren für ihn Leben und Tod einfach eins?

Ich sage mir: Es gibt nichts zu verlieren. Nur einen alten Körper, der schlecht funktioniert, Erinnerungen, ein paar Abhängigkeiten. Immer wieder mache ich eine Übung, die Wangmo mir gezeigt hat. Ich stelle mir vor, was es alles loszulassen gibt, Dinge, Menschen, den Körper, das Selbst. Auch meine Wohnung, mein Bett, mein schönes Tara-Bild, Wangmo, Marie, mein Sehen und Hören und Spüren. Meine Gedanken, mein Ich-bin. Und dann? Auflösung, Licht, sagt Wangmo. Licht im Licht. Ich versuche mir das vorzustellen.

Plotin wusste offenbar, wie das ist: »Geistigen Lichtes voll, nein, reines Licht selber, unbeschwert, leicht, Gott geworden, nein, Gott seiend ... Warum bleiben wir aber nicht dort? Weil wir uns noch nicht ganz losgemacht haben.«

Und immer wieder denke ich: Könnte ich mich doch ganz losmachen. Dann würde ich springen, mich fallen lassen, einfach so, halleluja, Tara, ich komme!

Die Buddhisten sagen, man müsse das üben. Denn das sei der ganze Sinn und Zweck der Meditation: Dem endlosen Denken eine Falle stellen, dann muss es springen und verliert sich dabei. Weil es wie das Feuer ist, das ausgeht, wenn nichts mehr zum Verbrennen da ist. Dann gibt es keine Bezugspunkte mehr. Die Idee gefällt mir. Und ich denke darüber nach und denke und denke, anstatt zu springen. Es kommt noch so weit, dass ich eine richtig gute Philosophin werde.

Melanie ist wieder gekommen. Als sei nichts geschehen. Klug war sie, diese kleine, temperierte Person, hat sich an Marie gehalten, bei ihr den Wetterbericht eingeholt, bis eine neue Ordnung eingekehrt ist im ersten Stock.

Nora hat sich überwinden müssen, Melanie nicht zurückzuweisen, die Zeugin der Schande. Zuerst schien es so einfach, sich Melanies Kameraauge zu stellen, gescheite Dinge zu sagen, ein bisschen geschöntes Sterben zu zelebrieren. Eine nette Vorstellung. Doch die Wirklichkeit ist nicht nett. Was mag Melanie von ihr denken?

»Ich habe Zweifel, Melanie. Ich fürchte, ich bin nicht geeignet für Ihr Projekt.«

»Weil Sie leiden? Weil Sie sterben werden? Das ist doch das Thema.«

Melanie hat die Kamera nicht ausgepackt. Sie bot an, Kaffee zu machen, und setzte sich dann neben das Sofa. Da sitzt sie nun wie bei einem Krankenbesuch, strahlt Mitgefühl aus und auch Unsicherheit. Unverstellt.

»Fühlen Sie sich wohl in sich, Melanie?«

»Oh.« Ein winziges Flügelschlagen der Augenlider. »Ich weiß nicht.« Ein Tasten nach Wahrhaftigkeit. »Manchmal nicht. Ich denke nicht darüber nach. Meine Mutter sagt, als Kind konnte ich dasitzen wie ein Blümchen auf der Wiese, so vegetativ. Wenn Sie das meinen.«

»So ähnlich.« Nora lächelt. Es fällt ihr ein, dass sie eine ganze Weile nicht mehr gelächelt hat. Seitdem sie den Turban trägt. Eine Erinnerung weht vorbei. Im großen Zimmer des Rinpoche saß sie vor seinem brokatbezogenen Polster, nachdem die Besucher gegangen waren. Auf einem dicken Kissen, das der hübsche Mönch ihr gebracht hatte. Die gelben Vorhänge bauschten sich im beginnenden Wind. Sie solle still sitzen und sich entspannen, sagte der Rinpoche. Körper und Geist, fügte er hinzu, beides. Das sei das ganze Geheimnis der Meditation. Und er lachte. Immer lachte er mit offenem Mund, als singe er ein riesengroßes A. Sie gab sich viel Mühe, sich zu entspannen, doch der Rücken tat weh, im Genick tat es weh, die Knie taten weh, alles tat weh. Und der Geist tat weh. Er sagte weh weh weh, so laut, dass der Rinpoche es hören musste. Scham. Sie hätte es so gern richtig gemacht. Das Brokatmuster vor ihren Augen verschwamm in verzweifelten Tränen. Wie sie kämpfte, um die Tränen unter den Lidern festzuhalten!

Sie erschrak, als der Rinpoche sich vorbeugte, hatte ihn vergessen in ihrem Kampf mit sich selbst. Er zog ihren Kopf an sich und legte eine Hand auf ihren Rücken, dort, wo es am meisten wehtat, drückte mit einem Finger in den Schmerz, sehr fest. Danach saß sie ohne alle Spannung, so locker, als liege sie nun ganz und gar in seinem Arm. Wolkengleich. In sich, außer sich, beides zugleich und keins von beiden. Sie lächelt noch ein wenig mehr in diesem zarten, kleinen Rausch der Erinnerung.

Währenddessen hat Melanie davon gesprochen, wie wunderbar geeignet sie sei für ihren Film. Wie wichtig sie finde, was Nora letztes Mal erzählt habe, von Tara, von der reinen Energie der Liebe. Sie habe viel darüber nachgedacht.

Welch erstaunliche Fähigkeit des Geistes, an zwei Orten, in zwei Situationen zugleich zu sein, denkt Nora. Und dann noch der Beobachter, der dies alles kommentiert. Das würde sie Melanie gern mitteilen. Doch Melanie ist in einem anderen Traum.

»Ich hatte sogar Gespräche mit meiner Großma. Das war schön. Sie ist mir wieder ganz nah.«

In der ihr eigenen fließenden Weise erhebt sich Melanie und will die Kamera aufstellen.

»Ich habe immer noch Zweifel«, sagt Nora. »Manchmal geht es mir sehr schlecht, das haben Sie gesehen. Dann kann ich nichts Brauchbares sagen. Und ich will auch keine Kamera, die mich so gnadenlos anschaut.«

Melanie nickt. »Natürlich nicht. Aber heute – könnten wir heute nicht reden?«

Und Nora willigt halbherzig ein, weil sie Melanie immer mehr mag. Vielleicht ist dies das einzig Gute, das sie geben kann – diese zögerliche Zuneigung zu einigen wenigen Menschen.

»Und wenn mir nichts Vernünftiges einfällt?«

Melanie stellt das Kamerastativ auf die Kreidekreuze, die sie bei der ersten Sitzung auf den Boden gemalt hat.

»Dann eben etwas Unvernünftiges«, sagt sie über die Schulter. »Das braucht man doch auch.«

Eine ungewöhnliche Entspannung löst Noras Glieder. Ihr Blick, ihre Wahrnehmung hat sich Melanies selbstvergessenen, anmutigen Bewegungen überlassen. Katzenbewegungen. Sich tragen lassen wie eine Katze. Vertrauensvoll, das ist es. Melanie ist vertrauensvoll. Sie vertraut dem Leben. Wird sie ihm auch noch vertrauen, wenn sie Nora sterben sieht? Gäbe es Julian, gäbe es Benni – würde sie diesen ihr Sterben zumuten wollen? Nein, nicht die hässlichen Phasen, die Schmerzen, die Angst. Nicht die Brüche in der ungefestigten Zuversicht.

Noch einmal versucht es Nora mit Einwänden. »Ich meine, dass ich Sie nicht belasten möchte. Sterben kann schockierend sein. Das Sterben meiner Mutter war schockierend.«

Mit einer Ruhe, die sie fast unsichtbar machte, hat Melanie ihre Kamera eingerichtet und sitzt wieder neben dem Sofa. Vorher schon hat sie sich den Sessel in die passende Position gerückt. So besonnen, dieses Mädchen.

»Erzählen Sie mir vom Sterben Ihrer Mutter. Wollen Sie?«

Will sie das? Will sie dieses Erschrecken, dieses verzweifelte Warten auf das Ende wiederbeleben? Doch war es nur das? Was ist die Summe? Das, was sie an Lisa schrieb? Doch hat sie Lisa alles geschrieben? Was ist alles?

Sie vergisst die laufende Kamera im Rückblick auf die Frau mit den zusammengepressten Lippen, auf die Verwandlung in eine andere, die niemand hätte vermuten können. Die wortlos um Liebe flehte. Und dann, wie der Kokon der Alltagspersönlichkeit aufbrach und etwas ganz Offenes, Weiches freigab, fast transparent.

»War das schockierend?«, fragt Melanie.

»Nein. Das nicht. Das war schön.«

Warum gleitet ihre Erinnerung über die schrecklichen letzten Tage der Mutter hinweg? Ist es Verdrängung? Oder ist es nicht so, dass die Augenblicke der Nähe, der Vertrautheit wichtiger sind? Waren sie auch für Mama wichtiger? Wie soll man das Erleben anderer ermessen?

Sie findet kaum Worte, um über das Leiden der Mutter zu sprechen. So bereit war sie zum Sterben. Oder doch nicht? Warum die Schmerzen? Hin und wieder brachten böse Erinnerungen in Nora die rachsüchtige Antwort hervor: Weil sie mich so schlecht behandelt hat. Doch die Tatsache des Leidens verzehrte schließlich alle Rache.

Die Kamera läuft. Sie möchte etwas Gutes sagen, etwas, das andere aufrichtet. Die Pause wird lang.

»Ich wollte, ich könnte es so sehen wie ein berühmter Zen-Meister, der in Amerika an Krebs starb. Er beruhigte seine Schüler: Wenn er leiden müsse beim Sterben, sei das in Ordnung. Das sei Buddha-Leiden, Leiden ohne Verwirrung. Er sagte, dass wohl jeder beim Sterben leide, an der körperlichen Agonie oder auch an der spirituellen Agonie. Aber das sei kein Problem. Man solle dankbar sein, dass man einen vergänglichen Körper habe. Und dann sagte er: Wäre euer Leben unbegrenzt, dann hättet ihr wirklich ein Problem. – Und jetzt schalten Sie die Kamera aus. Es reicht.«

Während Melanie die Kamera abbaut, fügt Nora hinzu: »Aber dass Sterben manchmal so schrecklich schmerzhaft ist! Dass die Natur das zulässt!«

Melanie zögert ein wenig, bevor sie sagt: »Meine Schwester hatte fürchterliche Schmerzen beim Entbinden, stundenlang. Ich war dabei. Die Hebamme sagte, das sei normal. Und Mütter würden diese Schmerzen schnell vergessen.«

»Meinen Sie, man gebiert auch den Tod?« Nora schließt die Augen, möchte nachdenken. Genießt die Freiheit der Kranken, unhöflich sein zu dürfen.

Mama hat unter Schmerzen ihren Tod geboren, darüber möchte sie nachdenken. Über das Gebären des Todes, das Gebären des innersten Herzens.

Melanies Hand auf der ihren. »Soll ich gehen?«

Mit einem leichten Nicken ergreift Nora die kühle, glatte Mädchenhand mit den schlanken Fingern. Welch ein Wunder, solche Berührung. Ein zarter Strom, der ungesprochene Gedanken trägt, Gefühle, Antworten des Körpers. Das alles drängt gegen eine innere Tür. Man könnte sie öffnen. Nora lächelt, gestattet die Nähe, lässt sich überfluten von Nähe, spürt Tara in diesem Fließen, weiß, es ist Tara. Das Herz des Symbols.

Karoline hat gefragt, ob sie kommen und Sophie mitbringen darf. Ein Vorrecht der Kranken, nicht überfallen zu werden. Immer kann man sagen: Es geht mir nicht gut. Eine sakrosankte Ausrede. Vielleicht, fragt sich Nora, war ich schon immer ein bisschen soziophobisch? Jetzt darf sie es ungestraft sein. Doch sie freut sich über Karolines Besuche und genießt die einfachen Gespräche über Dinge des Alltags. Karoline urteilt wenig, fragt auch nicht ständig nach dem Warum. Warum hat sie den Rüpel geheiratet, mit dem sie so lange Zeit unglücklich war? Warum hat sie die behinderte Sophie bekommen, mit der sie glücklich wurde? Karoline hat Nora nie mit Ratschlägen bedrängt. Wer war sie für Karoline?

»Tante Nora!«

Eine kompakte kleine Person wirft sich in Noras Arme. Sie reicht ihr gerade bis zur Brust. So viel junge Kraft in dem festen Körper. Feine, braune Haare, die den flachen Kopf wie Flaum umgeben. Der kleine Mund feuerrot, Kajal um die schrägen Augen.

»Du siehst lustig aus mit dem Ding auf dem Kopf.«

Lustig. Sophies Welt ist so einfach. Kein Gedanke an den bitteren Verlust der Haare.

»Wie geht's dir?«, fragt Karoline.

Nora lächelt in das offene, besorgte Gesicht. Diese Offenheit hat Karoline von ihrer besonderen Tochter gelernt. Nicht mehr sichtbar ist die mit dem Eigenheim verheiratete Ehefrau.

»Manchmal besser, manchmal schlechter«, antwortet Nora. »Aber heute besser.«

Sophie mag Süßes und macht sich über den Kuchen her. Sie schmatzt. Das konnte man ihr nie abgewöhnen, weiß Nora von Karoline. Es stört nicht. Sophies Vergnügen ist einfach und unbekümmert. Sie blinzelt ihre Mutter an, murmelt: »Gut«, und fügt hinzu: »Isst du keinen Kuchen, Tante Nora?«

»Ich esse nicht mehr so gern.«

»Mama hat gesagt, du stirbst.«

»Ja, Sophie, so ist es.«

Mit gerunzelter Stirn stürzt sich Sophie auf das Problem. Dass Nora dann nicht mehr da sei. Dass man sie dann nicht mehr besuchen könne. Und kommt folgerichtig zu der Frage: »Und wo bist du dann?«

Was soll sie diesem Kind im erwachsenen Körper sagen?

»Ich weiß, wohin ich möchte, wenn ich nicht mehr da bin«, erklärt Sophie. »Ich möchte wo sein, wo es so ist wie hier. Bei Mama. Und im Kindergarten. Ich arbeite jetzt im Kindergarten, Putzen und Aufräumen und so, weißt du.«

Erleichterung. Sophie verlangt keine Antworten. Sie spielen das Spiel »Wo möchte ich sein«. Sie lachen, zaubern heitere Welten herbei. Sophies helle Augen leuchten. Sie erschafft Welten mit ihrer Mama.

»Vielleicht finde ich einen Mann«, sagt sie unvermittelt. »So einen wie Hermann im Amt.« Denkt sie daran, dass Mama sterben könnte? Dass dann jemand anderer da sein muss, den sie lieben kann?

Karoline legt ihre Hand auf Sophies Arm, beruhigend, beschützend. Sophie schaut vor sich hin, wiederholt murmelnd: »Wie Hermann.« Sehnsucht, Trauer, vergebliche Liebe.

Ein kleiner Schmerz zieht durch Nora. Sie haben ihre Geheimnisse miteinander, Mutter und Tochter.

»Die Frau Braun ist gestorben, das ist unsere Nachbarin.« Sophies Gedanken sind leichtfüßig. Hermann ist vergessen. Sie plappert heiter von der Beerdigung der Frau Braun, vom Pfarrer, der Frau Braun einen guten Menschen genannt hat. Doch das kann Sophie nicht verstehen, denn die Frau Braun war ständig am Schimpfen.

»Tante Nora, wenn der Pfarrer sagt, du warst ein guter Mensch, dann hat er recht. Das ist dann nicht gelogen. Und wir haben dich sehr lieb, ich und Mama.«

Nora lacht verzweifelt und blinzelt Tränen weg. Sie würden keinen Pfarrer brauchen, sagt sie und erzählt von ihrem Sarg, der schon bestellt ist und den alle Freundinnen bemalen werden. Ihr Boot. Und dass Sophie und Karoline zur Bootsparty kommen sollen, zum Feiern und Malen. Beschämung überfällt Nora angesichts Sophies Entzücken über die Einladung. Sie hätte sich mehr um Sophie kümmern können. Die Erkenntnis schmerzt, dass sie nie die Neigung hatte, sich um Menschen zu kümmern.

Der Winter ist nah, mein Sterbewinter, und jetzt räume ich auch mein äußeres Leben auf. Ich habe meinen Atelier-Anteil an meine Partnerin verkauft und den Erlös Wangmo geschenkt. Und nun ist da noch unser altes Haus. Die Hälfte gehört ja nach wie vor Dir. Ich muss Dir danken. Das Haus hat mich über einige Durststrecken hinweggerettet. Meinen Anteil habe ich auf Marie überschrieben. Natürlich habe ich investiert, das wird der Anwalt verrechnen.

Es tut mir gut, dass ich den beiden Menschen, die mir nahe sind, etwas geben kann. Sie besitzen beide nicht viel, aber sie haben mir ihre liebevolle Zuwendung und ihre Offenheit geschenkt. Das ist mehr, als ich aufwiegen kann. Wie wenig hatte ich davon in meinem Leben zu geben. Es macht mich traurig.

Mein schrecklicher Ehemann pflegte zu sagen: Der Mensch ist, was er leistet. Er sagte das über seinen einzigen Sohn, der ein nie endendes Aussteigerleben auf Key West führt, mehr oder minder zufrieden verheiratet mit einer netten, anspruchslosen Amerikanerin und deren Erbe aus einer früheren Ehe. Dieser Sohn hat nie etwas geleistet. Er hat nur die eine Erwartung ans Leben, dass es bequem sei. Wangmo würde ihn einen Deva nennen, geborgen in himmlischer Ignoranz. Ich habe ihn nie gesehen. Er hat mich eingeladen. Warum bin ich nie hingeflogen? Ich war so festgenagelt ans Kreuz meiner uneingestandenen Selbstverachtung.

Du siehst, die Abrechnung ist noch nicht beendet. In den besseren Augenblicken bin ich dankbar für die Krankheit. So, wie sie ist, lässt sie mir Zeit zum Bereinigen. Im Buddhismus spricht man viel von Karma-Reinigung. So etwas wird es wohl sein. Sich klarer sehen, Fehler als Fehler erkennen, Lebensmuster bewusst machen. Das Wort »Reue« hat zu viele Giftstacheln. Ich sage lieber »Einsichten aushalten«. »Sühne« ist auch so ein schreckliches Wort – ein Giftcocktail. Klingt »Versöhnung« nicht viel besser?

Es fällt mir schwer, mich mit der Nora der Vergangenheit zu versöhnen. Aber ich komme voran, in kleinen Schritten. Das verdanke ich der Inspiration des Todes.

Das Aufräumen geht langsam vor sich. Unzählige Fotos, mehrere Kisten voller Ordner und Mappen. Wenn es mir einigermaßen gut geht, sortiere ich, frage mich, wozu ich dieses oder jenes aufheben will. Um es mit ins Feuer zu nehmen? All das Zeug ist nur für mich interessant. Meine eigenen Fingerübungen. Wer will schon Fingerübungen? Das Konzert möchte man haben.

Doch auch Konzerte gehen vorbei. Wie alles.

In dem schönen Buch mit letzten Worten finde ich den Ausspruch eines tibetischen Meisters:

»Wenn der Tod schließlich kommt, empfängst du ihn wie einen alten Freund, denn du erkennst, wie traumartig und vergänglich die Welt der Phänomene tatsächlich ist.«

Ein Sturm fegt durch die Straße, schüttelt die Tanne im Garten gegenüber, heult um die Dächer, faucht durch die Ritzen an Balkontür und Fenstern. Aufruhr. Tagelang lag die Natur im stillschweigenden Hoch mit dem kühlen Lächeln des späten Jahres. Manchmal geht Nora die paar Schritte zum Park, über die kleine Brücke zur Bank am Bach und dann wieder zurück. An den See will sie nicht mehr fahren, will keine Aktionen mehr. Claire hat Noras Auto bekommen. Sie hält nicht mehr nach Bentleys Ausschau.

Das sanfte Gefühl der Schwäche ist ein Geschenk. Nichts mehr müssen. So wenig Zukunft, fast löst sie sich gänzlich auf in den ineinandergreifenden Tagen und Nächten. Wie viel Sorgen verbanden sich mit dem Phantom der Zukunft. Hoffnung und Furcht ohne Ende.

Nora liebt die Herbststürme, wartet auf sie. Die laute Stimme des Sturms nimmt der Zeit alle Schärfe, als würde diese Fülle an Bewegung ihre Ruhe sichern. Und die dunklen Tage sind gut, voller Abschied. Auch dies ein Geschenk, nicht im Sommer sterben müssen. Der Sommer war ihr schon immer zu viel.

Die Türglocke brummt. Sie hat das schrille Ding-Dong durch ein sanftes, schnurrendes Geräusch ersetzen lassen. Man kann es überhören. Sie ist bereit, es zu überhören. Marie hat einen Hausschlüssel. Doch der Sturm hat eine kleine Pause eingelegt, und sie hört das Brummen sehr deutlich. Sie erwartet niemanden, zögert aufzustehen. Vielleicht Zeugen Jehovas? Sie könnte ihnen etwas vom Loslassen erzählen, obwohl es sicher nutzlos wäre.

Es brummt wieder, jemand klopft. Haben die Leute von oben wieder die Haustür offen gelassen? Sie schließt nicht gut.

»Hallo, guten Tag«, sagt der junge Mann. »Ich bin dein Neffe. Lisas Sohn.«

Die tägliche Schmerzmittelration mildert den Schock. Lisa hat einen Sohn? Warum nicht? Alles ist möglich in dieser Endzeit der Träume. Ein angestrengt kalter Blick im jungen, blassen

Gesicht. Der Rest ist schwarz und verschmilzt mit der dämmrigen Dunkelheit des Treppenhauses.

»Oh! Lisas Sohn.«

»Lukas. Kann ich reinkommen?«

Ihres Turbans schmerzhaft bewusst begibt sich Nora zu ihrem Sofa zurück. Ohne das Sofa mit den dicken Kissen fühlt sie sich ausgeliefert.

»Lisas Sohn also. Wer ist dein Vater?«

»Gute Frage«, antwortet er. »Mutters letzter, Alex.«

Er streckt die langen Beine aus. Weiches, schwarzes Leder über hageren Knochen, schwarze, sauber glänzende Stiefel. Das schwarze Cape hat er über den Sessel gebreitet. Das schwarze Hemd hat schwarze Spitzen, die über die weißen Hände fallen, die Haare sind blauschwarz, hell am Ansatz, genialisch halblang. Zwei silberne Ringe zieren ein Ohr. Lisas blaue Augen. Die elegante Größe des Vaters.

»Soll ich Tante sagen?«

»Nora reicht. Wie hast du mich gefunden?«

Lukas legt die Fingerspitzen aneinander. »Zufall. Ich habe gehört, dass du stirbst. Ich habe noch nie jemanden sterben gesehen.« Er kenne einen Typen, der ihr Buch habe. Ihre Fotos gefallen ihm, es sei ein tolles Buch. Und dieser Typ kenne Claire. Man spreche zu Hause nicht über Nora, doch den Namen habe er erkannt.

Auf Noras Frage, was er von ihr erwarte, kommt die kurze Antwort: »Der Tod interessiert mich.«

Die Flucht in die Küche gibt Raum für drängende Gedanken. Was soll sie anfangen mit diesem seltsamen Wesen? Sie hat keine Erfahrung mit jungen Männern. Kaum mehr als zwanzig mag er sein. Die Ehe mit Alex war kurz, sagte das Gerücht, ein Jahr vielleicht. So hinterließ er also diesen wunderlichen Rebellen Lukas in Schwarz und Spitzen. Liest er Nietzsche? Oder Baudelaire? Lesen sie überhaupt noch, diese virtuellen Kinder? Feiert er Satansmessen auf Friedhöfen?

Kaffee hat er abgelehnt. Seine Vorliebe sei Champagner. Zur Not auch Wein. Nora füllt zwei Weingläser, lässt die Flasche für weitere Fluchten in der Küche stehen. Sie ertappt sich beim Lächeln, die Neugier belebt sie. Ein langes Leben war nötig, um das früh eingepflanzte Tabu zu durchbrechen: Man hat nicht zu fragen. Man hat nicht wissen zu wollen. Man hat nicht zu bemerken.

Es gibt nichts mehr zu fürchten. Neugier ist köstlich. Es verspricht ein interessanter Nachmittag zu werden, besser als Fernsehen.

Doch die Worte kommen nicht leicht aus ihm heraus. Pausen füllt Nora mit Fragen. So setzt sich langsam ein Bild zusammen: von älteren Schwestern, die ihn ablehnen – tödlich bürgerlich nennt er sie –, von der Unlust an einem Studium und seiner Verachtung des »akademischen Getues«. Schließlich von einem Selbstmordversuch mit Tabletten. Und wieder ein kühles Schweigen.

»Warum, Lukas?«

Die blasse Hand hat ihr Eigenleben. Eine kleine, gespielt müde Bewegung. »Wahrscheinlich aus Langeweile. Ich denke, der Tod ist interessanter als das Leben.«

Mehr will er dazu nicht sagen, fragt aber nach mehr Wein. Fast hätte sie ihn zurückgewiesen, doch sie besinnt sich augenblicklich und holt die Flasche aus der Küche, dazu Cashewnüsse, Käsekekse. Soll er seinen Wein haben, dieser unmögliche Neffe. Sie wird ihn dazu bringen, von Lisa zu sprechen. Und von – Alex. Noch immer stößt sie sich an diesem Namen. Eine Wunde, die nicht heilt. Vielleicht, wenn er ihr gegenüberträte. Vielleicht, wenn er sagen würde: Es tut mir leid, was ich dir angetan habe. Und dann?

Er habe keine Angst vor dem Sterben, sagt Lukas. In einem Buch habe er von Nahtod-Erfahrungen gelesen. So etwas wolle er, Licht am Ende des Tunnels. Mit Schlaftabletten gehe das wohl nicht. Das sei Blödsinn gewesen.

Ein japanischer Spruch kommt Nora in den Sinn. »Für den, der nicht versteht, sind Berge Berge. Für den, der zu verstehen beginnt, sind Berge nicht mehr Berge. Für den, der verstanden hat, sind Berge wieder Berge.« Dass es um Reifung gehe, versucht sie zu erklären. Dass das Leben kostbar sei. Die blassen Finger zupfen, schnippen, trommeln kleine Wirbel auf den Knien. Er will es nicht hören.

Wieder steuert Nora zu Lisa hin, doch Lukas weicht aus, bleibt im Allgemeinen. Er spricht von Sartre, mit dem er geistesverwandt sei, von Kafka, den er zu verstehen meint. Ewige Untertanen und faulende Äpfel unter den Flügeln. Zu denen wolle er nicht gehören, mit oder ohne Apfel. Er habe sich abgeseilt.

»Ich würde gern Fotos von Lisa und deinen Schwestern sehen.«

»Ich habe keine Fotos. Es reicht mir, dass sie existieren, mehr als genug.«

Manchmal möchte sie aufstehen und diesen anmaßenden Jungen schütteln, bis er aufwacht aus seiner Dunkelheit. Zugleich möchte sie ihn in die Arme nehmen, trösten. Welchen Trost gibt es für jemanden, der sein Unglück verneint, indem er es zelebriert? Sie erzählt von ihrer und Lisas Kindheit im Krieg, vom Luftschutzkeller, vom Hamstern, vom Nachbarn, der Katzen abschoss und sagte, man müsse das Fleisch scharf braten, ohne Soße. Weil die Soße katzelt, wie der Nachbar sagte.

Lukas mag diese Geschichten, er lacht sogar ein wenig. Die Flasche ist leer, als er geht.

»Ich komme dann mal wieder«, sagt er, steht auf und wirft den Umhang mit arrogantem Schwung um die Schultern, dem die Blumenvase mit Not entgeht.

»Tatsächlich?«, erwidert Nora mit einem Anflug von Ärger. Doch sie tarnt sich mit amüsiertem Lächeln, ist sich nicht sicher, wie sie diesen Nachmittag vor sich selbst bestanden hat. Doch sie möchte, dass Lukas wiederkommt. Weiß der Himmel, warum.

Als er die Wohnung verlässt, kommt Marie die Treppe herauf. »Wer bist denn du?«, entfährt es ihr.

Lukas bleibt stehen, deklamiert: »Nun denn – ich weiß es selbst kaum. Das heißt, wer ich war, heute früh beim Aufstehn, das weiß ich schon, aber seitdem wurde ich wohl mehrere Male vertauscht, Madame.« Mit einer hoffähigen Verbeugung drückt er sich an ihr vorbei.

»Was war das?«, fragt Marie.

Nora lacht. »Es klang irgendwie nach Alice im Wunderland.«

»Ich meine, wer?«

Mit runden Augen lässt sich Marie über den Neffen aufklären, der jemanden sterben sehen möchte und mit dem eigenen Versuch zu sterben unzufrieden ist.

»Bin ich froh, dass das nicht mein Sohn ist«, seufzt sie.

»Siehst du«, erwidert Nora, »so lernst du deine Töchter schätzen.«

Den ganzen Abend geistert dieser Besuch durch das Zimmer. Schmerzhafte Verwunderung. Der Sohn von Lisa und Alex! Große Emotionen lauern, warten auf Futter, möchten aufschreien. Warum durfte Julian nicht leben? Warum durfte Lisa ihren Sohn haben? Warum hatte sie kein Kind von Alex haben dürfen, das der zweifelhaften Bindung Würde gegeben hätte, wo nur Enttäuschung und Bitterkeit war? Doch zugleich wehrt ein besseres Wissen ab, offenbart den Aufruhr als Gedankenstürme im Wasserglas, wie immer. Zerbrich dir den Kopf, sagt das Wissen, es macht keinen Unterschied, da gibt es nichts zu zerbrechen. Hier ist Lukas, begegne ihm, wie er ist. Sonst gibt es dazu nichts zu sagen.

Im Traum sieht sie ein Kind unter Wasser, ertrunken. Sie weiß, es ist Julian. Ein Julian, der fünf oder sechs Jahre Kindheit erlebt hat, mit Laufenlernen und Schrammen an den Knien und

Basteltalent im Kindergarten und juckenden Windpocken. All dies ist präsent in diesem Augenblick, und auch Zukunft, hineingewoben als Hoffnung und selbstverständliche Erwartung. Sie hebt den kleinen Körper heraus ohne besondere Gemütsbewegung, denkt, fühlt: Es ist in Ordnung. Eine Gegenstimme erhebt sich, beschuldigt sie der Kälte und Herzlosigkeit, fordert Entsetzen, Verzweiflung, Heulen, Schreien. Es ist ein Kind, sagt die Stimme, nicht ein alter Mensch. Da rechnet man ja mit dem Tod, aber doch nicht bei einem Kind, da ist es furchtbar, eine Tragödie. Dennoch bleibt Nora dabei: Es ist in Ordnung. Sie kann nichts anderes denken und fühlen. Die Gegenstimme hat Überzeugungskraft, kann kleine Stichflammen von Zweifel und schlechtem Gewissen in ihr anregen, doch nur kurz. Denn es ist in Ordnung.

Die zweite Sturmnacht. Marie hat ein kleines Abendessen heraufgebracht. Müde Ringe liegen unter ihren Augen. Sie streitet zu viel mit Chantal. Deine Tochter ist erwachsen, wendet Nora immer wieder ein. Lass sie doch, auch wenn sie nicht weiß, was sie tut. Und Marie seufzt heftig dagegen, Chantal solle nicht dieselben Fehler machen wie ihre Mutter, man sehe doch, was dabei herauskommt. Endlos wiederholte Argumente. Marie hat diesen blinden Fleck.

Dennoch ist Nora unglücklich, als Marie nach dem Essen geht. Sie fühlt sich an diesem Abend nicht gut. Gefahr lauert. Von innen.

»Ich muss ins Bett«, sagt Marie. »Das Wetter macht mir Kopfschmerzen.«

Der Sturm ist laut. Nora kann ihn nicht genießen. Sie kann nicht liegen, wandert in der Wohnung herum. Lehnt sich in die Sofakissen, schaut fern, schaltet den Apparat aus. Liest ein wenig, legt das Buch wieder weg.

Der Schmerz schlägt plötzlich zu, über dem Herzen, irgendwo in der Schulter. Ein grausamer Schmerz. Er drückt sie zu

Boden, Panik tobt. Etwas über alle Maßen Bedrohliches geschieht in ihr mit wütender Gewalt.

»Ich bin nicht mein Körper«, keucht sie. Sucht nach dem Mantra der Tara, doch die Verwirrung ist zu groß, sie hat es vergessen. Kann nur murmeln: »Tara, komm, um Himmels Willen, komm, hilf mir.«

Stirbt sie jetzt?

Es bringt ein wenig Erleichterung, an Tara zu denken. Sie möchte Marie rufen, doch Marie würde sich aufregen und Noras Panik schüren. Marie würde es nicht aushalten und den Notarzt rufen.

Sie will keinen Notarzt. Warum nicht die Chance des Sterbens nutzen. Das Warten beenden.

Plötzlich ist Zuversicht da, lichte, strahlende Zuversicht. Geschehen lassen! Sie wird springen, sich fallen lassen, und das Richtige wird geschehen. Der Rinpoche hält ihre Hand. Er steht draußen vor dem Fenster und reicht seine Hand herein. Sie stehen nicht auf derselben Seite. Noch nicht.

Der Schmerz hört plötzlich auf. Nora kriecht auf Händen und Knien zum Sofa. Ihr Gesicht ist nass von Tränen der Erschöpfung. Verwunderung, dass für kurze Zeit der Überlebenstrieb ausgesetzt hat. Als die Zuversicht aufflammte, war sie nicht mehr der Körper. Ein stiller, zufriedener Triumph erfüllt sie. Es ist also möglich.

Dankbar murmelt sie das Tara-Mantra, an das sie sich endlich wieder erinnert.

Sie wird niemandem von diesem Ereignis erzählen. Wozu untersuchen, was es war? Für sie eine Vorbereitung, ein Geschenk. Mehr zu wissen lohnt sich nicht.

Geruhsame Tage folgen, als habe sie eine Prüfung bestanden und würde belohnt. Körper und Geist wollen ausruhen, lassen sich treiben. Selbst Erinnerungen haften nicht. Wie die kleine Melanie, denkt Nora. Pflanzenhaft. So ruhig war sie noch nie, und sie fühlt sich nicht einsam.

Doch auch dies ist nicht bleibend. Als Melanie kommt, ist Nora dankbar für die Möglichkeit zu sprechen. Plötzlich hat sie das Bedürfnis, sich zurechtzumachen für die Kamera, einen hübschen Schal um den Kopf zu winden. Vielleicht sollte sie Marie bitten, ihr eine Perücke zu besorgen? Lohnt es sich noch? Ein wenig Lippenstift auf die ausgebleichten Lippen. Puder auf die Flecken im Gesicht.

Melanie hat sich in einen Bildband mit tibetischen Thangkas und Statuen vertieft.

»So viele Gottheiten«, sagt sie, als Nora den Kaffee bringt. »Seltsam.«

Nora nickt heiter. »So viele Gottheiten wie Gefühle. Wie Punkte auf dem Kreis. Und zugleich sind sie alle die Mitte.«

Es ist ein wohliges Wissen, nicht nur in Gedanken. Ein Wissen im Körper. Sie wünscht sich bessere Worte, um es auszudrücken. Findet sie nicht.

Sacht schließt Melanie das Buch, respektvoll. »Meine Großma hat mit mir gebetet, als ich klein war: Mutter Maria, beschütze mich. Das war immer das Letzte, was ich vor dem Schlafen sagte. Daran erinnere ich mich. Und ich fühlte mich beschützt. Es hat gewirkt. Aber später konnte ich nicht mehr beten. Ich kam mir dumm dabei vor, kindisch.«

»Schade, nicht wahr?«

»Vielleicht, ich weiß nicht, ja.« Mit der ihr eigenen Unauffälligkeit schaltet Melanie die Kamera an und gleitet zurück auf ihren Platz im Sessel. Ein Blick zum Thangka an der Wand. »Wie ist das mit Tara? Sie haben gesagt, sie ist Weisheitsenergie, ein Symbol.«

»Von außen gesprochen, aber von innen ist sie Wirklichkeit.« Wer kann damit etwas anfangen? Wie soll sie Melanie erklären, was dies ihrem Herzen bedeutet?

»Nicht die Form ist Wirklichkeit, die Beziehung ist Wirklichkeit. Vielleicht kann man sagen, sie ist Beziehung.«

»Zu Beziehung braucht man ein Du«, erwidert Melanie.

»Ist sie das, ein Du? Sprechen Sie mit ihr? Spricht sie mit Ihnen?«

Nora lacht. Sie ist klug, diese junge Frau. Sie bestätigt das Sprichwort, dass die richtige Frage die richtige Antwort in sich trägt. Mit Eifer sucht sie zusammen, was sie gedacht hat in den vergangenen Wochen. Vom inneren weisen Zeugen, der weiß und Ahnungen in Worte fasst. Der ihr Freund geworden ist. Der ihr übersetzt, was die Gottheit sagt. Wie schön es wäre, direkt zu hören, wie die Mystiker mit ihrem wortlos sprechenden Licht. Doch immerhin, der Zeuge ist ein guter Übersetzer.

»Ich frage Tara: Wie wird das Sterben sein? Wie wird es sein, wenn ich tot bin? Der Zeuge übersetzt ihre Antwort: Frag nicht, was sein wird. Schau, was jetzt ist. Lass dich ein auf das, was ist. Mehr ist nicht nötig.«

Und sie erzählt von Benni, der nicht mehr sprechen konnte und es durch Vertrauen wieder lernte. Eines Tages kletterte er auf den Küchentisch und sagte: Ich fliege. Sie stand vor ihm, und er ließ sich in ihre Arme fallen. Danach kamen die Worte wieder.

»Ich bin sicher, gutes Sterben hat etwas mit diesem völligen Sichloslassen zu tun. Nicht, dass ich das machen kann. Aber es ist gut, es zu wissen.«

»Und Sie haben keine Angst?«, fragt Melanie.

»Doch, immer wieder. Manchmal erscheint mir Sterben als etwas Ungeheuerliches, als eine unerträgliche Zumutung. Manchmal erscheint es mir als das Natürlichste von der Welt. Manchmal überfällt mich diese äußerste Einsamkeit. Man geht ja ganz allein ins Ungewisse. Dann wieder fühle ich mich begleitet, oder so, als würde ich auf der anderen Seite aufgefangen. Ich habe gelernt, dass es einen Zustand gibt jenseits von Vertrauen und Nichtvertrauen. Dann fällt man nicht mehr hin und her. Es ist ganz einfach und sehr schwierig. Wenn wir uns dem Fluss von Leben und Tod überlassen, trägt er uns einfach weiter.«

Sie hat sich heiß geredet, zögert ein wenig und fügt hinzu: »Beziehung schafft Nähe. Wenn Nähe ganz und gar erfüllt ist, mündet sie in Einheit und Beziehung hat sich selbst überholt. Und dann, schließlich, ist weder Vielheit noch Einheit. Aber das kann man sich nicht vorstellen.«

Melanies Blick ist abgeschweift. Unsicherheit fällt Nora ins Wort. Ist es richtig, einfach auszusprechen, was ihr in den Sinn kommt? Oder soll sie es zensieren? Und wie? Der innere Zeuge winkt ab. Trau dich, selbst wenn du dich zum Narren machst oder meinst, dich zum Narren zu machen. Trau dich.

Von weit her sagt Melanie: »Mein Vater behauptete immer, er habe keine Angst vor dem Tod. Dann sei einfach alles aus. Aber er konnte nicht aufhören, sich um uns Sorgen zu machen, um Mama und meinen Bruder und mich. Das sei das Schlimmste am Sterben, sagte er, dass er nicht mehr die Zeit habe, um für uns alles zu ordnen. Er war sehr aufgeregt. Ich sagte, Papa, kümmere dich nicht um uns, wir kommen schon zurecht. Irgendwie hatte ich das Gefühl, dass es ihm im Grund genommen nicht so sehr um uns ging, sondern um Kontrolle.«

Nora seufzt leise. »Ja, Sterben kann einen ganz schön aggressiv machen. Wütend auf die Macht des Todes, wenn er einen überrascht. Man sollte vorbereitet sein.«

Nach einem kleinen Zögern lässt sie die Augen zufallen. Immer wieder muss sie sich selbst daran erinnern, dass ihr das zugestanden wird. Der Höflichkeitsdrill der Kindheit will es ihr verwehren. Wann immer sie mit Fieber im Bett lag, wünschte sie, niemand möge bei ihr sein, weil es so schwer war, höflich wach zu bleiben. Das hat ihr Körper nie vergessen. Er gibt erst nach, wenn sie ihm gut zugeredet, ihn überzeugt hat.

Melanie packt ihre Kamera ein, berührt Noras Hand und verschwindet mit einem leisen »Bis bald!«.

Es war gut, zu reden. Eine Irritation bleibt. Wie soll man wissen, ob man es richtig macht? Oft schweigt der Zeuge. Oder ist er so leise, dass ihre lauten Gedanken ihn übertönen?

Sie greift nach dem Buch über das Sterben der Meister. Öffnet es irgendwo und liest letzte Worte: »Seele, Geist und Ich sind nur Wörter. Bewusstsein ist die einzige Wahrheit. Deine wahre Natur zu vergessen ist der echte Tod; sich ihrer zu erinnern ist die wahre Geburt.«

10.

Sie wartet auf Lukas. Geht den Gründen nach in den dunklen Tagen, deren Ruhe allzu ruhig wird. Neugier regt sich in ihr auf seine schwarze Welt, auf Lisas Familie, und eine zögernde, unverhoffte Zuneigung. Sie schließt ihn ein in ihre Meditation des Mitgefühls, setzt ihn im geistigen Bild zu den Menschen, die ihr nah sind, Wangmo, Marie, die Mädchen, Karoline, Sophie. Auch Lisa hat ihren Platz bekommen, eine junge Lisa, weit weg von Alex. Alex sitzt bei den Feinden, den Unguten, denen schwer zu vergeben ist, die noch in Arbeit sind. Die Wunde hat sich nie geschlossen.

Lukas kommt, ohne sich anzumelden. Steht da und sagt: »Wie lang lebst du eigentlich noch?«

Nora winkt ihn zu einem Sessel, geht in die Küche und ruft über die Schulter: »Zartfühlende Frage. Kannst du es nicht mehr erwarten?«

Sie öffnet die vorsorglich bereitgestellte Weinflasche und nimmt zwei Weingläser mit ins Wohnzimmer. Ein Anflug von Zorn. Frecher Knabe! Ziert sich mit Unverschämtheit, verbirgt Kleinheit hinter der vorlauten Maske.

»Bei mir brauchst du nicht provozierend zu sein, Lukas. Die

Tür ist bereits offen. Ich sehe dich, ich respektiere dich, ich biete dir Wein an. Da brauchst du doch nicht gegen die Tür zu treten.«

»Hab ich das?«

Die langen Beine, heute in schwarzem Samt, falten sich übereinander. Weiches Kaschmir darüber, ein Totenkopfring am Zeigefinger. Sein Blick weicht ihr aus.

»Am besten fragst du dich selber. Der innere Zeuge weiß Bescheid.«

Langsam, achtsam füllt Nora die Gläser, das seine voll, das ihre halb. Sie fühlt seine Gegenwart fast schmerzhaft. Stacheln, halb aufgestellt. Verletzlichkeit hinter scheinbarer Angriffslust.

Sie vergräbt sich in die Sofakissen. Die Klarheit ist entspannend. Sie kann ihn mögen, samt Stacheln. Schau ihn an, sagt Tara, berührt er nicht dein Herz in seiner jungen, empfindlichen Schönheit und Ungekonntheit?

Am Tag zuvor geschah ihr etwas Ähnliches mit Marie. Sie sah Marie wie durch Taras Augen: das Mitgefühl Maries, die Schönheit ihres Lächelns, das herzzerreißende Bemühen hinter bedeutungslosem Geplauder.

Lukas hat sein Glas mit schnellen Schlucken ausgetrunken. Sie gießt nach. Vielleicht hat er sich schon gefragt. Vielleicht hat er die Antwort erhalten. Aber er schweigt, ein schwieriges, unwegsames Schweigen.

»Wir könnten ein Spiel machen«, sagt sie schließlich leichthin, lächelnd. »Man sagt sich gegenseitig alles, was man fühlt. Ganz aufrichtig. Klingt interessant, was meinst du?«

Lukas rutscht tiefer in den Sessel. Die ausgebreitete schwarze Gestalt schrumpft, Muskeln ziehen sich vor Schreck zusammen. Sie hat das Falsche gesagt, den falschen Ton getroffen. Doch was soll sie tun? Sie hat nie gelernt, im Voraus zu erspüren, was der andere braucht. Sie hat sich um die eigenen Reaktionen gekümmert, wie es eben üblich ist. Ich werfe den Ball, so gut ich kann oder meine zu können. Wirf du gefälligst den Ball so, dass ich ihn fangen kann. Die Erkenntnis ist beunruhigend. Bei Benni hat sie sich Mühe gegeben. Aber Benni war ein Kind. Betrachten Bodhisattvas, die Meister des Mitgefühls, die anderen als Kinder? Es heißt, sie sprechen in jedem Bereich des Lebensrads die Sprache der jeweiligen Bewohner, sogar die Höllensprache der Höllenbewohner. Welche Sprache spricht Lukas? Die Sprache der eifersüchtigen Halbgötter?

»Entschuldige. Ich hatte den Eindruck, dass du es direkt magst. So könnte man es offiziell machen oder sozusagen unter der Hand legalisieren.«

Die Tonlage mag noch nicht ganz stimmen, doch die ineinander geballten Hände lösen sich voneinander.

»Was meinst du damit – sagen, was man fühlt? Warum nicht sagen, was man denkt?«

»Ich meine, das Fühlen hat damit zu tun, wie es einem geht, nicht, was man über etwas denkt.«

So locker hat sie es hingeworfen, als wäre es selbstverständlich. Danach fragt sie sich, ob es tatsächlich selbstverständlich ist. Ist sich plötzlich nicht mehr sicher, wo Fühlen und Denken sich trennen.

Nun kann er sich wieder ausstrecken, hat sie in der Falle, lauert, genießt es, wie sie um Erklärung ringt. Während sie weit ausholend spricht, macht Zweifel den Boden brüchig. Redet sie zu viel? Hört er ihr zu? Der Schwung der Rede trägt sie weiter, von den Themen Trauer und Freude zum Problem der Urteile und Projektionen und endet bei Veränderung. Sie weiß nicht mehr, wo sie begonnen hat.

»Okay«, sagt er. »Und wenn ich jetzt das Gefühl habe, dass ich gehen will?«

»Nun ja, dann sagst du es.«

»Und dann?«

Nora lächelt. Er hat das Lauern aufgegeben. Mama, was tust du, wenn ich nicht lieb bin? Liebst du mich dann immer noch? Er macht es ihr leicht, das Kind zu sehen. Doch sie kann ihn mit ihrem Lächeln nicht anstecken. Ach, wüsste er nur, dass alles leichter wäre ohne Maske.

»Abwarten, Lukas. Gefühle ändern sich. Es wäre schade, diese Veränderung nicht zu erleben.«

Er wendet ein, er habe bereits sein ganzes Leben lang auf Veränderung gewartet. Aber was könne sich schon ändern an dem, was so ist, wie es ist? An einer Mutter, die ihn nur hatte haben wollen, um ihre Ehe zu retten? Ihn habe niemand gefragt, und die Ehe habe er nicht retten können.

»Meinst du, deine Mutter hat dich nicht geliebt?«

»Vielleicht als ich klein und nett war. Ich bin schon ziemlich lang nicht mehr klein und nett.«

»Das war ich auch nie.«

»Und?«

»Ich war unglücklich. Mein halbes Leben ging vorbei, bis ich mich darauf einlassen konnte zu lieben. Und geliebt zu werden. Das war ein langer, schwieriger Weg.«

Sie hält sich nicht mehr bei den Worten auf. Sie schaut. Wie er nach seinem Glas greift, sich vorbeugt, weiter als nötig, langsam trinkt, sich am fast leeren Glas festhält, eine neue Haltung im Sessel sucht, die Beine anspannt, bereit zur Flucht. Dann die Wende.

Das Kinn ist erhoben, wie auch der Blick, doch mit herabgelassenem Visier. Ein kurzes Blau aus schmalen Augenschlitzen. »Und jetzt stirbst du. Was war das alles wert?«

»Mein ganzes Leben war es wert. Den jetzigen Augenblick ist es wert und alle Augenblicke. Übrigens sterbe ich noch nicht. Ich bin recht lebendig, wie du siehst. Ich sterbe irgendwann. Du auch, früher oder später. Ich hoffe später. Du wirst dein Leben brauchen.«

Und sie erzählt in sein Schweigen hinein von Nora, der Großen, und der netten kleinen Schwester mit den blonden Locken. Sie gibt die Eifersucht und die kleinen Grausamkeiten preis und die Herausforderung der Arbeit mit dem Lebensmaterial, hofft auf das Vertrauen von Lisas letztem Kind. Es gibt nichts mehr zu verlieren.

Mehr Wein in sein Glas, das er noch immer mit beiden Händen umklammert.

»Darf ich fragen, warum du dich schwarz kleidest?«

»Ich mag keine Farben.«

»Man schaut dir sicher nach auf der Straße. Ist dir das nicht unangenehm?«

»Ich geh nicht auf die Straße. Ich fahre mit dem Auto.«

»Man nennt das Gothic, nicht wahr? Diese schwarzen Kleider.«

Eine kleine, arrogante Handbewegung. »Wir sind Nonkonformisten.«

Erschöpfung treibt Nora ins Plappern, über Hippiezeit, bunte Farben, Batik, Blumenkränze im langen Haar. »Ich besaß ein indisches Kleid mit kleinen aufgenähten Spiegeln.« Arbeit an einem Patchworkteppich des Vertrauens.

Seine Erwiderung reißt ihr das Lächeln vom Mund.

»Wenn ich damals gelebt hätte, wäre ich vielleicht zur RAF gegangen.«

»Kidnappen? Morden?«

»Sie wollten dieses morsche Land verändern.«

»Willst du das? Dieses Land verändern?«

»Ich will gar nichts. Aber damals – es wäre eine Alternative gewesen.«

Nora schüttelt den Kopf. »Du lieber Himmel, Lukas, du weißt nicht, was du sagst.«

»Danke. Ich bin es gewöhnt, nicht ernst genommen zu werden.« Er ist aufgestanden, bevor sie antworten kann und packt sein Cape. »Merci für den Wein. Bis dann. Ich finde raus.«

Es ist plötzlich Winter geworden. Was man Zeit nennt, als wäre es ein Etwas, überrascht mich häufig. Ich messe die Zeit so ganz anders als früher – an Abenden und in Nächten, die ich schon morgens beim

Aufwachen anvisiere um mich zu fragen, wie sie wohl sein werden. Denn morgens geht es mir meistens ganz gut, doch die Nächte sind drohende Fäuste. Da steigen Ängste aus Urtiefen auf wie Drachen. Immer wieder lese ich im Tibetischen Totenbuch, man solle dies als Gedankenformen verstehen und sich nicht fürchten. Leichter gesagt als getan. Ein Leben lang mit ungezähmtem Geist gelebt, das rächt sich.

Ich will nicht ständig in den Chemie-Schlaf ausweichen. Es ist ein Geschenk, dass ich mich aufs Sterben vorbereiten darf, darin bin ich mir mit Wangmo einig. Ich habe genügend Schlaftabletten, und die Palliativbetreuerin sagt, ich solle mich nicht quälen. Es ist schön, dass man mich selbst entscheiden lässt, wie viel Qual ich mir zumuten will.

Im Selbstquälen war ich ja immer recht gut. Mama hat es vorgemacht: Wenn du dich nicht quälst, bist du nichts wert. Vielleicht galt das nicht so sehr für die kleine Lisa. Die Welt fand sie niedlich, als einen Wert an sich. Das niedliche Kind war ein süßer Tropfen auf die Bitterkeit der Mutter. Nicht so die spröde Erstgeborene, das Kind der Sünde. Wusstest Du, dass mich Mamas Mutter so bezeichnete? Offenbar liebte sie Klischees.

Kein guter Tag heute. Auch die letzten Tage waren schwer. Ich hadere mit meiner Hilflosigkeit. Ständig brauche ich Marie. Ich habe mein Leben lang niemanden gebraucht und fürchte mich davor, dauernd dankbar sein zu müssen. Ich weiß, das klingt abscheulich. Marie hilft mir gern. Sie ist so.

Natürlich bin ich dankbar.

Die Zukunft schrumpft. Noch eine Nacht überstehen, noch einen Tag. Im Spiegel sehe ich ein fremdes Gesicht, Augen tief im Kopf, viel Backenknochen. Die Haare wachsen wieder, mein Kopf ist ein weißes Pelztier. Ist es nicht ein Hohn: Das Einzige, was mir je an mir selbst gefiel, meine Haare, wurden mir genommen. Die tibetischen Nonnen haben mich immer tief beeindruckt; nicht deshalb, weil sie sich auf den Hühnerhof eines Klosters einlassen konnten – Asiaten tun sich ja leichter mit Gemeinschaft als wir – und auch nicht wegen des Zölibats, das hätte ich ausgehalten. Nein, wegen der geschorenen Köpfe. Dabei haben sie alle eine so wunderbar dichte, glänzende Haarpracht.

Diese Fremde wartet auf den Tod, ungeduldig. Kann es kaum mehr erwarten.

Nachmittag. Die Schneeflocken haben mich aufgemuntert. Mit ihnen kam die Erinnerung an einen Morgen im Wallnerhaus. Es könnte der erste Winter dort gewesen sein. Mama hatte den Kanonenofen im Kinderzimmer angeheizt. Das tat sie immer am Sonntagmorgen, erinnerst Du Dich? Wie es nach Fichtenscheiten roch und nach den schwitzenden Bratäpfeln vom Abend zuvor? Gerüche können einem so lebendig in Erinnerung bleiben.

Von meinem Bett aus sah ich den Apfelbaum. Wie gut ich ihn kennen lernte in den ersten Jahren im Haus. Im Kinderzimmer unserer Stadtwohnung hatte es nur den Blick auf das andere Mietshaus gegeben. Es war »mein« Apfelbaum, ich liebte ihn. Dieses Wunder der weißrosa Blüten! Die winzigen Äpfel, wie sie wuchsen und prall wurden. Später die davontreibenden Blätter im Herbststurm und schließlich die nackten, schwarzen Äste im November. Dann verzaubert vom Raureif und im Winter dicke Packen von Schnee auf den Ästen.

Die Erinnerung: Es war Sonntag und warm im Bett. Dicke, flauschige Schneeflocken fielen vor dem Fenster herab. Sie tanzten nicht, wirbelten nicht. Sie fielen einfach, still und unaufhaltsam. Dann kamst Du zu mir herüber in mein Bett, und wir lagen da und schauten hinaus. Es war einer jener seltenen Augenblicke in meinem Leben, in denen die Welt in Ordnung war.

Erst heute weiß ich, wie man selbst die Welt in Ordnung bringt. Innen. Manchmal gelingt es mir. Ich schaue zum Fenster hinaus und sehe die Tanne im Nachbargarten, die Birke daneben, den Himmel darüber. Und ich sehe noch mehr, sehe und spüre den Raum darum herum, den Raum um mich und in mir. Dann beruhigen sich die Gedanken und sinken irgendwohin. Ich liege auf dem Sofa und bin erlöst von Unglück und Glück, und alles ist in Ordnung. Das wäre der richtige Augenblick, um zu sterben. Aber so leicht wird es mir, fürchte ich, nicht gemacht.

Sie wollte Lisa von Lukas erzählen. Warum zögert sie? Immer noch das böse Mädchen, das gut sein, keine Fehler machen will. Als ginge es noch um Fehler oder nicht Fehler. Der Rinpoche sagte: Hab nicht ständig Angst davor, Fehler zu machen. Wie er lachte! Da sah sie sich selbst Steine der Vergangenheit in die Zukunft werfen, um darüber stolpern zu können.

Im Bücherregal liegen die ausgedruckten Seiten ihres langen Briefs an Lisa. Ihr Leben, ihre Fehler, ihr Glück und Leiden, aufgeschichtet. Sie hat alles offengelegt. Warum nicht auch Lukas? Warum nicht alle Winkel freigeben?

Dein Sohn Lukas hat mich besucht. Er ist stur und klug und bringt mich an Grenzen.

Es geht nicht weiter. Sie wartet, löscht schließlich die beiden Sätze. Vielleicht später, in ein paar Tagen oder Wochen oder gar nicht. Etwas geschieht. Wie Erdplatten, die sich ineinander schieben. Es ist sehr anstrengend und unerklärlich. Große Ungewissheit.

Die weiß strahlende Tara an der Wand lächelt. Ein kleines, liebevoll erheitertes Lächeln. Wozu Gewissheit? Ist nicht alles einfach so, wie es ist?

Nora, winzig wie ein Neugeborenes, klettert auf Taras Schoß, lässt die Ungewissheit zurück, lässt die Gewissheit zurück. In einem weißen Fallen von Schnee.

»Glauben Sie, dass Sie wiedergeboren werden?« fragt Melanie. Sie fragt so fröhlich neugierig, dass Nora vergnügt antwortet. Trotz ihrer Erklärung, sie habe heute nichts zu sagen, fühle sich zu schwach.

»Wiedergeboren? Irgendwie schon. Aber wo und wie? Ich habe bei meinem Rinpoche ein Gelübde abgelegt, dass ich mich um das Wohlergehen aller Wesen bemühen werde, bis alle Wesen befreit sind. Da wird sich wohl eine Gelegenheit finden.«

Melanie lacht. »Das ist nett. Aber ehrlich, glauben Sie daran?«

»Das ist ehrlich, Melanie. Jedes Wort.«

Von Melanies Neugier verführt, lässt sie ihre Gedanken laut wandern. Sie spricht von einem Fluss, der unter der Erde weiterfließt und irgendwo wieder zum Vorschein kommt. Dann mag er einen anderen Namen haben. Sie sieht sich fließen in ihrem Flussbett durch enge und weite Landschaften, sieht sich versickern, scheinbar verschwinden, weiterfließen in durchlässigem Gestein, derselbe Fluss und doch nicht derselbe, dann irgendwo wieder aus der Erde treten. Das Wasser erneuert sich, vermischt sich mit Regen, Schneeschmelze, Sedimente werden mitgetragen, manche abgelegt, neue mitgenommen. Und fließt in einem sich verändernden Flussbett schon seit wer weiß wie lang, Jahrhunderten, Jahrtausenden. Es gefällt ihr, dieses ständige Fließen in Sprache zu fassen. Sie ist in diesem Fließen, ist das Fließen selbst, auch noch dann, als ihr die Worte ausgehen.

»Aber wissen kann man das nicht«, sagt Melanie sanft.

»Nein, wissen kann man das nicht. Aber ich finde es schön und irgendwie vernünftig. Der Gedanke tut mir gut.«

»Manche sagen, der Tod sei das Ende von allem. Schluss, aus.«

»Nun ja, wenn sie meinen. Mir kommt das vor, als ob jemand sagt: Was ich nicht sehe, gibt es nicht. Da fällt man leicht über das, was man nicht gesehen hat. Besser, man legt sich nicht fest und ist aufmerksam.«

»Vielleicht gibt es Himmel und Hölle?«

Nora lacht leise. Melanie ist ein braves Mädchen, hat ihre Hausaufgaben gemacht. »Die gibt es doch immer, temporär.«

»Was meinen Sie, was Sie erwartet?«

»Ich weiß es nicht. Die Vorstellungen kommen wohl von selbst, wie Träume. Das Einzige, was ich weiß, ist Veränderung. Alles verändert sich ständig. Man kann sich also auf Überraschungen gefasst machen. Aber ich bin mir nicht sicher, ob die so neu sind.«

»Ich fürchte, das verstehe ich nicht.«

Mit einem Seufzer drückt Nora ihre Kissen zurecht. »Was tun wir hier, Melanie? Ich habe keine Ahnung, ob sich irgendjemand dafür interessiert, was ich über mein Sterben und meinen Tod denke. Ich habe keine Ahnung, was das Richtige wäre, was ich sagen könnte. Ob es ein Richtiges gibt. Und richtig für wen? Ich rede auf brüchigem Boden. Der trägt keine Predigt mehr.«

Die Störung kommt zur rechten Zeit. Ein Klappern des Schlüssels im Schloss, Klopfen an der Tür. Marie verkündet, das Boot sei da. Nora winkt einladend, lacht fröhlich vor sich hin: »Mein Boot. Wie schön!«

Sie sieht die beiden Männer kaum. Sieht nur den Sarg aus rohem Holz. Chantal hat es möglich gemacht. Chantal hat das Talent, etwas möglich zu machen.

Das Boot.

Es steht in der Mitte des Zimmers, wartet darauf, aufgetakelt zu werden. Das Endgültige wird ein bisschen endgültiger.

Melanie hat sich zur Kamera zurückgezogen, den Einmarsch der Träger gefilmt, das Abladen des Sargs.

»Ihr Boot?«, fragt sie.

»Mein Boot. Es wird bemalt und geschmückt. Sie dürfen auch etwas darauf malen, wenn Sie wollen. Etwas zum Abschied. Sie kommen doch zur Bootsparty?«

Auf ein Zeichen bückt sich Marie und hilft Nora vom Sofa. Kein Bann, kein Fluch, kein Spruch gegen die Schwäche, die sich eingeschlichen hat, heimlich, von Tag zu Tag, manchmal mehr, manchmal weniger. Sie lässt die Beine einknicken, krümmt den Rücken. In unbewachten Augenblicken kochen in Nora Tränen der Wut auf ihre Schwäche hoch. Dann murmelt sie mit dem Mantra der Tara dagegen an. Lassen – loslassen – zulassen – geschehen lassen – sich auf Taras Schoß betten. Und sie gestattet sich nicht, sich ihrer kindlichen Fantasien zu schämen.

Marie macht es gut. Sie schiebt ihre Schulter unter Noras Achsel, packt fest das Handgelenk, stützt den Rücken mit dem anderen Arm, resolut, ohne Zögern. Ein wenig von ihrer Kraft überträgt sich, macht Nora weniger unsicher. Schritt um Schritt, langsam, alles langsam. Die Wut lauert.

Melanie hat Lampe und Kamera eingepackt, sitzt auf dem Sesselrand. Gefasst ist sie, wie immer, doch ihre Augen schwimmen.

»Ist etwas, Melanie?«

»Nein. Doch.« Sie deutet auf den Sarg. Ihre Hand zittert. »Das macht plötzlich alles so wirklich.«

»Wirklich ist er doch immer, der Tod, als Möglichkeit allgegenwärtig. Ich hoffe, Sie kommen gut heim. Man weiß ja nie.«

Es ist wohltuend, wie schnell das Lächeln zurückkehrt in Melanies Blick.

»Klar, man weiß ja nie.«

Marie bedrückt etwas. Sie verbirgt es hinter Geschäftigkeit, räumt Sachen vom Tisch. Wischt die Glasplatte ab, redet von Fischcurry zum Abendessen.

»Was ist los, Marie?«

Umständlich bringt Marie hervor: Eine Pflegerin sei nötig, morgens. Nora brauche eine bessere Betreuung. Es sei ihr gewiss nicht zu viel, aber die Zeit, weil sie doch arbeiten müsse am Vormittag. Nora solle nicht mehr alleingelassen werden, dies und das könnte passieren. Sie habe schon jemanden in Aussicht, eine erfahrene Person. Und man wolle sich abwechseln, sie und Karoline und Sophie, man habe das schon besprochen. Wenn gelegentlich eine von ihnen verhindert sei, würden Chantal und Claire einspringen.

Und da beginnt Nora zu weinen. Nora, die nie weint, fast nie. Stille, große Tropfen, aus dem Herzen gepresst von der Rührung über all diese schlichte Liebe und aus der Erkenntnis vollkommener, uneingeschränkter Entmachtung.

Marie nimmt sie in die Arme. »Ist das in Ordnung mit der Pflegerin? Vielleicht stört es dich ja, so eine Fremde in deiner Wohnung.«

Sie schüttelt den Kopf. Vielleicht wird es sie stören, aber was kann man verlangen in dieser Hilflosigkeit. Daran hat sie früher nie gedacht, dass das Leben sie in dieser Weise fallen lassen würde.

Mama im alten Haus, allein. In der Umklammerung des Verfalls. Warum habe ich es nicht bemerkt? Ich besuchte sie halbherzig, viertelherzig, so selten, redete über alles hinweg, wollte nichts wissen, sah nicht das Unglück unter der harten Oberfläche.

»Es ist ja nur für morgens«, sagt Marie. »Später am Vormittag ist Karoline da oder eines der Mädchen, und mittags komm ich ja heim.« Mit der beruhigenden Stimme, wie man zu kleinen Kindern spricht.

Gäbe es doch die Pille fürs Ende. Lukas sagte, Schlaftabletten, das sei nichts. Was weiß dieser Junge in seiner schwarzen Frivolität vom langen Sterben des Körpers.

Der Winter hat sich fest eingenistet in den letzten Tagen. Ich verbringe Stunden damit, den Meisen beim Picken an den Futterbällchen auf dem Balkon zuzuschauen. So viel Anmut. Viel schöner als Fernsehen.

Ob ich mich nicht langweile, fragt Marie. Tatsächlich ist da keine Langeweile. Fernsehen langweilt mich, oder es ärgert mich. Ein Trichter, durch den endloser Unfug in die Köpfe gestopft wird, und viel Tod, aber kein Sterben. Tod als Unterhaltung, steriler Krimi-Tod, Massentode in den Nachrichten, unpersönliche Tode, pasteurisiert, homogenisiert, in Blöcken verpackt.

Doch diese bezaubernden, hungrigen Meisen. Einmal kam ein Eichhörnchen und nahm die ganze Kugel mit. Jetzt hat Marie sie höher gehängt. Das Eichhörnchen bekommt Vorweihnachtsnüsse in einem Teller am Boden.

Ich frage mich, ob ich an Weihnachten noch leben werde. Was für eine dumme Frage. Es spielt keine Rolle mehr, wie lange ich lebe. Nur das Wie ist wichtig. Wenn ich noch meine schönen Haare hätte, würde ich daran reißen, weil ich mich über mich, über dieses dumme, konventionelle Denken ärgere.

Ein erfülltes Leben, ein erfüllter Augenblick – wie misst man das? In Sekunden Minuten Stunden Tagen Wochen Monaten Jahren Jahrzehnten?

Verzeih mir, Lisa: Ich begann diesen Brief, um Dir mein Leben zu zeigen. Wie in einem Beichtstuhl, um Dir ein »ego te absolvo« abzuringen oder es zumindest zu erbetteln. Dann wurde er zu einer Art »Liebes Tagebuch«, schließlich zum Eimerchen letzter Ergüsse. Aber ich habe Dich, meine Schwester, dabei nie aus den Augen verloren. Du bist meine Freundin geworden. Ich habe sogar begonnen, Dich zu lieben. Natürlich nicht in dieser persönlichen Weise, in der man Eigenschaften liebt. Ich kenne Deine Eigenschaften nicht, sie haben sich vermutlich verändert. Menschen verändern sich. Aber ich liebe Dich als ein inneres Bild, vielleicht als etwas von mir selbst. Und frage mich: Warum all die Trennung?

Viele Fragen. Auch die Frage: Warum tun sich Menschen mit dem Lieben so schwer? Mein ganzes Leben lang fiel mir Ärger viel leichter als Liebe. Der Ärger tut weh, aber, nun ja, er scheint zu befriedigen, eine merkwürdige, saure Befriedigung. Die Liebe macht glücklich, bricht das Herz, öffnet es wie eine Nuss. Wie sollte man sonst an den köstlichen Kern kommen?

Zum Beispiel ist da Liebe zu einer Melanie. Eine junge Frau, die filmt und mit der ich Gespräche führe. Und Liebe zu einem Kind, von dem sie mir erzählte. In einem Krankenhaus habe sie ein krebskrankes Kind gefilmt, Florian, neun Jahre alt. Ich sehe ihn in seinem Krankenhausbett, ein kahles Köpfchen, große, wissende Augen. So hat Melanie ihn beschrieben. Sie sagte: »Er schaute mich an, und ich fühlte mich unterlegen. Die ganze Zeit fühle ich mich unterlegen, allen, die um das Mysterium des Sterbens wissen.« Genau so sagte sie es. Ich vergesse viel, aber manches halte ich fest, als wäre es für die Ewigkeit.

Ich fand es so schön, wie sie es sagte. Mir geht es ebenso. Denn vom Sterben weiß ich erst ein kleines bisschen.

Die Mutter, das war der schwierigste Teil, sagte Melanie. Eine junge, blonde Frau in Jeans und Lederjacke, die vom nächsten Urlaub mit Florian auf Teneriffa sprach. Die sich Mut machte mit Sprüchen und wegsah von den gequälten Zügen ihres Kindes, dessen Sterben sie nicht sehen wollte und nicht respektierte. Dass sie einen Film drehe über krebskranke Kinder, sagte Melanie zu der Mutter. Die Worte Sterben oder Tod wagte sie nicht auszusprechen, weil sie befürchtete, die Mutter würde sie wegjagen. Als sie mit dem Jungen allein war, sagte er: »Wenn Mama nur begreifen würde, dass es nicht schlimm ist. Ich gehe weg, und dann komme ich irgendwann wieder. Aber mit ihr kann man darüber nicht reden.« Melanie fragte ihn, woher er wisse, dass er wiederkomme, und er antwortete: »Ich weiß es halt.« Dann zeigte er ihr seine Playstation und das neue Spiel, das seine Mutter ihm mitgebracht hatte. Er konnte kaum das Gamepad halten.

Melanie trägt das sterbende Kind mit sich herum. Ich konnte ihr nichts abnehmen, und das machte mich traurig bis in den Schlaf hinein. Zugleich war die Liebe da. So viel bittersüße Liebe, für Melanie und das Kind und die Mutter. Es ist ein großes Geschenk, diese Liebe, die einen zum Beten treibt.

In den Sekunden des Aufwachens, in denen sich der Traum der Welt noch nicht entfaltet hat, herrscht Vollkommenheit. Nora weiß es, ohne es zu denken. Es ist ein Wissen um Wachheit und um Unzerstörbarkeit. So sollte es bleiben. Sobald die Zeit einsetzt, kommt das Erinnern und mischt sich ein. Bleiben gibt es nur, sagt die Zeit, wo es Vergehen gibt.

Und so ist Nora traurig beim Aufwachen, weil sie sich erinnert, dass die Vollkommenheit irgendwo in ihr ist. Verschlossen.

Noch steckt der Wintermorgen im Dunkel fest. Sie tastet nach dem Schalter der Nachttischlampe. Die Pflegerin wird bald kommen. Nora müht sich aus dem Bett, stützt sich auf Kasten, Stuhl, Kommode, Türgriff, trotzig bestrebt, den Gang zum

Klo allein zu schaffen. Sie hätte diese Frau wieder wegschicken sollen. Anni, ein kleiner Name für so viel Mensch. Sie ist einen Kopf kürzer als Nora, doch die Hüften und Schultern sind breit. Arme dick wie Schenkel, die Lippen fest an den Zähnen beim Lächeln, das die Augen nicht erreicht.

Ein Schlüssel dreht sich im Schloss der Eingangstür. Annis breite Gestalt schiebt sich ins Badezimmer. Dass sie schon auf sei. Sie sollte doch nicht. Dies und das könne passieren. Und schon hat sie Nora am Arm, am Rücken, mit unbarmherziger Geschicklichkeit.

So wird es nun sein, denkt Nora verzweifelt, jeden Morgen. Nicht mehr lang, aber jeden Morgen. Der Hilfe ausgeliefert, auch Annis missbilligenden Blickattacken gegen das Boot, gegen den kleinen Schrein, gegen Tara, gegen Mahakala.

Angekleidet zwischen den Kissen auf dem Sofa, in ihre unverwüstliche Alpakadecke gehüllt, ist sie wieder mehr Nora. Sie rüstet auf mit unwirschen Gedanken, schaut mit böser Befriedigung zu, wie Anni eine Kaffeetasse auf den geschlossenen Laptop stellt.

»Das ist ein Laptop. Wissen Sie, was ein Laptop kostet?«

Mit festgezurrtem Gesicht stellt Anni die Kaffeetasse zur Seite, nimmt die zweite Tasse, die sie für sich selbst hingestellt hat, mit in die Küche.

Nach zwei Stunden wortloser Kriegsführung geht die Pflegerin und sagt kampfbereit: »Bis morgen dann.«

»Es ist grauenvoll«, schreibt Nora in einer E-Mail an Wangmo. »Ich halte diese Frau nicht aus. Sie ist bis zum Rand mit Tüchtigkeit angefüllt. Ihr Charakter tut mir weh und vielleicht ihr der meine. Ich bin wütend auf sie und auf mich selbst. Ist das schon Bardo? Der Rinpoche sagte, dieses Gefangensein, das ist Bardo, so wird es sein im Zwischenzustand, falls man es nicht vorher schon aufgebrochen und sich befreit hat. Ich fürchte mich. Zum ersten Mal fürchte ich mich vor dem Tod, ganz sachlich, ohne Panik. Sag mir, was ich tun soll.«

Marie bringt frischen, warmen Apfelstrudel, erfüllt den dunklen Nachmittag mit Mütterlichkeit. Schneeweich.

Kaum hat sie sich niedergelassen, bahnen sich angestaute Neuigkeiten ihren Weg: »Stell dir vor, Claire hat einen neuen Freund. Ein Student. Er hat nur ein kleines Auto, sagt sie. Kaum ein Wort, wie er ist als Mensch, wie er aussieht. Nein, sie sagt: Nur ein kleines Auto.«

»Wundert es dich? Du mochtest den Bentley doch nicht.«

Marie lacht dankbar, zu bereitwillig. Bisher war ihr nicht zum Lachen, wenn es um die luxuriösen Vorlieben ihrer Töchter ging.

»Schau, Marie, versteh sie doch. Sie kennt ihre Mutter: kleines Auto, keine moralische Entrüstung.«

Marie lacht auch dazu, ohne Widerrede. Stürzt sich in ihre Vermutungen über den Neuen, von dem Claire sagte, er sei ganz besonders und lese Kafka. Dieses Besondere beunruhigt Marie, wie zuvor der Bentley sie beunruhigt hat. In diesem Eifer, das spürt Nora mit erprobter Gewissheit, lauert Schuld. Warum nur müssen sich Mütter so leicht schuldig fühlen?

»Wünschen wir ihr Glück«, sagt Nora. »Es tut so gut, ein bisschen Glück. Auch wenn das Unglück mitprogrammiert ist.«

»Sag das nicht, Nora.«

»Aber es ist so. Du weißt es.«

Doch Marie ist von ihrer liebsten Beschäftigung nicht abzubringen. Sie läuft dem Leben ihrer Töchter nach, als könne es das eigene ersetzen. Wie oft sagt Nora: Lass sie! Das Leben ist dazu da, dass man leben lernt.

Was würde sie selbst tun, gäbe es Julian? Und Benni? Hätte sie sich auch so hineingeflochten in deren Dasein? Oder wäre sie fähig gewesen, einfach dankbar und staunend die Tatsache ihrer Existenz zu umarmen, so, wie sie es, das gesteht sie sich ein, von Marie verlangt?

Sie macht sich bereit, Ermüdung vorzutäuschen, als Wangmos Anruf sie erlöst. Sie komme am nächsten Tag, sagt sie.

»Oh, das ist schön«, bringt Nora heraus, Erdbeben in der Stimme. Und Wangmo nimmt ihr liebevoll die Worte ab, sagt alles Mögliche, das nicht gesagt werden muss, damit Nora sich in ein erleichtertes Schweigen zurücklehnen kann.

Nun ist sie wirklich müde, lässt die Augen zufallen. »Wangmo kommt morgen.«

»Aber das ist doch noch nicht nötig«, murmelt Marie.

Noras kleines Abschiedslächeln missachtet den angespannten Ton. »Dein Apfelstrudel war köstlich. Die Rettung aller Appetitlosen.«

Wie viele Seiten werde ich wohl noch schreiben können? Es gibt manche gute Tage, wie heute. Da ist plötzlich wieder ein bisschen Kraft, als würden kleine Reserven aus verborgenen Ecken geholt. Aber sie werden bald alle erschöpft sein, ich spüre es. Das erinnert mich an die Fahrt in einem Lift, an das schwebende, ein bisschen mulmige Gefühl, wenn man abwärts fährt.

Marie will natürlich nichts davon hören. Doch jetzt ist Wangmo da. Sie nickt und sagt: Gut! Wangmo kann es stehen lassen, wenn ich vom Ende rede. Mehr noch, sie ermutigt mich dazu.

Ich höre sie und Marie in der Küche, während ich dies schreibe. Sie besprechen die Bootsparty.

Das Boot ist mein Sarg. Es mag seltsam klingen, aber es tut mir gut, ihn in meinem Zimmer stehen zu sehen. Alle Freundinnen werden zur Party kommen und mit dem Bemalen beginnen. Wir haben einen Plan für das Bemalen entworfen: Ovale, eines neben dem anderen, in das jede ihren Abschied hineinmalen kann. Dazwischen tibetische Ornamente und Mantras. Es wird ein schöner Sarg. Alle sollen sich daran freuen.

Mein Ableben ist ordentlich organisiert. Eine Liste für alle Details liegt bereit, für den ganzen verwalteten Tod. Zum Beispiel ist es wichtig, dass mein Körper nicht gleich weggeschafft wird. Der Geist braucht seine Zeit, um sich vom Körper zu lösen. Früher wusste man das auch bei uns, heute hat man es eilig mit dem Entsorgen. Und dann all die legalen Abwicklungen. Marie und Wangmo werden sich darum kümmern. Es tut mir leid, dass ich ihnen das anhängen muss. Immerhin – was ich tun konnte an Vorbereitungen, habe ich getan. Zur Entlastung der anderen, und es half mir selbst dabei, mir diesen endgültigen Abschied deutlich zu machen. Mich immer mehr auf ihn einzulassen.

Kürzlich erinnerte ich mich an den Tod von Opa Wallner. Schon als man ihn ins Altersheim gebracht hatte, vergaß ich ihn. Er hatte ja immer wenig geredet. So verschwand er einfach, wie ein Möbelstück. Nach der Beerdigung hörte ich Mama sagen, er habe sich bis zuletzt ans Leben gekrallt. Dieses Wort verfolgte mich. Ich träumte von krallenartigen Händen, die sich an mir festhalten wollten. Jetzt denke ich, was für ein Leiden, die schreckliche Angst vor Vernichtung. Und Oma Wallner hat es ihm gewiss nicht leichter gemacht. Sie brauchte ihn. Hatte nur noch ihn nach dem Selbstmord des Sohnes.

Ach, und der schuldige Satansbraten und die misslaunige Witwe durften überleben.

Sie tun mir leid, die Gespenster meiner Vergangenheit.

Wangmo und Marie haben die Bootsparty klammheimlich vorbereitet. Plötzlich sind sie alle da, Chantal mit Marius und Melanie und Karoline mit Sophie. Sophie hat Bilder der größeren Kindergartenkinder über das Thema Sterben dabei, die sie für ihre sterbende Freundin gemalt haben, und breitet sie über Noras Alpakadecke aus. Nora kommen Tränen über all den Eifer, mit dem die Kinder malten. Ein Bild fängt ihren Blick ein. Eine Person, weiß mit grünen Flügeln, fliegt durch eine Welt voller ineinandergreifender Gegenstände: eine Gitarre oder Geige, eine Art Panzer, eine Schlange, Flugzeuge, mancherlei Undefinierbares, alles in festen Strichen mit Filzstiften gezeichnet. Unten ein schiefes Haus. Zwischen allem schweben Totenköpfe mit schwarzen Flügeln. Erstaunliche grafische Lösungen mit viel Balance.

»Ein Junge, David«, sagt Sophie. »Ein ganz Stiller. Unser Maler.«

Das Bild erhält einen Platz auf dem Schrein. Neben dem Foto des Rinpoche.

»Dieses Kind hat einen alten Geist in sein Leben mitgebracht«, sagt Wangmo. »Leicht wird er es nicht haben.«

Nora lächelt, ist glücklich, dass Wangmo da ist. »Ich werde für David beten. Ich habe Lust, für viele Leute zu beten.«

Claire und Lukas sind die Letzten, die kommen. Gemeinsam, zu Noras Überraschung. Die Elfe und der Wolf.

Maries Blick fällt in Stücke, fast hörbar. Nora streckt die Hand nach ihr aus, doch Marie sieht nichts, ist gefangen von einem Albtraum in Schwarz.

Claire tänzelt, schwebt in einem sanft zum Boden fließenden Rock herein, küsst Noras Wange und legt eine CD in ihre Hände. »Passende Musik«, erklärt sie. »Dead Can Dance. So heißt sie, die Gruppe.«

Lukas schüttelt sein Cape ab und reicht es Claire, ohne sie anzusehen. Er enthüllt eine tief dunkelrote, fast schwarze Rose, legt sie Nora auf die Brust. Steht vor ihr und nickt.

»So wird es gut aussehen.«

Claire drückt ihm mit herausforderndem Lächeln sein Cape an die Brust. »Aufhängen. Draußen. Und sag guten Tag, Lucky.« Die Elfe fletscht die Zähne. Nora genießt die Herausforderung. Wird sie auf ihre alten Tage noch die gewohnten Vorstellungen verabschieden? Vielleicht haken sie gut ineinander, diese beiden Kinder einer aus den Fugen geratenen Gesellschaft, teilen einen Sinn fürs Bizarre. Es könnte ihr Glück sein.

Lukas lässt wortlos das Cape fallen, keine Bewegung im blassen Gesicht. Er deutet auf die Rose. »Jemand sollte ihr Wasser geben.«

Nora zieht ihn am Ärmel zu sich heran und sagt leise: »Es hat schon Leute gegeben, die sind an ihrer Maske erstickt. Sieh dich vor!«

Mit einer kleinen, gebieterischen Geste weist sie auf den Rand des Sofas. »Setz dich!« Sie bittet Claire, die Rose zu versorgen und Champagnergläser zu füllen, für alle drei.

»Und jetzt sagst du mir, was gut aussehen wird, Lukas.«

»Die Blume – im Sarg.«

Weiße Finger trommeln ein wenig auf dem schwarzen Samt der Hose, die andere Hand spielt mit dem Pentagramm auf seiner Brust zwischen den Aufschlägen des samtenen Jacketts.

»Im Boot«, sagt Nora. »Ich würde mich freuen, wenn du auch etwas draufmalen würdest, zum Abschied. Alle werden etwas draufmalen.« Eine Handbewegung fasst die Menschen im Zimmer zusammen. »Meine ganze wunderbare Wahlverwandtschaft.«

»Ich denke darüber nach«, erwidert Lukas und nimmt das Glas aus Claires Hand. Ihre Finger berühren einander. Für einen Augenblick fällt Nora aus der Zeit, als betrachte sie ein Bild in einer Galerie. Die leicht vorgeschobene Hüfte der jungen Frau, ein Blick unter gesenkten Lidern hervor hinter einem zarten Schleier heller Haare. Sie reicht das Glas, ganz Eva, auf dass ihr dunkler Adam es nehmen und sich entspannen möge. Dazu die sprungbereite Haltung des Jünglings, einen Mann mag Nora ihn kaum nennen, obwohl er gewiss protestieren würde. Er nimmt das Glas entgegen, so adamhaft, als gehe es wahrhaftig um Schlangen und Wissen.

»Danke«, sagt er mit gespielter Zerstreutheit, und ein kleiner Ärger weht durch Nora. So leugnet er also die Berührung der Finger, der dumme Junge.

Claire gibt ihm einen kleinen Klaps auf den Kopf. »Cheerio«, sagt sie. »Lucky.« Und mit einem weichen, freundlichen Schwung der Hüfte wendet sie sich ab, nickt Nora über die Schulter zu: »Bis nachher«, und versinkt in der wärmenden Runde der Sterbefamilie. So nennt Nora für sich die Gäste – ihre Sterbefamilie.

Lukas hebt sein Glas. »Auf dich, Tante Nora. Auf deinen Tod.«

Nora kichert und weiß nicht, warum sie sich freut. Doch da ist Freude, wärmende, strahlende Freude.

»Noch feiern wir mein Leben, Lukas. Trinken wir auf Leben und Tod. Eine runde Sache. Liebst du Claire?«

Sie sagt es, als er trinkt, und er hustet. Hat sie es erwartet? Sie kichert wieder, freut sich noch mehr. Sie wird sich einmischen. So nah am Tod, denkt sie, schreckt man vor nichts mehr zurück.

»Du könntest sie lieben, wenn du es wagst. Sie ist bereit.«

»Woher willst du das wissen?« Seine Stimme ist klein, hat unversehens alle Kanten verloren.

»Ich lebe schon so lang, mein Junge. Ich sehe so was.«

Ein Lächeln drängt sich in sein Gesicht. Die Mundwinkel ziehen nach unten, versuchen es zurückzuhalten, doch es bricht durch. Nora vergisst zu atmen. Da ist es, ein vertrautes, nie vergessenes Lächeln, das in ihr überlebt hat unter einem Berg von Groll und Trauer: seines Vaters Lächeln.

Mit einem »Trau dich!« lässt sie ihn gehen, schickt ihm still das Mantra der Tara nach. Claires Besonderer mit dem kleinen Auto.

Eine nach der anderen setzen sie sich an den Rand des Sofas, stoßen mit ihr an, lachen mit ihr. Malereien entstehen in den Ovalen am aufgebockten Boot: Engel, Blumen, Vögel. Der kleine Marius arbeitet mit der Zunge zwischen den Lippen an den Strahlen einer Sonne. Wangmo und Chantal knien am Couchtisch, entwerfen Ornamente für den Sargdeckel in Rot und Gold.

»Wenn man bedenkt – das alles für den kurzen Weg ins Feuer«, sagt Chantal bedauernd.

»Wie das Leben«, erwidert Nora heiter.

»Und die Sand-Mandalas«, fügt Wangmo hinzu. »Die kehrt man nach der Zeremonie zusammen, und es bleibt nur ein graues Häufchen Sand zum Verstreuen. So werden all die guten Energien darin freigesetzt.«

Nora betrachtet ihre zerknitterten Hände, einmalige Hände eines einmaligen Körpers. Einmalig wie jedes Wesen. Sie werden in Flammen aufgehen. Wie die Körper, die sie auf den Scheiterhaufen an den Ghats des Bhagmati-Flusses in Kathmandu sah. Dort streute man die Reste in den Fluss, hier lassen die Hochleistungsöfen nicht einmal Knochen übrig. Jans Ring wird schmelzen. Lediglich der kleine Brillant wird überdauern.

Sie bemerkt das kühl auf sie gerichtete Kameraauge, erschreckt ein wenig, nimmt sich nicht mehr von innen wahr. Unwillkürlich gleitet ihre Hand zum Turban. Melanie spürt die Irritation, schaltet die Kamera ab, setzt sich an den Sofarand und behält sie im Schoß, streichelt unbewusst den metallenen Leib.

»Herrliche Bilder«, sagt sie. »Ich glaube, ich werde Ihnen einen schönen Film verdanken.«

»Kennen Sie Claire?«, fragt Nora unvermittelt.

Sie sei nur mit Chantal befreundet, erwidert Melanie. Claire bewege sich in einem anderen Kreis. Sie sehe sie selten, man komme nicht leicht an sie heran.

Nora folgt Melanies suchendem Blick. »Hinter dem Boot ist Claire mit Lukas«, verrät sie. »Ich möchte zu gern wissen, was sie malen.«

Lukas habe ein Pentagramm in grünem Blätterkranz in Arbeit, berichtet Melanie. Claire zeichne nach einer Vorlage einen Vogel mit einer Schlange im Schnabel in ihr Oval. Doch sie scheinen mehr zu reden als zu malen, hätten nicht einmal die Kamera bemerkt. Nora nickt, lächelt, murmelt ihren Dank. Sie möchte mehr erfahren, mit schamlosem Mitgefühl. Möge er es wagen, sich die Maske absprengen zu lassen, möge er die Gelegenheit des Öffnens nicht verpassen. Riesige Wunschblasen steigen in ihr auf und füllen den Horizont. Sie hat keine Wahl, ihr Herz hat Lisas trauriges Kind bereits adoptiert.

Marius klettert auf ihre Beine, fragt, wohin Nora mit dem Boot fahren will.

»Zum Rand der Welt«, sagt Nora, »und dann noch weiter.

Dorthin, wo man alle trifft, die schon weggegangen sind. Und dann noch weiter. Eine lange Reise.«

Das Kind überlegt ein wenig. »Ich komme dann auch, Tante Nora. Später mal.«

»Es war eine schöne Party«, seufzt Wangmo zufrieden. »Gute Leute, gutes Essen, guter Wein. Und wunderschöne Malereien auf deinem Boot.«

Noras Lächeln zerfließt in Erschöpfung. »Dass ich einsamer Wolf zum Ende noch solch eine Familie zusammenbekomme. Ein Wunder.«

Sie ist so müde, dass sie sich fragt, wie sie ihr Bett erreichen soll. Sie möchte auf dem Sofa zwischen den Kissen einschlafen. Doch sie selbst ist es, die darauf besteht, morgens aus dem Bett aufzustehen und sich zum Sofa zu schleppen, sich aus der Umklammerung der Nacht zu erheben und ins Leben zu treten. So aufrecht es noch geht. Das Bett gehört nur der Nacht, nicht dem Tag. Wangmo versteht es und hilft ihr am Morgen, sich anzukleiden und zurechtzumachen, als warte ein ganz gewöhnlicher Lebenstag auf sie. Doch diese Tage sind nur noch selten gewöhnlich. Die Stufen hinauf zum Sprungbrett …

Im Bett greift sie nach Wangmos Hand. »Was meinst du, dauert es noch lang?«

»Hast du es eilig?« Ein liebevolles Grinsen.

»Ich meine gar nicht den Tod selbst. Es ist wegen dieser Schwäche, sie wird schlimmer. Wenn ich dann nicht mehr aufstehen kann. Und das Ding in meinem Kopf, wenn ich vielleicht nicht mehr denken kann.«

Und sie spricht von den Ängsten, die gegen alles bessere Wissen aufsteigen, nachts, wenn sie wach liegt. Und die Bettlägerigkeit, wie die Mutter, so hilflos, Bettpfanne, Windeln, sich waschen lassen müssen, überall.

»Ich weiß ja«, sagt sie, »ich bin nicht mein Körper. Aber ich kann mir das noch so oft sagen. Ich erlebe es anders. Für Zen-Meister mag es so sein, aber für mich nicht.«

Wangmo beugt sich vor und küsst sie auf die Stirn. »Das bisschen Waschen, vergiss es. Denk an deinen Geist. Für deinen Körper sorgen wir, aber dein Geist ist deine Sache.«

Sie bemüht sich, in Taras weißem Licht einzuschlafen. Aber die Gedanken wandern. Zu Lukas, der ihr Sohn hätte sein können. Doch dann wäre er nicht Lukas. Es war Lisa, die Frau, von dem sich dieses Wesen im Schattenreich der Zwischenwelt angezogen fühlte, als es auf die Wiederkehr hoffte. Die geschlechtslosen Bardo-Wesen im Reich der Energien werden das Gegenstück, die Ergänzung zu dem Elternteil, das sie anzieht, heißt es. Wer ist Lukas im früheren Leben gewesen? Vielleicht Julian? Erklärt dies ihre überstürzte Zuneigung, die sich keiner Voreingenommenheit beugt, und ihre befremdlichen Anfälle von Mütterlichkeit? Er könnte auch Benni gewesen sein oder Jan. Was würde es ändern, wenn sie es wüsste?

Interdependenz, sagte der Rinpoche, alle mit jedem verbunden, alle von jedem abhängig, alle auf jeden einwirkend. Ein unendliches Netz durch Raum und Zeit. Niemals irgendwo durchbrochen.

Hörst du, Alex? Du konntest mich nie verlassen, ruft sie ihm lautlos zu durch die Weite der Nacht. Ebenso wenig wie Jan und Benni und Julian sie je verlassen haben. Ein tiefes Verstehen dämmert in ihr. Kein Zusammenkommen – kein Verlassen. Keine Sehnsucht – keine Erfüllung. Alle mit allen vereint in anfangsloser und endloser Zeit. Ein wunderbares, gewaltiges Wissen löst alle Gedanken auf wie die Sonne den Nebel. Das Wissen ist in ihrem Körper, bringt jede Zelle zum Glühen, durchdringt alles, die Elemente, die Galaxien, das All.

Eine Welle der Glückseligkeit trägt Nora aus der Zeit. Irgendwann verebbt sie, wird Erinnerung, ein Nachbeben voller Tränen des Glücks und des Verlusts.

Am Morgen nach dem Aufwachen ist all das Vergangenheit,

lässt sich nicht festhalten, hallt nur nach, bekommt noch einmal Leben durch das Erzählen.

»Du erinnerst dich doch an die Herz-Sutra?«, sagt Wangmo. »Wir haben sie immer vor den Vorträgen des Rinpoche rezitiert. Beschreibt sie nicht deine Erfahrung? ›Form ist Leerheit, Leerheit ist Form, es gibt nicht Geburt und nicht Vergehen, es gibt nicht Reinheit und nicht Unreinheit, es gibt nicht Unwissenheit, kein Ende der Unwissenheit, nicht Alter und Tod, kein Ende von Alter und Tod‹ und so weiter.«

In den Papieren steht es, die Wangmo vom Schrein genommen hat, kantig in Worte gepresst: »So sprach der edle Shariputra zum edlen Avalokiteshvara, dem Boddhisattva Mahasattva.« Nora lächelt. Wie vertraut ihr die Worte sind aus den vielen Rezitationen im Kloster. Einmal soll jemand tot umgefallen sein, als der Buddha die Wahrheit des Überschreitens aller Vorstellungen verkündete. Welch ein Glück!

»Meinst du, Wangmo, das ist mit Nirvana gemeint? Dieses unbeschreibliche Glück?«

Wangmo wiegt den Kopf, wie sie es in Kathmandu immer tat. »Wahrscheinlich. Sonst hieße es ja nicht: der Weg zum Glück.«

»Also die Buddha-Natur?«

»Na ja, wie die Eichel die Eiche ist, sozusagen. Oder das Ei das Huhn.«

»Wann werde ich das Huhn sein?«

Wangmo lacht. »Das Huhn sind wir ja immer. Immer schon gewesen. Aber da wir glauben, wie wären ein Ei, verhalten wir uns auch so. Wir sehen ständig nur Eier. Manchmal wacht ein Huhn aus dem Eiertraum auf und erahnt sein Huhnsein.«

Nora kichert und köpft ihr Frühstücksei. »Ah ja, ich verstehe. Durch diese Dynamik, das Huhn werden zu wollen, entwickelt sich per Meditation das Küken, und dann wird das Ganze noch dynamischer, und das Küken produziert einen Eizahn und pickt die Eivorstellung auf. Peng! Ein Loch, so wie heute Nacht. Das war ein großes Loch im Ei. Die Frage ist nur, wann werde ich das ultimative Buddha-Huhn sein, das ich bin?«

»Lies nach im Tibetischen Totenbuch«, erwidert Wangmo heiter und köpft ebenfalls ihr Ei.

11.

»Lassen Sie mich, Anni. Ich will nicht baden.«

Annis Gesicht arbeitet. Natürlich möchte sie etwas einwenden, das ist sie sich schuldig. Doch Anni wurde von Wangmo gezähmt. Sie ist ein bisschen weicher geworden, hat alle Krallen eingezogen. Es fallen auch keine bösen Blicke mehr auf den Schrein und den Mahakala an der Wand.

Den Gottseibeiuns habe sie den Mahakala genannt, berichtete Wangmo. Einen Teufel. Der mache einem doch Angst. Und die Halbnackte an der Wand. So was!

Erst aufgeregte, dann angeregte Stimmen hat Nora aus der Küche gehört, als Wangmo der Pflegerin erklärte, dass die christlichen religiösen Gestalten in Gewänder des nahen Ostens gekleidet seien, wie die Muslime. Oder ziemlich nackt auftreten, wie der Gekreuzigte. Sie finde Maria schön in ihrem blauen Burnus, sagte Wangmo. Und sie finde auch Tara schön in ihren indischen Seidentüchern. Zwar zu kalt für Tibet, aber Tara sei ja aus Indien importiert worden, so wie Maria aus dem vorderen Orient. Eingebürgerte Importe. Da wurde Anni schon ein bisschen leiser.

Wangmo erzählte ihr die Geschichte vom tibetischen Dämon, der sich zum Buddhismus bekehren ließ, was doch gewisse Ähnlichkeiten mit einem unchristlichen Saulus, der zum christlichen Paulus wurde, aufwies. Und dann sprach sie von der Idee, dass Vorstellungen und Einstellungen sich ändern können. Diese Idee gebe es doch in Ost und West. Weil das Bewusstsein über eine grundlegende Klugheit verfüge. Das sehe Anni sicherlich ein. Und Anni sah es schließlich ein.

Wie Wangmo das nur macht.

»Dann wollen wir mal auf den Sessel«, sagt Anni. »Das Bett darf ich doch machen?«

Nora bemüht sich zu lächeln. »Aber ja, ich bitte darum.«

Langsam aufsitzen, Beine auf den Boden. Das Sofa wurde durch ein Krankenbett ersetzt, so hoch, dass Nora leichter aufstehen kann. Die Beine zittern beim Stehen. Sie schiebt Anni weg, will allein zum Sessel. Ach, dieser Eigensinn, sagt Annis Blick. Doch sie schweigt. Die zwei Schritte treiben Nora den Schweiß auf die Stirn. Der Triumph ist schal. Wie albern, dem schwindenden Leben noch solchen Kraftbeweis abzutrotzen.

Später wird Karoline kommen. Sie sind Freundinnen geworden, die bescheidene Karoline und eine Nora, die immer bescheidener wird. Es tut Nora wohl, wie Karoline im Sessel sitzt, mit ihren Stricknadeln klappert und unauffällig, vielleicht ganz ohne nachzudenken, Noras Stimmung nachspürt, ob sie reden will oder schweigen. Sie hört es aus der Art, wie Nora die Frage nach ihrem Befinden beantwortet. Ob sie klagt, wie die Schmerzmittel sie müde machen, dass es wohl ein nicht so guter Tag sei. Oder sagt, dass sie besser geschlafen habe als sonst. Vielleicht hat Karoline dieses Spüren durch Sophie gelernt. Sie ist ein liebes Kind, die kleine Sophie, aber stur. Nur Liebe kann sich zwischen und unter den Wänden dieser Sturheit hindurchspüren, diese unauffällige, aufmerksame Liebe, die Karoline in sich freigesetzt hat, um überleben zu können mit der Last und dem Glück dieser Tochter. Und diese Liebe gibt sie nun auch Nora, freizügig, ohne Rückhalt.

»Anni, haben Sie Kinder?«, fragt Nora unvermittelt. Anni hält inne, stürzt Hals über Kopf in eine tiefe Trauer. Doch sie ist es gewohnt, darüber hinwegzureden, als habe ihre Trauer keine Bedeutung. Für eine Ehe habe sie nie Zeit gehabt, zu viel Arbeit. Und da war noch der Vater, behindert nach einem Arbeitsunfall, um den musste sich ja auch jemand kümmern. Dann verschwindet sie plötzlich in der Küche, wie erschreckt von so viel persönlicher Preisgabe. Doch als sie geht, ist ihre Stimme ein wenig heller als sonst.

Der Morgen ist für Nora die schwierigste Zeit. Er schreit nach Leben. Alles beginnt, alles ist neu, strebt rücksichtslos hinein in die Fülle des Tages. Mit Wangmo war es viel leichter, aber Wangmo ist nicht mehr da. Jeden Morgen zündete sie die Kerze auf dem Schrein an und ein Räucherstäbchen, füllte die Schale mit Wasser, setzte sich auf das Polster am Boden und sang ihre tibetischen Rezitationen. Nora las währenddessen die Übersetzung, leise murmelnd:

»Erhabene und edle Befreierin
gepriesene TARA
die alle Ängste zerstreut
und alle Wünsche erfüllt ...«

»Erfülle mir den Wunsch loszulassen«, sagt Nora zu dem Bild an der Wand.

Sie solle die Todesmeditation üben, die Wangmo sie gelehrt hat, übersetzt der innere Zeuge, Loslassen üben.

Ihre Finger greifen unwillkürlich nach Jans Ring, den sie mit ins Feuer nehmen will, an dem sie sich festhielt über so viele Jahre hinweg. Immer wieder, wenn sie sich die Frage stellt, welches Ding sie nicht loslassen kann, ist es nur Jans Ring. Alles andere kann sie mit leichtem Herzen verschenken. Das Tara-Thangka, das ihr so lieb geworden ist, die Malades Rinpoche und die Buddha-Statue, ihre Lieblingsbücher, Mamas geerbte Halskette aus Gold und Jade. Alles, nur den Ring nicht.

Sie zieht ihn vom Finger, an dem er zu locker sitzt, stellt sich vor, sie würfe ihn in einen Schmelztiegel, sähe ihn schmelzen. Diese Vorstellung ist die erträglichste. Viel schwieriger wäre es, ihn zu verschenken. Ihre Hand schließt sich fest um das warme Metall. Wangmo würde ihn achten, ihn vielleicht auf ihren Schrein legen. Niemand anderem würde sie ihn anvertrauen, nicht einmal Marie.

Sie wird darüber nachdenken.

Dann die Frage nach den Menschen, die sie festhält. Sie wird alle zurücklassen müssen. Der größte Schmerz – auch den Rinpoche. Doch Wangmo sagte, ihn könne sie nicht verlieren. Er ist ebenso ihr innerer wie ihr äußerer Lehrer. Er bedarf keiner Gestalt. Sie taucht ein in diese Beruhigung, kann sich darin geborgen fühlen, doch nicht für immer. Es bedarf ständig erneuter Vergegenwärtigung. Wie Wangmo sagte: Erst viele Perlen ergeben eine ganze Kette.

Lukas. Sie wusste es, und doch erscheint es ihr, als treffe es sie unvorbereitet. Wie kann sie ihn allein lassen in seiner Leere? Wie kann sie gehen, bevor er aufgewacht ist aus seinen traurigen Träumen? Er weiß nicht, dass er sie braucht. Aber sie weiß es, ein Wissen, das ihr das Herz zerschneidet. Die Liebe zu Benni, die Liebe zum ungeborenen Julian, all das Lieben, Sorgen und Schützen, das keinen Weg in die Welt fand, fließen zusammen in dieser instinkthaften, leidenschaftlichen Verantwortung für Lisas Kind.

Von Mal zu Mal wartet sie auf seinen Besuch. Er gibt wenig preis, lässt sie reden, als gehe es ihn nichts an. Manchmal fährt er ihr ins Wort, weist sie zurück. Doch er kommt immer wieder.

»Du könntest hier wirklich die Maske ablegen«, sagte sie bei seinem letzten Besuch. »Ich weiß doch, dass dahinter ein verletztes, verletzbares Wesen ist. Und ich weiß auch, dass ich mich verletzbar mache, wenn ich so etwas sage. Aber da ich sowieso bald sterben werde, kommt es nicht mehr darauf an. Ich hatte so wenig Mut in meinem Leben. Erst als ein wunderbarer tibetischer Mensch mir zeigte, wo ich meinen Mut suchen musste, entdeckte ich ihn – im Lieben, dort ist er. Lass mich dir das sagen: Mach das Herz auf, und du findest deinen Mut.«

»Amen«, sagte Lukas und stand auf. »Ich kann Plattitüden nicht ausstehen. Du meinst es gut, und du stirbst, und ich bin pietätlos und so weiter. Bis dann, Tante Nora.« Mit einer kleinen arroganten Verbeugung verließ er sie.

Und doch entstehen manchmal Inseln der Vertrautheit. Wie bei jenem Besuch, als sie die schreckliche Geschichte mit dem Hündchen erzählte, sich in äußerster Schutzlosigkeit die Blöße gab.

»Wenn ich damals geahnt hätte«, sagte sie, »welches Maß an Schuldgefühlen ich mir mit dieser grausamen Tat aufbürdete. Man weiß ja als Kind nicht so recht, was man tut. Und als Erwachsener, da braucht man auch lang, bis man es besser weiß – was einen leider nicht von der Schuld befreit.«

Da nickte Lukas, krampfte die Hände ineinander und mochte an eigene Schuldgeschichten denken.

»Und wenn man es dann besser weiß«, fuhr sie fort, »kann man anderen leichter verzeihen. Weil man erkennt, wie oft Verzweiflung in den schuldhaften Taten steckt.«

Danach sprachen sie über Schuld und Sühne und Karma, das selbst geschaffene Schicksal und wie man die Idee der Wiedergeburt verstehen solle. Er habe einmal phantasiert, berichtete Lukas, wer er in früheren Leben gewesen sein mochte. Ein reicher Fürst mit viel Hofstaat und viel Langeweile, das sei ihm eingefallen. Daraufhin habe er von einer Jagd geträumt, so wie eine Fuchsjagd, aber auf Menschen. Bettler und Bauern. Auf Pferden haben sie den Flüchtenden nachgesetzt, Hundegebell, Heulen, Todesschreie. Man schwang Lanzen und spießte auf, wen man einholte. Auch Kinder.

»Es war scheußlich, als ich aufwachte«, sagte Lukas. »Ich hab diese Bilder lange nicht loswerden können. Warum träume ich so was? Meinst du, es waren Erinnerungen?«

Nora schüttelte den Kopf. »Vielleicht siehst du zu viel Horror-Videos. Das ist wie schlechtes Essen. Geistige Vergiftung.«

Lukas' Traum verfolgt auch sie. Lässt sie immer wieder zu ihrer Mala greifen und das Mantra des Mitgefühls rezitieren, für Lukas, für Lisa, für Alex. Für sich selbst, dass sie Lukas loslassen möge, den so hilflos zu lieben sie verstört, obwohl sie es nicht missen möchte.

Dann der nächste Schritt der Übung – ihr Körper. Diesen Körper mochte sie nie, so dachte sie zuerst. Wangmo brachte sie darauf, wie viel Zuflucht er ihr bot. In Angst und Verwirrung war er für sie da, bot ihr Bewegung und Schlaf, ließ sie aufgerichtet der Welt entgegentreten. Gab ihr die Wohltat der Sinne, lässt sie Schönes sehen, hat ihr ein Leben mit der Freude an Bildern gewährt, lässt sie Schönes hören. Wie gut tut ihr Mozart! So viel Schönheit. Der Geruch des Flieders, der Geschmack bitterer Schokolade. All dies ist Zuflucht vor den Schmerzen des Geistes. Bald würde sie sich nicht mehr in diesen kompakten, die Welt fühlenden, die Existenz bestätigenden Körper zurückziehen können, dem Raum ausgeliefert. Wie würde sie all den Raum ertragen können?

Dehne dich aus, sagte Wangmo. Stell dir vor, du bist nur noch Energie. Dann dehnst du dich aus bis ins Weltall und darüber hinaus, bis du nur noch Weite bist, so wunderbar konturlos. Derart hatte Nora nach und nach gelernt, sich auszudehnen, wenn es in ihrem Körper zu eng wurde. Siehst du, sagte Wangmo, was dein Geist alles kann. Und schließlich soll sie sich vorstellen, ihr Selbst loszulassen. Alles loszulassen, was Nora ausmacht. Sie erinnert sich an den Rinpoche, der sagte, Schüler und Lehrer könnten sich wie zwei offene Türen begegnen. Sie hatte es nicht verstanden, doch nun ahnt sie es. Der Raum, der dem Raum begegnet. Das ist die Hand, mit der er sie hält.

Sie ist jedes Mal ein bisschen anders, diese Meditation. Und führt sie jedes Mal ein wenig weiter hinein in das große Geschehenlassen.

Ach, Lisa, das ist vielleicht das letzte Stück meines Briefs, das ich noch selbst tippen kann. Alles strengt mich so sehr an. Sogar das Denken strengt an. Ich wünsche mir so sehr, ganz wach bleiben zu können bis zuletzt. Warum habe ich so viel Zeit mit Ablenkungen vertan, kostbare Zeit? Ich war so viel allein in meinem Leben und war nur damit beschäftigt, darunter zu leiden und diesem Leiden mit allen Mitteln auszuweichen. Anstatt mittendurch zu gehen und auf der anderen Seite herauszukommen – in der Freiheit.

All diese kostbare Zeit!

Nun habe ich doch tatsächlich Weihnachten noch erlebt. Wangmo ist am Ende der Ferien zurück nach Zürich gefahren. Mit dem Versprechen, sofort zu kommen, wenn es so weit sei. So weit. Wie weit? Man fühle das, sagte sie.

Sie mag recht haben. Ich kann fühlen, mehr denn je in meinem Leben, wie mit abgezogener Haut. Die Schneeflocken fallen geradewegs auf mein Herz. Dann weiß es nicht, ob es weinen oder lachen soll, weil sie so schön sind in ihrer weißen Grazie.

Wangmo hat mir kürzlich eine Geschichte erzählt, über die ich oft nachsinne. Nach den Worten des Buddha könne man Menschen mit Pferden vergleichen. Da gibt es solche, die schon beim Anblick der Peitsche lospreschen. Andere lassen sich von einer ganz kleinen Berührung zum Laufen bringen. Den Bequemeren müsse man schon mal eins überziehen, um sie zu motivieren. Und die ganz Faulen brauchten ordentliche Schläge, bis sie endlich bereit seien, sich zu bewegen. Die Geschichte würde, sagte Wangmo, so interpretiert, dass die meisten Menschen zu den ganz Faulen gehören.

Manche fühlen sich allein schon durch das Hören vom Leiden an Krankheit, Alter und Tod und von der Befreiung vom Leiden dazu gedrängt, den spirituellen Entwicklungsweg einzuschlagen. Weniger Empfindsame führen die alltägliche Frustration und Irritation auf den Weg. Das Leiden naher Menschen kann manchmal selbst ganz Verschlafene zum Aufwachen bringen. Aber ich gehöre zu denen, die dumpf und stumpf bleiben. Erst als es ans Sterben ging, wurde mir klar, wozu ich lebe. Aber dann ist es eben fast schon zu spät.

Ich bitte Dich, Lisa, lass es nicht so weit kommen. Ich wünsche mir so sehr, dass Du gleich, jetzt gleich, anfängst, Dich auf den Weg zu Dir selbst zu machen. Du kannst Dir gar nicht vorstellen, wie sehr ich mir das wünsche. Ist das nicht merkwürdig?

Nun musste ich eine Pause machen. Trotz der Kissen im Rücken und weiterer Kissen, auf denen ich meine Arme abstütze, reicht die Kraft zum Tippen nicht lang. Karoline kam und las mir vor. Es ist schön, wenn jemand vorliest. Auf diese Weise teilen wir uns die Welt des Buchs. Karoline las auf meinen Wunsch kleine Texte des Dalai Lama. Ich mache mir gern Gedanken, welches Buch für meine jeweilige Besucherin passt. Für Karoline wählte ich diese Zitate rund um das Thema Glück. Es gefällt ihr, das Buch einfach irgendwo aufzuschlagen. Und sie fand:

»Unser Bedürfnis nach Freundlichkeit zieht sich wie ein roter Faden durch unser ganzes Leben. Am deutlichsten zeigt sich dies, wenn wir jung und wenn wir alt sind. Aber auch in unseren besten Jahren brauchen wir nur einmal krank zu werden, um uns daran zu erinnern, wie wichtig es ist, geliebt und umsorgt zu werden. Mag es auch manchmal als Tugend erscheinen, ohne Zuneigung zurechtzukommen, so muss ein Leben, dem dieses wertvolle Element fehlt, in Wirklichkeit ein elendes sein.«

Sie las es liebevoll, im tiefsten Herzen einverstanden, und dass sie darin echt ist, weiß ich aus Erfahrung. Ich schämte mich all meiner abwertenden Gedanken in der Vergangenheit: Ach ja, die arme Karoline, hat die Schule nicht beendet, kein Studium, das Reihenhaus, der Mann mit seinem Sport, die unsäglichen Buben. Doch dann gebar sie die behinderte Sophie, und ein Phönix stieg aus der Asche. Ich kümmerte mich nicht um sie in der traurigen Zeit ihrer Scheidung. Damals war ich in der Absolutheit meiner eigenen Trauer eingekapselt.

Maries Töchter kommen hin und wieder, Chantal öfter als Claire. Das wundert mich. Claire erschien mir immer als die Sensiblere, doch vielleicht ist Chantal näher am Leben. Mag sein, weil sie Mutter ist.

Das macht sie auf eine gewisse Weise standfest, auch dem Tod gegenüber. Ihr sei plötzlich bewusst geworden, sagte sie beim letzten Besuch, wie viel Angst sie um Marius habe. Dass ihre Tante Nora stirbt, habe ihr die Wirklichkeit des Todes aufgedeckt. Sie fürchte sich vor dem Einschlafen, weil sie träumen könnte, dass dem Kind etwas geschehe.

Ich riet ihr, die Vorstellung zuzulassen, dann geschehe das Loslassen von selbst. Wir machten es zusammen. Chantal ließ ihr Kind los. Ich ließ mich los. Wir sind einander nie zuvor so nah gewesen.

»Du solltest nicht so viel schreiben«, sagt Marie. »Dein Gesicht ist ganz klein vor Erschöpfung.«

»Liebe Marie, du bist ein wundervolles Muttertier«, erwidert Nora heiter, verwundert über die eigene Milde. »Du wirst selbst meine Urne auf ein Daunenkissen betten.«

»Du lebst noch«, brummt Marie.

»Und ich bin über alle Maßen dankbar, dass ich dich habe. Bis zu meinem letzten Augenblick werde ich dankbar sein.«

Marie flüchtet in Geschäftigkeit, spült Geschirr, wischt den Couchtisch ab, bringt Tee. Eifer in ihrer Haltung, vorgebeugt, den Rücken gerundet, schnelle, kurze Schritte. Eines ihrer Augenlider hängt ein wenig herunter. Hat Marie das selbst bemerkt? Und die Haare sind mehr grau als braun. Auch Marie, die viel Jüngere, wird älter, schubweise.

Mit der Mattigkeit der Rührung flüstert Nora: »Setz dich doch, Marie. Du läufst so schnell. Wovor läufst du davon?«

»Vor deinem Tod.« Erschreckt legt Marie die Hand auf den Mund. »Entschuldige. Ich bin so taktlos.«

Noras Augen lachen. »Bei den Viktorianern durfte man nicht Unterhose sagen. Heute darf man nicht Tod sagen. Ist das nicht komisch?«

Eine Träne läuft über Maries Wange, doch ihre Mundwinkel zucken nach oben. Flatternde Hände weben eine Verbindung zwischen Weinen und Lachen.

»Sehr komisch!« sagt sie. »Ich vermisse dich jetzt schon bei dem Gedanken, wie sehr ich dich vermissen werde. Du bist meine einzige Freundin. Ich habe mich daran gewöhnt, dich zu brauchen, das ist mir klar geworden. Meine Klagemauer, meine Gesellschaft. Du warst immer da, nur eine Treppe weit entfernt, immer erreichbar. Völlig selbstverständlich, fast wie in einer Ehe. Eher besser. Ohne Streit. Ach, Nora, wie soll ich es aushalten, danach?«

»Es tut mit leid, Marie, dass ich dir das antun muss. Du warst ebenso wichtig für mich und bist es jetzt. Dass ich dich fand, hat viel Negatives in meinem Leben ausgeglichen.«

Das Weinen ist Marie nicht geläufig. Ein Leben für die Kinder hat das Weinen in die Nächte verbannt, in die Verschwiegenheit des Kopfkissens. So kommt es in kleinen Stücken heraus, wie Scherben.

»Aber andererseits«, fährt Nora fort, »ist ja alles vergänglich. Vielleicht würden wir uns in einem Jahr zerstreiten oder in zwei Jahren unendlich auf die Nerven gehen oder uns einfach auseinanderleben. Du könntest einen Mann finden, und ich würde mich alleingelassen fühlen. Weiß der Himmel. So vieles könnte geschehen. Aber wir trennen uns jetzt, und du hast eine schöne Erinnerung.«

»Ach, Nora«, schluchzt Marie und lacht.

»Und mein Rinpoche sagte«, fügt Nora hinzu, »das beste Mittel gegen emotionales Leiden sei Liebe zu geben, mitfühlend mit anderen umzugehen. Und das kannst du doch so gut, Marie.«

Heute habe ich einen guten Tag, und ich feiere ihn mit Schreiben. Die Sonne versilbert den tropfenden Schnee auf dem Balkon. Ich bin so heiter heute. Als hätte ich tatsächlich schon alles zurückgelassen. Natürlich weiß ich, es hält nicht vor. Doch reihen sich Perlen aneinander, das ist immerhin ein Stück Kette.

Wie hell ich mein Leben heute sehe! Als überstrahle ein wundersames Licht alle Schatten. Ist es wirklich nur eine Frage der Betrach-

tungsweise? Vielleicht wusste Goethe darüber Bescheid, als er schrieb, die Sonne könne nur erblicken, wessen Auge sonnenhaft sei. Ein wenig Trauer mischt sich bei, dass ich den Standpunkt des hellen Sehens so selten fand. Fast nie.

Alles scheint darauf hinauszulaufen: keine Trennung. Immer sind alle untrennbar Teil meines Lebens gewesen und ich Teil des ihren. Selbst wenn ein Fuß amputiert wird, spürt man ihn noch. So spüre ich, wenn ich still bin in mir, alle meine amputierten Menschen. Und spüre Dich mehr denn je.

Die tibetischen Lamas sagen, es sei gut, sich glückliche Umstände der Wiedergeburt vorzustellen. So wie es gut ist, sich glückliche Umstände des Sterbens vorzustellen. Man stellt sich den Ort vor, die Eltern, die soziale Situation, die Kultur. Und es heißt, die Wiedergeburt werde geprägt durch die psychischen Muster, die man mit in die Zwischenwelt nimmt. Ich ging auf die Suche nach solchen Mustern, vor allem das Elternmuster: Ich werde nicht geliebt. Ich bin nicht liebenswert. Ich möchte einen Vater haben, beschützt werden. Aber da ich nicht liebenswert bin und deshalb nicht beschützt werden kann, traue ich niemandem. Dieses Muster mischte sich sogar in die Zeit mit Jan. Bei Alex verzichtete ich auf das Beschütztwerden. Es war wie mein gelegentlicher Handel mit Gott. Ich verzichte auf dies und du gibst mir dafür jenes. Und dann Jürgen. Da verzichtete ich auf die Liebe um des Schutzes willen – und bekam gar nichts.

Ich weiß nicht, wie das ist mit der Wiedergeburt. Ist sie Wirklichkeit oder ein Mythos? Aber ist nicht das ganze Leben ein ständiges Stricken am persönlichen Mythos? Es geht doch immer darum, Muster zu durchbrechen. Welche andere Freiheit sollte es sonst geben?

Also fing ich an, über meine Wiedergeburtswünsche nachzudenken. Es heißt auch, man begegne den Menschen wieder, mit denen man in naher Beziehung stand. Vor allem ungelöste Beziehungen sollen hartnäckig sein, laufen einem nach, bis sie gelöst sind. Ein interessanter Gedanke. Ich habe wohl eine wachsende Ladung solcher ungelöster Beziehungen durch mein Leben geschleppt. Ich wünsche mir, mit weit offenem Herzen sterben zu können, mit jedem versöhnt.

Wie werde ich Dir wohl wieder begegnen in einem weiteren Leben?

Ich wünsche mir, dann Deine Mutter zu sein, eine liebevolle, achtsame Mutter, die selbst liebevoll aufgezogen wurde. Ich würde Dir Raum zur Entfaltung geben. Vor allem würde ich das Kind, die Jugendliche respektieren. Wie schade, dass man als Mutter oder Vater nicht weiß, wer da zu einem kommt als Kind. Man sollte wohl viele Möglichkeiten bedenken.

Wunschbilder entfalten sich im halben Schlaf: Sie stößt die Türe auf zur Küche, lässt den Schulranzen fallen. Die runde Köchin steht am Herd, es riecht nach ihren feinen, dicken Soßen. Mami schon da?, fragt Nora, und die Köchin zeigt nach oben. Mit einem Heft in der Hand stürmt sie nach oben in Mamis Zimmer, schwenkt das offene Heft. Schau, Mami, eine Zwei! Mami nimmt sie in den Arm. Wunderbar, mein kluges Mädchen, ich wusste, du würdest es doch noch schaffen.

So macht Mami das. Bei schlechten Noten sagt sie: Nicht so schlimm, Hauptsache, ich weiß, dass du ein kluges Kind bist. Gute Noten bestätigen ihr besseres Wissen.

Mami und Papi sind Buddhisten und Wissenschaftler und reden viel beim Abendessen. Manchmal kommen Freunde dazu mit ihren Kindern, und immer wird viel und leidenschaftlich geredet. Über alle Dinge des Lebens.

Das Haus ist groß, der Garten ist groß. Alle sagen, so ein Glück muss man haben, dieses schöne Anwesen zu erben, direkt am Stadtrand. Manchmal kommt ein junger Mann in dunkelroten Tüchern zu Besuch. Das sei ein tibetischer Lama, sagen die Eltern. Und der Lama streicht ihr übers Gesicht mit so viel Zärtlichkeit, dass ihr schwindelig wird.

Als sie aus dem Halbtraum erwacht, ist sie sicher, dass diese Mutter einmal Jan gewesen ist. Neben seinem Kind der einzige Mensch, der die Liebe zu ihr mit in den Tod nahm.

Melanie hat sich in die Betreuerrunde eingereiht. Oft bleibt die Kamera in der Tasche. Ob Nora reden wolle, fragt sie dann, oder ob sie es vorziehe zuzuhören. Melanie ist der Ansicht, Nora könne gut zuhören, mit offenem Geist.

»Viele Leute hören nur halb zu«, sagte sie einmal. »Ich kann fast sehen, wie ihre Gedanken meine Worte überdecken. Natürlich vor allem, wenn es um das Thema Tod geht.«

Sie hat einige Leute befragt, wie sie sich die schlechteste und die beste Art zu sterben vorstellten. Kaum jemand hatte ernsthaft darüber nachgedacht, die Antworten waren vage. Keine Schmerzen, da waren sich alle einig. Nicht irgendwo auf der Autobahn oder bei einem Flugzeugabsturz. Glücklicherweise gebe es den Schock, hat einer gesagt. Da spüre man nichts mehr. Alle Frauen wollten nahe Menschen dabei haben. Ein Mann wollte ausdrücklich allein sein. Und immer wieder: Nur keine Schmerzen! Schnell solle es gehen. Am besten im Schlaf. Einfach so.

»Ich denke eher, mir reicht die Zeit nicht«, sagt Nora. »Um jeden Tag bin ich froh.«

»Warum?«

»Um mich darauf einzustellen, das Unbekannte ein bisschen bekannt werden zu lassen. Das Aufgeben von allem. Völliges Akzeptieren. Davon bin ich noch weit entfernt.«

»Welche Art des Sterbens wäre die schlechteste?«

Nora muss ein wenig überlegen, um sich aus der Allgegenwärtigkeit ihres eigenen Sterbens in andere Möglichkeiten hineinzudenken. »Gewalt. Mord. Ich habe von tibetischen Mönchen und Nonnen gelesen, die unter chinesischer Folter starben. Grauenvoll! Oder lebendig verbrannt zu werden, wie die Hexen und Ketzer. Ich habe Grund zu Dankbarkeit. Das Vorbereiten wird mir leicht gemacht bei so viel Zuwendung und Hilfe. Ich fände es schön, gehen zu können wie Ihre Mongolenfrauen. So eins mit dem Rhythmus von Leben und Tod. Aber dann schaue ich mir zu, und was mache ich? Ich halte fest.«

»Aber nein, so ist es doch nicht«, sagt Melanie, höflicher Eifer in den großen, glänzenden Augen. Nora sei eine ganz tolle Sterbende. So offen, wirklich. Zu keinem ihrer Sterbenden gehe sie so gern wie zu Nora. Niemand sonst habe so viel Interesse für den Tod.

Nora ertappt sich bei einem zufriedenen Lächeln, nimmt es schnell zurück.

»Danke für die Lorbeeren«, sagt sie trocken und schämt sich ein bisschen. Lob und Tadel – was bedeutet das schon? Lob kann berechtigt sein. Tadel kann berechtigt sein, oder unberechtigt. Genau genommen ist beides nur Material der Einsicht.

»Es ist schön, dass ich mit Ihnen reden kann«, sagt Nora. »Ohne auf Minen zu treten.«

»Minen?« Melanie hat die Kamera auf ihre leise, fast unsichtbare Weise in Position gebracht.

»Ich meine Tabus. Psycho-Minen, die hochgehen, wenn ein bestimmtes Thema angesprochen wird, wie Sterben, Tod oder Sex. Die großen Mysterien des Lebens.«

»Oh«, haucht Melanie, legt die Hände andächtig aneinander. »So hat es noch nie jemand genannt.«

»Reden wir über das Mysterium«, fährt Nora fort. »Ich will jetzt eine Predigt halten für die Würde des Sterbens. Man redet ja hie und da von der Würde des Sterbens, aber so, als gehe es um eine Auszahlung. Ich zahle dir deine Würde aus, indem dein Po hinter einem Wandschirm gesäubert wird. Indem du nicht im Mehrbettzimmer zwischen Kaffee trinkenden Patienten und Besuchern sterben musst oder ins Badezimmer abgeschoben wirst, weil ein neuer Patient deinen Platz bei den Lebenden braucht. Vielleicht sitzt die Familie irritiert um dein Bett, redet von alltäglichem Kram und hat noch nie was von der Würde des Sterbens gehört.

Ich ging brav zu meiner Mutter ins Krankenhaus, als sie dort langsam unter schrecklichen Schmerzen vor sich hin starb. Ich wusste nicht, wie ich die Würde ihres Sterbens wahren sollte.

Wenn sie flehte, Nora, hilf mir doch, konnte ich nur sagen, Mama, es ist ja bald vorbei. Ich wusste nicht einmal, dass man liebevolle Energie schicken kann, ganz direkt. Dass das hilft. Ich litt irgendwie mit, aber das genügte nicht. Ich war so hilflos wie sie, weil ich Angst vor dem Leiden hatte, Angst vor dem Mitleiden, und nicht wusste, was wahres Mitgefühl ist. Weil ich lieber davongelaufen wäre – und innerlich tatsächlich davonlief.«

Das Sprechen fällt schwer unter dem Druck der Erinnerung. Arme Mama! So verzweifelt vor dem Abgrund in der Umklammerung der Schmerzen. Und einmal sagte sie weinend: Ich habe es nicht besser verdient.

»Wo nehmen wir die Würde her?«, fährt sie fort. »Aus dem Wissen, dass man sich loslassen kann. Dass unser innerstes Wesen frei ist. Dass man aufrecht und frei von allem weggehen kann, voller Dankbarkeit. Oder, wie Rumi sagt, sich in glückseliger Hingabe in die Arme des Geliebten fallen lassen kann, ins innerste Herz Gottes, oder wie man es nennen will.«

Melanie hat noch immer die Hände gefaltet. »Aber das könnte ich nicht, auch wenn man es mir sagen würde. Ich könnte es nicht.«

»Dann fangen Sie am besten bald mit dem Üben an«, erwidert Nora und schließt die Augen. »So bald wie möglich.«

Donner und Hagelkörner, die in großen, plumpen Sprüngen auf dem Balkon tanzen, wecken sie auf. Aus der Küche hört sie die Stimmen von Marie und Melanie. Sie riecht Zigarettenrauch.

Nora lächelt. Sie feiern, und zum Gläschen gehört die Zigarette. Dann geht es Marie gut, denkt sie dankbar. Wie schön, dass es Marie gut geht.

Der Hagel hört plötzlich auf. Entfernter Donner grollt. Als beginne der Himmel wieder zu atmen. Die Stimmen aus der Küche sind warm und weich. Es ist einer jener innigen Augenblicke, in denen alles in Ordnung ist. Leben und Tod Hand in Hand. Melanie lacht, ein offenes, freies Lachen. Kinder lachen so. Wann, denkt Nora, hat jemand, der stirbt, das Glück, solch ein Lachen zu hören?

Sie greift nach dem Glöckchen neben sich und läutet.

»Ich will mitlachen«, sagt sie zu Marie. »Lachen ist gesund.«

Melanie drängt leise kichernd hinter Marie ins Zimmer.

»Wir sind nur albern«, erklärt Marie.

»Sehr albern«, bestätigt Melanie.

»Ich will auch albern sein«, sagt Nora. »Darf man beim Sterben albern sein? Ich habe von einem asiatischen Meister gelesen, der dem Sterben nah war und seine Schüler fragte: Wie ist Meister sowieso gestorben? Im Lotossitz? Aha. Und Meister Dingsda? Auf dem Kopf stehend? Aha. Nun, ich denke, ich leg mich einfach hin.«

War es nicht komisch genug? Warum lachen Marie und Melanie nicht wie zuvor? Sie bemühen sich sichtlich, doch sie sind plötzlich fern.

»Ich steh bestimmt nicht auf dem Kopf, ich verspreche es«, macht Nora einen erneuten Versuch. »Sitzen soll besser sein, oder die Löwenhaltung wie der Buddha. Ich bin nicht meisterlich, ich brauch es so ordentlich wie möglich.«

Marie und Melanie stehen erstarrt nebeneinander, sind plötzlich festgenagelt in tragischem Ernst.

Nora hebt schwach die Hand. »Tut mir leid. Ich fürchte, in Humor war ich noch nie gut.«

Es ist eine jener Sackgassen, in die man unversehens geraten kann, in denen niemand passende Worte findet. Ein Loch, eine Lücke, weit klaffend, und man steht davor mit offenem Mund. Dann der mutlose Rückzug in allzu bekannte Gefühle der Peinlichkeit und Bedrückung. Melanie packt Kamera und Lampe ein. Bespricht mit Marie den Betreuungsplan. Bleib doch da, möchte Nora sagen. Setzt euch hin, trinkt Tee mit mir, erzählt mir Tratsch oder Witze. Seid einfach meine Freundinnen. Doch sie weiß, so kann es nicht sein im Schatten des Todes. Das Gewöhnliche ist vorbei.

Ich kann nicht mehr schreiben, Lisa. Es ist zu anstrengend. Deshalb schreibt Marie nieder, was ich diktiere.

Du kennst nun die Höhe- und Tiefpunkte meines Lebens. Fast am Rand meiner Welt angekommen, lasse ich sie jeden Tag ein bisschen mehr hinter mir. Wohin werde ich gehen?

In den letzten Monaten, in denen ich an Dich schrieb, wurde mir immer klarer, dass Sterben die ganz große Chance der Vergebung ist. Erst in den letzten Tagen ist es mir gelungen, Alex wirklich zu vergeben. Es bedurfte vieler Anläufe. Von allen Seiten schlich ich mich an, erkannte meinen Groll als verborgenes Giftdepot, das seit Jahr und Tag Toxine in meinen Körper und Verwirrung in meinen Geist abgegeben hat. Jetzt sehe ich einen Alex, der sich nach Glück sehnt. Vielleicht ist er alt und krank und einsam, oder aber er hat sich auf den Weg der Befreiung gemacht. Vielleicht denkt er manchmal daran, Dich und mich um Vergebung zu bitten, wenigstens im Geheimen. Und ich erkenne meine eigenen Fehler, mein verzweifeltes Festhalten an einer Glücksillusion, meine Dummheit. Im Thomas-Evangelium las ich: »Wehe denen, die nicht wissen, was sie tun. Sie sind verdammt und Übertreter des Gesetzes.« Heute kann ich verstehen, dass man seine eigene Verdammnis inszeniert, wenn man das Gesetz der Wirklichkeit missachtet (die Buddhisten nennen ihre Religion nicht Buddhismus, sondern Dharma – das Gesetz der Wirklichkeit).

Schließlich konnte ich Alex sehen, als wäre er mein Kind. Ein schwieriges Kind, das besonders viel Zuwendung braucht, das um sich schlägt und im Herzen festgehalten werden muss, geduldig, immer wieder. Wenn es soweit ist, löst sich der Knoten. Die Liebe strömt aus, strömt zum anderen hin, der nicht mehr »ein Anderer« ist. Dann ist alles vorbei. Wenn ich mir jetzt vorstelle, Alex zu begegnen, gibt es keine Wolken mehr. Die Sonne scheint.

Und wie schön es ist, mit Liebe an Dich zu denken, meine kleine Schwester, und Dir ein gutes Leben zu wünschen und einen guten Tod. Vielleicht werden wir uns unwissentlich als Mutter und Kind wieder begegnen, oder als Liebende, oder als enge Freunde. Ich schaue oft meine nahen Menschen an und frage mich, wie wir in früheren Leben zueinander gestanden haben mögen und wie wir einander im nächsten Leben wieder begegnen werden.

Ich bitte Dich, diesen Brief auch Deinem Sohn Lukas zu geben. Vielleicht wird er ihm helfen, Dich besser zu verstehen.

Leb wohl, meine Lisa. Die Buddhisten sagen, leben lernen ist sterben lernen. Ich wünsche so sehr, dass Du Dich auf den Weg dieses Lernens machst. Wenn Du es wirklich willst, kommt alles Nötige auf Dich zu.

Deine Schwester Nora

Wie jeden Tag springt das Eichhörnchen vom Ast des Apfelbaums auf den Balkon, hopst breitbeinig zu seinen Nüssen. Nora lächelt. Das Lächeln über das Eichhörnchen gesellt sich zum Lächeln über Lukas, der endlich wiederkam, nach langen Tagen.

Nora holt die Stunde seines Besuchs in die Gegenwart zurück, zum wiederholten Mal. Wie eine Liebende. Ist sie das? Eine Liebende?

Sie hatte Marie gebeten, den Band mit Gedichten von Rumi bereitzulegen, falls Lukas komme. Ob sie ihn anrufen solle, hat Marie gefragt. Claire habe sicher seine Nummer. Nora winkte ab. Er werde schon kommen, zu seiner Zeit.

Er kam, warf den langen schwarzen, mit Pelz gefütterten Ledermantel auf einen der Sessel, an Karolines ausgestreckter Hand vorbei, und zog den Stuhl, auf den Nora wies, ans Bett. Wartete mit gehärtetem Gesicht, bis Karoline die Tür hinter sich geschlossen hatte, Verzweiflung in den Mundwinkeln und Wut.

»Tante Nora, ich habe Stress. Du hast einmal gesagt: Auf das Leben zugehen. Schön und gut. Aber es macht nur Stress.«

»Was macht Stress?«

»Claire. Die Frau macht mich fertig.«

Nora schwieg abwartend, hätte ihm gern gesagt, dass man, genau genommen, immer sich selbst fertigmacht.

»Du siehst schlecht aus. Wie geht es dir? Ich will dich nicht belästigen.« Das erste Mal, dass er fragte. Sah sie so fürchterlich aus? Oder hatte eigener Schmerz ihn sehender gemacht?

»Sprich nur, es geht mir gut«, sagte sie und hörte selbst, wie fadendünn ihre Stimme klang. Es ging ihr nicht gut, war es doch einer jener Tage, die sie niederwalzten mit Übelkeit und Schmerzen im ganzen Leib.

Es sei ein ständiges Streiten, klagte Lukas. Zickig sei sie, nörgle an ihm herum, wolle ihn anketten, ihn ändern. Warum wollen Frauen einen immer ändern? Er brauche seine Freiheit, lasse sich nicht unter Druck setzen, von niemandem. Das habe er nicht nötig. Das Lamentieren tat ihm gut, ließ die Wut auslaufen und die Mundwinkel weicher werden.

Noras Lächeln war sanft, als lächle sie ein lustloses Kind an, nicht einen zornigen jungen Mann.

»Erzähle von dem Guten zwischen euch. Ihr liebt euch doch, oder nicht?«

Schweigend hob Lukas die Schultern. Unruhige Finger hakten sich ineinander.

»Klar, ich liebe sie. Aber versteht sie das überhaupt?«

Nora hielt den Blick auf ihn gerichtet, den er nicht erwiderte. Was sollte sie, eine alte Frau im Sterbebett, ihm sagen über das Lieben? Was würde er annehmen? Dass Lieben mehr ist, als jemanden haben zu wollen?

»Aber das Gute, das gibt es doch auch.«

Lukas nickte langsam, zögernd. »Manchmal ist es schön, nicht allein zu sein. Sie hat Ideen. Wir lesen dieselben Bücher und reden darüber.« Sein Blick verirrte sich, sah nichts, suchte. Der Mund wurde wieder klein. »Aber ich bin für sie der Exot, nicht ernst zu nehmen. Sie hat ja keine Ahnung.«

»Keine Ahnung von deinem Leiden?«

Wer hatte je eine Ahnung von meinem Leiden, dachte Nora, oder ich vom Leiden anderer? Wüssten wir davon, gäbe es dann noch all die Ignoranz und Arroganz, die unser Leben miteinander vergiftet?

Ein misstrauischer, grollender Blick versuchte ihre Gedanken aufzuspüren, stieß auf das Mitgefühl, das deutlich geworden sein musste in ihren ausgelaugten Zügen.

»Nein«, sagte er, »sie hat keine Ahnung.«

Noras hilfloser Blick blieb am Bild der Tara haften. Was würdest du sagen, Tara? Doch Tara schwieg.

Was wissen wir voneinander?, dachte Nora. Einmal in meinem Leben glaubte ich, diese Barriere überwunden zu haben. Ich glaubte wirklich zu lieben, uneingeschränkt. Es war ein Irrtum. Ich war entsetzlich ungerecht. Es tut mir heute noch weh. Doch was würde es nützen, ihm das zu sagen?

Sie sah ihm zu, wie er aufstand, durch das Zimmer ging, vor ihrem Boot stehen blieb, ohne gewahr zu sein, was er sah. Was weißt du vom Tod, du trauriger Junge, von seiner Großartigkeit, seiner Inspiration?

Er setzte sich wieder, als habe er nicht gefunden, was er halbherzig suchte.

»Ich will dir sagen, was ich denke, Tante Nora. Ich sage es dir mit Schopenhauers Worten: Keiner ist glücklich, sondern strebt sein Leben lang nach einem vermeintlichen Glück, welches er selten erreicht, und dann auch nur, um enttäuscht zu werden.«

»Du wirst dich wundern«, entgegnete Nora, »aber ich kenne diesen Zustand. Nur, dass er nie in die Liebe gefallen ist, der arme Mann.«

Sie hatte die Übelkeit vergessen und die Schmerzen. Alles, was sie war und wusste, war darauf gerichtet, Lisas Kind zu erreichen. Sie bat um Buch und Brille, drückte die Bettdecke zurecht, um dem Buch Halt zu geben, blätterte und las vor:

»Um Mitternacht erhob ich mich und sah mein Herz nicht mehr.

Ich lief im Haus umher, mein Herz, ich sucht' es – was war los?

Da ich nun Raum um Raum durchsucht, fand ich das arme Ding;

In einer Ecke, klagend – Gott! – hatt' es sich hingehockt.«

Lukas hatte den Kopf abgewandt und schaute zum Fenster hinaus. Keine Berührung ließ die bleiche Maske zu.

»Willst du nicht dir und ihr eine Chance geben, Lukas? Es ist so ein großes Glück, wenn man sich verliebt. Und es ist so ein großes Unglück, wenn man vor dem Wagnis der Liebe davonläuft.«

Nichts anderes wusste sie zu tun, als ihre Hand nach der seinen auszustrecken, seine Hand zu halten, bis er sie entzog.

»Ich bin ein hoffnungsloser Fall, Tante Nora. Das sagt meine Mutter immer. Vielleicht hat sie recht.«

Bald verabschiedete er sich und tat dies auf gemäßigtere Weise als sonst. Den Kopf nicht hochgeworfen, eher so, als sei er hinter die Bühne getreten, erschöpft von zu vielen Auftritten.

An der Tür hielt er noch einmal inne. »Weißt du, Tante Nora, ich bin froh, dass ich dich noch kennen lernen konnte. Ich mag dich, wirklich.«

Im Traum hält Nora ein Neugeborenes im Arm, sehr klein und blau. Vielleicht stirbt es. Ein Arzt steht neben ihr, ein alter, starrer Mann. Ein hoffnungsloser Fall, sagt der Arzt und wendet sich ab. Doch sie ruft nach Tara, sie möge das Kind retten, ruft und ruft, singt mit aller Kraft das Mantra der Tara in alle Richtungen. Bis sie erkennt, dass Tara ständig da war, in allem. Und sie legt das Kind in Taras Schoß und kann beruhigt die Augen schließen. Denn die Lider sind schwer wie Regenwolken, man muss sie fallen lassen, um den Himmel zu sehen.

»Was ist, Nora? Du hast gerufen. Bist du wach?«

»Wer weiß«, antwortet Nora. Es erscheint ihr nicht des Nachdenkens wert, geringfügige Unterschiede. Der Himmel ist da und Maries Augen sind da und Tara war immer schon da und deshalb ist Freiheit allgegenwärtig.

Doch vielleicht weiß Marie das nicht. Nora möchte es ihr sagen, kann keine Worte dafür finden. Sie müsste die richtigen Worte lernen, doch die Zeit reicht nicht aus.

»Wenn ich nur mehr Zeit hätte«, sagt sie laut. »Ich brauche mehr Zeit.«

Ach, der Himmel vergeht, Tara vergeht, nur Maries besorgter Blick erfüllt das Universum. »Was ist mit dir, Nora? Willst du wissen, wie spät es ist? Vier Uhr. Noch viel Zeit bis zum Morgen.«

Unter Noras Pergamenthaut glüht ein schwaches Lächeln auf. »Danke, Marie. Es geht mir gut. Ich ziehe bald um.«

Schon am Vormittag kommt Claire, mit kunstvoller Beiläufigkeit, als habe sie der Wind herbeigeweht. Ihre Kleider umtänzeln sie, ein wenig feiner Samt, ein wenig Spitze, filigran selbst die langen Haare.

Sie müsse nicht zur Uni, erklärt sie, darum habe sie Karolines Dienst übernommen und Croissants mitgebracht. Ob Nora Croissants möge?

»Ach, weißt du, essen …« erwidert Nora. »Sag, wie geht es mit Lukas?«

Claire wirbelt ein wenig mit Kleid und Händen. Schneidet mit großer Aufmerksamkeit ein Croissant auf, gibt Marmelade hinein. Schwierig sei er, antwortet sie leichthin zwischen zwei Bissen, aber von Männern sei sie nichts Besseres gewöhnt. Sie habe es ja schon mit einigen versucht. In den ersten zwei, drei Wochen seien sie meistens nett, Sonntagslaune, Schmusen, Blumen. Bei Lukas nicht einmal dies. Immer düstere Laune, Stacheln, Zynismus. Verliebt sei er nicht in sie, Claire, sondern in seine Negativität. Ärgerlich leckt sie ihre Finger ab.

»Und dennoch liebst du ihn, oder nicht? Ich meine, er ist doch nicht nur Stacheln?«

Nora hatte einmal eine schwarze Katze aus dem Tierheim, ein wütendes kleines Tier. Man sagte ihr, die Katze komme aus einem guten Heim. Ordentliche Leute hätten sie abgegeben, weil die Kinder aus dem Haus waren. Die Katze gewöhnte sich nie ein, bis Tanja, die Untermieterin, dazukam. Tanja hatte dicke Lederhandschuhe und bot raue Spiele an. Das Tierchen fauchte, schlug blitzschnell mit den Krallen zu, biss in die Handschuhe, genoss die Attacken, wollte das böse Spiel. Nora schritt ein, verbot Tanja die Waffengänge. Es blieb eine distanzierte Beziehung zwischen ihr und dem Tier, mit zuckendem Katzenschwanz trotz Leckereien und sanften Worten. Die Katze hat einen Schlag, sagte Tanja, von früh her. Die wird nicht mehr.

»Er kann schon nett sein«, sagt Claire, »wenn er sich mal vergisst. Aber er vergisst sich nicht so leicht. Ich dachte, er sei interessant, aber er kreist nur um sich.«

Claires Trauer versteckt sich, will nicht gesehen werden hinter den gesenkten Mundwinkeln.

»Lass ihn nicht fallen, Claire, bitte!« Noras Trauer kann sich nicht verstecken, verrät sich im schwimmenden Blick. »Es wird nicht so schwierig sein. Es ist gut für ihn, gut für dich. Großzügigkeit und Geduld, das zieht ihm den Boden weg. Er schützt sich nur aus Angst vor Verletzung. Im alten China sagte man: Aus Angst macht der Tiger Angst.«

Doch Zweifel sind da, am Rand, nicht völlig abzuweisen. So lange galt es: Die erste Tugend der Frauen ist es, die Männer zu tragen auf dem wunden Rücken eines einsamen Liebens – heroisch, bis zur Verbitterung, gedemütigt von Gleichgültigkeit. Ist es ein schlechter Rat, die linke Wange hinzuhalten, anstatt wegzulaufen und sich in Sicherheit zu bringen?

»Ich meine ja nicht, dass du dich ausliefern sollst, Claire, aber vielleicht könntest du ihm noch ein bisschen Vertrauensvorschuss geben, nur ein bisschen. Verzeih mir, ich bin eine sentimentale, alte Frau geworden, doch ich weiß, dass Liebe das Beste ist, was man sich und anderen geben kann.«

»Ach, Tante Nora«, flüstert Claire, senkt den Kopf und drückt die Hände ineinander. »Du stirbst, und ich dränge dir Sorgen auf wegen unserer banalen Dramen.«

Als Lukas wiederkommt, kann sie sich nur noch vage an die früheren Gespräche erinnern. Doch er ist da. Die harte Neugier ist aus seinem Blick verschwunden, und er bietet an, ihr vorzulesen. Es müsse ja nicht gerade Rumi sein.

Plötzlich ist auch Wangmo wieder da. War es Wangmo, die den Rinpoche an Noras Ohr gebracht hat, an einem konturlosen Tag mit Tabletten, lustlosem Essen und vergeblichen Versuchen, Taras Mantra länger als ein paar Minuten zu wiederholen?

Immer wieder will sie sich an die Worte des Rinpoche erinnern, so nah, als wären sie mitten in ihrem Kopf.

Wie es ihr gehe, fragte er, ob sie Schmerzen habe. Schmerzen seien nicht das Problem, erwiderte sie atemlos, stolperte über die Worte. Zeit sei das Problem. Noch so viel müsse sie lernen, so viel üben mit ihrem ungezähmten Geist, Anfängerin, die sie sei. Doch nun habe sie keine Zeit mehr, so gut wie keine Zeit. Sie solle sich keine Sorgen machen, erwiderte der Rinpoche mit einem Lächeln in der Stimme. Sie lebe jetzt in einer besonderen, unendlich großen Zeit. Lernen und üben gelte für die konventionelle Zeit, doch jetzt gehe es nur noch darum, sich dem Geschehen zu überlassen. Ohne Angst und ohne Erwartung.

Noch Stunden später fühlt sie seine Stimme in sich, um sich. »Ohne Erwartung, ohne Erwartung«, pocht ihr Herz. »Nicht mehr lernen, nicht mehr üben«, singt ihr Blut. Und jede Zelle flüstert: »Hingabe.«

Die Tage fallen ineinander. Mehr Schmerzmittel hat die Palliativbetreuerin Doro verordnet, eine muntere junge Frau mit Löwenhaaren und alten Augen. Wenn wir Doro nicht hätten, sagt Wangmo, unsere Hebamme.

Die Schwäche ist durchdringend. Nora kann längst nicht mehr aufstehen, selbst das Drehen zur Seite fällt schwer. Manchmal gleitet sie mitten im Satz in einen halben Schlaf, oder ihr Geist wandert unversehens in die Unterwelten der Vergangenheit. Dann entsteht Unsicherheit. Wer steht an ihrem Bett, beugt sich über sie? Ist es Jan? Mama sitzt im Sessel und strickt. Vielleicht ist es nicht Mama, man kann es nicht sicher wissen. Es riecht nach Bratäpfeln auf dem Kanonenofen. Hin und wieder ein Auftauchen, dann sind alle Gedanken an ihrem Platz, wie es sich gehört.

»Wangmo, was soll ich tun, um wach zu bleiben? Halt mich fest. Ich treibe immer wieder ab.«

Wangmo streichelt ihre Hand. »Ich halte dich fest, mach dir keine Sorgen.«

Es ist gut, dass Wangmo da ist. Wangmo weiß, wohin es geht, wie ein Kapitän. Da darf es schon mal stürmen. Nora dreht den Kopf und schaut nach ihrem Boot. Prächtig steht es da, wunderschön bemalt, die Ovale eingebettet in viel Rot mit goldbronzenen tibetischen Glückssymbolen. Die Mädchen haben es mit weinfarbenem Samt gefüttert, und Marius durfte ein dickes, mit Satin bezogenes Kopfkissen hineinlegen.

»Setz die Segel!«, sagt Nora. Sie fragt sich, ob das Lächeln ihr Gesicht erreicht. Überall in sich stößt sie auf Unsicherheit. Doch Wangmo schaut in ihre Augen und sieht das Lächeln am Grund des Blicks. Wenigstens auf Wangmo ist Verlass.

Nora spürt eine Anwesenheit. Ihr Blick sucht, entdeckt Melanie bei der Kamera. Die anderen! Sie hat die anderen vergessen, für die ihr Sterben gut sein soll. Sie möchte so gern gut für die anderen sterben. Dazu müsste sie Worte finden, doch Worte brechen auseinander, sobald man danach greift. Verwelken einem im Mund. Der Rinpoche kann Worte blühen lassen. Manche sehen es, manche sehen es nicht. So ist das mit den Menschen.

Die Erinnerung an den Rinpoche ermutigt sie, gibt ihr noch einmal Kraft.

»Sterben ohne Erwartung«, sagt sie, als Melanie sich zu ihr setzt und das Mikrofon ausrichtet. »Sag ihnen das. Und Hingabe. Das sag ihnen auch. Es ist so wichtig, wichtiger als alles. Früher dachte ich, wenn man loslässt, ist nichts mehr da. Stimmt nicht. Dann ist Klarheit da.«

Sie muss sich anstrengen, um ihre Stimme ein wenig zu füllen. Der Atem wird immer kürzer. Wie recht der Meister hatte, der sagte, es wäre schlimm, nicht endlich zu sein.

»Man weiß ja nicht, was kommt«, fügt sie hinzu. »Wenn man es weiß, ist es doch nur selbstgeschaffen. Besser, man lässt es offen, ganz weit offen.«

Die Augenlider sind schwer, noch schwerer als die Gedanken. Genug der Gedanken. »Ich möchte nie mehr denken«, flüstert sie. »Es ist solch eine Last.«

Melanies Hand ist warm, streichelt sie, hält sie. Das ist gut, so muss sie sich nicht an Gedanken festhalten. Kann sich dem Fühlen überlassen, dem weiten, weiten Raum voller lichtem Lächeln. Melanies Tränen fallen auf ihre Hand.

»Alles in Ordnung«, flüstert Nora. »Mach dir keine Gedanken.«

Im Dämmer vager Geschehnisse ist sie irgendwann ganz wach. Lukas ist da, sie sieht es genau, keine Unsicherheit. Es ist Lukas und neben ihm, halb in ihm, ein helles Wesen. Das Wesen, weiß Nora, ist der innere, echte Lukas. Nun mag er wohl sein Herz gefunden haben. Er ist so sehr da, dass sie sich nicht um Worte und Atem bemühen muss. Als er sich vorbeugt und ihre Hand küsst, verschmilzt das helle Wesen mit ihm. Nora meint, nie zuvor so glücklich gewesen zu sein. Oder vielleicht war sie noch nie in sich an diesem Ort, an dem man derart glücklich ist.

»Sterbe wohl, Tante Nora«, sagt Lukas. »Ich danke dir. Für alles.«

Die halb erblühte Rose, die er auf das Bett gelegt hat, ist weiß.

»Der Rinpoche begleitet dich«, hört Nora Wangmos Stimme nah neben sich, »und ich bin auch bei dir. Lass dich treiben, es ist alles ganz natürlich, was jetzt geschieht. Wenn es aufregend wird, dann erinnere dich daran, es ist nicht wirklich, wie in der Geisterbahn. Denk an Rinpoche. Er verlässt dich nicht.«

Sie möchte wach bleiben, doch es ist wie ein Versinken in Traumwelten. Manchmal spürt sie die Gegenwart der nahen Menschen, hört Mantras, die sich um sie weben wie tragende, schützende Schleier. Irgendwann wird sie unendlich schwer und sinkt so tief, dass sich die Erde auftut. Ein kleiner, klarer Wissensfunke sagt ihr, dass ihr Körper nun beginnt, seine Verbindung mit dem Leben zu durchtrennen. Sie wird sich nicht wehren, das hat sie sich vorgenommen und wird es nicht vergessen. Wangmos Flüstern zeigt ihr den Weg. Wellen der Aufregung drohen sie wegzuspülen, doch der Rinpoche hält ihre Hand. Schau nach oben, sagt er. Tara füllt einen weiten Horizont.

Liebe Lisa,
die Dir dies schreibt, ist Wangmo, Noras Freundin.

Deine Schwester Nora ist vor ein paar Tagen gestorben. Sie gab mir den langen Brief, den sie in den letzten Monaten an Dich geschrieben hat, und bat mich, ihn Dir zu schicken.

Nora sagte, sie wolle so sterben, dass es gut für andere sei. Dieser Wunsch ging in Erfüllung. Es war eine wundervolle, heitere, heilige Erfahrung für uns, ihre »Sterbefamilie«. Und diese Erfahrung möchte ich, so gut ich kann, mit Dir teilen.

In den letzten Tagen war sie kaum mehr bei Bewusstsein, doch dem Ende zu öffnete sie die Augen. Sie sah mich an, sehr ruhig, mit einer erstaunlichen Kraft – die Nora, die hinter allen Noras ihres Lebens verborgen gewesen war. Ein ganz nackter Blick, völlig offen. Ich musste weinen, aber nicht vor Trauer. Was ich fühlte, war pures Berührtsein.

Es war früh am Abend. Wir waren uns ziemlich sicher, dass sie in dieser Nacht sterben würde. Es lag irgendwie in der Luft. Marie war da und die Mädchen, Lukas, Karoline, Sophie und Melanie, die Filmerin, die ganze Sterbefamilie. So hatte Nora es haben wollen. Ganz leise surrte die Kamera. Auf die Frage, ob sie auch ihre letzten Augenblicke der Kamera anvertrauen wolle, hat Nora, als sie noch wach war, gesagt: Ach, lasst sie laufen.

Wie wir es abgesprochen hatten, legten wir Nora auf die Seite. In unserer Tradition nennt man das die Löwenhaltung.

Ich flüsterte ihr die Anweisungen ins Ohr, die sie kannte und an die sie sich erinnern sollte. Von Menschen, die zum Teil sehr lange Nachtoderfahrungen gemacht haben, wissen wir, dass wir Sterbende und Tote noch erreichen können. In meiner Tradition helfen wir ihnen, ihren vom Sterben erschütterten Geist zu festigen und sich an die Lehren zu erinnern.

Sie ging sehr sanft, Deine erstaunliche Schwester. Das tiefe Einverstandensein, zu dem sie in der Zeit ihres langsamen Sterbens gelangt war, ergriff uns alle. Nach ihrem letzten Atemzug entstand eine gewaltige, Ehrfurcht gebietende Stille. Als halte die Welt den Atem an. Ich empfand große Dankbarkeit, dass Nora uns dieses Geschenk ihres Sterbens machte.

Wir hatten dafür gesorgt, dass Nora bis zum übernächsten Morgen ungestört liegen bleiben durfte. Dann wurde sie zur Feuerbestattung abgeholt in ihrem schönen, bunten Boot. Die Urne mit ihrer Asche wurde in die Schweiz in ein tibetisches Meditationszentrum geschickt. Von dort werde ich sie in ein paar Wochen mit nach Kathmandu nehmen. Im Kloster ihres Rinpoche wird man ihre Asche mit Torma, einem geweihten Gerstenteig, verkneten und in einem Ritual kleine Stupas daraus formen, die das erleuchtete Bewusstsein symbolisieren. In dieser Form wird die Asche dem Fluss übergeben. Dann sind alle Spuren ihrer körperlichen Existenz getilgt, und nichts kann ihren Geist mehr dazu verführen, sich daran festzuhalten. Das ist die

Art und Weise, wie wir in der tibetischen Tradition den Verstorbenen helfen.

Ich werde, wie es üblich ist, neunundvierzig Tage lang Meditationen für meine Freundin Nora machen. Wie sie es wünschte, für sie und Dich und alle Wesen.

Es grüßt Dich
Wangmo

Auf dem umfangreichen Stapel des langen Briefs an Lisa liegt ein himmelblaues Briefkuvert, darin eine himmelblaue Karte mit der Aufschrift:

Unsere Freundin Nora hat ihre körperliche Existenz verlassen.
Ihr letzter Wunsch:
MÖGEN ALLE WESEN GLÜCKLICH SEIN!

Tashi Delek e.V.
Gesellschaft zur Förderung der tibetisch-buddhistischen Kultur im Exil
Gründerin und Vorsitzende Ulli Olvedi
www.tashi-delek.de

Akademie PANTA RHEI für einen neuen Umgang mit Sterben, Tod und Trauer
Mitgründerin und Teammitglied Ulli Olvedi
www.apr-ammersee.de

Pendo

Wally Lamb

Die Stunde, in der ich zu glauben begann

Roman. Aus dem Amerikanischen von Charlotte Breuer und Norbert Möllemann. 752 Seiten. Gebunden

Erst vor Kurzem sind Caelum und seine Frau Maureen nach Colorado gezogen. Doch was ein Neubeginn für ihre Ehe sein soll, findet durch den Amoklauf an der Columbine Highschool ein abruptes Ende. Mitten in dem blutigen Massaker: Maureen, die den Anschlag versteckt in einem Wandschrank überlebt. Traumatisiert flüchtet sie in eine eigene Welt – und zwingt so auch Caelum, sich seinen Ängsten zu stellen und jenes dunkle Rätsel seiner Herkunft zu lösen, vor dem seine Tante ihn zu schützen versuchte. Eine Tour de force durch die Abgründe der menschlichen Seele, mit der Wally Lamb sein erzählerisches Können und sein Gespür für die großen Themen des Lebens unter Beweis stellt.

09/1011/01/L